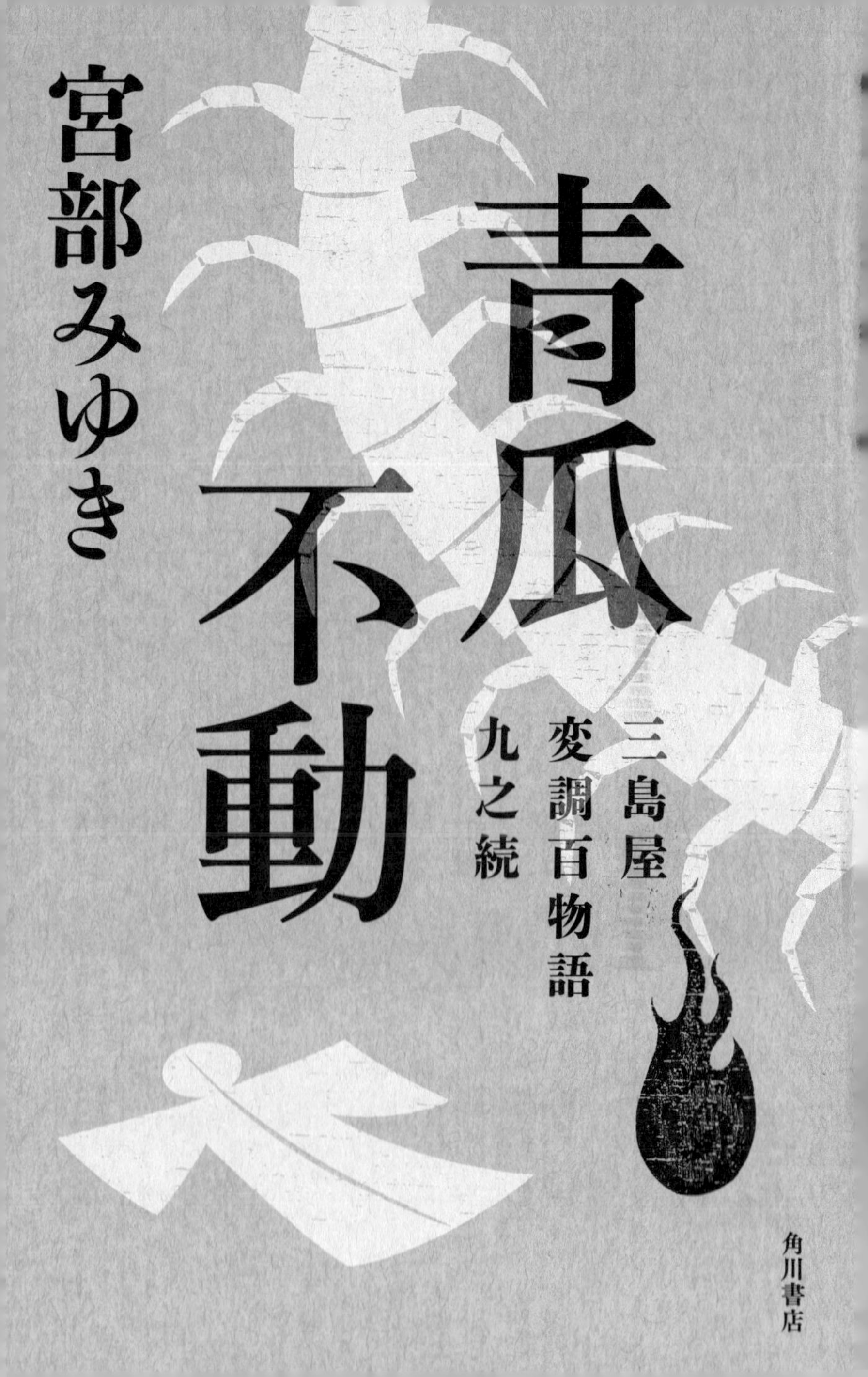

青瓜不動

三島屋変調百物語九之続

宮部みゆき

角川書店

青瓜不動

三島屋変調百物語九之続

目次

序

江戸《えど》は神田三島町《かんだみしまちよう》にある袋物屋の三島屋《みしまや》は、「黒白《こくびやく》の間」という客間に人を招いて、風変わりな百物語を続けている。

一度に招く語り手は一人だけ。向き合う聞き手も一人で、語られる話は一つ。夜の闇にこだわらず、蠟燭《ろうそく》を灯《とも》したり消したりの趣向もない。

「語って語り捨て、聞いて聞き捨て」

語り手は語って思い出の荷を下ろし、聞き手は、受け取った荷を黒白の間の限りに収めて二度と口にしない。

主人の伊兵衛《いへえ》が始めたこの変わり百物語、今は次男坊の富次郎《とみじろう》が聞き手を務めている。最初の聞き手だった姪《めい》のおちかは近くの貸本屋に嫁いで夫と仲むつまじく暮らしており、さらに赤子を授かって、まもなく産み月を迎えようとしている。

今は三島屋の誰もがおちかの安産を願い、いささか落ち着かぬ心持ちで新しい年を迎えたところ。待望の赤子の顔を見るまでは、変わり百物語もしばしの休みをとっており、富次郎は少しばかり手持ち無沙汰《ぶさた》だ。

絵心のある富次郎は、語り手の話を聞き終えると、いつもそれをもとに墨絵を描いてきた。それが富次郎流の「聞き捨て」のやり方なのだ。次男坊の気楽さで、気さくで明るく旨《うま》いものが好き。そんな富次郎の立場も、跡取りの長男・伊一郎《いいちろう》が、他店での商人《あきんど》修業から三島屋に帰ってきたことで、一つの節目にさしかかっている。

聞き手としての富次郎の背中を支えるのは、怪談語りが呼び込む怪異から三島屋を守る禍祓《まがばら》いの力を持つ女中のお勝《かつ》だ。おちかとの縁で三島屋に身を置くことになり、聞き手に寄り添いずっとこの役目を果たしてきたお勝も、今はひとときの休息をとりながら、その優しい眼差《まなざ》しで、三島屋と変わり百物語の今後を見守っている。

人は誰でも、一生に一つの物語を綴《つづ》りながら生きている。時にはそれを語りたくなる。幸福の儚《はかな》さを、情愛の美しさを、失われゆく魂の尊さを、全てを焼き尽くしてもなお燻《くすぶ》って残る憎悪のしぶとさを、許し合う心の豊かさを。

それらを聞き取るためにこそ、三島屋の変わり百物語は続いてゆく。

第一話　青瓜不動

粉雪が舞っている。

暦の上では初春でも、つるりと寒が抜けるわけはない。むしろ戻って居座る寒さのしぶとさに、今朝の起き抜けの三島屋では、主人の伊兵衛と番頭の八十助《やそすけ》が二人して腰が痛いと呻《うめ》き、小僧の新太《しんた》がしきりと洟《はな》をかんでいた。

それにしても底冷えするなあと思っていたら、午前《ひるまえ》から白いものがちらつき始めて、降ったりやんだりを繰り返している。空を覆う雲は灰色なのに、そこから舞い落ちてくる粉雪は真っ白だ。健気《けなげ》なものを目の当たりにしているような気がする。

なぁんて、帳場の奥の火鉢にあたりながら呑気《のんき》にしていた富次郎に——

「やあ、何ともうってつけの天気だ。富次郎、さあ立った立った。着替えるんだよ」

昨年末に商いの修業先から戻ってきた兄の伊一郎は、満月のように欠けるところのない好男子。家族に向かって口をきくときでも、無駄に声がよくって口跡もいい。

「着替えるって、兄さん、こんな天気にどこかへお出かけかい？」

そう問い返した富次郎は、実はちょっと出かけるつもりでいた。せっかくの雪景色だから、帳面と矢立をお供に神田《かんだ》一帯を散歩して、何枚か絵を描こうと思ったのだ。自分の稽古《けいこ》のためだから、誰に見せるつもりもないので、黙って店を抜けて出て、お詫《わ》びに焼き芋でも抱えて戻ろう、と。

「じゃあ、おいらと一緒に出ますかね」

一足先に実家である三島屋に戻って、「わたし」と自称し「小《こ》旦那《だんな》様」と呼ばれ、すっかり落ち着いていた富次郎だが、何から何まで上をゆく兄さんが戻ってきた途端に子供のころに戻ってしまって、つい「おいら」と言ってしまう。

「おまえ、どこに行くつもりだい」伊一郎は富次郎の袖《そで》をつかんだ。「これからお手本売りをやろうっていうのに、逃げちまう奴がいるものか」

お手本売りってのは何だい？

「おまえを人台《じんだい》（モデル）にして、着物と履き物とうちの商いものを合わせてさ、洒落《しゃれ》た着こなしのお手本をつくってみせて、店先でご披露しながら売るんだよ」

「え、おいらが人台に？」

富次郎にしてみれば、藪《やぶ》から棒の話である。

「じゃあ、店先に立つのかい」

「ぼうっと立ってるだけじゃ芸がない。歩き回ったり、くるりと回ったり、役者のような所作をしてみせたりしなくっちゃ、良い人台にはならないね」

雪が降ってるなかで？　それって人台じゃなくて、人柱じゃないか。しかし伊一郎にはまったく迷いがなく、とっくのとうに決まっていたことを、富次郎の方が忘れていただけのようにせき立ててくる。

「着物と帯は、おとっつぁんから何組か借りてあるんだ。私の一張羅も出そう。着付けはお勝がやってくれるから、おまえはとにかく洒落者ふうに構えて、粋《いき》な笑顔ときりっとした立ち居振る舞いだけ心がけていりゃいいよ」

お勝がまた、こんな伊一郎をたしなめるでもなく、妖艶《ようえん》に含み笑いしながら、白く細い指をしならせて、

「さあ、小旦那様をどんなふうに着飾って差し上げましょうか」

助けてぇ！

不幸中の幸いで、富次郎が店先に立たされたときには、雪はやんでいた。そのかわり、ときどきべらぼうに冷たい風が吹き抜ける。

「こんなときこそ襟巻きの出番でございますよ」

伊一郎が機嫌のいい猫みたいに喉《のど》を鳴らして、店先にいるお客たちに口上を聞かせ始めた。

「この初春にふさわしく、三島屋謹製の襟巻きには、梅と桃の花の模様を織り込んでございます。刺繡《ししゅう》ではかさばり、染めでは冬から春の気候にはふさわしくない。麻では薄すぎ、木綿では重すぎますから、麻と木綿を半々に、縦糸は麻、横糸を木綿で織った反物で……はい、もちろん手前どもの特製でございます」

よく回る頭と舌だよ。富次郎は愛想笑いを浮かべながら、伊一郎の指図通りに、歩いたり止まったり回ったり小首をかしげてみたりと、人台らしいことをする。

――恥ずかしい。

とはいえ、癪《しゃく》に障るがこの売り込みには効き目があるらしい。足元の悪いところを通りかかる人びとの気を確かに引きつけて、さっきから襟巻きが何本、肩掛けが何枚売れただろうか。

「伊一郎さん、お帰りなさい」

店先に寄りついたばかりの母娘《おやこ》らしい二人連れが、陳列台の端に座っている伊一郎に声をかけてきた。お供の女中まで含めて三人で頰を赤らめ、目をきらきら輝かせて伊一郎を見つめている。

「ありがとうございます。ようやく帰参いたしました」

伊一郎はわざと大仰な言い方で剽《ひょう》げてみせながらも、座り直して深々と頭を下げる。

「これからは、三島屋の商いをより皆様のお心にかなうように仕立てるべく、日々精進いたします。どうぞ今後ともお引き立てくださいませ。さあ、何をご覧に入れましょうか」

手代に商い物を持ってこさせて、自ら母娘の相手を務める。それをまた他の女客が眩《まぶ》しそうに見つめていたりして、

――まあ、相変わらずの優男ぶりだよ。

この隙に、こっちもしばしの休みをもらってしまおう。こっそり勝手口に回れば、兄さんも気づくまい。冷え切った身体に何か温かいものを入れたいし、小用もそろそろ我慢しきれなくなってきた。

いったんは小やみになっていた雪が、引き揚げにかかる富次郎を追いたてるかのように、にわかに激しく降り出した。手代たちが大急ぎでお客を店の奥へ招き入れ、髪や肩先についた雪を払う手ぬぐいを持ってくる。

この降りでは、人台にも笠《かさ》と蓑《みの》が要る。おお、冷たい。新品の襟巻きをひっかぶるわけにもいかず、片手を庇《ひさし》にして顔に降りかかる雪を避けながら、富次郎はくるりと踵《きびす》を返した。

そのとき、三島屋の建物の西側を走る路地――まさに富次郎が小走りに向かおうとしている先にある天水桶《てんすいおけ》の陰に、大きな人影がのっそりと立ちはだかっていることに気がついた。

火防《ひぶせ》のために置かれる天水桶は、手頃な大きさの桶を下に一つ並べ、その上に一つ積み上げ、埃《ほこり》と雨除《あまよ》けに簡素な屋根を載せたものである。ここにあるものは、高さは五尺五寸ほどだろうか。

その人影は天水桶の高さを超えており、簡素な屋根から頭がまるまる飛び出していた。身体の横幅もどっしりと広くて、だから場所としては天水桶の「陰に」いたけれど、まったく身を隠してはいなかった。

僧形であった。大きな坊主頭に太い首、丸々と盛り上がった肩。袈裟《けさ》を着て、大念珠を提げている。

あ、と思った瞬間に、その大きな僧形の人影も富次郎に気づいた。すうと後ずさりすると身を翻し、大股《おおまた》に路地の奥へと去ってゆく。歩きながら、背中に付けていた笠を取って頭に載せた。袈裟の丈は短めで、脚絆《きゃはん》と草鞋《わらじ》をつけている。

とっさのことで、顔は見えなかった。雪の帳《とばり》の向こう側を、大柄な坊さんが音もなく飛んでいった。そう感じるほどに素早い身のこなしだった。

ちょっと気を呑《の》まれてしまい、富次郎はその場に釘付《くぎづ》けになった。雪坊主。そんなあやかしはいたかしら？

冷たい風に巻かれた粉雪が鼻の穴に飛び込んできて、ハックション！ とした拍子に我に返り、慌てて路地へ飛び込んでみたが、大きな坊さんは影も形もなくなって、足跡さえも降る雪に消されている。

路地は突き当たりを右に曲がれば三島屋の裏庭へ、左に曲がれば二軒の家の裏を通って往来へ出ることができる。表店《おもてだな》と町家がみっしり立て込む、神田のにぎやかな一帯だ。

それでもあの巨体は目立つだろう。追っかければ見つけられそうだが、どうしようと迷う暇はなかった。そう、富次郎は厠《かわや》を我慢していたのだから。

さっきとは別の理由で泡を食って路地を走り抜け、裏庭から勝手口に飛び込んだ。台所の竈《かまど》の前には襷《たすき》をかけたお勝がいて、お玉を片手に、旨《うま》そうな味噌《みそ》の匂いがする大鍋《おおなべ》をかき混ぜている。

「人台役はおしまいでございますか」

「うん、お役御免だ！」

用を足して人心地がついたところで、富次郎は台所の小上がりに座った。お勝が大鍋で煮ていたのは蕪汁《かぶらじる》で、

「皆さんの本日のおやつでございます。小旦那様、お味見してみてくださいまし」

椀《わん》に注がれたあつあつのところを、富次郎は味わった。胃の腑《ふ》の底に染みて、魂の芯《しん》から温めてくれる。

「旨い……」

嗚呼《ああ》、涙目になってしまう。

「丸々した、いい蕪だ。それにこの味噌、色が濃いし、うちのおみおつけの味噌とは風味が違うようだけど」

お勝は湯気の向こうでにっこりする。

「さすがは小旦那様。ええ、いつものお味噌とは違いますの。この雪のなかをおいでになったお客様から頂戴《ちょうだい》したもので、上方《かみがた》のお土産だそうでございますわ」

「お客さん？　店先じゃなく、奥に誰か来ていたのかい」

「はい、懐かしいお顔でしたが、長居はされずにお帰りになってしまって」

「どこのどんなお人かな」

熱い蕪の一切れをほおばり、はふはふと嚙《か》んで味わって、思いつきで富次郎は問いかけた。

「まさか、相撲取りのように大きなお坊さんというのじゃあるまいよね」

本当に「まさか」「よもや」と思ったからそう尋ねたのに、お勝は切れ長の目を見開いて驚いた。

「まあ、小旦那様、なぜおわかりになりますの？」

富次郎もびっくりして、蕪が喉にひっかかってむせてしまった。

「げえ、だって、じゃあれは、うちに来たお客さんだったのかい」

胸をさすり、息を整えながら、富次郎がさっきの路地での出来事を話すと、お勝はさらに可笑《おか》しそうに笑み崩れた。

「そういえば、小旦那様は一度もお会いになっていないのですものね。怪しんでも仕方がありません。なにしろ、本当に怪しい方ですから」

行然坊《ぎようねんぼう》様は――と言う。

「ぎょうねんぼう？」

まったく聞き覚えのない名前ではないような……気がする。

「おちかの知り合いだったっけ」

「はい。小旦那様は、お見知りおきではございませんでしょう」

「確か、うちが押し込みに襲われたときに、えらくお世話になったお方じゃなかったかしらん」

お勝の笑顔に、嬉《うれ》しそうな誇らしそうな色がさした。「大当たりでございます。行然坊様は、もとはといえば本所《ほんじよ》の手習所の青野《あおの》先生のお知り合いなのですが、あのときはお二人で手を携えて、三島屋を押し込みの凶手から救ってくださいました」

当時、富次郎が急を聞いて駆けつけてきたときには、その二人の救い主は引き揚げたあとだった。父の伊兵衛と母のお民《たみ》、このあたりを縄張《しま》にしている岡っ引きの半吉《はんきち》親分から話を聞いて、やれやれみんな無事でよかったと胸をなで下ろした覚えがある。

「そうか、あのときの片割れのお坊さんだったのか」

「偽坊主でございますけどね」と、お勝はけろりと言った。

「偽坊主？　いんちきなの？」

「はい。正しく修行を積んで得度した方ではないんですのよ。気の向くままに国じゅうを流れ歩き、見よう見まねの念仏を唱える。それでも、そんな暮らしぶりに一つの意義を見出《みいだ》したきっかけの出来事を、黒白《こくびゃく》の間で語ってくださった語り手のお一人でもございます」

　おちかとは、語り手と聞き手の間柄でもあったのか。

「今日、うちを訪ねてこられたのは……」

「久しぶりに江戸へ戻ったので、おちかお嬢さんにご挨拶《あいさつ》に参上したということでございました」

　応対に出たお勝が、おちかは昨年嫁ぎ、今お腹には赤子がいて、もう産み月になることを話すと、行然坊は大いに喜んで、こう言ったそうである。

　――こちらの屋根の上に、雪雲のなかでもくっきりと見える桜色の笠雲がかかっているのは、その慶事の印でしたか。

　偽坊主だというのに、そんな心眼みたいな力を持っているのか。富次郎はちょっと眉《まゆ》をひそめずにいられない。三島屋の恩人とはいえ、胡散臭《うさんくさ》いぞ。

「それじゃ、行然坊殿とやらはおちかに会いに、瓢簞古堂《ひょうたんこどう》へ回ったのかな」

「いいえ。ただの挨拶に、嫁ぎ先にまで押しかけてはかえって無礼至極、お勝殿からよろしくお伝えくだされと言い置かれまして」

お勝がせめて伊兵衛やお民に会うように勧めても、そちらもにこやかに遠慮して、土産の味噌を手渡すと、勝手口をくぐって出て行ったという。

ふうん——と、富次郎は口をすぼめる。

お勝は疱瘡《ほうそう》神という強い疫神《えきじん》の加護を受けた禍祓《まがばら》い、三島屋の変わり百物語の守役である。怪しげな偽坊主の言うことやることを、こんなふうに手放しで認めていいものなのか。という以上に、何だか嬉しそうな顔をしてはいないか。

「お勝は、行然坊さんとやらに会えて喜んでいるんだね」

お勝は、変わり百物語については富次郎よりも経験を積んでいる。それを尊んで、富次郎はいつも「お勝さん」と呼びかけていた。なのに今は呼び捨てにしたのは、不機嫌の現れである。

「はい。懐かしいお顔を見られて、嬉しゅうございましたわ」

富次郎の不機嫌に気づかぬわけはなかろうに、お勝はあっさりそう認めた。富次郎はますます面白くなくなる。

「その偽坊主、路地の天水桶の陰に潜んでて、わたしに見つかった途端に泥棒みたいに逃げていったんだよ。不届きだとは思わないのかい」

お勝はちょっと目を丸くした。疫神の加護の印として痘痕《あばた》を残されてしまったものの、土台は黒髪豊かな色白の美女だから、こんな表情をしても美しい。

「小旦那様、そう気色《けしき》ばまらずに」

「だって、お勝があんまり油断しているようだから」

けしからん！　と、富次郎はわざと酸っぱい口つきをして言った。

「あいすみません」

お勝は丸くしていた目を細め、ぐずる赤子を宥《なだ》めるみたいな顔をした。

「でも行然坊様は、ご自分の風体が怪しいことを充分に心得ておられますので、小旦那様を憚《はばか》ったのでございましょう」

そうなの？　こっちはかえって訝《いぶか》しかったんだけど。

「しばらく江戸に留《とど》まって、市中の片隅でおちかお嬢さんの安産を祈念したいとおっしゃっていましたし、小旦那様がそんなにご機嫌を損ねておられるのなら、きっとまた姿を現しますわ」

「お勝が文でも遣《や》ってくれるのかい」

「いえいえ」お勝はまた嬉しそうに笑い、白い指をひらひらと振った。「そんな手間をかけずとも、行然坊様には伝わります。そういうお人なんでございますよ」

神通力かよ。なおさら面白くねえ。

むくれながらも蕪汁をおかわりしていると、伊一郎が八十助と新太を連れて台所に入ってきた。

「なんだ、富次郎。一人でぬくぬくと」

「尻《しり》が凍り付きそうだったもんで」

「お勝、私らにもその旨そうな汁をおくれ。新太、鼻紙がないならこれを使いなさい」

ああ腰が痛い、ち〜ん、はくしょん！

にぎやかなところに、お勝が蕪汁の椀を配る。小上がりの座敷に暖気が立ちこめる。

「お、これは旨いねえ」

「たくさん売れましたか」

「一刻半で、肩掛け七枚に襟巻き五本でございますよ。天鵞絨《びろうど》の掛襟《かけえり》も三枚出ました」と、新太はほっぺたを赤くして声をはずませる。

「天気のおかげだよ」

「ああ、腰まで染みますな、この汁は」

旨いものを食べているとき、人はいい顔になる。富次郎はよく知っている人びとの顔をあらためて眺め回した。

伊一郎が戻ってきても、伊兵衛はこれといってにぎにぎしいお祝いをしなかった。正月の年始回りや宴席で、長男が帰ってきて、今後は正式に三島屋の跡継ぎとして商いに励むことを、ごくあっさりと知らしめただけだ。

修業先の小物商、通油町《とおりあぶらちょう》の〈菱屋《ひしや》〉で、あちらが持ちかけてきた縁談をめぐって齟齬《そご》があり、気まずくなったので、伊一郎はこれまでのつもりよりも早く三島屋に戻ることになった――という経緯《いきさつ》があったから、それこそ先方を憚ったという理由が一つ。あと一つは、伊兵衛とお民の胸のなかに、こちらは嫁に出した実家の側とはいえ、大事なおちかの初産がめでたく済む以前に、別の事柄で「めでたい、めでたい」と喜ぶのはやめておきたいという思いがあったからである。

――一年のうちに味わえる「めでたい」には限りがあるからね。おちかのためにとっておきた

いんだよ。

変わり百物語の聞き手を始める前の富次郎だったら、へえ〜と聞き流すか、そんな迷信みたいなことを言ってと笑うか、どちらかだったろう。だが今は違う。人の思いを雑に扱ってはいけない。

新しい年がきて、伊一郎は二十五歳、富次郎は二十三歳になった。これから先の春夏秋冬は、ぼうっと過ごしていられない。

——おいらもしっかりしなくっちゃ。

おちかがおっかさんになるんだ。わたしも大人にならなくちゃ。

だけど、何だろう、この胸のぽっかりと穴が空いたような感じは。

おちかの赤子の顔を早く見たい。今は何よりもそれが楽しみだ。その気持ちには微塵《みじん》の雑念もないけれど、心の別の場所で、富次郎は寂寥《せきりよう》を覚えている。

また聞き手を始めたい。

「富次郎、おやつが済んだらもう一働きだよ。そっくり着替えて、今度は頭巾《ずきん》と半合羽を売るんだ」と、伊一郎が腰をあげる。

「うちで半合羽なんか扱ってたっけ」

「これからは扱うのさ」

子供のころから兄にはかなわなかった。またその役回りに戻ることに異存はない。

「はいはい、わかりました」

忙しがっているうちに気が散って、富次郎の寂寥もまぎれ、お勝との(ちょっと棘《とげ》のある)やりとりのことも忘れてしまったのだが——

お勝の言ったことは、本当になった。

その日は一転、うららかな晴天だった。陽ざしは明るく、うなじを撫《な》でるやわらかな風が吹いている。

そんな春陽のなかで、行然坊と名乗る偽坊主は、小川のせせらぎをせきとめる巨岩のように見えた。なにしろ大男で、縦にも横にも大きい。胴まわりなど、富次郎でも抱え切れそうにないほどだ。

これだけの巨体が勝手口のすぐ外に立ちはだかったから、陽ざしが遮られて台所は薄暗くなっていた。普通はそれだけでも怪しいし恐ろしかろうに、応対に出た小僧の新太は、犬ころのようにこの(お勝が言うところの)偽坊主に懐いており、久しぶりの再会を手放しで喜んでいるようだった。

新太は行然坊を客間に通そうとしたのだが、偽坊主は頑《かたく》なにそれを辞退して、ただ富次郎に取り次いでほしいと請うた。新太が店先へ呼びに来たとき、富次郎はまた兄の命令で人台を務めていた。今度は薄手で軽やかな麻の襟巻きを、晴天の陽ざしから月代《さかやき》や目元を守るような新手《あらて》の巻き方をして（これがまた三通りもある！）、歩いたり回ったりにっこりしたり目を細めたりしていたのだ。だから本日売り出し中のその襟巻きを首に掛けたまま台所へ向かったら、お天道様を遮るほどの大男が待ちかまえていたというわけなのだった。

「わしは行然坊と申す者。居所定まらぬ旅の坊主にございますが、三島屋の皆様とはいささかの縁《えにし》があり、知己をいただいておりました」

台所の土間に仁王立ちしていた行然坊は、身を折って富次郎に頭を下げた。

「その縁にすがり、不躾《ぶしつけ》に押しかけて参ったのは、おちか殿から変わり百物語の聞き手を継がれたという富次郎殿に、折り入ってお願いがござる故」

行然坊は、兄の伊一郎とはまた別口の「いい声」の持ち主だった。伊一郎の声は耳で響く。この巨体の坊主の声は、耳を介して胸に響く。

それと、この顔つき。巨体にふさわしく、眉毛は太く目も鼻も口もいちいち造りが大きい。耳は大きいだけでなく、形が歪《いびつ》だ。怖い顔ではないが、異相である。

——なのに憎めない。

お勝や新太がバカにこの偽坊主に懐くのは、押し込みから救ってくれた命の恩人なのだから無理もない。だがこうして向き合うと、そんな恩など受けていないどころか、回れ右をして避けられて不愉快な思いをした富次郎までもが、何となく警戒が緩んでしまうというか、

——悔しいが、悪い奴とは思えない。

「うちのお勝が御坊のことを、偽坊主と申しておりました。風体が怪しいし、それを御坊ご自身も承知しておられると」

行然坊は顔を上げると、ぐりぐり眼で富次郎を見つめた。目尻に刻まれている深い皺《しわ》は、年齢のせいである以上に、旅の暮らしの風雪と陽ざしによるものだろう。

「おっしゃるとおりでござる」

あっけらかんと認めて、目尻の皺をいっそう深くすると、太い声で笑った。つられて、富次郎の後ろでかしこまっている新太も笑った。くすぐったそうな、気持ちのほどけた笑い声だった。

「楽しそうで結構でございますな。しかしわたしは、あまり愉快に笑う気持ちになれません」

行然坊も新太も笑い顔のまま固まった。

「このあいだ、路地の天水桶の陰に隠れていたのは御坊でしょう。何をしていらしたんですか。なぜ、わたしの姿を見かけて逃げ出したんですか」

厳《いか》めしく問い詰める富次郎を、新太がびっくりして見つめる。

「これは、まず重々お詫び申し上げます」

行然坊は殊勝な顔をして、また身を折った。「おっしゃるとおり、わしはこのように胡乱《うろん》な坊主でございます。富次郎殿に見とがめられるのが恐ろしゅうて、慌てて逃げ出しました」

気づかれていないと思っていたと、嘘くさいことを言う。

「なぜ、わたしのことをご存じで？」

「店の外で人台をしておいでだったでしょう。売り口上を述べておられたのは兄上の伊一郎殿でしたな」

しっかり見られていたのか。富次郎は顔が熱くなった。

「わたしの方だって、こんな大きな人を見落とすもんですか。おふざけもいいかげんにしてくださいさい」

富次郎の剣幕に、巨体の坊主と小僧の新太が、同じ恰好《かっこう》で小さくなっている。それもまたバカに気が合っている。

「け、けっしてふざけてはおりません」

新太が小ねずみのように台所の土間に下り、行然坊の足元で手をつくと、富次郎に向かって平伏した。

「小旦那様、申し訳ございません。このとおり手前からもお詫び申し上げます。行然坊のおっちゃ――行然坊さんは、身体は大きいですが気の小さいところがあって」

行然坊のおっちゃん？

「左様、わしは小心者でして。まったくお恥ずかしいことでござる」

偽坊主もゆさゆさと巨体を揺さぶって膝《ひざ》をつき、新太と並んで手をつこうとする。新太は行然坊を庇《かば》い、行然坊は新太を守ろうとしている。

何だか、かなわん。

富次郎の胸の塞《ふさ》ぎが、がらがらと崩れた。

このでっかくて怪しい坊主は、三島屋と良い縁で結ばれている人物なのだ。関わる機会のなかった富次郎が割り込んで文句を言っても詮無《せんな》いばかりか、ただの意地悪になってしまう。

「どうぞ手をあげてください」

声を出してみて、ほっとした。いつもの自分の口調に戻っている。

「新太も早く立ちなさい。腹が冷えてしまう。それより、行然坊のおっちゃんに熱いお茶を淹《い》れてさしあげておくれ」

そこからは場がほぐれた。行然坊はどうしても座敷に上がろうとしないので、上がり框《かまち》に腰掛けてもらい、富次郎はその傍らに座した。新太はまめまめしく立ち働いて湯を沸かし、番茶を淹れた。

「そこの水屋を開けてごらん。竹の皮の包みがあるだろう。中身は豆餅《まめもち》だよ」

今日の皆のおやつにするつもりで、富次郎が買っておいたものだ。早い者勝ちで先に食べてしまおう。人が嫌がっているのを百も承知で何度も人台をやらせる非情な兄さんになんか、食わせるものか。

突っ張っていないで素直に尋ねたら、行然坊との関わりについて、新太が進んで話してくれた。なるほど、手習所の若先生を介しての縁なのだから、他の誰よりも先に新太が行然坊と親しくなったというのは、ちっともおかしなことではない。

「わしとの間には、新太のような働き者ではない、悪ガキの三人組もおりましてな」

「でも、その三人とも、おちかお嬢さんとも仲良しだったんでございますよ」

今はみんな生計《たつき》の道を見つけ、それぞれに励んでいるという。二人の思い出話に耳を傾け、富次郎も楽しんだ。わたしも、もうちっと早くうちに帰っていたら、仲間に入れたのになあ。

「行然坊様は、おしまとは……」

おしまは三島屋の古参の女中である。昨年秋に、おちかの嫁ぎ先である瓢簞古堂へ押しかけ奉公に行って、今ではあちらの生え抜きのような顔をして忠勤している。おかげで、三島屋の側はまめにおちかの様子を知ることができるようになったし、おちかも心強かろう。

「お勝殿から話を聞きましたので、こちらをお訪ねしたその足で瓢簞古堂へ回り、挨拶して参りました。土産の赤味噌は、臨月のおちか殿に

は少し塩気が強うていけなかったかもしれませんが」

「じゃあ、おちかにも会ったんですね」

行然坊は首を縮め、分厚い手の平を持ち上げると、顔の前で左右に振った。

「滅相もござらん。このような怪人が顔を出しては、おちか殿のご亭主が気を悪くされましょう。おしま殿に言伝《ことづて》を託し、こそこそ帰って参りました」

ずいぶん控えめな怪人だ。そういえば、お勝が言っていたではないか。行然坊は市中の片隅でおちかの安産を祈念する、と。この巨体と異相を直《じか》に見てからだと、泣かせる遠慮ぶりである。

「産婆さんの話では、お腹の子は無事に育っていて、おちかはもういつ産気づいてもおかしくないそうなんですよ」

今日明日ではやや早産になる。今月のうちに生まれなかったら、やや遅すぎる。それくらいの案配だという。

重そうなお腹を抱えたおちかには、もう母親としての落ち着きが備わってきているようだ。一方、ただ待つだけのまわりの者たち、とりわけ伊一郎を除く三島屋の男たちは、おちかの初産を案じてやたらと気を揉《も》んでおり、おしまには、

――皆様、しっかりしてくださいよ。

と叱られる始末である。

お民もこれには苦笑いしていて、

――まあ、ご亭主も含めて、身内の男衆はおろおろするのが務めだからね。あなた方がやきも

きした分だけ、おちかのお産が軽くなるよう念じていてくださいよ。

富次郎がそのあたりのことを話すと、行然坊は深くうなずいた。そして言った。

「白状しますと、わしはこちらの変わり百物語で、おちか殿に語りを聞きとってもろうたことがござる」

「ああ、それならお勝から聞きました」

話の内容までは知らない。おちかが聞き捨てにした語りだ。外には漏れない。

「ご存じでしたか。つまり、わしにとっておちか殿は恩人なのでござる。いんちき坊主が、こちらの変わり百物語を経て目が覚めました」

感謝の念のほどは伝わってくるが、行然坊が何を語り、おちかがどう聞きとったのかはわからないから、少々歯がゆい。

「目が覚めて、何かを体得したとか？」

そういえば行然坊は、神通力みたいなものを持っているのではなかったか。

「あなたの目には、うちの屋根の上に、めでたい桜色の笠雲がかかっているのが見えたそうですね」

富次郎の問いに、行然坊は大きな坊主頭に手をやって、ぐりぐりと掻《か》いた。

「それもまた、富次郎殿には怪しく感じられましょうなあ」

「まあ、凶兆の黒雲が見えたんじゃなくてよかったと思いますよ」

「やや、実のところ、おちか殿に語りを聞いていただくまでのわしの眼には、凶兆しか見えなかったのでござる」

変わり百物語で語り、心の澱《よどみ》をきれいに流したことがきっかけで、吉兆も見ることができるようになったのだという。

「おちか殿は、わしが己の心底を浄《きよ》めるきっかけを与えてくださった。その恩に報いるため、無事にお産が終わるまで、総身の力を振り絞って祈念いたす所存でございますが……」

それとは別に、話があるという。

「本日はそのために、富次郎殿にお会いしとうて伺いました。今のところ、変わり百物語を休んでおられるというのは本当でござるか」

「ええ。おちかの大事な時ですから」

わざわざ怪談話を引き寄せることもあるまいと、言い出したのは伊兵衛である。

「もちろんそれはわかるんだけど、正直、わたしは少し退屈で……」

つい、富次郎はこぼしてしまった。いかん、いかん。

「退屈なんて言ったらいけませんね。でもホントのところ、おちかは他の誰よりもうちの変わり百物語の重さを知っているんだから、変に気を回して休んだりしないでくれって、本音じゃそう思ってるんじゃないかって」

言い訳がましいことを続ける富次郎にかまわず、行然坊は大きな頭を寄せて、ぐいと身を乗り出してきた。

「では富次郎殿は、語り手が現れるならば、会うてもよいとお考えか」

「へ？」

「恐ろしい話、忌まわしい話を語る者ではござらん。それはわしが請け合います」

行然坊は、変わり百物語の新しい語り手を紹介したがっているのである。

「今この大事なときだからこそ、三島屋の奥、確か黒白の間と申しましたかな。あそこで語ってもらうことに意味のある語り手でございます。富次郎殿に聞きとっていただけるだろうか」

大きな顔の迫力に、富次郎は気圧《けお》される。

「お、おちかの大事なときだから？」

巨体の坊主は総身を揺さぶるようにしてうなずいた。「だからこそでござる」

そうなのか。富次郎は押し切られる。

「よござんす。それならお招きしましょう。聞き手のわたしがお迎えすると決めたのだから、誰にも邪魔はさせません」

大見得を切りつつも、腹のなかでは慌てて勘定していた。大丈夫、これが他の人の口利きだったなら、伊兵衛もお民も良い顔をしないだろう。だが行然坊は三島屋の恩人だ。誰も怒るまい。おいらも叱られまい。

しかし、伊一郎の呆《あき》れ顔はちらりと脳裏を横切った。何を調子に乗っているんだ、おまえは。変わり百物語の聞き手なんて、ただの酔狂に過ぎないのに。

それは、やったことのない者にはわからない醍醐味《だいごみ》があるってことよ。

「それで日取りを決めようと思ったんだけど、この件では、いつうちに来て語れるのか、語り手には決められないんだってさ」

もちろん、行然坊にもわからない。ただそう遠いことではないから、この月の内だと思って待っていてくれ、という話だった。

*

富次郎の説明に、お勝は訝るふうもなく、

「では、楽しみにお待ちしておりましょう」と微笑んだ。守役がそう言うのだから、富次郎も焦らず慌てず待っているしかなくなってしまった。

朝夕はまだ冷え込むが、その冷たい気のなかに梅の香がまじっている。お天道様が昇ってくれば、日向《ひなた》では頭巾も襟巻きも要らない。昔からの謂《い》われにあるとおり、一日に畳の一目ずつ陽が長くなってゆく。

三島屋の者たちは、長閑《のどか》な春の兆しを悦《よろこ》びながら、おちかが産気づくその時を待っていた。瓢簞古堂と三島屋は目と鼻の距離だが、嫁ぎ先と実家の間には、足で歩く距離では測りきれぬものもある。こっちからうるさく様子を聞くのはいけない。実家があんまりそわそわするのはみっともない。

だが、ぐるぐる案ぜずにはいられない。お産は軽いにきりなし、重いにきりなしという。あっさり安産で丸々とした赤子をだっこできると恃《たの》んでいよう。でも、万が一そうでなかったら？　難産だったらどうしよう。おちかの命が危なくなったら？　赤子が元気でなかったら？

おちかのお産を待ちながら、いつ来るかわからない語り手を待つ。何のことはない、待ちくたびれるあてが二つに増えただけで、富次郎はかえってくたびれた。

——行然坊って、やっぱり信用ならん偽坊主じゃないのか。

そろそろむかっ腹が立ってきて、それでもおいらなんか気が長い方だよ、だって今日であれから九日目じゃないかと独りごち、居室でこっそり暦につけたバツ印を眺めて鼻息を吐き出す富次郎。そのとき、唐紙の向こうの廊下を駆けてくる足音がしたと思ったら、曲がり角で見事にすってんころりんと転んだ。どたん、ごつん！

「あ痛ぁ」

半泣きで痛がっているのは新太だ。

「こ、小旦那さまぁ〜」

「こら、廊下を走るんじゃない」

「えっと、でも、き、き、来ましたので」

富次郎は口から心の臓が飛び出そうになった。はっと身構える。

「おちかの、じ、じじ、陣痛が？」

「え！　違います、黒白の間の、お、お客様が来たんでございます」

何だよぉ。

喉元で止まっていた心の臓を呑み込み直し、着物の襟元と裾《すそ》を整えて、富次郎は廊下に出た。

よっぽど強くぶつけたのか、新太は半べそ顔になっている。

「痛いところを冷やしておいで。お客様はわたしが案内する」

「はい、あいすみません。勝手口の方にいらしています」

こほんと空咳《からぜき》を一つ、富次郎は台所へ向かった。黒白の間の語り手は、身分の上下に関わりなく、勝手口から三島屋に入る。いつからそうなったのか、二番目の聞き手である富次郎にはわからない。まあ、変わり百物語が市中で評判になるにつれて、語り手を周囲の詮索の目から守る配慮が必要になったということだろう。

白足袋《しろたび》で長い廊下をさっさと踏みしめて、

「お待たせして申し訳ございま」

台所に入った途端、富次郎は息を呑んでしまって、言葉が宙ぶらりんになった。

勝手口の敷居のすぐ外側に、丸顔の小柄な女が立っていた。

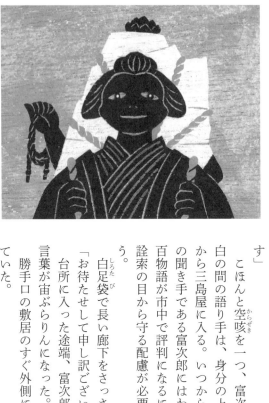

今日も天気がよく、梅の香がいっそう強く感じられる。なのに、その女の立ち姿からは土の匂いがした。

歳は若くはないが婆様でもない頃合いで、膝丈の縞《しま》の着物の上から分厚い綿入れのちゃんちゃんこを着込み、紺絣《こんがすり》の手甲脚絆に草鞋ばき。小さな風呂敷《ふろしき》包みを腹にくくりつけている。これが手荷物なのだろう。

普通は背負うであろう手荷物を、なぜ腹に巻いているのか。背中には、もっと大きな荷物をおんぶしているからである。

その荷物は、薄汚れた晒《さらし》でぐるぐる巻きにされた上から、縦横斜めに荒縄を掛けられている。女はその荒縄をつかんで荷物をおぶっているのだった。

そう。「おぶっている」という言葉を使うべきだ。で、これを「荷物」と呼んでは罰が当たりそうな気もする。

全体に人の形をしており、ぐいと曲げた右腕の肘《ひじ》のところが、晒の隙間から覗《のぞ》いている。左腕は肘から先がまるまる外に飛び出しており、下から突き上げるように固めた拳《こぶし》に、何かを握っている。頭のてっぺんも少し晒の巻きが緩んでおり、丸い髷《まげ》のようなものが見て取れる。

――何かの像だ。

おそらくは、仏様のお姿を象《かたど》ったもの。神将や童子の像もあり得るか。

女の背丈は五尺に届かぬほど、背中の像は三尺くらいだろうか。像の方は細身でそれほど重くはなさそうだし、女は全体に肉付きがよくて、そこそこ力持ちのようではある。

それにしたって奇矯な出《い》で立ちだ。新太が仰天して廊下を走ってしまったのもうなずける。

——この恰好で、いったいどこから歩いてきたんだろう。

「ど、どうぞお上がりください」

裏返ったような声を出した富次郎に、丸顔の女は顔いっぱいに笑って応じた。

「ごめんくださいまし。行然坊様にお口利きもらってお訪ねしました、東ケ谷《とうがや》高月《こうづき》村は洞泉庵《どうせんあん》のいねと申します」

何というか——顔も声も、あまがえるみたいな人である。

いや、けっして悪く言っているわけではない。あまがえるはきょとんとした可愛い顔をしているじゃないか。

「さっそくにご挨拶をありがとうございます。当方の変わり百物語においでくださったお客様には、すぐ奥の間に通っていただくのが決まりでございますから、どうぞ遠慮なさらずにお上がりください」

いねはまたにぱっと笑い、

「それではお邪魔いたします」

台所の土間に入ってきて、自分が上がるより先に背中の像をおろすと、上がり框に立たせた。

そして、

「うりんぼ様、さあ着きましたよ。このおうちでよろしいんでございますよね」

富次郎にではなく、その像に話しかける。間近に見ると、像の頭のてっぺんにある丸い髷は蓮《れん》華《げ》、蓮《はす》の花を模した形をしているとわかった。

しかし「うりんぼ様」とは、仏像に呼びかけるにしては、これまた奇矯である。

「ご満足ですかね。さいですか。そんならよかった」

富次郎をほったらかして、いねは一人で納得する。

「あの……満足とか、うちでよろしいとかいうのは、どういう意味でしょう」

黒白の間に落ち着く前に詮索するのは手順が違うが、こんなことを言われたら気になってしょうがないじゃないか。

いねはちっとも悪びれず、「こちら様には、臨月の産婦がおられますんでしょう」

「え。ああ、はい。うちというより、うちから嫁に出た者ですが、嫁ぎ先がごく近くなので」

「この数日で、同じように産気づいて赤子を産もうという女《ひと》はたくさんおりましょうけども、うりんぼ様はこちらの産婦さんにお力添えしてくださるそうでございますよ。よかったよかった」

また一人で納得している。だが、富次郎が当惑していることには気づいたらしく、

「あれ若旦那さん、行然坊様からは、何も聞いとられませんのかね」

「まったく何も。あなたがいつ来るか、それさえ不確かだったくらいですよ」

「それはすまんことといたしました」

あまがえるみたいなきょとんとした顔で、いねは身を丸めてぺこりとした。

「言い訳がましいけども、わだしらも、うりんぼ様が腰をお上げになるまでは、いつどこへお運びすることになるのか、確かにはわからんもので……」

ふむ。そういうことなのか。

「では、今日はうりんぼ様の思《おぼ》し召しがあって、この三島屋においでくださったということでしょうか」

「へえ」

富次郎はいずまいを正すと、晒に巻かれた「うりんぼ様」の方に向き直った。

「ようこそおいでくださいました。手前は当家の次男坊で、名を富次郎と申します。うりんぼ様……いねさん、わたしもそうお呼びして、失礼にあたりませんか」

「あ、そりゃかまいません」

割とぞんざいである。

「では、うりんぼ様。奥の間へどうぞお通りくださいませ」

いねはうりんぼ様の荒縄をつかんで持ち上げて、子供を横抱きにするようにして黒白の間へ入った。そして語り手の座に落ち着くとすぐに、うりんぼ様に巻き付けた晒をほどき始めた。

とりあえず、富次郎はおとなしく座してその様を拝見した。

ほどけばほどくほどに、晒は薄汚れている。その理由《わけ》は、うりんぼ様のお身体が露《あら》わになるほどに知れてきた。

「この……黒いお身体は」

富次郎は厳かに抑えた声音で尋ねたのに、いねはあっけらかんと答えた。

「煤《すす》でございますよ」

「ああ、煤を塗ってあると。何か謂われがあるのでしょうか」

「そうじゃなくって、ただ煤にまみれていらっしゃるんだ。うりんぼ様は台所がお好きなもんで」

富次郎は心のなかで目をぱちくりする。

「はあ、台所がお好き」

「わだしらも、達者に立ち働いているところをうりんぼ様にお見せしたいもんで、お天気がいいときは畑にお連れすることもあるんでございますよ」

晒がすっかりほどけて、うりんぼ様はいねと富次郎のあいだにすらりと立った。

遊びで絵を習っていたときも、仏画を描いたことはないので、富次郎は仏像について深い知識を持ってはいない。誰でも知っている程度のことを、聞きかじりで覚えているだけだ。

それでも、うりんぼ様にはわかりやすい特徴があった。背中の火焔《かえん》光背と右手の剣。突き出した

左手に握っておられるのは、衆生《しゅじょう》を救うときに使う投げ縄のような武具である。これが揃っているということは、

「うりんぼ様は、お不動《ふどう》様なんですね」

大日如来《だいにちにょらい》の化身だとされる、不動明王である。

「へえ」いねが笑うと、丸い顔がいっそう福々しくなる。「光背が小さいし、あんまり炎に見えねえんだけども、三島屋さんにはおわかりになるんだね」

確かに光背はこぢんまりしており、背中に張りついてしまっているので、うりんぼ様の背中に彫りものがあるように見えなくもない。それともう一つ、

「お顔が彫られていませんよね」

うりんぼ様のお顔には、眉も目も鼻も口もない。その痕跡《こんせき》さえないから、昔は彫られていたものがすり減って失くなったということでもないのだろう。

「憤怒《ふんぬ》の相ではないので、お不動様じゃないのかなと、ちょっと迷わせますね」

いねはちょっと笑って、「うりんぼ様は、お怒りになるとおっかねえんですよ」

「そうなんですか。おつむりの形は瓜《うり》のようですよね。髪は総髪で、瓜のへたにあたるところに蓮華が載っていて……」

「お顔に、うりんぼうのような縦縞がございますでしょ」

確かに縦縞がある。うりんぼう、猪の仔《こ》の身体にある独特な柄に似ている。

「だから、縮めてうりんぼ様とお呼びしているんですね」

「きれいな縞でしょ」と、いねは自慢そうに言う。「うりんぼ様は、瓜畑に青瓜とまじって埋まってござったんだそうですよ。掘ってみたらお身体が出てきたもんだから、庵主《あんじゅ》様もびっくりするやら嬉しいやら」

その庵主様が、いねの言う「洞泉庵」の主人なのだろう。

おちかから聞き手を引き継いで、富次郎はこれまで十の話を聞き捨てにしてきた。そのなかで、南蛮渡来《なんばんとらい》の禁教の神と信徒の話も聞いたし、なぜかしら土地神や産土神《うぶすながみ》が登場する話が続いて、人と八百万《やおよろず》の神々との関わりや、信心というものの尊さと危うさについて、富次郎なりに考えさせられたこともある。

だが、仏様が登場する逸話を聞きとるのは初めてだ。しかも瓜畑で採れた仏様とはこれまた変わり種で、変わり百物語にふさわしいじゃないか。

恐ろしい話、忌まわしい話ではないと、行然坊は請け合っていた。こうして向き合う語り手のいねも、長閑で呑気な丸い顔をしている。

富次郎の心は静まった。

「お話を始める前に、粗茶を差し上げましょう。どうぞ喉を潤してください。東ケ谷というところは、だいぶ遠いんですか」

「保土ケ谷宿《ほどがやじゅく》の近くでごぜぇます」

東海道《とうかいどう》の宿場町で、川崎《かわさき》よりも先である。

「それなら、昨日のうちから発《た》って、歩きづめだったんでしょう。お一人でいらしたんですか」

「わだし一人じゃねえ。うりんぼ様がご一緒だから」

ではあっても、うりんぼ様は歩いてくださるわけではない。いねはくたびれているだろう。富次郎は手早く茶を淹れた。

語り手がいつ来るかわからず、生ものは用意しておけなかったから、今日の茶菓は豆菓子だ。黒豆を炒《い》ったものに黒砂糖をからめて一口大にした「黒丸」と、お多福豆の甘納豆に白砂糖をまぶした「白丸」。茶道具と一緒に新太が慌てて用意してくれた。塗りの小鉢の蓋《ふた》をとって供すると、いねは歓声をあげた。

「わぁ、きれいだぁ」

「お帰りになるときはお土産にして、庵主様にも差し上げてくださいね」

「みんな甘いものには目がねえから、庵主様のお口に入るかなあ」

富次郎が整えた茶菓を、いねはうりんぼ様の前に並べて、

「うりんぼ様、いただきましょう」

手を合わせて神妙に拝んだ。それから、鳥がびっくりして飛び立ってしまいそうな勢いで、白丸をぱっとつまんで口に放り込むと、目を白黒させた。

「あ〜まい〜」

富次郎は吹き出した。お顔のないうりんぼ様も、笑っておられるのではないか。

しばらくのあいだ、いねから道中の話などを聞いて、富次郎も楽しんだ。そして、黒丸と白丸があらかたなくなった頃合いで、切り出した。

「手前どもの変わり百物語のことは、行然坊殿からお聞きになったんでしょうか」

いくら市中で評判の三島屋の噂とて、東海道を走って保土ヶ谷宿まで広まっているとは思われない。

「へえ。一年くらい前、行然坊様が洞泉庵にお泊まりになったとき、庵主様にお話しになったんだそうで」

「行然坊殿は、東海道を通ってどこかへ行く途中だったのかなあ」

「あの坊様は気ままな風来坊だから、行き先なんかありゃせんわね」と、いねは笑う。軽んじているのではなく、行然坊への親しみがこもった口ぶりだ。

「洞泉庵で三晩泊まって、山のように薪《まき》を割って、屋根の雨漏りを直してくれて」

――まだここのことを知らぬ人びとに、広く伝えるお手伝いをさせてくだされ。

「そう言って、また発っていかれました。そんで、ついこのあいだ、今頃はどこの旅の空かねえって、庵主様とみんなで話していたら、噂をすれば影でね」

ひょっこり顔を見せた行然坊は庵主と対面し、うりんぼ様を拝ませてもらって、こう言った。

――もうじき、わしが恩を受けたお方が初産に臨まれる。いささかの邪《よこしま》にも手を染めておらんが、もつれた因果を背負い、心の底に苦しみと悲しみを秘めておられる女人じゃ。そこに一抹の不安がござる故、今うりんぼ様に入念にお願い申し上げた。

「行然坊様の願いが届いて、もしもうりんぼ様がその女人に力を貸そうと思し召しくださるならば、ぜひお連れしてくだされって、頼まれたんだ」

だから、いねはここへ来た——という。

富次郎はあらためて、語り手と聞き手のあいだに立っている、煤まみれの不動明王像に目をあてた。

「行然坊殿がおっしゃるその女人は、わたしの従妹《いとこ》のちかという者です。近所の貸本屋に嫁ぎまして、まさに産み月を迎えております」

今のところ、おちかの心にも身体にも不穏な兆しはないと、おしまからは聞いている。それでも行然坊が「一抹」案じていることに、富次郎は一つ心当たりがあった。

「確かにおちかは、過去の出来事に由来する苦しみと悲しみを背負っております。そして、それを乗り越えるために当家の変わり百物語の聞き手を務めておりました」

その結果、人としては一回りも二回りも大きくなって、己の人生を切り開く勇気と明るさを勝ち得たのだが、一方で、百物語に引き寄せられてくる数多《あまた》の「人の業」に触れることにもなってしまった。

「その業の化身と申しますか……正体は定かでないのですが、まあ、怪しいものがおちかの身辺に……近ごろでは、おちかの身内であり二番手の聞き手であるわたしの前にも現れるようになりまして」

あの商人《あきんど》風の裸足《はだし》の男のことは、お勝にしか打ち明けていない。心配させたくないから、おちかにも伏せてある。成り行きとはいえ、それをけろりと口に出してしまって、富次郎はだんだん狼狽《ろうばい》する。

いねはあまがえるみたいな顔で、丸い目をぱちくりさせると、「ふうん」と言った。

「人の業が相手じゃ、ちょっと手強《てごわ》いね。それだから、うりんぼ様もこちらにお力を貸してやろうって、腰をあげられたんだよ。よかったね」

「え、はあ」

「うりんぼ様はお強いから、何も案じることねえ。ただ若旦那さん、おまえさまにもうんと汗をかいてもらうことになるから、その覚悟だけはしといてくだせ」

富次郎も汗をかく？

「行然坊様もあてにしてらしたよ。変わり百物語の今の聞き手の若旦那は、なかなかの度胸者とお見受けしたって」

富次郎の何を見てそう判断したのだろう。店先で人台をしていたから？

「わだしは五年前から洞泉庵のお世話になってて、ずっとうりんぼ様のお世話係をしとります」

と、いねは続けた。

お世話係が偉いわけではないという。

「うりんぼ様は土のなかからおいでになったんで、お世話する者も土臭い方がいいみたいなんだよ。うちの親は相模《さがみ》の水飲み百姓で、わだしなんか年中ひもじくって瓜の皮をかじって育ったくらいだから、ちょうどいいのかもしれないね」

なるほど。いねは先ほどから「庵主様」と「みんな」という言い方をしているが、

「洞泉庵には、何人くらい一緒に暮らしているのですか」

いねは丸い目をくるりと回して、ちょっと考えた。「……子供も勘定に入れたら、二十人くらいかなあ」

けっこうな大所帯である。

「庵《いおり》から住み込みの奉公に出て、藪入りに帰って来る人もいる。庵が実家みたいなもんだからね」

「ははあ。皆さんの生計の道は」

「庵主様の田んぼと畑を耕して、自分たちが食べるくらいはまかなえるんだ。あと、お蚕様を育ててるし、ちっとは寄進をもらったりするし」

「あくまでも庵であって、お寺ではないんですね。檀家《だんか》はいない？」

「うん。洞泉庵はお救い小屋みたいなものだから」

成り立ちからして事情がありそうなところである。

「詳しく教えていただけますか」

「そしたら、行然坊様にお話ししたようなことを、若旦那にも言った方がいいのかね」

「ここはそのための座敷でございます。あと、わたしは若旦那じゃございません。もっと小者の小旦那とお呼びくださいね」

はぁいと言って、いねは笑った。

「こんなことしてるうちに従妹さんが産気づくかもしれねえから、もたもたしてられねえ。とっととしゃべるね」

「どうぞお願い申します」

富次郎は座り直した。

ずっと昔の話だ。相模は東ケ谷の高月村で、お奈津《なつ》という十五歳の娘が父親のいない赤子を孕《はら》んだ。

もちろん孕ませた男はいるのだ。しかし、そいつはさっさと逃げた。高月村で採れる豆や野菜を買い付けにくる青物問屋の番頭で、歳は三十二。お奈津を騙《だま》して手を出して、事が露見するとお店からも暇をもらって、雲を霞《かすみ》と消えてしまった。

もともと女グセの悪い野郎で、それはお店の方でも承知していたのだが、仕事は真面目にするので番頭にまで上げてやった。その恩を踏みにじられたのだから、青物問屋もおかんむりで、八つ当たりのように、お奈津に対しても冷たかった。

「舌先三寸の男に身を任せて孕むなんて、女の方もろくでもないんだ。うちからは涙金だって包んでやる義理はない。産むのもおろすのも、勝手にするがいい」

お奈津の父親・竹松《たけまつ》は小さな畑持ちで、暮らし向きは、小作人よりはいくらかましだという程度だ。お奈津は長女で、歳の離れた弟と妹が一人ずついる。この妹のときが難産で、母親は命を落としてしまった。以来、母親の妹であるお萬《まん》に一緒に住んでもらい、一家はどうにかこうにか日々をやりくりして暮らしてきた。

お奈津は、物心つくとすぐに家事や畑仕事を手伝うようになった。幸い叔母《おば》のお萬とは仲がよく、二人で助け合って家を切り盛りし、幼い弟妹を育てた。竹松も春から秋までは田んぼで身を粉にして働き、冬は保土ヶ谷宿や神奈川宿《かながわ》まで出稼ぎにいった。

しっかり者のお奈津が女たらしに身を許してしまったのは、食うことに追われるそんな暮らしのなかで出会った初恋に、きれいな夢を抱いたからだ。しっかり者だからこそ、甘い夢に足をすくわれてしまったのだと言ってもいい。

それが哀れだったから、竹松もお萬もお奈津を叱らなかった。お腹の子は天からの授かりものだ、末の弟か妹ができたと思えばいいと言った。だが、お奈津は知っていた。もう若くはない父親が擦り切れそうなほどに疲れていることも、お萬が時々ひどい腹痛に悩まされていることも。

赤子を産めばもちろんのこと、産み月が近くなって自分が立ち働けなくなるだけでも、父と叔母に余計な負担をかけることになる。弟妹にもしわよせがいくだろう。

――ごめんね。

季節は初冬、遠く眺める相模の海の三角波が、短い牙《きば》のように見えるころだった。

ある夜、家の皆が寝静まるのを待って、お奈津はそっと住まいから外に出た。何も羽織らず、古びた浴衣《ゆかた》の裾を切って短くした寝間着一枚で、裸足だった。

向かうのは、一家が耕しているささやかな畑だ。冬野菜の種を植えるまで、ひととき土を休ませている。だから畝もなく平らで、藁《わら》の切れっ端や雑草の根っこが散らばっていた。

その北側に、細い用水路が流れている。近くの川から引いた本路からさらに枝分かれした支路の端っこだが、このおかげで遠くまで水汲《く》みにいかずに済んでいるのだ。

こんなことに使うのは申し訳ない。お奈津は用水路に頭《こうべ》を垂れて手を合わせた。それから、裸足の爪先《つまさき》を冷たい水に浸した。

　用水路の流れは速いが、水は浅い。両足で立っても、お奈津の膝下を洗うくらいだ。

　真冬ではないから、痛いほどの冷たさではない。足の指がだんだんしびれてくるような感じで、寒いのはむしろ身体の方だ。

　――ごめんね。

　お腹に手をあてて、お奈津はゆっくりとその場に腰をおろした。用水路の幅は狭いので、膝を抱えて身体を丸める。流れる水はお奈津の脇腹で飛沫《しぶき》を上げた。

　そうやって夜明けまで座っていた。

　いつの間にか眠ってしまったらしく、次に気がついたら住まいの掘っ立て小屋のなかにいて、自分のせんべい布団に寝かされていた。

　お腹の子は流れていた。

　お奈津が着ていた寝間着は血だらけで、そのまま竹松が焚《た》き火で燃やしてしまった。お萬が

芋粥《いもがゆ》を炊いてくれたが、羨《うらや》ましそうに見ている弟妹にあげてしまって、お奈津は白湯《さゆ》だけもらった。

竹松もお萬も叱らなかったけれど、お奈津は謝った。するとお萬が泣いてしまった。

食べものが喉を通り、立って歩いて動けるようになるまで三日かかった。寝ているだけのその間に、お奈津はお萬の口から昔話を聞いた。それまでは知らなかったことや、お奈津にはうろ覚えの出来事の話だ。

まずは父親の竹松のこと。二里ほど離れた隣村に養蚕をしている実家があり、そこは竹松の兄が継いでいる。親戚《しんせき》付き合いはまったくないので、不仲なのだろうとお奈津は思っていたのだが、実は竹松と実家の人びとは血が繫《つな》がっていないのだという。

竹松は捨て子だった。実家のある村の鎮守に、へその緒がついたまま、汚れた手ぬぐいに包まれて置き去りにされていたのだという。

実家はこのあたりの分限者《ぶげんしゃ》だったので、それまでにも迷子や捨て子を引き取って養ったり、里親を探してやったりしていた。竹松もそうやって引き取られ、そのまま実家の子であるように育ててもらったのだった。順番としては四男である。

高月村のこの畑は、土地が瘦《や》せていて耕作しても旨味が薄く、先の持ち主が持て余していたのを、竹松の実家がいくらか払って引き取ったものである。当主はここを桑畑にし、三男に与えて養蚕をやらせようと思っていたのだが、当の三男は道楽者で、鍬《くわ》や鋤《すき》より三味線や鼓を好み、「道楽と呼ばれちゃ困る。芸道だ」と言い放って実家を飛び出し、消息がわからなくなってしまったっきりだ。だいぶ前に、小田原《おだわら》城下で、彼の面影のある三味線の門付けを見かけた人がいるというが、実家の方でも特に捜してはいないらしい。

　そういう次第で、拾ってもらった四男の竹松に高月村の畑が転がり込んできた。もっとも、ここでは桑がうまく育たず、桑の葉を買って養蚕するのでは儲《もう》けが出なくて、結局、菜っ葉や瓜や芋や根菜をつくってささやかな銭を稼ぎ、米の飯には縁のない暮らしをするしかなくなってしまったのだから、実は畑を「押しつけられた」と言う方が当たっているかもしれない。

「それで文句を言うような義兄《にい》さんじゃないけどね」

　そう語るお萬の顔は青白く瘦せていた。

　そんな竹松の妻となったのは、高月村の小作人の娘、おむらだった。竹松の方が見初める形でおむらをもらい、同い年の二人のあいだに、ほどなく赤子を授かった。それがお奈津だ。

　実家で育つあいだには寺子屋に通わせてもらえたし、実家の当主は趣味人で教養人だったので、竹松もそこそこ学があり、漢字までよく読みくだした。それをおむらの父親、竹松にとっては舅《しゅうと》にあたる人にやっかまれ、若夫婦はいろいろと意地悪をされた。小作人の娘が小さいとはいえ畑持ちの男に嫁いだのだから、普通なら慶《よろこ》ぶところだろうに、おむらの父親はもともと性根が曲がっていたのだろう。

　そんな事情があったから、若夫婦は何があっても二人でよく助け合って乗り切った。お奈津の二つ下に授かった赤子を死産で失ってしまったときも、竹松が出稼ぎ先で大怪我を負い、ひと冬を療養でつぶしてしまったときも。

おむらの五つ違いの妹・お萬が嫁ぎ先から逃げ出し、竹松とおむらを頼ってきたのは、夫婦の暮らしがそれなりに落ち着いて、おむらの腹に、後にお奈津の弟となる赤子が宿っているときだった。所帯を持って七年目になるところだった。

お萬は村の道具屋の一人息子に嫁いでいた。高月村ぐらいの大きさの集落では、道具屋といったら鍋釜《なべかま》農具、牛馬の手綱に大八車まで扱う何でも屋である。そのかわり銭は稼げる。この店も、人を雇うくらい羽振りがよかった。

ではお萬は玉の輿《こし》に乗ったのか。残念ながら、そうとは言いにくい。道具屋の一人息子はじきに四十路《よそじ》で、お萬は四人目の妻だったからだ。それまで三人の妻をとっかえひっかえしても子宝に恵まれず、孫の顔を拝みたい一心の道具屋の姑《しゅうとめ》が占いに凝った挙げ句、高月村のその年の吉方に住まう「土」に縁のある女を娶《めと》れというお告げを真に受けて、日々畑を耕していたお萬に白羽の矢を立てたというだけの話だった。

お萬は最初から子を産むための道具のような扱いだったし、実際、道具を売り買いするように、実家には金が払われた。

しかし嫁して三年余、お萬は子宝を授からなかった。その気配さえなかった。

道具屋の姑は孫を抱きたい執念で凝り固まり、せっかく達者に長生きしているのも悪い方に転んで、鬼婆《おにばば》と化してしまった。一向に孕まぬ嫁をあしざまに罵《のの》り、手を上げて拳で打ち、足で蹴《け》った。お萬の夫はまったくかばってくれず、やがて保土ヶ谷宿の権太《ごんた》坂《ざか》にある茶屋の女に入れあげて、ほとんど家に帰ってこなくなった。彼はもう鬼婆に押し付けられる縁談にはこりごりで、子供なんか欲しくもなかったのである。

お萬は飯を抜かれ、家事を押しつけられ、姑に真っ赤に焼けた火箸《ひばし》で追い回されるので、ろくすっぽ眠ることもできなかった。気の毒がった近所の人が残りものを恵んでくれて、何とか腹を満たしていた。

それでも逃げ出さなかったのは、金で売られた身、もう実家には入れてもらえないとわかっていたからである。

忍の一字で半年余りを耐え、霜柱が立つほど冷え込んだ冬のある朝のことだった。ふらつく身体に鞭打《むちう》って立ち働いていると、姑に後ろから突き飛ばされて井戸に落ちそうになった。釣瓶《つるべ》にしがみつきながら間近に見たその姿は、鬼婆どころか、もはや人でさえなかった。

姑は大百足《おおむかで》と化していた。頭のところに人の顔がついており、そこにかろうじて姑の目鼻立ちが残っている。口から臭い息を吐き、甲高い叫び声を発しながら、しゃにむにお萬につかみかかってくる。無数の足がこすれ合い、わしゃわしゃと音をたてながら迫ってくる。

いったい何を叫んでいるのか。お萬の耳には、「このうまずめが」「どうしてだ、どうして産めぬ」と聞き取れた。

――ああ、何てことだろう。

絶望と恐怖にくらくらして、お萬はその場にへたり込んでしまった。だが、それがよかった。お萬が出し抜けにしゃがんだので、姑は勢い余って頭から井戸に転がり落ちていったのだ。深い掘り抜き井戸である。姑は落ちる寸前にぎゃっと叫んだが、一呼吸おいて水音がたつと、あとはしぃんと静かになった。

お萬はその場から身一つで、姉夫婦の住まいへと逃げ出した。途中で履き物が脱げてしまい、着いたときには裸足で、何度も転んだのか身体じゅう泥だらけになっていた。

――お姑《かあ》さんを死なせちまった。

うわ言のように呟《つぶや》くばかりのお萬だったが、竹松とおむらは見捨てなかった。手厚く介抱してやり、重湯を与え、辛抱強く話を聞き出した。事情がわかると、竹松はすぐ道具屋に走り、何も知らずに店を開けていた奉公人と近所の人たちの手を借りて、井戸をさらった。溺《おぼ》れ死んだ姑の骸《むくろ》があがってきた。ただの老婆だった。

竹松は神妙な言動を崩さず、ひたすら頭を低くして、義妹《いもうと》を守ろうと努めた。高月村の村長《むらおさ》も、道具屋の姑と一人息子の行状には前から眉をひそめていたし、痩せさらばえて呆然《ぼうぜん》としているお萬の姿は痛ましく、同情せずにはいられなかった。

――何とかうまく言い繕ってやりたいものだな。

二人は知恵をしぼって、作り話をすることにした。お萬の悪夢のような話を素に、道具屋の姑は山から降りてきた大百足に食われてしまった、さらに大百足が姑に化けて襲ってきたので、お萬は機転をきかせて井戸に落として退治したのだ――という筋書きである。これだと、お萬は姑の仇《かたき》を討った良い嫁ということになる。

高月村のあたりには、昔から、人を喰《く》う大百足の逸話が語り継がれている。それを利用した恰好ではあるが、お萬が真実その目で大百足を見たと語り、魂を抜かれたようになってしまっていることが、この作り話に真実味を与えた。

お萬はお咎《とが》めを逃れ、何か月か姉夫婦のもとで養生して、やがて村長の計らいで藤沢《ふじさわ》宿の旅籠《はたご》へ住み込みの女中奉公に出た。身体は元気になっても、恐怖と絶望にえぐられた心の穴はふさがらず、口数少なく影の薄い女になったが、旅籠の女中には、それくらいの方が重宝がられる。お萬はよく働いた。

それから三年後、おむらが難産で命を落とした。幸い赤子は無事で、竹松によく似た女の子だった。

急を聞いて、お萬はすぐさま旅籠からお暇をもらい、高月村に帰ってきた。姉夫婦に恩返しするときがきたと思ったから、迷いはしなかった。

「おら、叔母さんが道具屋から逃げてきたとき、六つかそこらだよね？　だけど、ほとんど覚えてねえんだよ」

お奈津の言葉に、お萬はうっすらと微笑んだ。「あんたには悟られねえように、義兄さんも姉さんもよく気をつけてくれたんだよ。子供に聞かせられる話じゃねえもの」

そうだったのか……。

「でも、おっかさんが亡くなって、叔母さんが駆け付けてきてくれたときのことは、ちゃんと覚えてるよ」

泣いているお奈津と弟を抱きかかえて慰め、熱い芋粥を煮てくれた。

「そうだっけ。おらは芋粥女だねえ」

「叔母さんの粥は何でもおいしいよ」

そんな話をしているうちにお腹がすいてきて、お奈津は芋粥の残りをもらって口に入れた。冷めてもおいしかった。

「こんなことを訊《き》いても、怒らないでおくれよ。叔母さん、おとっつぁんの後妻になろうと思ったことはねえの」

村の人たちの大方は、竹松とお萬はとっくの昔に夫婦になっていると思い込んでいる。事実は違う。ずっと一緒に暮らしてきて、赤子を孕むほど一丁前の女になったお奈津が見ていても、違うとわかる。二人は今も昔もただの義兄妹であり、それ以上にお萬は、一途《いちず》に竹松一家のために働く女中のようだった。

「まさか。義兄さんは今も姉さんの亭主なんだから」

言って、お萬は急に顔をしかめてみぞおちを押さえた。

「またお腹が痛いの？」

「気ぃついてたのかい」

「いっぺん見かけたらわかるよ」

みぞおちを押さえたまま、お萬は何も言わない。昔話もきりがついたし、芋粥がお腹に入ったら、お奈津は眠気がさしてきた。

「……うまずめってね」

うとうとしかけたところに、お萬の低い呟きが耳に入った。

「漢字では石女って書くんだよ」

重たい瞼《まぶた》を持ち上げて、お奈津はお萬の方を見た。隙間風は多いが日当たりは悪い小屋の一間で、叔母の顔には影がさしている。表情が見てとれない。

「義兄さんは学があるから、漢字を知ってでね。あのとき姉さんに話して聞かせてるのを、おらも聞きかじってたんだ」

赤子を産めない女のことさ――

「村長と義兄さんのおかげでお咎めは免れたけども、おらの腹には道具屋のお姑さんの祟りが入り込んでるんだ」

お萬はうなだれたまま、赤子を授かったと知ったときから、昨夜《ゆうべ》用水路の冷たい水のなかにしゃがみこむまで、お奈津が何回となくやってきた仕草をしてみせた。手のひらでそっと腹を撫でたのだ。

「ここに、石みたいに固い塊があんの」

あのとき、大百足のわしゃわしゃする足の先で触れたところ。

「最初は小さかったけど、今はおらの拳の半分くらいの大きさになってる」

お奈津の眠気が飛んだ。「それおおごとだよ。おとっつぁんに言った？」

目を上げると、お萬はお奈津の顔を見た。目が潤んでいる。

「おらは赤子に恵まれなくて、あんたはせっかく恵まれたのに産めなくて」

かわいそうに、と言った。

「だけど、あんたはまだこれから先があるんだからね。しっかり養生して持ち直したら、また良いことがあるよ」

「叔母さん……」

「起こして悪かったね。ちっと寝なさい。おら、畑を見てくる」

立ち上がり、お萬はきしむ板張りの床を踏んで出ていった。その足音が微妙に乱れるから、まだ腹の痛みが治まらず、みぞおちを押さえているのだとわかった。

叔母のために何とかしてあげたい。村には医者はいないが、生薬に詳しい年寄りや、年季の入った産婆さんがいる。女の腹の病のことなら相談していいんじゃねえか。

——でも今お産婆さんに会ったら、おらが自分のお腹の子を自分で流したことも見抜かれちまうかなあ。

きっと毒虫のように嫌われ、女のくずだと責められるだろう。言い訳はするまい。産んでも育てていかれず、父や叔母や弟妹の足に重りをつけることになるだけの命だ。ましてやたった今、叔母はひそかな病に苦しんでいると知った。悲しいけれど、酷《ひど》いことだと百も承知しているけれど、お奈津は赤子を諦《あきら》めるしかなかったし、これでよかったのだと思うしかない。

結局、このことはまわりに露見せずに済んだ。女たらしの青物問屋の番頭は、口だけは固かったらしく、お奈津に手を出したことを隠していた。そんな番頭に後足で砂をかけられたお店の方も、不名誉なことだから、外に漏らしはしなかった。

数日、風邪で寝込んだことにして、お奈津はもとの暮らしのなかに戻った。

冬野菜の種まきを済ませると、竹松は正月明けまで出稼ぎで家を空ける。それまでにお萬の腹の腫《は》れもののことを話し合いたかったのだが、肝心のお萬が何かとそれを邪魔してくるし、あれからは腹痛を堪《こら》えている様子も見せず、けろりとしているもんだから、お奈津は機会をつかめなかった。

暦は師走《しわす》に入り、高月村では何度か雪が降った。海に近いこのあたりでは、積もるほどの降りにはならない。ただ雪の日は、瓶《かめ》の汲み置き水でさえ凍りそうなほどに寒くなる。

あと数日で新しい年を迎えるという、そんな凍える早朝に、お萬が厠で倒れた。今度はお萬の寝間着が血だらけになり、その前をはだけてみると、みぞおちのところが大きく膨らんでいた。

お奈津が触れると、その腫れものは石のように固く、お奈津の指を跳ね返してきた。それでいて、

――どくん。

何かが息づいているような感触があった。

「叔母さん」

声をかけると、お萬の瞼がひくひくした。血の気が失《う》せて、顔も手足も真っ白だ。

お萬は口を開け、何か言おうとした。途端に、くちびるのあいだから真っ赤な血があふれ出た。血はみるみるうちに床に広がり、お萬はこと切れた。

出稼ぎ先にいる竹松には、お萬の死を知らせることができなかった。知らせたところで、たぶん帰ってはこられない。

弔いは、村長の妻が仕切ってくれた。火事の後始末でもするような浮かないふうではあったが、何をどうしていいかわからないお奈津たちには有り難かった。ただ、枕経を読んでくれる坊さんを呼んでくれたのはよかったが、この坊主がどうにも胡散臭く、調子っぱずれに唱えられるお経は、お奈津の耳にも嘘っぽく聞こえてしょうがなかった。だけど文句を言うわけにはいかず、神妙に頭を下げていた。

お奈津の弟妹は、神妙というよりも冷ややかだった。二人はこれまでも、叔母との仲が特に親密なようには見えなかったけれど、家族なんてものはだいたいそうだろう。べたべた仲良くしている方がおかしいと思っていた。しかし、こうなってみて初めて、二人の叔母に対する淡泊なふるまいには理由があったのだとわかった。

「姑を死なせた出戻り女なんか、縁起でもなくってよぉ、おらホントは一緒に暮らしたくなかった」と、弟は言った。

「おばちゃんは陰気でおっかなかったよ」と、妹は言った。「おえいちゃんやおたきさんには、疫病神って呼ばれてたんだ。姉ちゃん知っとった?」

妹が名前をあげた近所の女たちは、確かに常日頃からお萬をつまはじきにしていた。とりわけ、お萬が彼女たちの子供に近づくことを激しく嫌っていた。まるで疱瘡や麻疹《はしか》のような怖い病をうつされると思い込んでいるかのように。

お萬は、村はずれの墓所にある投げ込み墓に葬られた。縄で四角く囲ってあるところに深い穴を掘って、亡骸《なきがら》を埋めるだけだ。言葉通りに投げ込まれないだけマシだというくらいの扱いだが、ここらでは、夫も子もいない女には、こういう弔いしか許されない。村で生まれ育ち、家族親族のために働き続けても、嫁ぎ先がなく子に恵まれなければ、行き倒れと同じようなものなのだ。

お萬が葬られたところに盛り上がっていた土が平らになったころ、竹松が村に帰ってきた。案の定、その態度は冷淡だった。

「村長に挨拶にいかねば」

気を遣うのは、そちらの方ばかりだ。父はお萬のことを、「ただの」義妹《いもうと》どころか、女中くらいに思っていたのではないか。叔母さんはよく辛抱してくれたものだ。

――ほかに行くところがなかったから。

そう思うと、胸がえぐられるようだった。

お奈津は毎日墓参りに通った。朝行かれないときは夕に、夕に行かれないときは朝に。雨が降っても風が吹き荒れても、家を空けたせいで食事にありつけなくなってもかまわずに、投げ込み墓を訪ねてお萬の名を呼び、手を合わせた。

お奈津が好きに使える銭など一文もないから、線香など買えなかった。春浅い山にはまだ小さな花さえ見当たらない。

墓所は、村の中心から見て鬼門の方角にある。雑木林に包まれたなだらかな丘のふもとで、昔はその丘の中腹に「洞泉寺《どうせんじ》」という法華《ほっけ》寺があった。山門も塔もなく、本堂と小さな僧坊があるだけの貧しい寺だった。鐘撞《つ》き堂もないから、本堂の軒にぶら下げた半鐘を、時刻がくると住職が手ずから打ち鳴らしていた。それが高月村の時の鐘だったのである。

お奈津が七つのとき、この寺の住職が病で亡くなり、それを契機《しお》に、高月村の村長は、ここではいちばん大きな馬懸《まがけ》村にある法華寺の檀家になった。正しくは「なった」のではなく「戻った」のだった。実はあちらが本寺で、洞泉寺の方は二十年ばかり前に揉め事があってできた分寺であり、つまり高月村はその揉め事に引き摺《ず》られて洞泉寺の檀家にならざるを得なかった——という事情があったのだった。

村長に従い、高月村の人びともみんな本寺の寺子に収まった。檀家制度はお上が定めた政《まつりごと》の太い柱だから、こんな不始末が表沙汰にならずに済んだのは、誰にとっても幸いなことだった。

事情がわかると、洞泉寺が貧しかった理由も腑に落ちた。ご本尊様も、昔の揉め事の際に本寺から勝手に持ち出された仏像だったのだそうだ。紙粘土と膠《にかわ》でできた小さな普賢菩薩《ふげんぼさつ》様で、手入れが行き届かずに黴《か》びてぼろぼろになっていたらしい。

こうして洞泉寺は空っぽになった。本堂と僧坊は藪に覆われ、様々な山の生きものたちの住処《すみか》となった。

墓所だけは、村人たちが折々に通って、それぞれの家の墓を手入れしているから、今もこぎれいな体裁を保っている。だが、投げ込み墓の方はほったらかしだ。お奈津はそれに腹が立ち、一人でできるだけまめに掃除をした。春爛漫《らんまん》になったら山から花や花木を採ってきて、ここらの土を耕して、たくさん植えよう。叔母さんが好きだったアケビも植えてやろう。

それにしても、今は殺風景だ。高月村のあたりでは、暦の初春を過ぎたあとの方がよく雪がちらつくのだが、積もって雪化粧になるほどは降ってくれない。投げ込み墓の端っこに、形ばかり立てられている墓標は、風雨にさらされてとうの昔に文字など消えてしまっている。

見捨てられている。そう思うと、お奈津は悲しいよりもいっそう腹が立った。

「叔母さん、明日からは毎日こられなくなっけども、勘弁してね」

墓参りの回数を減らして、その分だけ外で働こう。村の畑持ちの家やお店、問屋場どこでもいいが、銭を持っているところで仕事にありついて駄賃を稼ぐのだ。線香を買えるだけの銭をもらえればいい。

――誰も相手にしてくれなかったら、お盆や彼岸に、そいつらみんなの家の墓のお供物や線香を盗んでやる。

腹をくくり、その腹の底に怒りを呑み込んで、お奈津はあっちこっちの家やお店を訪ねた。あの憎い青物問屋の番頭が出入りしていたところにも回った。先方がどうなのかは知らないが、こっちとしてはそういうお店には何となく貸しがあるような気がした。肝心のあの男のことは、もう何とも思わなくなっていた。

「半端仕事をやらせてください。駄賃は銭でなくてもいい、線香か蠟燭《ろうそく》をくれれば、それでしっかり働きますから」

水汲み、薪拾い、厠の掃除。他人がやりたがらぬ仕事でも、お奈津にはまったく苦にならなかったが、赤ん坊のおむつを洗うのは辛《つら》かった。

お奈津がそうやって駄賃を稼ぎ、村の投げ込み墓へ参りに通っていることは、すぐに知れ渡った。哀れんでくれる人もいたが、たいていの人は眉をひそめた。

「お奈津は亡者に取り憑《つ》かれとるんじゃねえのか」

と囁《ささや》いて怯《おび》える向きもあった。

お萬に冷たかった父・竹松は、お萬のために墓参りに通うお奈津にも冷たかった。弟と妹は、今度はお奈津の奇矯なふるまいのせいで、また近所の女たちに蔑《さげす》まれると文句を言い並べた。

「おめえ、赤子を流しちまってから、おつむりがどうかしたんじゃねえのか」

ある朝、駄賃を握りしめて帰ってきたところを捕まえられ、はっきりそう問われて、お奈津はしばらくぶりに父親の顔を正面から見た。いつも疲れている竹松は、その朝もやっぱり擦り切れかけていた。

「ごめんね、おとう」

謝ったけれど、お奈津の声には意固地な芯があった。自分でもそれがわかった。

「もうすぐ梅や山桃が咲くだろ。そうなったら、線香がなくてもお墓がにぎやかになるから、それまで堪忍してくだせ」

山の花はなかなか咲かないが、咲くときはいっぺんに咲く。

「うちは畑持ちなのに、なんで他所《よそ》ではした金を稼ぐ？　みっともねえと思わねえのか」

「赤子をわざと流しちまってから、おら、みっともねえなんてもう何も感じねえ」

人生でいちばん罰当たりで恐ろしいことを、もうやってしまった。これ以上の恥なんか、かきようがなかろう。

「それより、叔母さんが寂しくねえようにしてやりてえんだ。あんな墓に放り込んで、おら、すまなくっていたたまれねえ」

「あれは……お萬には家がなかったから、墓もねえんだ。そういう決まりだ」

「この家が叔母さんの家じゃなかったの」

「ここはおらの家だ。おらが大黒柱で、おむらが大黒柱の嫁でおかあだったろ。お萬はただの押しかけ居候だよ」

これには、礫《つぶて》をぶつけられたみたいに、痛いくらいに驚いた。

「おとう、叔母さんにはさんざん世話になったんじゃねえか！」

すると、今度は竹松の方が驚いた顔をした。黒目の小さな目をしばたたき、

「居候なんだから、できることをやって働くのは当たり前だろうが。姑《はは》殺しの女をかばって、おらもおかあもずいぶんと骨を折ったんだ。肩身の狭いときだってあった。恩に着てもらわなくっちゃ引き合わねえ」

姑殺し。お奈津は息を吞んだ。

竹松も、言いすぎたと気づいたのだろう、しゃっくりみたいに短く息をして、

「こんな話はやめだ」

「おら、知ってるよ。叔母さんの姑は、百足の化け物に食われっちまったんだろ」

「そんなもん、バカバカしい作り話じゃ」

言い捨てて、竹松は小さな目を細めた。

「お萬から聞いたのか。まさかおまえ、まともに信じたんじゃあるめえなあ」

「だって、おとうとおかあが、叔母さんを守るためにこしらえてやった話だろ？」

「そりゃあ、お萬が縄付きになったら、こっちにも火の粉が飛んでくるからな」

本音はそれだったのか。お萬を哀れむ優しい気持ちがあったからじゃないのか。

「そりゃあ、哀れには思ったがな。それよりも、突っ放して知らん顔をして、あとで大きなとばっちりを食ったらおっかねえ。下手を打って、おらの実家の方にまで迷惑がかかったら、大変なことになる。おらもおかあも必死だったんだよ」

おとうはそんなふうに考えていたのか。お萬は勝手にいい方に受け止めて、勝手に感謝していたっていうのか。

「ひどい」お奈津は呻いた。肝が引きちぎられるような気がした。

「何がひどいんだ」と、竹松は言った。いっそ自分の方が傷ついているかのような、心外そうな口ぶりだった。

「お萬は我慢が足りなかった。嫁いびりなんてもんは、どこにだってある。女は赤子を産めなきゃ、嫁ぎ先を追い出されることだってある。それでも辛抱しなきゃ、家っていう器を失くしちまうんだ。そしたら入る墓も失くなる。それが世間の道理なんだから、お奈津もよくよく覚えておかんと」

「そんなのひどすぎる！」

お奈津は叫んだ。くちびるを嚙みしめて竹松から顔を背けると、物陰からこっちを覗《うかが》っている弟と目が合った。妹もそばにいる。二人とも、

――まるで百足の化け物を見るみたいに。

強ばった顔をして首を縮めていた。

その瞬間、お奈津は何から何まで嫌になった。おとうも弟も妹も、三人と一つ屋根の下にいることも。並んで畑を耕すことも、水を汲み、煮炊きをし、共に暮らすことも。

「おら、出ていく。お世話になりました」

短く言って、自分の身の回りのものをまとめた。風呂敷包み一つに、茶碗《ちゃわん》と箸。

「……うちを出て、どこへ行くっていうんだ」

竹松は半信半疑ながら、お奈津を小馬鹿にしているふうではなかった。墓所通いをしているうちに、お奈津は何か悪いものに魅入られてしまったのではないか。亡者の噂を囁き合う村人たちと同じように、そちらの方を恐れているようだった。

「雨露《あまつゆ》をしのげるところを探すよ」

この家と畑は、三人いれば手が足りる。そのうち弟は嫁をもらうだろうし、妹は嫁いでいって子をもうけるだろう。

それがまっとうな生き方なんだ。だけど、お奈津はもうそっちへ歩むことができなくなった。自分の愚かさのせいで死なせてしまった赤子と、いくつかの不運に見舞われたばかりに、何ひとつ悪いことをしていないのに、あの世にいってもなお日陰者に貶《おとし》められているお萬のことを思うと、

「二人の供養のためにも、おらは違う暮らしをしたい。お奈津は叔母さんと一緒に死んだもんだと思ってくだせ」

心のなかでは、もう行き先を決めていた。空っぽになった洞泉寺の本堂でも僧坊でも、屋根と床板が残っているなら、どっちでもいい。

食うためには、半端仕事をもらって日銭を稼ごう。これからはこの村のなかだけでなく、まわりの村にまで足を延ばそう。探してみれば、意外とどこでもちょっとした人手を求めている。みんな、銭を払って人を雇うことに慣れていないだけだ。

どてら一枚に衣類を包んで背中にくくりつけ、洞泉寺のあったところまで丘を登ってみると、もとの本堂は屋根瓦《やねがわら》が何カ所も崩れ、土壁はぼろぼろに欠け落ちて、床は抜けてそこらじゅうに雨漏りの跡があって、とうてい住めたものではなかった。一方、僧坊はあばら家と化してはいてもかなりましで、これはたぶん、本堂よりもさらに質素な造りだったのが幸いしたのだろう。

もう一つ幸いだったのは、僧坊の裏手にある掘り抜き井戸が涸《か》れていなかったことだ。水を汲み上げる滑車などは見当たらないので、手桶と荒縄で汲み上げてみると、冷たく澄んだいい水だった。

「ここにおわしましたご本尊様」

お奈津は手を合わせ、かつては本堂だったところに向かって拝礼した。

「井戸をお守りくださいまして、ありがとうございます。一滴も粗末にしねえで、大事に使わせてもらいます」

暦の上で春とはいえ、寒さはまだ厳しい。水が手に入るなら、次は火を熾《おこ》して暖をとり、夜は凍えずに眠るための算段をしなくては。隙間風だけ防いだら、掃除なんぞはあとまわしでかまわない。

これまで稼いだ駄賃は、すぐ線香や供物に変えてしまっていたから、お奈津には蓄えなど一銭もなかった。となると、昼間のうちに半端仕事をいくつもこなして、駄賃として当座に必要な物をもらうしかない。

高月村はそこそこ村人が多く、耳と口の数が多い分だけ噂の回るのもめっぽう早くって、おかげでお奈津は仕事を探すにも物をねだるにも、いちいち言い訳する必要がないのは助かった。

もちろん、大半の村人たちからは説教をくらった。

「嫁にいくわけでもねえのに家を出るなんて、バカな真似をするもんじゃないよ」

「どこに住むつもりなんだ？　洞泉寺のあと？　正気かねえ。あそこはケチのついた寺で、今じゃもののけとけだものの住処だよ。女一人じゃ、一晩だって無事に過ごせるもんか」

「前から意固地な小娘だと思ってたけど、あんた、どれだけ親不孝なんだよ」

全部覚悟の上だったから、お奈津は何を言われてもへっちゃらだった。言い返したり、鼻で笑ったりすると面倒なことになるので、黙って頭を下げてやりすごすだけだ。ときどきちょっと目をうつろにして、何かに憑かれたみたいな顔をしてみせるのも効き目があった。

ところが、こんなお奈津に力を貸してくれる人もいたのである。

最初の味方は、村に一軒だけある木賃宿の隠居、おとみ婆さんだった。夜通し点《つ》けておく掛行《かけあん》灯《どん》にさえ〈宿〉と書いてあるだけの名もない旅籠だが、なにしろ一軒こっきりなので、村に用事があって訪れる者はみんなこの宿に泊まる。お奈津を妊《はら》ませたあの青物問屋の番頭も馴《な》染《じ》み客の一人だった。

あの男とお奈津は、内緒の内緒にさらに鍵《かぎ》をかけたような密《ひそ》かな仲だった（本人たちはそのつもりでいた）けれど、旅籠稼業でそんな男女を数え切れないほど見てきたであろうおとみ婆さんの目はごまかせなかったのだろう。この朝、お奈津が訪ねていって仕事を請うと、近くにいた小僧を追っ払っておいて、いきなりこう言った。

「あの番頭は実《じっ》のない野郎だったろう。わしゃ、やめときゃあいいと思ってたが、惚《ほ》れ合った気分でいるときゃ、水をかけたって憎まれるだけだからねえ」

お奈津が仕事を求めてここに来るのは、初めてではなかった。いつもおとみ婆さんは知らん顔をしていたのに、今朝に限ってどういう風の吹き回しだろうか。

「婆様、何でまた今ごろになって、おらにそんなこと言うんかね」

おとみ婆さんはふふんと笑って、

「そんな勝ち気な顔をして、親父に追い出されたんか。あんたが勝手に出ていくんか。あんたは情の強い女子《おなご》じゃから、まず自分から飛び出していくんじゃろうね」

まあ、いいわ。またふふんと鼻を鳴らすようにして笑うと、

「これから毎朝、洗い物を任せてやる。うちの嫁は骨細で身弱じゃから、水が温《ぬく》いときでねえと井戸端に出られねえのさ。女中を抱えて食わせると費えが増えすぎるから、あんたでちょうどいい」

ついでのように、おとみ婆さんは小さな火鉢をくれた。

「次は俵屋《たわらや》へ行ってみな。おかみが風邪をこじらせて寝込んどるから、きっと仕事がある。駄賃に欠け炭をもらうんだよ」

お奈津はちょっと声が出なかった。

「何だよ、案山子《かかし》みたいに突っ立って」

「恩に……きます」

おとみ婆さんは、三度目に鼻を鳴らそうとしてし損じた。妙に生真面目な顔つきになって、言った。「あんたのおっかさんは働き者だった。胡散臭い他所者の竹松がこの村に居着けたのも、

おむらが女房だったからだよ」

お奈津はそのおむらの娘だ。だから助けてやる。但し、いっぺんだけだ。何でいっぺんだけなのかと言えば、

「男に騙されるバカな小娘は嫌いだからな。だども、わしゃ竹松の方がもっと嫌いだから、おまえが竹松と喧嘩《けんか》して出ていくっちゅうなら、あともういっぺんは助けてやってもいい」

お奈津は木賃宿の山のような洗い物を片付けながら、井戸端で一人、苦い笑いを噛み殺した。おかあは、おとみ婆さんにも一目置かれる女だった。おとうは、実家が分限者なのに、他所者だから信用されてなかった。いや、その前に、もらいっ子だったからかな。

――おとうだって、好きでもらいっ子になったわけじゃなかろうに。

そう思うと、もう一つ屋根の下には暮らせないと思い切ったはずの父親が、少し気の毒に思えてきて、お奈津は一人でかぶりを振った。

俵屋に行くと、たしかにおかみが風邪で苦しんでおり、看病疲れの女中の手が回らなくなっている分、お奈津はいろいろ仕事をもらえた。前に駄賃仕事をねだりに来たときは門前払いを食ったのだが、今度はえらく重宝がってもらえた。

熱の汗で汚れたおかみの身体を浄め、寝間着を着替えさせてやり、重湯をこしらえて食べさせた。こざっぱりして少し元気が戻ったのか、おかみは引き揚げようとするお奈津に話しかけてきた。

「お萬さんは気の毒だったなあ」

村の誰かに――ここのおかみのようなちゃんとした古株の村人に、お萬を悔やんでもらったのは初めてだ。

「道具屋さんが、まだ達者でいるからねえ。やっとこさ、後添いを入れるのも、子供も諦めたようだけど……」

お萬を苦しめた道具屋の主人は、何年か前に遠縁の者を夫婦養子にとって跡継ぎに据え、自分は隠居の身になって、なおも反っくり返っている。

「道具屋さんの目が黒いうちは、この村に帰ってきたら、お萬さんは肩身が狭くなるに決まってた。なのに、おむらさんが死んだら飛んで帰ってきたのは、あんたらのことが心配だったからさ。いい叔母さんだったよね」

そんなふうに見てくれていたのか。だったら、お萬が生きているうちに、もうちっと優しくしてくれたらよかったのに。

化け物みたいな姑でも、死なせちまった咎は消えない。お萬は、重しを背負って息をひそめながら、それでも高月村に帰ってきて、留まって、お奈津たち一家を支えてくれたのだ。

「……おら、おとうたちとは離れて暮らそうと思ってるんですよ」

気がついたら、お奈津はぽろりとこぼすように呟いていた。

「おかみさんが言ってくださるとおり、いい叔母さんだったのに、おとうも弟も妹も薄情だから、おら腹が立って」

お奈津の言い分を聞くと、俵屋のおかみは、お奈津が額に載せてやった濡《ぬ》れ手ぬぐいをつと指

で押さえて、

「一人で住むところはあるのかえ」

「洞泉寺の跡に住もうと思って。様子を見てみたら、何とかなりそうだから」

するとおかみは頭を持ち上げ、目を丸くして「え！」と言った。

「何でそんなにびっくりするんかね」

慌てておかみの肩を支えてやりながら、お奈津は問いかけた。おかみは身を起こし、その顔をまじまじと見つめて、言った。

「そうか、あんたは知らないんだね」

「知らないって、何を」

「洞泉寺があったあの丘はね、昔話の大百足のねぐらだったのさ」

人食いの大百足。道具屋の姑を襲って、嫁のお萬に退治された——竹松の吹いた作り話の元になった化け物。

「竹松さんにしろおむらさんにしろ、大百足のことなんか進んで口にのぼせるわけがなし、あんたが知らなくっても無理はないもんねえ」

そういうおかみだって、自分の子供や孫たちに、今さら大百足の昔話なんか語って聞かせたことはない、という。

「そうやって忘れられていく話なんだろうから、ここで蒸し返すのも何だけれど」

「かまいません。聞かせてくだせ」

「大百足は、あの丘の地べたの下に深く穴を掘って隠れておってね。獲物をとろうとするときだけ、穴から出てくる。だからあの丘には、大百足の胴まわりの大きさの穴が、あっちこっちに空いていたそうさ」

大百足の尻尾《しっぽ》で叩《たた》かれて真っ二つに割れたという大岩もあった。

「わたしが子供のころには、まだその岩は残っとったよ。うちのおとうが見物に連れていってくれたもんさ」

そのとき、おかみのおとうはこう語って聞かせてくれたそうな。ここらの人里に害を与えてきた大百足がいなくなり、この丘に人が登れるようになったのは、ざっと百年も前のこと。旅の修行僧が法力でこの怪物と戦い、頭をちぎり取って退治してくれた。人びとは修行僧に感謝を捧《ささ》げ、寄進を集め馬懸村に寺を建てて、住職として留まってくれるように頼んだ。それがあのお寺さんの有り難い縁起だ――。

「ただ、大百足が死んでも、丘の土には化け物の毒気がしみこんで抜けなくて、作物が育たんのよ。それでずっと放ったらかしになっていたもんだから」

二十年ばかり前、本寺で揉め事が起きたとき、飛び出した一派があそこに洞泉寺を構えることになったわけである。

なるほど。お奈津はすっきり腑に落ちて、ふと思いついたことを尋ねた。

「そんなら、あの丘は馬懸村のお寺さんの持ち物なんかな」

おかみは首をひねって、

「う〜ん、地主じゃあなかろうねえ。化け物の住処だった丘で、田んぼも畑もできないんじゃ、誰も欲しがらん。しょうがないから、お寺さんに預かってもらってるってことなんだろう」

それなら、勝手に住みついたところで、文句を言われる心配はなさそうだ。お奈津はずいぶんと気が楽になった。

「わたしはね、道具屋の姑さんのことが起きたときは、退治されたはずの大百足が蘇《よみがえ》ってきたんかって、恐ろしくて夜もよく寝つけんかった。お萬さんが殺してくれて、本当に助かったよ」

俵屋のおかみは、しみじみと情を込めて呟く。お奈津はその額の上の濡れ手ぬぐいを押さえる仕草に隠して、おかみの目を覗き込んだ。正気だろうかね、このお人は。

お萬の身の上に起きた不幸と、お萬が犯してしまった罪を隠すために引っ張り出された、昔話のなかの大百足。そんなもの、本気で信じているのだろうか。それとも、お奈津への思いやりとお萬の供養のために、大真面目に信じたふりをしてくれているのだろうか。

お奈津の心中をよそに、おかみは真摯《しんし》な眼差しでこう続けた。

「こっちは忘れかけていても、あちらは化け物だからさ。まだあの丘に執念を残しているかもしれないよ。お萬さんの身内のあんたが一人で住みついて……仕返しされたらおっかないだろう」

どうやら、おかみは本気で案じてくれているようだ。お奈津は、自分のみぞおちのあたりにつっかえている意固地の岩が、ちょっとだけ動くのを感じた。

「いいえ、おかみさん。それは逆だよ。お萬の姪《めい》のおらだから、あの場所に住みつけるんだ。もしも大百足が蘇って出てきたなら、三度目の正直で、今度こそおらが退治してやる。任しといてくだせ」

口先だけの言葉ではなかった。誰も近寄らぬ荒れた建物があるというだけであてにしていた洞泉寺跡だけれど、今やそれ以上の意味が生じた。お奈津はしっかりとそれを心に刻み込んだ。


「まンず、お奈津さんて人は、たいへんな跳ねっ返りだったんだわね」

黒白の間のなかに、いねの語る声が響く。これまで富次郎がここで耳を傾けてきた語り手たちのなかで、いねはいちばん陽気な声音の持ち主だった。

「たいへんな度胸者でございますよ」と、富次郎は言った。「山のなかの荒れ寺で、たった一人で暮らすんでしょう。わたしなんぞ、夢のなかでも……くわばら、くわばら、そんな真似はできゃしません」

「そりゃあ、小旦那さんはこんなにぎやかな町中のお人だもの。田舎暮らしの者とは違うんだわ」

「じゃあ、いねさんも、お奈津さんと同じことができますか」

「わだしが？」いねは指で自分の鼻の頭をさした。「まさか！　まっぴらだわね」

白丸にまぶされていた白砂糖が、いねの指先についていたのだろう。それが鼻の頭にもうつって、面白い眺めになっている。

富次郎は愉快に笑った。「聞き手として、あんまり先回りしてはいけないのですが、わたしの小さな肝っ玉をなだめるために、少しだけ教えてください。このお奈津さんが、のちのち、今の洞泉庵の庵主様になられるんでしょうね」

いねは大きくうなずいた。「へえ、左様でごぜえます。今の庵主様は古稀《こき》を過ぎておられますから、これはうんとお若いころの出来事で」

何と！　いねが語っているこの話もまた、けっこうな昔話なのだ。

「洞泉庵の起こりと、庵主様の身の上話は、わだしらみんな聞き覚えてて、語れます。うりんぼ様の縁起でもあるからね」

いねは自然と胸の前で手を合わせ、拝むような仕草をした。

「跳ねっ返りで頑固で無鉄砲な高月村のお奈津さんのおかげで、今のわだしらの暮らしがあるんでございます」

誇らしげな声音で語るいねの目のなかに、きれいな光が宿っている。

「いざ住みついてみると、思いのほか幸いなことも、思いがけず苦労したことも、いろいろあったそうでございますけどね」

僧坊に居つき、半端仕事で稼いで、夢中でその日暮らしを続けてゆくうちに、梅と桜と杏《あんず》がいっぺんに花開く春がきた。そのころには、お奈津の一人暮らしについて、村の大人たちの勢力図は、「そんな勝手が許されるか」と怒る一派と、「まあ好きにさせてみよう」という一派と、そのどちらの前でも身を縮めてしまう竹松と弟妹の一家三人という塗り分けが出来あがっていた。

実は馬懸村の本寺のなかにも、洞泉寺跡がそのままになっていることを、気に病んでいる向きがあったらしい。その向きは、お奈津が寺跡に住みついて掃除したり片付けたりすることを、（まあ当面は）許してやっていいだろうと、寛大な眼差しで見守っていた。そのおかげで、高月村の怒っている一派も、乱暴にお奈津を追い払うことができなかった。

　若葉が芽吹くころになると、お奈津は鍬と鋤を手に入れて、少しずつ土を耕し始めた。本堂のそばの平らなところに豆を植えてみよう。豆は他の作物より強いし、かける手間も少なくていい。

　大百足の毒気？　そんなもの、あるわけがない。本当にあったとしても、とうに抜けている頃合いだろう。大元の昔話そのものが忘れられかけているのだ。洞泉寺の経緯があったし、何となくなあなあになって、誰もここで畑を作ってみようとしなかったから、わからなかっただけだろう。

　きっと大丈夫だと思えた。土の手触りはけっして悪くない。水も調達できる。害虫は、もっと暑くなってみないとはっきり言い切れないが、少なくとも、村の畑で見かけたことがないものが湧いているようなことはない。

　しかし、寺跡の土は豆を受け入れてくれなかった。水も陽ざしも足りているのに、いっこうに育たない。

　梅雨の長雨に、寺跡も僧坊のまわりも泥田んぼのようになるころまでは、お奈津は一人で悪戦苦闘し、豆の芽や双葉が腐ったり枯れたりしてゆくのを眺めていた。

　悔しい。歯がゆい。何がいけないのか。貴重な日銭で買い入れた豆が無駄になってしまうのは、切実に痛いことでもある。

　豆が駄目なら、芋か。夏は葉物がよく育つし、いい稼ぎになる。試してみてもいい。これまでは駄賃に種や苗をもらってきたが、これからは知恵ももらってみよう。豆の苗がどんなふうに枯れてしまうのか、詳しく説明したなら、誰か理由を教えてくれるのではないか。

肥料が足りないのかもしれない。水はけをよくするために掘った溝が余計なのかもしれない。井戸水だと冷たすぎるとか、西日が照りつけるのはよくないとか。

——あとはやっぱり、ここの土。

何か、木や草、作物にとってよくないものが含まれているのかもしれない。昔から、それが何だかはっきりしなくて、手を打つこともできないから、大百足の毒気なんていう「解釈」がつけられたのではないのか。

よく観察してみれば、雑木林も密ではなく、大木や古木は見当たらない。よその場所では様々な雑草が入り交じっている下藪も、ここでは二つか三つの種類しか見かけない。

面白いことに、鳥や獣はいっぱい住みついていた。鳥は、一度ではさえずりを聞き分けられぬほどの種類がいる。獣でいちばんよく見かけるのは山鹿で、その次が猪だ。狸はしょっちゅう寺跡をうろちょろしており、お奈津の食いものを狙って近づいてくることさえあった。草むらのなかで目を光らせている狸に、

「おら一人で食うのにぎりぎりなんだ。余りものなんかねえよ。帰った、帰った」

と、笑いながら手をひらひらさせてやることもあった。

笑ってそんなふうに言えるくらい、お奈津一人でただ食うだけならば、綱渡りではあるが何とかなった。駄賃のかわりに食いものをもらったり、何か食わせてもらったりして、むしろ、貧しい小作人よりは食い足りているかもしれなかった。

お奈津自身は気づいていなかったし、お奈津に駄賃仕事をくれる人びとにもその知識はなかったが、こうやって食っていくやり方は、労力を切り売りする立派な商売だった。大きな城下町なんかじゃ、これで暮らしてつましい一生を終える善男善女が人勢いる。

しかし、そのやり方で止《とど》まっていては、山間《やまあい》の村という閉じた場所では先が見えない。いずれは、切って売らずに稼げるようにならなくては。

どうしても作物が駄目なら、桑を植えて養蚕するという道もあるが、それには元手が必要だ。最初はまず桑の木を育て、桑の葉を売って金を貯め、次に桑畑を作り、自力でお蚕さんを養えるだけの財力をつけなければいけない。一朝一夕にかなえられることではなかった。

「あの丘の土は、金気をたくさん含んでるんじゃ」

そう教えてくれたのは、馬懸村よりもさらに遠くの村から、種や苗を売りにやってくる行商の老人だった。

「ここらには鉱山があるわけじゃなし、何でそんな羽目になっとるのかわからん。わしが若いころ、先代のお殿様の言いつけで巡検にいらしたお城のお役人様は、大昔、遠くの火山が噴火したときの名残じゃなかろうかとおっしゃっていたけども」

行商の老人は、高月村でもお馴染みの顔だが、もっぱら竹松がやりとりしていたので、お奈津は口をきいたことがなかった。ほとんどの歯が抜けており、ふがふがして言葉が聞きとりにくいが、物知りの爺《じい》さまだったのだ。

お奈津は言った。「大百足の毒気でも火山の灰でも、土がいけない理由は何でもいいんだ。どうしたらいいのか、そっちを知りたいんだけど」

行商の爺さまはない歯を見せて笑った。

「丘のどのへんを耕そうとしとるんじゃ。見せてもらえんか」

「いいけど……爺さん、おらの手助けをすると、村で商いしにくくなるよ」

「したら、おめえのおとうにその分を買ってもらうから、いいさ。ところで、わしの名前は六助《ろくすけ》じゃ」

六助は一緒に丘を登ってきて、お奈津が一人で耕している寺跡の土地を検分した。

「なんじゃ、狭苦しい」と、いきなり言った。「お寺さんの跡地にこだわらんと、ちっと登れば広い土地があろうが。陽当たりも水はけもええで」

「それじゃあ、あんまり図々《ずうずう》しいもん」

「なんでだ？　ここを耕して稼げるようになったら、地主に地代を払えばええだけのことじゃ。追い出されそうになったら、これまでの耕し賃と苗と種の代金を払えと食いついてやれ」

それが世渡りというものだと、六助爺さんはふがふが言った。

「そうなのかなあ」

商いものを背負ったまま、六助はそこらを歩き回り、土に触り、匂いを嗅《か》ぎ、井戸水を口に含んで味わった。

「やっぱり金気じゃ」

「どうすればいい？」

六助はひからびたように小柄で、腰が曲がっているからお奈津よりも目の高さが低い。下から睨《にら》み上げるようにして、

「当分のあいだ、畑には銭と手間がかかるだけで、一文も稼げねえ。それでもおめえは食いつないでいかれっか」

凄《すご》いことをふがふが問われて、お奈津はひるんだ。「ど、どうしてもそうしなきゃならねえなら、やるしかねえよね」

「ならば、わしから瓜の苗を買え」

六助は背負い籠《かご》を下ろすと、その中から一握りの可愛らしい苗を取り出した。

「こいつは青瓜じゃ。熟しても青いまんまで、渋くて固くて食えたもんじゃねえ」

食用ではないが、この丘のような難のある土をきれいにしてくれる、有り難い作物なのだという。

「今からこの瓜を植えれば、夏のあいだにいっぺんは実が生《な》る。生った実は、そのなかにここの土の金気を吸い込んどる。青瓜が吸い込んでくれた分だけ、土に含まれとる金気は減るという寸法じゃ」

だから、実った青瓜は食べられないだけでなく、肥料にもできない。畑に戻せば、せっかく吸い取った金気がまた土に戻ってしまうからだ。

「わしに言うてくれれば、引き取りにくる。大きな川に放り込んでしまうのが、いちばんいい始末になるからの」

もちろん別途に手間賃は取る、と言う。お奈津は可笑しくなってきた。この爺さま、上手な商売人だったんだ。

「わかった。その話に乗るよ」

六助はにんまり笑った。「わしのところじゃ、いい土もこしらえとる。うまく青瓜を育てられたなら、そっちの売値も教えてやろう。ここの土には、肥料をやるより、他所のいい土を混ぜてやる方が効き目がありそうじゃ」

こうして、お奈津は青瓜を育てつつ、いっそう日銭稼ぎに励むようになった。

最初に売ってもらった青瓜の苗は十本。六助に言われたとおりに、寺跡ではなく、ちょっと登ったところにある陽当たりのいい傾斜地に、五本ずつ並べて二列に植えた。たったそれだけだから、他の仕事の片手間でも充分に世話することができた。

青瓜の苗は、そのつもりで眺めるせいか、丈夫そうに見えた。双葉は丸く、縁がぎざぎざしている。つるは畑に這《は》うように伸びてくるという。

植え付けから十日ほど経って、縁がぎざぎざの丸い葉っぱの数が増え、一枚一枚が子供の手のひらぐらいの大きさになったころ、また六助がやって来た。青瓜の様子を見て、

「ちゃんと世話してやっとるな」

満足そうにうなずくと、さらに十本の苗を売ってくれた。

その代金を払うのに、お奈津の手持ちの銭では足りなかった。

「半分、五本なら払えるけど……」

「そんなら、残りの五本分は、今日からちょっきり五日、わしの妹に手を合わせてくれりゃいい」

「六助さんの妹？」

「この村の投げ込み墓に葬られてるで。おめえの叔母さんと同じじゃ」

お奈津は、ちょっと声を失うほどに驚いた。

「名前はおせい。この村の田んぼ持ちに嫁に来たんだけども、二年も経たずに死んじまった」

難産のせいだという。結局、どうにか生まれた赤子も助からなかった。

「男の子だったんで、おせいは跡取りを死なせたことになるからの。嫁ぎ先の墓に入れてもらえなんだよ」

今度は驚きのせいではなく、怒りでお奈津は声を出せなかった。

「手を合わせるだけじゃなく、お線香もあげるよ。ちょっきり五日だけなんてケチなこと言うもんか。毎日、おらの叔母さんに参るように、おせいさんにも参るよ」

「そりゃ有り難え」

六助は、いつも首に巻いている薄汚れた手ぬぐいを取って、お奈津にぺこりとした。

「そんなら、おめえが参ってくれる日数を勘定して、その分のいい土を量って持ってきてやろうかね」

「要らねえ。墓参りはおらの気持ちだ」

今日から明日まで食っていくことと、明日よりも先を切り開いてゆくために、お奈津は身体が二つほしいくらいに忙しかったが、投げ込み墓参りだけは毎日続けていた。いつもお萬の名を呼んでいたが、この日を境に、おせいの名も呼ぶようになった。

夏が盛りを過ぎ、蜩《ひぐらし》が鳴き始めたころ、最初に植えた十本の苗に、十個の青瓜が生った。初めはドングリほどの大きさで、それがクルミほどになり、子供の拳大にまでふくらんだ。形はまん丸ではなく、真ん中がちょっとへこんでいる。

「いい青瓜じゃ」

六助は、一つを採って、お奈津の目の前で小刀で二つに割ってみせてくれた。

鼻をつけて嗅ぐまでもなく、金気をはらんだ異臭を、お奈津は感じた。青瓜の断面からは、雨粒のように瓜の水が滴っている。

「この臭い、銅《あかがね》かなあ」

「試しに食ってみろ」

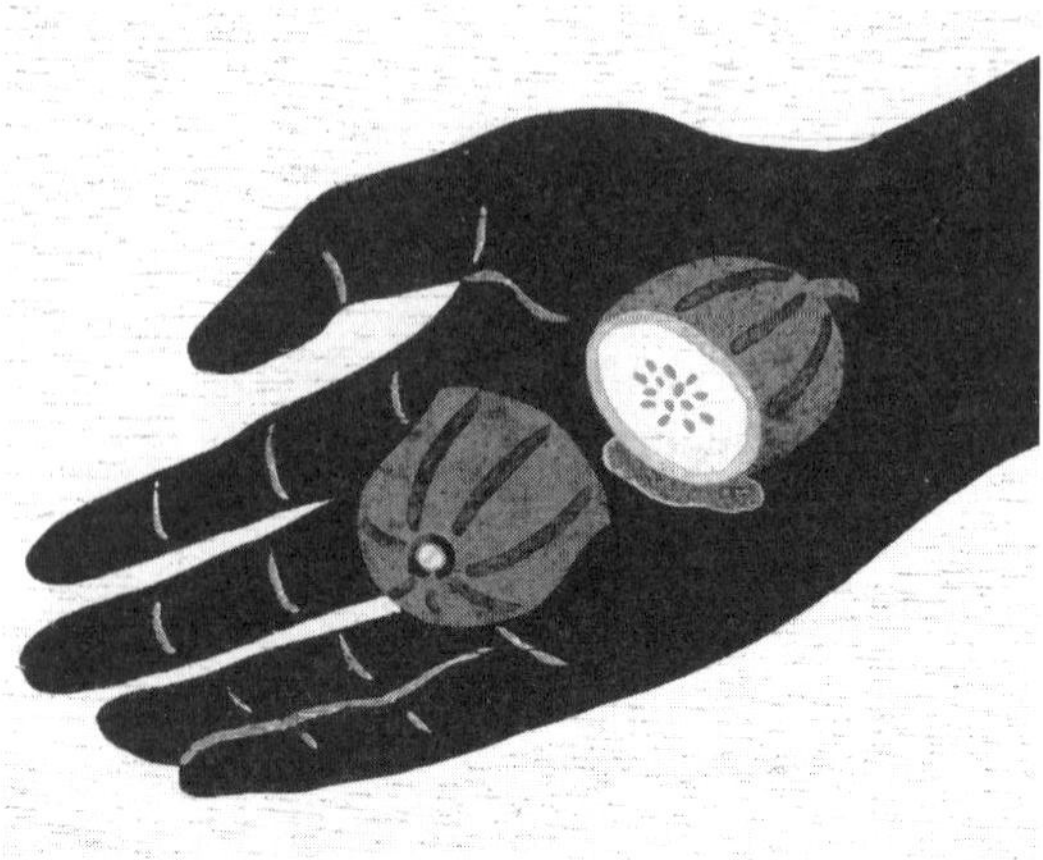

小刀で削《そ》いでもらった白い実の欠片《かけら》を口に含むと、お奈津はたちまちむせてしまった。
「ぺっ、ぺっ。鍋の縁を舐《な》めたみたいな味がする」
「だろう？　この十個はわしが引き取る」

「この大きさでいいの？　もう少し育つんじゃねえかな」

「土の金気が濃いうちは、この大きさでせいいっぱいだあ。次の十個も、この大きさになるのが目途だからな」

　実を採ってしまったあとの根や葉はそのままにしておいていい。この青瓜は、一つの苗から続けて三度は実が採れるという。

　但し、それは食えない。その青瓜を種瓜にして芽を出させてもいけない。吸い込んだ金気を土に戻すだけのことになる。

「三度目の実を採るころにゃ、季節ももう冬になるし、その青瓜の根は掘り返しちまえ。土を均《なら》して、わしの持ってくるいい土を混ぜて、一冬を寝かせてすごすんじゃ」

　万事が滑らかに運んでも、来年の春までは畑を作れないというわけだ。

　お奈津が黙々と青瓜を育てているあいだに、何度か竹松が近くまで様子を見にきた。そのつど、お奈津はおとうに気づいたが、向こうが気まずそうに離れているから、こっちからも声をかけなかった。

　霜月（十一月）の初め、最初の十本の苗から三度目の十個の実を採って、その実が赤ん坊の頭ほどの大きさになったことと、二つに割ってもほとんど金気臭さを感じないことに、お奈津は大喜びした。六助さんが来たら、うんとお礼を言わんと。

　――叔母さんとおせいさんにも知らせよう。

　その日はまだ投げ込み墓に参っていなかったので、丘を下ってくる北風に背中を押されながら、村の墓地へと向かった。そしたら丘の麓《ふもと》の道を、綿入れを着込んで背中を丸めた男が一人、億劫《おっくう》そうな足取りで登ってくるのを見つけた。

六助さんじゃねえな。あの爺さまはもっと足取りが達者だもの。どこのどいつだろう――と思って眺めていたら、弟だった。

「姉サ、今朝早く、おとうが畑で倒れて死んじまったで」

お奈津は丘を駆け下りて実家へ帰った。ちょうど、竹松の亡骸も、戸板に乗せられて帰ってきたところだった。

「何しに来たんだ、親不孝もんが!」

村人たちの目の前でお奈津に罵声《ばせい》を浴びせ、拳で打ちかかってきたのは、妹だった。

「姉サなんか、おとうの墓に近づくな。線香の一本も要らねえ。二度とこの家の敷居をまたぐな!」

妹は泣き叫び、弟はお奈津を睨みつけている。お奈津はうなだれて、戸板の上の父を見た。何かを諦めたみたいな、安らかな顔をして目を閉じていた。

お奈津はかつての洞泉寺の僧坊――そこそこ住み心地がよくなってきたあばら家で、一人で年を越した。

六助の助言に従い、三度実を採ってしまった青瓜は全部根っこから掘り返し、その畑にはいい土を混ぜて寝かせた。まだ一度か二度しか実を採っていない青瓜の畑は、低い柵《さく》を巡らせ、その上から霜よけに筵《むしろ》をかけて守ってやった。筵の下の暗がりのなか、真ん中がちょっとへこんだ愛嬌《あいきょう》のある形の青瓜の列は、小さな赤子が並んで眠っているように見えた。

年末年始は、どこの村でも商家や問屋が人手を欲しがるから、お奈津はけっこう稼ぐことができた。その日暮らしの身に正月らしい気分はなかったが、餅は手に入ったし、年明けの二日には、一日限りの台所女中として働いた馬懸村の医者の屋敷で、猪《しし》鍋をつつかせてもらうことができた。ここらでは、猪鍋は正月のご馳走《ちそう》だ。お奈津がありついたのは、もちろん来客に供された後の残りものだったが、猪肉の切れっ端が浮かんでいたし、たっぷり汁気のしみた車麩《くるまぶ》や大根が旨かった。

医者の屋敷に年始の挨拶に集まった面々は、よく飲んでよく喰らって、上機嫌でよくしゃべった。ずっと台所にいるお奈津にも、客間で盛り上がっている話をところどころ聞きとることができるほどだった。

その話題の一つに、洞泉寺のことがあった。二十年ばかり前、馬懸村にある本寺とのあいだに起こった揉め事の原因は、有力な檀家同士の衝突だったらしい。迷える衆生に仏の道を説くお寺さんが、檀家衆の喧嘩を収めるどころか逆に巻き込まれて、自分たちまで仲違《なかたが》いしてしまったわけである。客用の器になますを盛り付けながら、お奈津は笑ってしまった。新年早々の福笑いだよ。

この話を漏れ聞いていて、やっと本寺のちゃんとした名称がわかった。福禄山光泉寺《ふくろくさんこうせんじ》というのだ。「○○山」というのはお寺さんの名字みたいなものなので、もとは一つの洞泉寺も「福禄山洞泉寺」が正式な名称だったのだろう。その名を裏切らず、いつかは福や禄を生んでくれるようになるといいのだが。

七草粥は賃仕事の駄賃で食べさせてもらい、鏡割りの汁粉は、六助が手鍋に容《い》れて提げてきてくれた。六助の長男の嫁さんがこしらえたもので、

――偏屈者のお奈津さんだって、たまには甘いものがほしいだろうから。

そう言って持たせてくれたのだそうだ。

「おら、ここに来てからの方が、いろんな人に親切にしてもらえる」

「もしも大百足が出たら、命がけで戦ってくれとあてにされとるんじゃ」

と、六助は大真面目な顔で言った。「そのときにゃあ、わしも助太刀はせんで」

お奈津は、医者の屋敷の台所で笑ったときよりも愉快に笑った。

「おら一人でいいよ。任しといて」

しっかり日銭を稼ぎ、畑を見守り、投げ込み墓に参り、お萬とおせいに話しかける日々が続いた。春になったら、寝かせてある畑に、いよいよ豆の苗を植える。

「金気が抜けたら、土がいい匂いするようになったんだよ。叔母さんにもおせいさんにもかがしてあげたかったなあ」

睦月《むつき》（一月）も終わろうとするその日、投げ込み墓のまわりを掃き掃除して、集めた病葉《わくらば》や枯れ枝を燃やし、両手を擦《こす》り合わせながら暖をとっていると、村の方から誰かがこっちへ登ってくるのを見つけた。

六助ではない。弟でもない。笠をかぶり、蓑を着て、藁ぐつまで履いている。誰かはわからないが、小柄なようだ。

朝から冷え込みがきつく、青空を流れて行く雲の塊から、ときどき思い出したように風花が舞い落ちる。笠や蓑が要るほどではない。あんな出で立ちをしているのは、

――真っ昼間からもののけかい？

お奈津は焚き火を踏み消した。襟巻きがわりに巻いている古い手ぬぐいを一度はほどき、思い直してきつく締め直した。そのあいだも、丘の小道をこっちへ登ってくる笠蓑藁ぐつから目を離さなかった。雑木林は半分方枯れ落ち、下草も藪も枯れて嵩《かさ》が減っているから、見通しはいい。村の墓所に入ったところで、笠蓑藁ぐつは足を止めた。蓑から腕が出てきて、笠の縁を持ち上げる。

小さな顔が覗いた。子供――ではない。女子だ。

大きく息を吸い込んで、お奈津はその女子に呼びかけた。

「あんたぁ、おらに用があんのかぁ」

呼気が白く曇って、北風に散らされる。そこへ風花が舞ってきた。

笠蓑藁ぐつの女子は、笠の縁から手を離すと、その場で身を折ってお辞儀をした。そして、顔を隠すようにうつむいたまま、どんどん小道を登ってくる。お奈津は焚き火の跡を離れて、女子の方へ近寄っていった。

距離が詰まると、笠蓑藁ぐつの女子が声を出しているのが聞こえてきた。うっうっと呻くように泣いている。

「どうしたんだね、あんた」

呼びかけながら、お奈津は駆け寄った。女子は足を止め、堪えかねたようにひときわ声を張り上げて泣き出すと、その場にがくがくと頽《くずお》れた。

「あたし、まがけ、むらの、お小夜《さよ》、ともうします」女子は泣き泣き、息を切らしながら言った。

歳は十四、五か。可愛い顔だ。

「糸と反物の、三《み》釜屋《かまや》の、む、娘で」

お奈津は、お小夜と名乗った女子のそばにしゃがみ込んだ。

「三釜屋さんなら知っとる。大きなお店じゃねえか。その娘さんが、こげなところになんで一人で来たんかね」

笠の下で、お小夜はぼろぼろ涙を流し続けている。その顔を覗き込み、お奈津ははっとした。

「目のまわりの痣《あざ》、どうしたんだい」

左目のまわりに、薄墨で輪っかを描いたような丸い痣ができている。左の頬は腫れ上がり、くちびるの端が切れて血が固まっている。

「なんで、こんなひどい怪我をしたのさ。身体のほかのところは？　腕を見せてごらんよ」

お小夜の蓑をはぐってみて、ぎょっとした。上半身を包む薄い肌着も、腰巻きも血だらけだ。この分では、身体じゅうに疵や傷がありそうだった。

「可哀想に、こんな身体でよく歩いてきたもんだ。とにかく、うちにおいで」

お小夜はもう動けそうにない。お奈津は小柄な女子をおんぶして、寺跡の僧坊へと登った。背中のお小夜は軽かったが、昔のお奈津なら、まず背負ってやろうなどと思いつかなかっただろう。ここの暮らしで強くなったのだ。

僧坊に入り、冷たい北風が当たらないところで、お小夜の身体をよくよく検《あらた》めた。背中にも尻にも腿《もも》にも、左右の臑《すね》にも疵があり、痛々しく腫れていた。浅い切り傷がついているところもある。お小夜の息が荒く、身体が細かく震えているのは、熱が上がっているせいだと思われた。

「何もしゃべらんでいいから、温和《おとな》しく寝るんだよ」

お小夜を自分の寝床に寝かせ、竈に鉄鍋をかけて湯を沸かし、ぬるま湯をこしらえて、ありったけのぼろきれを出してきて、まず身体を拭《ふ》いて浄めてやった。きれいにしないと、傷の案配もわからない。できるだけ優しく拭《ぬぐ》ったつもりだが、刺激されたことで血が滲《にじ》み始める傷もあった。

お奈津の手元に薬らしいものはない。ただ、正月二日の台所女中奉公のとき、お奈津の働きぶりを喜んだ医者の妻から、あかぎれによく効くという軟膏《なんこう》をもらった。浅蜊《あさり》の貝殻に入っていて、独特な匂いがする。

疵は冷やしてやるしかないが、血が滲んでいる傷口には、この軟膏が効きそうだ。僧坊には囲炉裏がなく、火鉢の暖ではお小夜の身体の冷えに追いつきそうにないので、思い切って土間に戸板を三枚重ね、その上に寝床を移すことにした。これなら、竈の火が近くにある。鉄鍋から上がる湯気も、冷えた身体にはよさそうだ。

「焚き付けだけはいっぱいあるからさ、景気よく火を焚いてあげるからね」

朽ちて倒壊寸前の本堂にあるものは、ほとんど全て燃やせる。薪拾いにいかなくても、この冬は楽に越せそうだった。

裸のお小夜に、ふだん寝間着にしている古い浴衣を貸し、その上から綿入れのちゃんちゃんこを着せかけた。これは六助からもらったものだ。どこかの田んぼで案山子が着ていたのを剥《は》ぎ取ってきたとかうそぶいていたが、そんなはずはない。

「きっとお嫁さんが都合してくれたんだと思うんだ。でもそう言うとおらが恩に着てしまうから、ウソ言ってさ」

会ったばかりのお小夜に六助のことなど通じるはずがないのに、お奈津はしゃべった。油紙に火をつけたみたいにしゃべり続けたのは動転していたからだし、お小夜を安心させたい一心でもあった。

「す、すまんこって」

少し身体が温まり、小刻みな震えが収まってくると、お小夜はまた泣き出した。

「お奈津さんは、あたしのことなんか、知らないでしょ」

お奈津はお小夜の背中をさすってやる。

「だから、三釜屋さんなら知っとるってば。すす払いの手伝いに行ったしな」

おかみが口うるさく、駄賃は安かったが、賄い飯が豪勢だった。五分づきの米で、雑穀なんか一粒もまじっていなかったのだ。

「あんたが三釜屋さんのお嬢さんなら、その節は仕事をありがとうございました」

お小夜は声を呑んで泣き続けている。お奈津は黙ってその身体をさすり、温めてやりながら、ふと異様なことに気がついた。

傍らに丸めてある、さっき脱がせたお小夜の腰巻き。腿や臑の傷から出た血で、ところどころが汚れている――と思っていた。でも、こうして見ると、一段と大きな丸い血のしみがある。お尻のうしろのところだ。

「あんた今、月のものがきとるの？」

お奈津は問うた。だとしたら、その手当てもしてやらねばならない。しかしお小夜は答えずに、せんべい布団に潰《つぶ》れそうなほど強く顔を押しつけると、痩身《そうしん》を震わせていっそう激しく泣いた。

「違うんかい？　そんなら……」

こういう出血は、お奈津にも身に覚えがある。だけどまさか。この娘《こ》が？　馬懸村でも指折りの大きなお店のお嬢さんが？

「まさかあんた、妊んどったのかい」

お小夜は、布団に両手の指の爪を立てて、えぐるようにしながら身もだえした。抑えきれない悲鳴のような声が、喉からほとばしる。

「赤子は、も、もういない。き、昨日、流されて、しまったからぁ！」

聞き出してみれば、裕福なお店の娘には、よくありそうな話だった。お小夜は、親が許してくれぬ男と恋仲になったのである。

半年ほど続いたその恋は、お小夜が男の赤子を妊み、二人で駆け落ちを企てたものの、決行する前に露見《ばれ》てしまったことで、終わりを告げた。なぜ露見たのかといえば、お小夜が「一生のお願いだから内緒にしておいてね」と念を押した上で、乳母でもあった三釜屋の女中頭にしゃべってしまったからである。これもまた、箱入り娘らしい間抜けな仕儀ではあった。

男と引き裂かれ、お小夜は両親に膝詰めで、お腹の子を諦めろと説得された。こういうときのための薬は、件《くだん》の女中頭がおかみの命を受けて奔走し、手に入れていた。あとは、お小夜が覚悟を決めて飲むだけである。

――へえ、薬かあ。

自分のしでかしたことを思い起こしながら、お奈津は思った。おらなんか、子おろしの薬なんて、ちらりとも頭をよぎらなかった。用水路の方が手っ取り早くて確かだもんね。

母親に泣かれ、女中頭に叱られ、既にいいところへ嫁いでいる姉まで駆けつけてきて泣きながら説得されたが、お小夜はお腹の赤子を産むと言い張った。誰にも邪魔させない。赤子を殺せというなら、まずあたしを殺せばいい。殺せやしないでしょ。あたしは大事な娘だもんね。

この言いぐさに、三釜屋の主人が出し抜けに、夜叉《やしゃ》さながらの顔に変じた。

「うちのおとっつぁんは穏やかで、大きな声なんか出したことがない。あたし、おとっつぁんの怒った顔を見たことなかった」

その父親が、閻魔《えんま》様のように怒り狂ってお小夜を殴り、腹を蹴った。

――こんな赤子なんぞ要らん！

腹の赤子だけでなく、お小夜自身も殺されると思った。これはホントのおとっつぁんじゃなくて、何か化け物がおとっつぁんになりすましているんじゃないかとも思った。確か、高月村の荒物屋だか道具屋だかで、そんな出来事があったという昔話を聞いたことがある。

「そりゃ、おらの叔母さんの話だ」と、お奈津は教えてやった。「道具屋の姑さんを食った大百足が姑さんに化けて、嫁まで喰らおうとして返り討ちにあったのさ。馬懸村まで伝わってるんだね」

お小夜は素朴に驚いた顔をした。「あんたの叔母さんがその嫁なの？　強い人だったんだね」

そうだ。お萬は強くて優しい人だった。

「今はここの投げ込み墓で眠ってるよ。おら、叔母さんのそばにいてえから、ここで暮らしてるんだ」

それにしても……お奈津はあらためてお小夜の身体中の痣や傷を眺め回した。

「あんた、ろくに手当てもしてもらえなかったみたいだね」

お小夜はささくれたくちびるを舐めると、震えるような息をついてうなずいた。「あたし気絶しちゃって――目が覚めたらうちの蔵座敷に閉じ込められてた」

もちろん、お腹の赤子は流れてしまっていた。

「食べものも水ももらえない。着替えもなけりゃ、晒も襤布さえなくって、身体の血を拭くこともできなかった。熱が出て苦しくって、そのまま死ぬと思った」

明かり取りの窓が一つあるだけの蔵座敷で、一晩もうろうとしたまま、丸太ん棒みたいに転がっていた。

「今朝早くに、おっかさんが扉を開けて顔を出して」

三釜屋のおかみは、泣きはらした目をしていたそうな。

――お小夜、おとっつぁんに謝る気になったかえ。心から申し訳ありませんでしたと謝るなら、ここから出してあげるよ。

「おっかさんだって鬼じゃないし、おとっつぁんだって本当はこんなことをしたくなかったんだって、またべそべそ泣きながらこぼしてた」

お小夜はもうどうでもよくなって、あいすみませんでした、謝りますと言った。言葉を並べただけで、心は空《うつ》ろだった。

「そしたら、台所の近くの小部屋に移されて、まわりに誰もいなくなったから、裸足で土間に飛び降りて逃げ出したの」

笠と蓑と雪ぐつは、勝手口に吊《つる》してあったのを、とっさの機転で抱えてきたという。賢い娘だ。ちゃんとした着替えを何とかしようなどと拘《こだわ》ってぐずぐずしていたら、逃げ損ねていただろう。

それでは、まず間違いなく命はなかった。

「裏の木戸から外へ出たけど、何かにつかまりながらでないと、歩けなかった」

生け垣を伝って、どうにかこうにか隣家の裏庭へと逃げ込んだ。

「うちのお隣は、春田屋《はるたや》さんっていう太物屋なの」

木綿の反物を扱うお店である。

「知ってるよ。そこでも駄賃仕事をもらったことがあるから」

裏庭には、春田屋と取引のある機屋《はたや》の荷車が停められていた。ちょうど、今日の品物を納めにきたところだったのだろう。

「あたし、とにかく横になって休みたかったから、死ぬほど頑張って力を振り絞って、荷車の荷台によじのぼって」

埃除けの筵をかぶって身を潜めた。三釜屋の方からは誰かの大声と、慌ただしく戸を開け閉《た》てする音が聞こえてきたけれど、

「すぐに目の前が真っ暗になって、そのまま気を失ってしまって……」

次に目を覚ましたときには、荷車が車輪を軋《きし》ませて動いていた。

「誰にも気づかれなかったんだね」

「ええ。死んだみたいに眠ってたから、気配もしなかったのかしら」

お小夜は一人で馬懸村から出たことなどなかったから、荷車がどこを通っているのか、さっぱり見当がつかなかった。さしあたりはこのまま隠れているしかないので、じっと息を殺していると、

「ここの村の木戸を通って、大きな藁葺《ぶ》き屋根の家の方へ向かっていくの」

お奈津が知っている限りでは、高月村の機屋は一軒しかない。村の西側の木戸のすぐそばにある。

「荷車を引いてるのは、けっこう歳のいったおじいさんで、木戸のところで村の人と大きな声で話をしてた。月番がどうとかこうとか……。それで、ここが高月村だってことがわかったのよ」

村の西側の出入口は街道に近いので、木戸を設けて番人が見回るようにしている。村の男衆が一月交代《ひとつき》でこの番人を務める決まりだ。

「機屋のじいさんも月番の番人ものんびりした人で、あんた、運がよかったね」と言って、お奈津は笑ってしまった。「そこで見つかってたら、ただ事じゃねえ騒ぎになってたろうから」

お小夜は大真面目に、目をまん丸にしてうなずいた。「ホントにそう思う。あたし、運が良かった。荷車に乗れた上に、あさっての他所じゃなくて、この高月村に連れてきてもらえたんだもの」

あたし、先《せん》からお奈津さんのこと知ってたから、と言う。

「おらのこと？　おらの何さ」

お奈津が素っ気なく応じると、お小夜は子供みたいに素直に焦《じ》れた。

「だ、か、ら、化け物みたいな姑を退治した立派な嫁さんの姪っ子だって！　そんで、その叔母さんが葬られてる村の無縁墓のそばで、一人で暮らしてるって。賃仕事で日銭を稼いで、荒れ寺に住みついて、近ごろじゃ畑まで作ってるんでしょ？」

いつの間にか、そんな詳しいことまで噂されていたのか。まあ、日銭稼ぎでどこへでも行く独り身の女だ。こっちが思っている以上に、まわりの目を惹《ひ》きつけていたのだろう。

「お奈津さんは、叔母さんが無縁墓に投げ込まれちまったのが腹立たしくて、家出したんだよね」

「……それも噂になっとるの？」

うなずいて、お小夜は大きな目で真っ直ぐにお奈津を見た。

「褒めてる人はいないよ。とくに男衆とババアどもは、お奈津さんのこと悪く言ってばっかり」

女たちも娘たちも、口に出してそれに逆らったりはしない。でも、心の底ではちょっぴり感心している。高月村のお奈津って人はやってくれるじゃないの、と。

「あたしもそう。だから、お奈津さんを頼れば必ず助けてもらえるって思った。這ってでも丘を登って、会いに行こうって」

こんなことを言われておいて、見捨てたら、こっちが人でなしみたいである。

これに乗せられていいのか。お人好し過ぎないか。自分のことだって先はどうなるのかわからないのに、もう一人分の面倒を抱え込むのは考えなしにすぎるだろう。

いろいろ迷いながらも、お奈津はお小夜を放っておくことはできなかった。ごく当然のようにお小夜は僧坊に居着いて、一緒に暮らすようになった——というか、お奈津はお小夜を養うようになった。

人生で初めての恋を失い、さらにその恋の忘れ形見だと信じていた赤子を失い、あんな形で両《ふた》親《おや》と別れて家を飛び出してきたことで、お小夜はすっかり打ちのめされていた。気丈なふりをしても、しょせんは上っ面のことだ。身体の傷は少しずつ癒《い》えていったが、日にちが経ち、暦が如月《きさらぎ》になっても、折れた心は元に戻らなかった。

共に暮らすには、支え合わねば保《も》たない。だが、そもそもがお嬢さん育ちで、竈で火を焚いたことさえなかったというお小夜に一から家事を教え、叱ったり褒めたり慰めたり励ましたり、あの手この手で支えてやるのは、根が人嫌いな（少なくとも自分ではそう思い込んでいる）お奈津には、けっこう荷が重かった。行きがかり上、こっちの方がうんと目上のような恰好になってはいるが、冷静になって歳を比べてみたら二つしか違わないのだから、無理のない話ではある。

苦労続きだったお奈津は老成しており、乳母日傘《おんばひがさ》で育ったお小夜は子供っぽい。だが二人とも、想う男と出来合って赤子を妊むことができるくらいには、充分に「女」だ。お小夜の言動を見ているると、お奈津はあらためてそのことに思い至り、夜中に一人で頭を抱えて唸《うな》ってしまったことが何度もあった。苦しみや怒りのせいではない。恥ずかしかったからだ。赤子に合わせる顔がなくて、申し訳なくてたまらなかった。

そして、家を出て初めて、父・竹松にも親不孝なことをしたと思った。

三釜屋ではお小夜を捜していないのか、捜しはしても高月村と結びつける手掛かりがないのか、追っ手が来ることはなかった。

「おとっつぁんは、あたしはもう死んだ者だと決めちまったんでしょう。あのとき、本気であたしを蹴り殺そうとしてたしね」

お小夜はあっけらかんとそう言い放ち、「いいのよ。あたしには親なんかいない。最初《はな》っからいなかったの。それでいい」

またぞろ気丈なふりをして言い放つのだが、その言葉尻が消えぬうちに涙ぐんでしまう。これまで愛娘《まなむすめ》として大事にされてきた年月を踏まえれば、三釜屋の父母の唐突な変貌《へんぼう》ぶりはまさしく青天の霹靂《へきれき》で、お小夜は本人がわかったつもりでいる以上に深い傷を負っているのだろう。

お奈津も、三釜屋の主人がどうしてそこまで激高したのか訝しかったのだが、意固地に尖《とが》らせてばかりのお小夜の口を少しずつ割って、前後の経緯を聞き出してゆくうちに、何となくではあるが得心がいった。

まず、お小夜と恋に落ちた相手は、三釜屋と長い付き合いのある商い仲間のお店の跡取りで、既に許婚《いいなずけ》がおり、祝言の日取りまで決まっていたのだという。

「親が勝手に決めた縁談で、あの人は納得してなかったのよ」

輪をかけてまずいことに、男の許婚は城下の大きな米問屋の娘だった。身代の大きさは月とすっぽん、男の実家であるお店としては、城下から大枚の持参金付きの嫁を迎えて、今後の商いも大きく広げることができると皮算用してほくほくだったのだ。

それを、十五になったばかりの小娘との好いた惚れたでぶち壊しにされた。男の実家は憤激し、その憤激をまともに浴びた三釜屋の主人は、可愛い娘のために平身低頭して詫びて、迷惑料も包んで、

――倅《せがれ》さんの将来に障らぬよう、お腹の子はきっと始末しますので。

さんざん骨を折って事を収めた。なのに、親の苦労を針の頭ほども知らず、また知ろうともせずに、お小夜は「赤子は産む！」と言い張って泣くばかり。

そのわがままに、三釜屋の主人は、ある刹那《せつな》に心の堰《せき》が切れてしまったのだ。愛娘とはいえ、いっぺん手を上げ足蹴にしたら歯止めがきかなくなり、我に返ったら、今度は振り上げた拳の下ろし方がわからない。

今、三釜屋の主人はその乱心を悔やんでいるだろうか。大騒ぎでお小夜を捜している様子がないのは、世間体を憚ってのことだろうか。お小夜は大けがをしていたから、どこかで行き倒れているかもしれないと心配するのが筋ではあるが、それならそれでいいとまで見限ってしまったのか。

気の毒だと、お奈津は素直にそう感じた。すると父・竹松の顔が浮かんできたのだ。家出の直前に言い合いしたときの顔。お奈津がここに住みついたあと、何度か墓所のあたりまで来てこっちを眺めていて、お奈津が知らん顔していると、とぼとぼ帰っていった。あの小さく痩せていた背中。ほっとしたように安らかだった死に顔は、いろいろなことを諦めて、ようやく浮かべることができた表情だったのか。

お萬を想って怒り、お萬のために泣くことはあっても、竹松のために涙するときが来るなんて、

お奈津は夢にも思っていなかった。だが、その頑なな気持ちが土台から崩れた。

竹松はお奈津のとんでもない不始末を知っても、殴ったり蹴ったりしなかった。お萬に任せてほったらかしておいてくれた。自分がうるさく問うてこないだけでなく、弟妹にも、姉ちゃんを詮索するなと言い含めてくれていたのだと思う。

お奈津にお奈津の苦しみと言い分があったように、竹松にも竹松の苦しみと言い分があったのだ。おとうにはわからん、わかってたまるかと憤るばかりだったお奈津には、それがわからなかった。他所の父娘《おやこ》のありよう、三釜屋の主人と娘のお小夜の苦しみと言い分を知って、ようやく自分の父・竹松の心をおもんぱかることができるようになった気がした。

――おとう、ごめんね。

誰の心の内も、問うてみなければわからない。問うて返事を得たところで、全てがわかるわけでもない。いつもいつも問うていては、うるさくて暮らしていかれない。

黙って譲り合い、思いやり合いながら生きていくしかない。本音なんて聞き出しても仕方ない。それが動かぬ真実《ほんとう》だとは言えない。真実なんてないと思った方がいい。

それから、お奈津は投げ込み墓だけでなく、村の墓所にある竹松の粗末な木の墓標にも参るようになった。

養う口が一つ増えたことで、お奈津の日々はさらに忙しいものになった。畑の手入れは朝のうちに済ませて、火《ひ》灯《とも》し頃まであらゆる賃仕事で稼げるだけ稼いだ。夜も寝床に横にならず、駄賃がわりにもらった薄いかい巻きにくるまって、台所脇の板の間で、短い眠りをむさぼった。

お小夜は「やっといて」と頼んだことをこなせる日と、まるっきりこなせない日が半々ぐらいだ。ただ、青瓜畑の様子を見に丘を登ってくる六助には、すぐに馴染んだ。それどころか妙に懐いた。

「うちの爺やみたい」

一方の六助は、お小夜にはまるっきりかまわなかった。

「わしは土いじりをせん者には用がねえから、目に入らねえ」

それはつまり、お小夜がここにいることを誰にも言いつけない――と請け合っているのだった。六助らしい気遣いで、お奈津はひそかにその背中に手を合わせた。

青瓜は順調に育ち、少しずつ丘の土の金気を取り去り続けた。春の花が一斉に満開になるころには、最初の畑に念願の豆の苗を植え、その畑のあぜ道には六助にもらった摘まみ菜の種も植えてみた。

「柔らかくて旨いぞ。たくさん育てられるようになったら、いい値で売れる」

そのようにして日にちを重ねて梅雨を迎え、降り続く雨に叩かれて、僧坊の傷んだ屋根の雨漏りがひどくなって困っていると、賃仕事で世話になった村の大工のおかみさんが、亭主の尻を叩いて寄越《よこ》してくれた。

「うちの宿六の手間賃は、またあんたがうちに働きに来てくれればいいよ」

僧坊の屋根は立派に修繕が済み、梅雨明けの油照りも、その屋根が落とす濃い日陰の涼やかさに慰められれば、ちっとも過酷なものではなくなった。

このころには、家のなかのことなら何とかお小夜に任せられるようになってきた。お奈津のあずかり知らぬところで、お小夜は六助に叱られたこともあったらしい。


「頼りっきりでごめんなさい」

「今までのことは気にしないでいいよ。だけどあんた、本当にずっとこんなところにいていいの？　うちに帰ってみたら？」

何なら、お奈津が三釜屋に話を通してみてもいい。馬懸村にはしょっちゅう出かけているのだ。

「あんたの実家はとどこおりなく商いを続けているし、家の誰かが具合が悪いとかの噂も聞かない。皆さんで必死になって体面を繕って、あんたが帰ってくるのを待っているんだと思うけど」

すると、お小夜は切れ長の目の端に険を浮かべて、

「だけど誰も捜しにこないじゃない？」

「捜してもらおうなんざ、了見が甘い」

「お奈津さん、意地悪ね」

お奈津は、自分もまた軽率に男と出来合って赤子を妊み、その子を自分の手で流した経験があるのだと、お小夜に打ち明けてはいなかった。今後も言うつもりはない。赤子を亡くしたことは同じでも、進んでそうしたか、無理矢理強いられたかでは天地ほどの差があり、その差を目の前に露わにしたら、お小夜はお奈津を許してくれないだろう。

一方的な思い込みで頼られ、厄介なことも多かったけれど、ここまできてお小夜に軽蔑《けいべつ》される

のは嫌だ。独りぼっちに戻ること以上に、お小夜の親しみと小さな尊敬を失うのは辛い。だから口に閂《かんぬき》をして、お小夜にとっていちばんいい身の振り方――身代が太く両親が揃っている三釜屋へ、巣から落ちた雛《ひな》を拾い上げてやるように、そっと戻してやりたいと思った。

お奈津のそんな屈託を知らず、お小夜はふと夢を見るような眼差しになって、こう呟いた。

「あたしが馬懸村に帰るときがあるとしたら、それはあの人が迎えに来てくれたときだけだもん」

それこそ、もっとありっこない。お小夜の恋しい男は、先からの良縁が破談になってすぐに、遠くの村へ婿に行った。一時は、賃仕事に通うお奈津の耳にさえ入ってくるほどの噂になっていた。

いい夢も悪い夢も、寺跡の住処の生計の足しにはならない。確かなものは青瓜の切り口から滴る金気臭い水と、青瓜によって元気になった畑で育ってゆく苗や双葉だ。

お小夜が転がり込んできてから半年ほど経った、夏の盛りのことだった。畑も四枚に増え、青瓜による金気抜きが済んだところから植えていった豆や摘まみ菜がよく育ち、風に乗って運ばれてくる青々とした匂いにお奈津が胸をふくらませていると、また誰かが丘を登ってくるのが見えた。

今度の「誰か」は二人連れで、そのうちの一人については、「誰か」はともかく身分はすぐにわかった。墨染めの衣を着ていたからである。

長身のお坊さんだった。日よけの笠をかぶり、首から念珠をさげている。寺跡の丘を、大股に一歩一歩確かめるように登ってくる。そのすぐ後ろにつかず離れず、小さな風呂敷包みを背負った女がくっついていた。こちらも日よけの女笠をかぶり、着物の裾丈を短く着付けて、水色の脚絆に草鞋をはいている。

「お客さんかな」

お小夜が傍らに来て、額の上に手をかざしながら言った。まだ畑仕事はおぼつかないが、一生懸命手伝おうとしてくれるので、お小夜はしっかり日に焼けていた。もう日焼けが肌にしみついて、一年中浅黒いままのお奈津とは違い、焼けたてののぼせたような赤い肌だ。

六助が勧めてくれた摘まみ菜は本当にいい売り物になり、籠いっぱい背負っていって売りさばけば、下手な賃仕事の一日分よりもいい稼ぎになった。だから近ごろのお奈津は、日中も畑の方に専念していることが増えたのだが、

——いい気になって儲けたのがまずかったかな。

あのお坊さんは、馬懸村にある本寺、光泉寺の人じゃないのか。ここの地主だ。お奈津が勝手に住みついて畑を作っており、しかも稼ぎを得ていると知って、ようよう腰をあげて追い出しにきたのではないか。それ以外に、お坊さんがここを訪ねてくる理由などありっこない。

身を硬くして待ち受けるお奈津と、事の重大さがわからぬまま「お坊さんと女の人、怪しげだねえ」と笑うお小夜から少し離れたところで、二人連れは足を止めた。顔と顔とが充分に見分けられる距離である。

笠の縁に手をあてて、お坊さんが顔を上げた。後ろの女はうつむいたままである。

「あれ？」と、お小夜が頓狂《とんきょう》な声をあげた。

「おお」と、笠のお坊さんが白い歯を見せた。「これはこれは、よく日焼けしておるな。本当にお小夜に間違いないか」

お奈津は息を止めたまま、傍らのお小夜を振り返った。

お小夜は口を丸くすぼめて、

「ホントに……ホントだわ」

知っているのか。

「あのお坊さん、どこのお寺の人？」

お奈津の食いつくような問いかけにも、お小夜は無邪気に、「馬懸村の光泉寺」

ああ、やっぱりそうなのか。

「ご住職様よ」と、お小夜は言った。「うちは、檀家総代も務めたことがある家柄なんだ。姉さんもあたしも、この名前はご住職様につけてもらったの」

そんな深い関わりがあったのか。それなら、住職もお奈津を追い出しに来たのではないかもしれない。地代を払えばいい？　いや、それより何より、お小夜を連れ戻しに来たのか。

「よう働いておると聞いてはおったが、お小夜、まさか畑仕事までしているのかね」

感心したように声を上げ、いっそう大きな笑みを咲かせて、光泉寺の住職は坂を登って近づいてきた。そしてお奈津と目を合わせると、軽くうなずいて言った。

「あんたがお奈津さんか」

さん付けで呼びかけられ、お奈津は舌が喉の奥に引っ込んでしまった。

「あたし、ずっとここで養ってもらっていたんです」

お小夜は言って、半歩前に出た。お奈津をかばい、弁解するようなふうである。

「お奈津さんはいい人ですから、叱らないで。それとも和尚様、あたしを叱りにいらしたんですか。あたしがここにいること、先からご存じだったんでしょうか」

「先からも何も、おまえがあんまり巧《うま》く身を潜めていたものだから……」

「あら、ごめんなさい」

確かに、お小夜はここに逃げ込んできてから、一歩も丘を降りていない。丘の畑にゆくとき以外は、僧坊から離れなかった。

「はっきり確かめることができたのは、つい半月ほど前でな」

それから、どうしたものかと思案していた、と言った。

「三釜屋の両親には、おまえは無事で達者でいるということだけ伝えてある。ただ、家に帰るかどうかはわからぬと」

「え、なんで」と、お小夜は素直に訝しがる。住職の方が呆れ顔になり、

「すんなり帰るつもりがあるのかね。父親のことを怒ってはおらんのか。あるいは、自分は勘当されておるかもしれぬとは思わんのかな」

お小夜はさらに困惑し、助けを求めるようにお奈津の顔を見た。「あたし、勘当されてるのかなあ」

お奈津は黙ったままかぶりを振った。二人の様子に、住職はまた軽く笑った。そしてお奈津に

呼びかけてきた。

「高月村のお奈津よ、申し遅れたが、私は明光《みょうこう》と申す。先ほどお小夜が申したとおり、光泉寺の住職を務め、御仏《みほとけ》に仕えておる身の上だ」

そして、その長身の背中に隠れている女をちらりと見返った。

「済まないが、今日はお小夜を連れ戻しに来たのではない。実は、おまえさんに頼みがあって足を運んできたのだが、話を聞いてもらえるだろうかな」

お奈津の舌は喉の奥に引っ込んだままだ。お小夜がやっとそれに気づいたのか、

「和尚様は優しいお方だから、そんなに怖がらなくても大丈夫だよ」

怖がっちゃいない。何が何だかわからないから身構えているだけだ。

「端的に申すと、ここな女を預かってもらえまいか」

住職の言葉に、「ここな女」と呼ばれた風呂敷包みの女は、よろけるほどの勢いで頭を下げた。

「菅《すが》村の村長の家の嫁だった女で、名はおみちという」

菅村は馬懸村よりも遠くにある村だ。お蚕さんが盛んで、まわりの山はみんな桑畑になっていると聞いたことがある。

「嫁して三年、子に恵まれず、先月とうとう離縁を言い渡されてな。さりとて実家にも受け入れられず、迷った挙げ句に私の寺を頼ってきたのだが……」

光泉寺は法華寺だ。法華宗は女人成仏を説く教えだが、しかし寺内に女を住まわせることはできないのだという。

「私は許しても、檀家衆がいい顔をせん。それでこの禿頭《はげあたま》をひねり、丘の上のお奈津に頼ろうと思いついたという次第だ」

当のお奈津には、なぜ自分が頼られるのかさっぱりわからない。

「ここは光泉寺さんの地所なのに」

ようやく声を絞り出して、そう言った。

「おら、勝手に居着いてしまって、いけないとは承知しておりました。だけど、ほかに身を寄せるところがなくって、洞泉寺の跡は雨露をしのげそうだったし」

つっかえるお奈津の言を、明光和尚は優しく遮った。

「詫びる必要はない。この丘は確かに光泉寺の地所だが、長いあいだ放置して荒れるに任せておいたばかりに、内訌《ないこう》で飛び出した一派が勝手に寺を建ててしまった」

その洞泉寺が潰れた後はまた放置され、人の手が入らずに朽ちて荒れていった。

「それが今は見違えるようではないか」

お奈津の手柄だと、和尚は言った。

「辛抱強い働き者だな。しかも、おまえさんは人情に厚い。お小夜を守り養ってくれたことには、名付け親としての私からも礼を言わねば」

そんなお奈津だからこそ、今度はおみちを託したいのだ、と言う。

「もちろん、一方的におまえさんの働きをあてにしようというのではない。光泉寺からも、いくらかの扶持《ふち》を出そう。金子《きんす》があれば、建物に手を入れ、要りようなものを買い足すことができるのではないか」

夢のような申し出に、お奈津はまた舌が縮んでしまった。


「……まあこれが、今の洞泉庵の起こりなんでございますわな」

いねは一息ついて、手元の湯飲みを覗き込んだ。空っぽだ。

「すみませんが若旦那さん、水か白湯をいただけますかね」

若旦那じゃなくて小旦那だってばと思いつつ、富次郎は手早くいねの湯飲みを満たしてやった。いねは旨そうに喉をうるおし、さっきよりさらに大きく一息ついた。

「もちろん、最初から立派な名前がついてたわけじゃございませんし、お奈津さんはただのお奈津さんで、まだ庵主様と呼ばれちゃいなかった。そんなふうになったのは、明光和尚様と顔を合わせて、おみちさんを預かってから、もっとずっと何年も経ってからのことでございましてね」

その年月のあいだに、寺跡の住まいには、だんだんと女たちが集まるようになった。明光和尚の口利きで来る者もいれば、評判を聞きつけてすがりに来る者もいた。

「不幸せで、酷い目にあってきた女たちばっかりでございますよ」

子を望んでも授からず、婚家を追い出された女。赤子や子供を失い、その罪を押しつけられて離縁された女。ひどい嫁いびりで怪我を負わされ、身体を壊してもなお牛馬のように追い使われる苦しみから逃げてきた女。男に騙されて子を妊み、一人で途方に暮れている女。

行き場がなく、頼るところもなく、明日どうやって生きていけばいいのか、支えてくれる足場がない。そんな女たちが、お奈津の暮らす寺跡を頼ってきたのである。

「お奈津さんは、そういう女たちをみんな受け入れました」

怪我や病気の者は養生させ、お腹に子がいる者は無事に身二つになるまで養う。動ける女たちにはそれぞれ役割を振って、家事や畑仕事、駄賃仕事をこなさせる。助け合い、支え合い、寺跡の暮らしを切り盛りしていった。

「光泉寺さんからの扶持は、ホントに大した額じゃなかったようですけども、何にもないよりははるかにましだし、第一、丘の地代を払わずに済みましたから」

それに加えて、大きな援軍もあった。最初の居候であったお小夜が、転がり込んできたその年の暮れにようよう両親と和解して実家に帰ると、

――こんな愚かな娘と、輪をかけて愚かな父母を、あんたが救ってくれた。

と、お奈津に感謝して、三釜屋の主人夫婦が後ろ盾になってくれたのである。金子だけでなく、季節ごとに要りような衣類や、畑仕事の道具や肥料など、様々なものを届けてくれたり、お奈津たちが望むときに調達できるように計らってくれた。

お奈津の丘の上の住処は、光泉寺という権威と、三釜屋という金主を得たことで、日陰者ではなくなった。高月村のなかではもちろんのこと、近隣のどこの村落に対しても、お奈津は一人前の畑持ちとしてふるまうことができるようになった。

「それは本当にめでたいことだけれど」

富次郎は、いねに申し訳ないと思いつつ、口を挟んだ。

「これはわたしが男だからでしょうかね。丘の上の住処に、そんなに大勢の女たちが集まってきたということが、ちょっと信じられない気がしてしまいます」

この世は女にとって、それほどまでに辛く生きにくい場所なのだろうか。

「ほかにはない住処だから、評判が広まるのも早かったし、そうなると、うんと遠くからも来たそうですからねえ」

いねはあまがえるみたいな目をぱちぱちさせて、富次郎を宥めるような顔をした。

「若旦那さんは、江戸から離れたことがないんでしょ」

「ええ、幸いにして……と申しますか」

「江戸みたいな大きな町と、高月村みたいなところとじゃ、まず嫁や娘の置かれる立場が違います。ずっと赤子を授からなかったり、父《てて》なし子を産んだり、何かそういう不始末があると、最初から狭い立場がなおさら居心地悪くなって、もうまっとうな人として扱ってもらえなくなるんだよね」

いねは砕けた口調になり、それとは裏腹の暗い眼差しになった。

富次郎は胸をどんと突かれたような気がした。ああ、そうか。

洞泉庵の女の一人である以上、いねにもそうした辛い事情があるのだ。あったはずなのである。

——最初に、洞泉庵はお救い小屋みたいなところだと言ってたよなあ。

富次郎の動揺に気づかず、あるいは気づいて気づかぬふりで、いねはちょっと背中を伸ばすと、語りを続けた。

「お奈津さんたちは、どんどん丘の土を耕して畑を増やして、だからたくさんの青瓜を植えて育てたわけですけども」

そちらの後ろ盾であり、参謀にもなってくれていた六助は、お奈津が二十二歳になった年の夏に、呆気《あっけ》なく逝《い》ってしまった。

「前触れは何もなくて、前日まで元気だったそうで、だから卒中じゃなかったかって話でございます」

行商を生業《なりわい》としていた六助の家は遠い。お奈津は、寺跡に住みついて初めて、女たちに留守を頼み、足ごしらえをして丘を降りて出かけた。それが六助の弔いのためであることが悲しくて、切なくて、道々目が溶けるほどに泣きながら歩いていった。

六助は、女房と倅夫婦と四人の孫と一緒に暮らしていた。お奈津が名乗ったら、どこの誰であるかはすぐ話が通った。お奈津は六助から受けた山のような恩について語った。六助の家族はみんな、

「うちの人は働き者が好きだったからね」

「親父は面白がりだったんだわな」

「じいちゃんは、苗や種を大事に育ててくれるなら、地獄の鬼とだって仲良くするって言うとった」

口々に言って笑って、今後もお奈津のところに苗や種を売るし、よければ畑のことで知恵も貸そうと請け合ってくれた。

高月村の寺跡への帰り道、六助の思い出を噛みしめながら、お奈津はまた泣き泣き帰った。人の世の情けが胸にしみ、抑えきれぬ涙だった。

父と叔母、流してしまった赤子。そして、何一つ恩返しできぬままだった六助の菩提《ぼだい》を弔うために、出家しようか。お奈津はしばしば考え込むようになった。ところが、思い切って明光和尚に相談してみると、言下に「それは正しくない」と言われた。

「得度しようと思えば、おまえは厳しい修行を積まねばならん。寺にこもり、学ばねばならぬことも山ほどあるぞ」

そのあいだ、寺跡の住処を放っておくのか。お奈津を頼りにしている女たちを、これから一途にすがってくるであろう女たちを、見捨ててしまうのか。

「御仏に仕え、仏の道を歩むということを、おまえは考え違いしておる」

出家するばかりが仏道を歩むことではない。現に六助は僧侶《そうりょ》ではなかった。だが、お奈津を救ってくれたではないか。

「おまえはおまえの居場所を守り、俗世で与えられた役割を果たすことで、充分に仏道に帰依することができるのだ」

今はまだ、このように言われたところで、得心できまい。それでよい。騙されたと思ってもいいから、私の言葉に従ってくれ。

「いつか必ず、おまえがおまえの道を正しく歩んでいるという証《あかし》が顕《あらわ》れる。それがどんな形でどこから示されるものなのか、私にもわからぬ。しかし、きっと顕れる」

お奈津はその説教を胸にたたみ、和尚様のおっしゃるとおりにしようと考え直した。間違いばかりしてきた自分の考えることよりも、和尚様のお考えの方がいいに決まっている。それでも、一つだけかなえたい願いが残っていた。

「おらたちの住処に、名前がほしいんでございます」

「おお、それなら好きに名乗るがいい。お奈津の庵だ」

「ならば、洞泉庵としてよろしゅうございますか」

光泉寺の明光和尚からしてみれば、洞泉寺は苦い内訌の残滓《ざんし》であろう。だが、お奈津はこの寺跡をあてにできたからこそ家を飛び出した。そして雨露をしのがせてもらった。洞泉寺が（たかだか二十年のあいだ）ここにあった経緯は知らないが、お奈津は恩を感じている。

「六助さんも、お坊さんだって内輪もめをする、そんで仏様も苦笑いをなさるって」

――そういう証として、洞泉寺は残しておいた方がよかったろうになあ。

そう言って面白がっていたことがある。

思い起こせば懐かしい。六助は物事を悪くとらず、面白がり楽しんで世渡りしていたからこそ、大らかに人助けのできる爺さまだったのだ。

――おらとはいちばん違ってるところだった。

「その思い出もあるから、和尚様には本当に申し訳ございませんけど、おら、洞泉庵と名乗りたいんで」

明光和尚は、まさに苦笑しながらその願いを聞き入れた上に、立派な扁額《へんがく》をこしらえて、〈洞泉庵〉と揮毫《きごう》してくれた。

「この際だ。つぎはぎの普請直しで保たせるのも限りがあろうし、僧坊を建て直してきちんとした住まいにするといい」

その資金は三釜屋が出してくれた。両親と仲直りしたお小夜が何と良縁を得て嫁ぎ、このころ、ちょうど待望の赤子を産んだばかりだったのだ。

三釜屋にとって、とりわけ危うく自分の手で娘を殺《あや》めてしまうところだった主人にとっては、これほど大きな過ちの「取り返し」はなかった。必要な金はいくらでも用立てよう、材木や大工の手配もしようと、太っ腹なことだった。

こうして、お奈津は洞泉庵の庵主となった。歳は二十三歳になり、耕した丘の畑は十五枚を数えるようになっていた。

意地っ張りの家出娘が一人で住みついた丘の寺跡は、生まれ変わった。人手が増え、温もりが増え、にぎやかになった。子を失ってここに来る女もいるが、ここで子を産む女もいる。赤子や幼子の声が常に聞こえて、洞泉庵は日陰から日向に出たように明るい場所になっていった。

さすがに国境を越えて来る女はいなかったが、藩内のあらゆるところから、居場所のない女たちはやってきた。この寺跡の意味も、この丘が昔話の大百足の住処だったことも、お奈津と叔母のお萬のことも、まるっきり知らぬ女たちも増えていった。

庵主となったお奈津は、女たちが互いの身の上話を語り合うことを禁じたりはしなかったが、語って思い出しては泣くくらいなら、食って寝て元気になって働く方がいいと勧めた。

洞泉庵に駆け込んできながら、いつまでもここの暮らしに馴染めず、そのように努力もしない女もいた。自らを哀れんで愚痴をこぼし、いつまでも怒りを抱え込んでうずくまっている。

そういう女には、お奈津は進んで自分の身の上を語った。用水路にしゃがみこんで赤子を流したことも、父・竹松に対して頑なに過ぎたことも、あとでそれを悔やんでも墓に布団は着せられず、今も悲しげな父の顔を夢に見ることも。

そして小さく笑いながら、こう付け加えるのも忘れなかった。

「ここは昔、人を喰らう大百足の住処だったんだよ。この丘のところどころに洞穴《ほらあな》があいているのは、大百足が出入りした名残だ。ここの土には、大百足の毒がしみ込んでいたんだ」

わたしらが大らかに働き、今日という日をしっかり暮らして、明日という日に望みを抱いているうちは、大百足は現れぬ。だけれど、わたしらが少しでも後ろを向いて、恨みつらみや怒りに心を囚《とら》われてしまえば、その暗い念を力に、大百足はすぐにでも蘇ってくるだろう。そしてひとたび蘇ってきたならば、その姿を恐れ憎み怯える人びとを喰らってどんどん強く大きくなり、二度と退治できなくなってしまう。化け物とはそういうものだ。

もう一つ、畑で育てて捨ててしまうだけの青瓜が、この丘ではどれほど尊いものであるかということも、お奈津は皆にこんこんと説いた。青瓜を植えながら手を合わせ、採って捨てるときにも頭《こうべ》を垂れる。

「この丘の土を生き返らせてくれる青瓜様だよ。けっしておろそかに扱ってはいけない」

新しい苗を売ってくれる六助の倅は、そこまでたいそうなものじゃないと首を縮めて、お奈津

がこの青瓜を「六助瓜」と呼びたいと言ったときにも、

「庵主様、親父はそんなもったいねえことを望んじゃいねえ」と笑って宥めた。

「この青瓜は、食えねえけど能がねえわけじゃねえ、ただの青瓜だ。それでいいんだって、親父は言っとった」

お奈津はその言葉に、尊く確かな知恵を感じ取った。

それとは別に、こんなこともあった。丸々と太った赤子を抱いたお小夜が、丘を登って訪ねてきてくれたとき、新しくなった建物のなかを一緒に見て歩きながら、ふとこんなことを呟いたのだ。

「あたしは馬鹿な小娘だったけど、それでよかったって思うの」

もしも、もっと賢かったならば、今でも父親を許すことができなかったろう。

「自分がさんざん馬鹿なことをしたから、おとっつぁんだって馬鹿なことをするときもあるだろうって思って……いつまでも怒っていられなかった。こうして今は仲良くしていられるのも、あたしが馬鹿だったおかげじゃない？」

お小夜という考えなしの小娘の、しかしこれは尊い知恵だ。お奈津は感じ入り、それを自分の身にもあてはめてみた。

——おとう、お奈津は自分の思うことにばかり囚われて、小賢《こざか》しかったんだね。

こんな自分が、庵主を務めていていいはずはない。それぞれの不幸と不運、罪と愚かさを背負ってここへ来る女たちの前で、済ました顔をしているのはいけ図々しいにもほどがある。本当は身勝手とわがままと、この寺跡の地を好き放題に蹂躙《じゅうりん》した罪を問われ、仏罰を下されても仕方がないのではなかろうか。

その答えをつかめぬまま、ただ日々を懸命に暮らして、お奈津がちょうど三十の歳の夏の終わりに、明光和尚が逝去した。光泉寺の住職は本山から派遣されてきた僧侶に替わり、洞泉庵への扶持は見直されることになった。

――ずっといい夢を見ていたけれど、もう終わりなのかもしれない。

女たちも不安そうにそわそわしているのに、お奈津はそれを宥めてやる言葉を絞り出すことができなかった。それが申し訳なくて、いたたまれなくて、お奈津は野良着に着替えて畑に出た。

遠く連なる山々に、晩夏の陽ざしが照りつけている。その山々と並び立つように、入道雲がわいている。

立ち働く他の女たちから離れて、お奈津はいちばん新しい畑――今では唯一、青瓜を植えているところまで登っていった。

この上は岩場が続くので、豆や青物の畑を作れるのはここまでだ。さて今後はどうするか。近年、洞泉庵へ来た女たちのなかには、養蚕と絹糸の糸繰りの経験を積んでいる者がいて、いよいよこれを活《い》かさない手はなかろうと思うのだが、

――そんな算段をしても、空しいだけかもしれないのに。

一人で苦笑いを漏らし、その場にしゃがんで、育ちつつある青瓜の一つに手を触れてみた。昔、六助から買った最初の苗が実ったときの、懐かしい感慨が蘇った。

青瓜の実は細かな産毛に覆われており、触れるとかすかにちくちくする。それがよく育っているしるしだと、六助から教わった。お奈津は一列に並んでいる青瓜に、順番に触れていった。ありがとう、ありがとう、金気を吸ってくれてありがとうと、心のなかで呟きながら。

――この青瓜たちは、身を捨てて他者を生かす慈しみの化身だ。

青瓜と生まれて、仏の道を歩む。

お奈津はその場で土に両膝をつき、深く頭を垂れて合掌した。

そのとき、闊達《かったつ》な声が聞こえてきた。

(掘ってみよ)

お奈津は顔を上げてまわりを見た。今のは誰の声だ？　明光和尚の声に似ていたようだが――

(ここぞ、ここぞ。掘ってみよ)

一列向こうの畝で、一つの青瓜が神々しく光っている。

声に従い、お奈津は光る青瓜を掘り始めた。最初にそれに触れたときから、胸の高鳴るものがあった。これは何だ？

両手で掘り進み、お奈津は頭から土まみれになった。やがて掘り出したもののお姿を見て、感に堪えず声をあげた。土が口のなかに入ってじゃりじゃりしたが、ちっとも気にならなかった。

青瓜に見えたものは、仏像の頭の部分だったのだ。武具を構え光背を背負った、それは一体の不動明王像だったのである。

「そのお像が、このうりんぼ様なんでございます」

いねは言って、誇らしげに胸をそらし、自分が背負ってきた不動明王像に目をあてた。眉も目も鼻もないお顔だが、猪の仔にそっくりな縞柄がうっすらと浮いているせいで、何となく愛嬌をたたえている。

「畑からこのお像が出たことで、光泉寺さん側のお考えが変わって、洞泉庵は扶持を失わずに済んだんでございますよ」

光泉寺では、新しい住職よりもむしろ檀家衆の方がこの椿事《ちんじ》を重くとらえ、

――ご住職、お奈津をおろそかにしてはいけませんぞ。

――洞泉庵を閉じれば、仏罰が当たるかもしれん。不動明王は、仏道に逆らう邪なものを討つ御力をお持ちじゃ。

渋る住職を説得してくれたのだそうだ。

「それでお奈津さんも庵主として留まろうと思い直したんですね」

「はい。二度と遠くへ行ってしまおうなんぞ言われませんで、ずっとずっと、洞泉庵をすがってくる女たちを助けてくださってますんで」

青瓜畑から現れた不動明王は、明光和尚がお奈津に言って聞かせた「顕れ」だ。お奈津は俗世におりながら、ちゃんと仏道を歩んでいる、と。

富次郎はうりんぼ様の方へ向き直り、あらためて手を合わせて拝んだ。うりんぼ様のお身体は煤で真っ黒だが、お顔はときどき拭ってもらっているのか、縞柄がきれいに見える。

「しかし、仏様のお顔の縞柄は珍しいなあ。わたしは初めて拝しました。これはそもそも、畑の金気を吸い取ってくれる青瓜にも、同じ縞柄があったからなんでしょうね」

問いかけに、いねはぱっちりした目をしばたたくと、「いいえ、ぜんぜん」と返事をした。「六助さんの青瓜は、形はこんなふうですが、ごく当たり前の青瓜で、ちくちくした白っぽい和毛《にこげ》が生えてますの」

「へ？　だったら、うりんぼ様のお顔のこの縞には、とくだんの意味はないんでしょうか？」

問いかけに、いねは首をかしげてみせる。

「わだしらにも、難しい理屈はわかりません。わかったって、賢しらに申し上げるのも畏《おそ》れ多いことで」

しかし、庵主のお奈津が説いている説ならば、一つある。

「寺跡の丘には、いろんな獣も棲《す》みついておりますけども、たくさん見かけるのは山鹿、野兎と猪でごぜえます」

人に近づいてこない山鹿や、小さな野兎はともかく、猪は作物にも人にも害をなすこともあるから、用心しないとならない。

「とりわけ、春先に仔を生んだばっかりの母猪は、気が立っとりますし」

洞泉庵の女たちも、猪とは距離をとって慎重に棲み分けをし、母子猪の姿を見かけても、遠巻きにしてけっして刺激しない。

「眺めとるだけなら可愛いもんですわ。ずっと見てても飽きねえくらい」

大きな母猪の後ろを、小さなうりんぼたちが並んでくっついていく。茂みのあいだを抜け、穴ぼこにはまりかけたり、蝶《ちょう》や小鳥に気をとられたりしながら。

「うちの女たちには……わだしもその一人ですけども」

　願っても願っても子に恵まれなかったり、不幸な成り行きで子を失ったり、せっかく授かった子の命を自分の手で消さねばならなかったりした女たち。それ故に生きる場所を追われ、死んでもなお入る墓さえ定まらぬ女たち。

「猪の母子のそういう様子は、この世でいちばん羨ましいもんなんでごぜえますよ」

　美しく幸せな母と子の組み合わせ。

　――生まれ変わったら、あんな母猪になりたい。

「庵主様も、何度となくそんなふうに思われたんだそうで」

うりんぼ様は、そういう切ない願いを受け止めて顕れた仏様だから、お顔がうりんぼに似た縞柄になっているのだ。

「ああ、そういうことなら、わたしも腑に落ちました」

これ以上ないほど説得力がある。理屈なんかではなく、心にしみる。

「有り難いお話をお聴かせいただきました。お礼を申し上げます」

語りとしてはこれで一区切りなのだろうが、肝心なことがまだ残っている。

「今般うりんぼ様は、うちから嫁いでいった従妹のお産にお力を貸してくださるということで……」

「へえ。行然坊様がお帰りになったその夜に庵主様の夢枕に立たれて、そのようにお告げになったそうで」

だからわだしがこちらにうりんぼ様をお連れしたんでごぜえますからと、いねは反っくり返る。

夢枕のお告げとは。なるほど、そういう段取りなのか。

「それは重ね重ね有り難いことで。ただ、これから先、手前どもでは何をすればよろしいんでしょう。うりんぼ様はこのままお預かりしてよろしいので？」

何だそういう問いなのかと、やっとこさいねに通じたようだ。

「うりんぼ様は、このお部屋に安置しておいてくだせえ。毎朝きれいなお水を差し上げて、ご挨拶を欠かさずに」

飾り物、供物や花は要らぬという。

「時がきたら、うりんぼ様の方からお知らせをくだせえます。そしたら、それに従えばいいんで、むつかしいことじゃありませんでしょ？」

「時がきたら？」

「従妹さんが産気づいたらね」

どきりとする。「おちかが産気づいたら、うりんぼ様が何かをなさるんですか」

富次郎の狼狽ぶりに、いねは口元に手をあてて笑った。

「そんなに慌てなくっても、うりんぼ様は何にもなさいません。何かするのはあなたさんですわな」

は？　「わたし？」

「はいな。今さら嫌がっても駄目でごぜえますよ。あなたさんにしょってもらわねえとね。覚悟しといてくだせえ」

富次郎はバカみたいに繰り返した。「わたしが？　何を？」

「時がくればわかるってばよ」

いねは砕けた言い方をして、あまがえるみたいな顔を大きくほころばせる。

「従妹さん、名前はおちかさんていうんですなあ」

無事にお産が終わるまで、洞泉庵の女たちみんなで、おちかの名をあげて安産を祈ってくれるという。

「わだしはいったん庵に帰りますけども、おちかさんが産気づいたら、離れていたってわかります。うりんぼ様が庵主様にお告げをくださいますんでね」

それじゃあ、これで。いねは座り直して襟元を整え、畳に指をついて、まずうりんぼ様に、次に富次郎に頭を下げた。

「うりんぼ様、此度《このたび》のお働きが済まれましたら、またこのいねがお迎えに参じます。三島屋さん、それまでうりんぼ様をよろしゅうお願い申し上げます」

こうして、うりんぼ様は三島屋の黒白の間に滞在されることになった。

何日おられることになるのか、それはおちかのお産次第だからわからない。今は百物語を休んでいるし、他の用事でわざわざこの座敷を使う必要もないので、うりんぼ様はぽつりとお一人、黒白の間の床の間に佇《たたず》む恰好になる。

富次郎から事情を聞かされ、三島屋の人びとは様々な受け止め方をした。

変わり百物語の言い出しっぺである父・伊兵衛は、もともとこの手の話に深く心を打たれる人だから、毎朝うりんぼ様にご挨拶に行くようになった。母・お民は、朝は忙しくて落ち着かないからと、夕べの仕事をしまったところで手を合わせに行く。てんでに、お願いすることはおちかの安産と赤子の無事な誕生である。

兄・伊一郎は、最初に一度だけ富次郎と並んでうりんぼ様に手を合わせたものの、それ以降は黒白の間に近づこうとしなかった。兄もおちかの安産を願うことは父母に劣らないが、

「まあ、変わり百物語に関わることは、みんなおまえのかかりだから」

と、聞きようによってはつれない言い方をした。

変わり百物語の守役のお勝は、進んでうりんぼ様を拝み、きれいな水を供えたり、黒白の間を掃除したり、まめまめしくお仕えした。富次郎はそれを、忠義勤勉なお勝の性として、特に不思議にも思わなかった。

だからあるとき、うりんぼ様の前に座したお勝が指で目尻を押さえ、頬を濡らしているのを見かけたときにはびっくりしたし、

——お勝が泣いてる？

次の瞬間には深く納得して、自分の察しが足りなかったことに恥じ入った。

お勝はおちかとの縁で三島屋に来たのだが、それ以前にどんな暮らしをしていたのか、富次郎はよく知らない。実はおちかも、おちかの願いを容れてお勝を三島屋に迎えた伊兵衛とお民も、さほど詳しく尋ねてはいないのではないかという気がする。お勝の人品骨柄を気に入って信を置いたら、もう詮索など必要ない、と。

お勝はもしかしたら所帯を持っていたのかもしれないし、子供だっていたのかもしれない。持っていたものを全て失って、今は独り身になっているのかもしれない。

——洞泉庵の女たちと似たような身の上であってもおかしくないんだ。

ならば、うりんぼ様はお勝にとって格別に有り難い仏様であろう。

富次郎は気配を殺し、足音を忍ばせてその場を離れた。お勝にはきっと悟られていないはずだ。その涙を、富次郎は目にしていない。見なかった。見たとしても忘れてしまった。

何でもないふうを装うことに気を遣って、それから数日——

おちかが嫁いだ貸本屋の瓢簞古堂では、内働きをする小僧に、東海道五十三次の宿場町の名前をつけるという妙な習いがある。で、今の小僧は丸子宿《まりこ》からとって、まりこ。丸子は鞠子《まりこ》の字をあてることもあるそうだが、そのせいなのか何なのか、小僧の丸子はまあ手鞠《てまり》のようにぴょんぴょん跳ねる元気な子で、こっちがちょっと元気を欠いているときなど、挨拶されるだけで目が回ってしまうようだった。

そんな丸子が駆け込んできたのだ。如月二日の早朝、浅草寺《せんそうじ》の時の鐘が明ケ六つ（午前六時頃）を告げて、ごぉんと最後の一打ちが尾を引いて消えて、一日ごとに早くなってゆく夜明けの明るさに、

「ああ、これくらいになると、やっと本当に春が来たという気がしますねぇ」

口ではそんなふうに言うものの、この時刻では家のなかでいちばん暖かい台所のそばから立ち去り難く、朝餉《あさげ》の後片付けをするお民やお勝や女中たちの手伝いをするふりをしていた富次郎の目の前へ、勝手口の戸をだんだん叩いて引っ張って開けて、転がり込んできたのである。

「み、み、みしまやさんの、みなさまぁ」

丸子は可愛らしい顔の男の子で、三島屋の小僧の新太よりもまだ幼く、手足も華奢《きゃしゃ》だ。声も甲高く、身体が跳ねるのと一緒に声も跳ねる。

「お、お、おかみ、さんが！」

転がってぴょんと跳ね起きてまた跳ねて、

「さ、さ、さんけ、づき、ましたぁ！」

三島屋の面々は、一瞬固まった。

丸子が「おかみさん」と呼ぶのはおちかのことである。

「と、と、とうとう？」

すっとんきょうな声を放ったのは、誰あろう伊兵衛だった。後にも先にも、富次郎がおとっつぁんのこんな甲高い声を耳にしたのは、一生でこのとき限りだった。

「生まれるのか！　おおおおおお」

伊兵衛は雄叫《おたけ》びをあげ、立ち上がろうとして着物の裾を踏んだのか、ずってんどうと転びかけた。慌てて支える伊一郎とお民。丸子は台所の土間で跳び跳ね続ける。

「さんば、さんも、来ました！　手前は、三島屋さんに、いのいちばんに、お知らせに！」

「わかったわかった、落ち着きなさい」と声を放ったのはお民である。伊兵衛は顔を真っ赤にして身もがいている。

「お民、湯をわかせ。湯だ湯だ湯だ！」

「うちでわかしたってしょうがないでしょう。丸子、あんたはこのあとどこかへ報《しら》せに行くのかえ？」

「は、はい、差配さんのところに」

「そっちはわたしが引き受けよう。番屋にも挨拶を通しておくよ。そのかわり、あんたには持ってってもらうものがある。晒とかいろいろ揃えておいたんだ。おしまに渡せば、話は通じるようになってるから」

おしまは三島屋の古参の女中だったが、今は志願しておちかのそばに仕えている。

富次郎は譫言《うわごと》のように問うた。「おっかさん、おいらは何をしてたらいい？」

兄が帰ってきてからこっち、親しい身内のあいだでは、すっかり「おいら」と自称するようになってしまった。

「お産は女の大戦《おおいくさ》だ。男は何にもしなさんな」

既にしてきりりと戦支度の顔をして、お民は言った。「心頭滅却して、おちかと赤子の無事を祈っておいで」

「心配で息苦しくて、胃の腑が口元まで持ち上がってきそうだ」

こう言ったのは富次郎ではない。伊一郎だ。見れば顔色は真っ白で、言葉どおり、朝の飯とおみおつけと漬物をすっかり戻しかねないふうである。

「吐くんだったら厠へお行き。富次郎、兄さんを連れ出しておくれ。邪魔だから」

「そんなに冷たくしなくったって」

富次郎は兄の肩を抱いて、一緒に廊下へ出た。「兄さん、大丈夫かい？　今からそんなに案じてちゃ、兄さんの身体の方が保《も》たないよ。もっと気を楽に――」

「していられるか！　お産は命がけなんだぞ。おまえ、これからおちかがどれだけ大変なことをやろうとしてるのか、ちゃんとわかってるのか？」

一人で怒鳴って息を切らしている。そこへ伊兵衛がよろめきながら近づいてきて、いきなり伊一郎の着物の後ろ襟をつかんだ。

「行くぞ、伊一郎」

「どこへ行くんですか、おとっつぁん」

「御神酒《おみき》を浴びるに決まってる」

「え、朝っぱらから？」

「朝だからこそお浄めだ！」

おちかのお産なんだぞお産！　とか喚《わめ》いて、父と兄はどたばたと店の方へ行ってしまった。開店の支度をしている奉公人たちを驚かせてしまうだろう。

お民がてきぱきと指図を飛ばしている台所の喧噪《けんそう》からも切り離されて、富次郎はぽつんと一人。

——そうか。

黒白の間に行こう。うりんぼ様と向き合って座し、一途に手を合わせて拝もう。それがおいらの役割だ。

滑るように歩いて、黒白の間に続く短い廊下を曲がった。途中で、

「旦那様、羽織を！　羽織をお召しください！」

伊兵衛の羽織を手にして駆けてゆく小僧の新太とすれ違った。お民に何か用事を言いつけられたのか、着物の裾を持ち上げて赤い蹴出しを丸出しに、凄い勢いで二階へあがっていく女中も見かけた。おしまの代わりに入った新参者のうちの一人で、よく働くがちょっと行儀が悪い。

廊下側の唐紙を開け、二畳の控えの間の唐紙の丸い取っ手に手を掛けて、がらり。黒白の間に入ったら、うりんぼ様の真っ黒なお姿が床の間にある。

その縞柄の瓜みたいなお顔が、こちらを向いた。

——参るぞ。

重々しい声で、そう呼びかけられた。

その途端に、富次郎のまわりの光景がくるんと動き、両足が宙に浮いた。目に見えぬ大きな手ですくい上げられ、持ち上げられたかと思うと放り出されて、頭から真っ逆さまに落ちてゆく。

真っ暗闇のなかに。

また、くるんと身体が回った。

と思ったら、ちゃんと立っていた。

まぶしい。真っ白だ。光が満ちている。

二度、三度、まばたきをする。やっと目が慣れてきた。そして、頰に風を感じた。鼻に匂いを感じた。

中天にかかるお天道様。

降り注ぐ明るい陽ざしの下に広がる草原《くさはら》。いや、ただの草っ原じゃない。緩やかに上っている。

——丘だ。

風はなだらかな斜面を吹き下ろしてくる。緑の匂い。水の匂い。そして、かすかな青臭さ。

丘を覆っている青々とした畑。地味豊かであることを示す、濃い色の土。

富次郎はお天道様を仰ぐ。そして振り返ってみる。背後には遠く、ひとかたまりの人家が見えた。

両手を広げ、自分の身体を見おろしてみる。そのとき、ようやく気づいた。

背中に、空っぽの籠を背負っている。

肩掛けの布は古びて色あせているが、まだ丈夫そうだ。籠もよく使い込まれて飴《あめ》色になっている。

いったいぜんたい、これはどういうことだ?

――夢を見てるのかな。

富次郎は目をすぼめてみた。次に目を見開いてみた。何度も何度もそれを繰り返したが、目の前の景色は消えず、風が運んで来る匂いも変わらない。

そして、見渡す限りの畑に植えられている作物は、

――青瓜だ。

富次郎は一歩踏み出した。なぜか足袋を脱いでおり、裸足になっている。土を踏みしめると、温もりを感じる。

きゅう、きゅう。

畑の青瓜が鳴いている。鼻を鳴らしているみたいな音だ。

富次郎は片膝を折り、身をかがめて青瓜の列に顔を近づけた。

畑の青瓜は青瓜だが青瓜ではなかった。

一つ一つに、顔がついていた。

青瓜みたいな色と形と縞柄の猪の仔、うりんぼなのだった。

たくさんのうりんぼが並んで畑に植わって、富次郎の方を仰いで鼻を鳴らしているのだった。

「おまえたち、どうしたんだい？」

声を出して問いかけても、うりんぼたちは鼻を鳴らすばっかりだ。

「摘んでほしいのかい？」

言って、富次郎は傍らのうりんぼに手をかけた。ちくちくと和毛が手のひらを刺激する。うりんぼは脚が土に埋まっているだけで、つるがつながっているわけではなく、あっさりと畑から持ち上げることができた。ただし、バカにならない重さだ。

——青瓜を摘んだら、どうする？

収穫なんだから、籠に入れるのさ。

いったん籠をおろし、今摘んだうりんぼをそうっとその中に入れてやると、うりんぼはきゅうきゅうと鳴き、短い脚をばたばたさせた。喜んでいるらしい。
「よし、みんな摘んでやろう」

手前の列から順に、富次郎はうりんぼたちを摘んでは籠に入れていった。

一つ一つの青瓜うりんぼは重さも形もずっしりと手応《てごた》えがあるのに、どれだけ入れても籠はいっぱいにならない。入れても入れても、まだ入る。しかし、一枚目の畑のうりんぼを採り終えて、隣の畑に移ろうと、籠の肩掛けを摑《つか》むと、みしっと鳴って重みを感じた。

こいつはけっこうな大仕事だ。うりんぼたちの可愛い鼻声に急《せ》かされて、富次郎は一生懸命に摘み続けた。夢のなかだというのに、汗をかいた。裸足の足の指のあいだに土が入り込んできて気持ちが悪い。慣れない畑仕事だから、腰や膝が少しずつ辛くなってきた。

まだ籠は一杯にならないのか。どういうからくりになっているんだろう。気がつけば丘の半ばまでのぼってきており、それでも畑はさらに上の方まで続いていて、無数のうりんぼたちの鼻声が聞こえてくる。

「ちょっとひと休みさせておくれよ」

声に出して呼びかけたとき、それを感じた。口を大きく開けたせいだろう、鼻と同時に舌でも味わってしまった。

何だ、この腐ったような臭いは。

胃の腑がでんぐり返る。うげえ、と胸を押さえていると、丘を覆う青瓜畑がさざめき立った。うりんぼたちの鳴き声が高まり、いっそう騒がしくなった。

――速く、速く、速く、速く！

富次郎をせき立てている。腐臭はくっきりと強くなり、富次郎の目にもしみてきた。

丘の下の方、収穫を終えた畑の方から、この臭いはのぼってくる。いつの間にか、そのあたりには霧が立ちこめていた。ついさっきまでうりんぼを摘んでいた畑も、みるみるうちに霞《かす》んでゆく。

その奥の遠いところに、信じられない大きさの、信じたくないものの形が見えた。

——これは夢だ。

夢のなかの富次郎は、自分に言い聞かせた。賢明にも、今度は声を出さなかった。もしも出していたら、霧のなかにいるものに、たちまち見つけられてしまったろう。

それは、人面の大百足だった。

醜い。

富次郎の心には、それしか思い浮かばなかった。恐ろしさよりも、驚きと嫌悪が大波のように押し寄せてくる。

とっさに背中の籠をおろし、青瓜の畝のあい

だに身を伏せた。籠のなかのうりんぼたちも、まだ畑に残っているうりんぼたちも、甚だしい異臭に怯えたのか、鼻を鳴らすのをやめて静かになった。

富次郎も息が細り、伏せているのに膝の震えが止まらない。

大百足は、生やさしい化け物ではなかった。小山のような巨体に、大岩ほどの頭。ぐぁしゃぐぁしゃと忌まわしい音をたてる無数の脚は、甲冑《かっちゅう》のように硬い殻に覆われている。化け物が半身を起こして伸び上がると、赤黒いまだら模様の下腹が、邪教の寺の大柱さながらに見える。

霧のなかで、大百足はしきりと頭を上げ下げしながらまわりを見回している。何かを探しているらしい。

きゅう、きゅう。富次郎のまわりで、うりんぼたちが声をたて始めた。さっきまでは「鳴いて」いたが、今は「泣いて」いる。その違いがはっきりわかった。怖がっているのだ。

「わかったよ。おいらも怖い」

富次郎は囁き返した。大百足はちょうど身をよじって後ろを向いており、これまた黒鉄《くろがね》の甲冑のような背中が、霧の向こうに立ちはだかった。

「どうしよう。どうやって逃げよう」

富次郎の震える呟きに、畝のうりんぼたちがざわついて、泣き声が大きくなった。

ぐわら。畑が揺れる。大百足が身体の向きを変えるついでに、尻尾で地面を叩いたのだ。土の塊が舞い上がり、空をよぎって、富次郎が伏せているすぐ傍らまでばらばらと落ちてきた。

籠のなかのうりんぼたちは、小さな鼻面を籠の縁に並べて、押し合いへしあいしながら、何かをきゅうきゅう訴えてくる。

「え？　どうしろっていうのさ？」

うりんぼたちを助けろ。摘んでやらねば、畑から動けない。そしておまえはみんなを背負い、命の限り走れ。

何かが富次郎の耳に呼びかけてくる。それは彼の内なる魂の声。

うりんぼたちを救い、走れ。

わかっている。それしかないよな。

ぐわら、ぐらぐら。地響きがして、畑が揺れる。大百足は苛立《いらだ》っているらしく、忌まわしい百対の脚で地団駄を踏んでいる。

——おいらが見つからないからだ。

このまま畝のあいだに伏せ、霧に隠れて夢から覚めるのを待ったらどうだろう？　どうせ夢なのだ。いつかは覚めるに決まっている。無理に逃げることはない。臆病《おくびょう》な本音が富次郎をそそのかす。

そのとき、大百足が不恰好な頭を持ち上げると、虚空に向かってその大きな口を開き、叫んだ。

きゃあああああ！　霧の帳を引き裂くような甲高い悲鳴。

化け物の声ではない。まるっきり女の声だ。怒っており、嘆いており、悲しんでおり、苦痛を訴えている。

思わず、富次郎は「ひぇええ」と声を発してしまった。途端に、大百足がこっちを向いた。

初めて正面から顔が見えた。つぶさに見えた。眉の形も、目尻と口元の縮緬皺《ちりめん》も。狭い額に、しょぼしょぼとまばらに白髪が生えている。

夜目遠目でも、顔立ちと姿形がくっきり見える。それがあやかしのしるしだ。

だが、それはまやかしの老婆の顔をしている。歳相応の落ち着きと優しさはない。そこにあるのは怒りと苦しみ。ひたひたと近づいてくる死への恐れと怯え。若さへの嫉妬《しっと》と、年月の重みに少しずつへし折れていった正しい性根の残骸《ざんがい》。

胸がむかつくほどに哀れだ。

富次郎は悟った。この化け物は、ありとあらゆる悪意の塊なのだ。

逃げろ！

畑から跳ね起きると、富次郎は籠の肩掛けをひっつかみ、駆け出した。畑のうりんぼたちが一斉に鳴く。ここにいる、ここにいる、ここにいるよ。籠のなかのうりんぼたちも一斉に騒ぐ。助けて助けて、みんなを助けて。

焦るあまりに両手で空をかいて、前のめりになって膝をつき、それでも富次郎はできる限りの速さで畑のうりんぼたちを摘み始めた。摘んでは背中の籠に投げ入れる。一つ入ると、きゅう！二つ入るときゅうきゅう！　そしてうりんぼたちは富次郎をせき立てる。速く、速く、速く！

霧の向こうで、忌まわしい大きな影がうねり、大きな頭がこっちを窺《うかが》う。金色に底光りする一対の眼。

富次郎はそれを見た。金色の眼も富次郎を認めた。

「おのれぇぇぇぇぇぇはぁ！」

大百足はしわがれた老婆の声で叫んだ。

「ぬすっとめがぁああ」

え、おいらって瓜の盗人《ぬすつと》なのか。いいさ、上等じゃねえか。

「にぃがすものかぁぁぁぁあ！」

大百足は頭を低くかがめると、無数の脚を動かし、猛然と丘を上り始めた。そのままの速さで追ってこられたら、とてもじゃないが富次郎には勝ち目がない。

ところが、走り始めてすぐに、大百足は何かに引っかかった。そのわしゃわしゃした脚に、富次郎がうりんぼたちを摘み取ったあと、畑に残った青瓜の葉っぱや茎がからみつくのだ。振り払おうとして大百足が暴れると、もっとからまる。右の何本かの脚にからみついたのを引きちぎると、左の何本かの脚にからみつく。

「うぎゃあああああ」

苛立つあまりに、大百足は総身を震わせて雄叫びをあげた。

その隙に、富次郎は必死でうりんぼたちを摘み集めた。摘み取るそばから籠に放り入れて、畝から畝へ、一つの摘み残しもないように。

ぶちぶちぶち！　葉っぱや茎をぶち切って、大百足が再び丘を上り始める。富次郎は籠を背負ってあとも見ずに逃げる。大百足がまた次の畑の葉っぱや茎につかまる。富次郎は目につく限りのうりんぼたちを摘み集める。

「離せぇ、離せぇ、邪魔するなぁ」

大百足はだみ声で喚き立てる。涙と涎《よだれ》を滴らせている。

よし、この畑は終わりだ。上へ行こう。富次郎の顔も背中も汗に濡れ、膝小僧と足の裏は土だらけ、傷だらけ。かまうものか。一つのうりんぼも見捨てない、置き去りにはしない。

目指す丘のてっぺんは、空が明るく晴れている。そこまで上りきれば逃げ切ったことになるのか、その先に何があるのか、今はそこまで考えている余裕がない。ひたすらに上ってゆくだけだ。

夢よ、覚めてくれ。ついさっきまではそう念じていた。今は違う。途中で覚めないでくれ。この命がけの競争に勝ってやる。きっちり勝ちきるまで、夢よ覚めるな。

最後の一枚の畑にまで上り着いた。大百足はずっと二枚下の畑の手前で、しぶとい葉っぱや茎にがんじがらめにされ、身体が半分ねじれている。化け物が暴れれば暴れるほどにからまる、青瓜畑はまるで蜘蛛《くも》の巣のようだ。

人の世の因果の糸。縦横に交錯し、重なり合う思惑や願い。そのなかで命は生まれ、幸も不幸もまた生まれる。

残りの一畝《ひとうね》のうりんぼたちを摘み終えて、富次郎はついへたりこんでしまった。駄目だ、膝が立たない。

丘を見おろせば、化け物は青瓜の葉っぱと茎に囚われて、地面に横倒しになっていた。大きな頭が上下に揺れ、口の両端からは涎が流れ落ちる。

「逃がすものかぁあぁ」

大百足は富次郎に向かって凄んだ。口を開くと、その歯が見えた。まばらに抜け落ちた老人の歯並び。化け物らしい牙など一本もない。

息を切らして、それでも富次郎は呼びかけずにいられなかった。

「おまえ、みっともないよ」

悪しきものであり、邪なものでもあり、限りなく悲しい。

「うりんぼたちはすっかり摘んだ。みんなおいらの背の籠のなかに収まってる。一つだって、おまえには渡さない」

富次郎の勝ちだ。大百足の負けだ。

「おとなしく負けを認めて、消えな」

そして今こそ、悪夢よ覚めよ。

大百足は低く唸りながら、いったん口を閉じた。富次郎は両手を地面につき、気合いを入れ直して立ち上がった。

ひゅううう――

何だろう、この風。化け物の方へ吸い寄せられるような感じだ。あいつが息を吸い込んでいる？

富次郎が目をやるのと同時に、大百足がくわっと口を開き、火を吐いた。

炎は扇形に広がりながら丘の斜面を舐め、青瓜の畝を焼き尽くして駆け上ってくる。

燃え上がる炎は、大百足の総身をも包み込み、それを縛っていた葉っぱや茎をたちまち黒い塵《ちり》と化した。紅蓮《ぐれん》の炎と煤と煙の立ちのぼるなかで、化け物は身をくねらせて起き上がった。

「卑怯《ひきょう》だぁ！」

　この期に及んで火を吐くなんて！　富次郎は逃げ出した。背中の籠のなかでうりんぼたちも悲鳴をあげる。炎をまとった大百足は、これまでとは比べものにならぬ速さで、富次郎たちに迫ってきた。

　丘のてっぺんは目と鼻の先だ。行き止まりだったら、逃げ場がない。しかし今は走るしかない。上へ、上へ。富次郎の耳元で心の臓が暴れ、身体じゅうの骨という骨が軋んで鳴る。ばらばらになりそうだ。

　丘の、てっぺんへ！

　踏み出した足が宙に浮いた。

　地面はそこで切り取られたように終わっており、頭上には青い空、その下には青い海原。眼下の磯には白い波頭が砕けている。

　きゅうきゅう！　背中の籠のなかで、数えきれぬほどのうりんぼたちが飛び跳ねる。

行こう、行こう、飛んでいこう！

富次郎の身体は、駆けてきた勢いで、既に宙に飛び出していた。

首だけよじって振り返る。大百足は再び火を吐こうとするのか、口を開けていた。今度は舌が見えた。だらしなく垂れた舌。その先っぽが、中空のありもしないものを舐めるようにくねりとのたって、

――悔しがってる。

無数の脚で空を掻きむしり、なおも富次郎につかみかかろうと前のめりになったまま、己の吐いた業火に焼き尽くされてゆく。

落ちる、落ちる。青空のなかを、青い海に向かって落ちてゆく富次郎。

両手をあげて、爪先から水のなかに飛び込んだ。背負い籠の肩掛けが自然に抜けて、中身のうりんぼたちが落ちてくる。

沈んでゆく富次郎をうりんぼたちが取り囲む。一緒に沈みながら、くっついてくる。

きゅうきゅう、きゅうきゅう！

富次郎は目を閉じる。鼻からも口からも潮水が入ってきて、息が止まる。

夢だというのに、まだ覚めない。目が開かない。真っ暗だ。

――おいら、死ぬのかな。

海の底から真っ白な泡が渦巻きながら上ってきて、富次郎を包み込む。その優しい感触。頭を、頬を、肩を撫でられるような。

泡が弾《はじ》ける音が耳に快い。うりんぼたちも喜んでいる。きゅうきゅう鳴いて、鳴いて――

おぎゃあ、おぎゃあ、おぎゃあ！

鳴き声は産声に変わり、その声に押し出されるように、富次郎は夢から飛び起きた。

「うわぁ！」

大声で叫んでしまい、自分で自分の口を押さえた。まず右の手のひらで、さらに左の手のひらを重ねて。

ここは黒白の間だ。

誰もいない。富次郎は一人、床の間に安置したうりんぼ様に向き合っている。

着物も身体も水に濡れてはいない。土にまみれてもいない。膝小僧も足の裏も、擦り傷の一つもついていない。

やっぱり、みんな夢だった。

煤に汚れたうりんぼ様。思わず顔を寄せると、そのお身体から、爽《さわ》やかな潮風の香りがかすかに漂ってきた。

恐ろしい試練の終わりの海の匂い。

唐紙の向こうの廊下に、足音が聞こえた。いや、正しくはただの足音ではなく、派手に滑って転んだり壁にぶつかったりしながら、やたら大きな声で喚いたり叫んだりしている、小僧の新太だ。

「小旦那さまぁ、小旦那さまぁ！」

どてん、ごつん！　高らかに叫ぶ。

「やったぁ、やりましたぁ、生まれましたぁ、珠《たま》のような女の子でございます！」

富次郎が夢のなかで丘を駆け上っているあいだに、おちかは命をかけたお産に臨んでいた。産気づいたのは明け六ツだったが、赤子が生まれておちかの腕に抱き取られたときには、同じ日の真夜中を過ぎていた。

つまり、ほぼ丸一日、富次郎は黒白の間で夢にひたっていたことになる。そのあいだはどんな様子だったのか。

お勝が教えてくれた。

「わたくし何度か様子を見に参りましたが、小旦那様はずっとうりんぼ様の前に伏しておられましたの」

眠っているのではないと、お勝にはわかったそうだ。富次郎が眉をひそめたり、口元をひくひくさせたり、汗をかいたり、痛そうな顔をしたり、足を動かしたり、表情や姿勢を変えていたからである。

「今はどんなご気分でしょう」

「身体じゅうが痛い。慣れない畑仕事をしたせいだよね」

どんな夢を見ていたのか、富次郎はお勝に包み隠さず語って聞かせた。

「お夜食を用意しましょう」

言われて初めて、空腹に気がついた。飢え死にしそうなほどだ。

「いねさんは供物は不要と言っていたけれど、うりんぼ様にも何かお供えしたい」

「かしこまりました。お酒とご飯の膳《ぜん》を整えましょう」

富次郎は夜食の膳に向かい、むさぼり食った。食べているうちに泣けてきた。

お勝は黙って給仕をしてくれて、膳を片付けたあとは、富次郎の痛む肩と膝に膏薬の湿布をあててくれた。おかげで、富次郎は再びうりんぼ様の前に伏すと、黒白の間の縁側に夜明けの光が差しかけてくるまで、ぐっすり眠った。

次に目を覚ましたのは、いねが訪ねてきたからだった。あの日と同じように足ごしらえをしており、富次郎の顔を見ると、あまがえるみたいな丸い目をぱちぱちさせて、ほがらかに笑った。

「三島屋の富次郎さん、まあ、ご苦労様でございました」

よう走られましたなぁ――と褒めてもらって、富次郎はまた泣けてきたのだった。


梅の花の季節に生まれてきた赤子は、「小梅《こうめ》」と名づけられた。

おちかと亭主の勘一《かんいち》は、素直に「梅」でいいと思っていたのだ。だが、瓢簞古堂の大旦那である勘一の父親が、それではあまりにもありふれていてつまらない、もう少しひねろうと言い出したのだそうである。

おちかにとっては舅であるこの人は、普段は枯れ木のように寡黙で、めったに笑うことさえないという。それでも、初孫のこととなると黙っていられなかったらしい。

で、最初にひねり出した案が「梅花《うめか》」。

これには勘一が難色を示した。「芸者のお座敷名のようじゃありませんか」

では字を替えて「梅香」。

「読みは一緒でしょう」

それなら「梅芳」。

「なんと読ませるんですか。ばいほう？　今度は噺家《はなしか》みたいだ」

じゃあ「紅梅」と書いて、洒落で「はな」と読ませてはどうかと言われて、とうとう勘一は腹を立てた。

「おとっつぁん、おふざけはいい加減にしてくださいよ」

すると、大旦那は痩せた皺顔を大真面目に引き締めて、こう言った。

「この子が物心つくころには、わしはもうこの世にはおらん。少しでも思い出話の種になることを言っておかんと」

瓢簞古堂の大旦那は、三島屋の伊兵衛よりも一回り年上で、確かにいつお迎えが来てもおかしくない歳ではあるのだ。

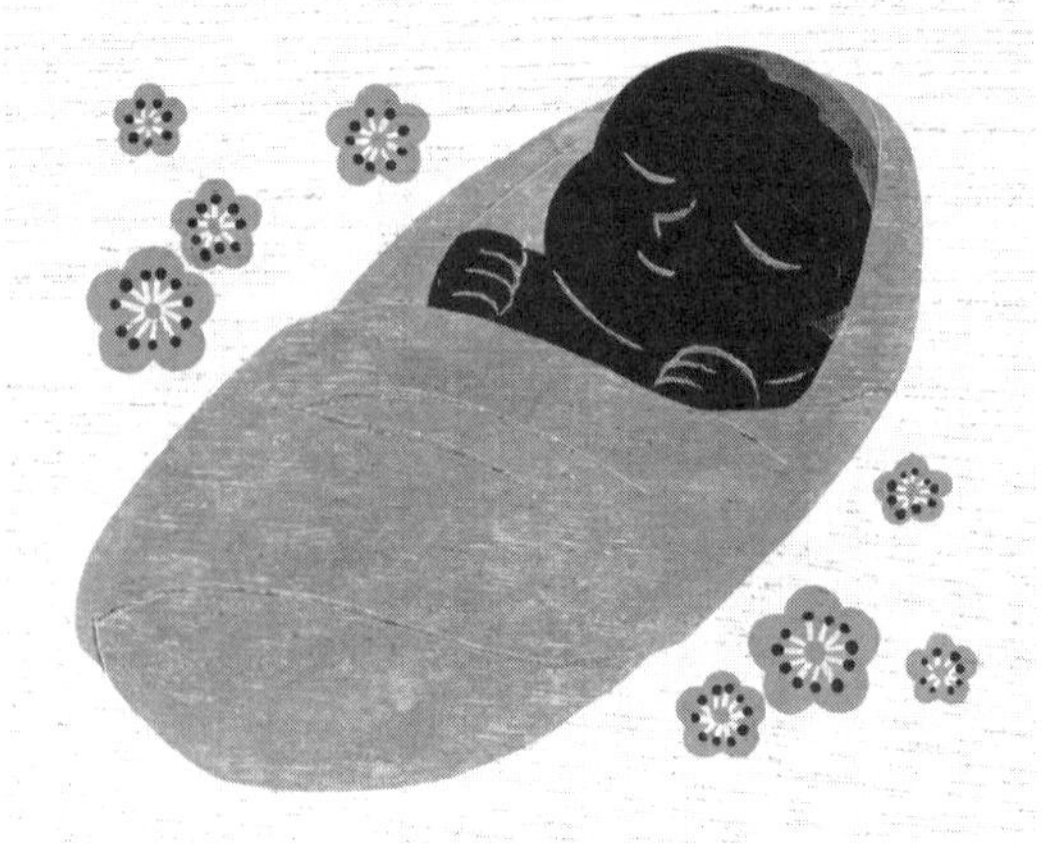

これを聞いて、おちかはほろりとした。勘一も怒るのをやめた。当の赤子は何も知らず、すやすやと眠っていたそうな。

「で、なぜ小梅に落ち着いたんです？」

尋ねたのは兄・伊一郎、語っているのは母・お民で、富次郎は二人のためにほうじ茶を淹れている。場所は伊兵衛の居間で、三人はこの家の家具道具のなかではいちばんの古物の長火鉢を囲んでいる。

伊兵衛が不在なのは、台所脇の小座敷で、いい気分で呑んでいるからだ。今日は小梅のお七夜だった。伊兵衛とお民は瓢箪古堂に招かれ、つい今しがた帰ってきたばかりなのである。

まだ呑むんだ、早く燗をつけろと騒ぐ伊兵衛に閉口して、お民は奥へ逃げてきてしまった。しようがないからお相手は八十助が務め、お勝が給仕している。

「おちかがね、舅さんがおっしゃるとおり、ただの梅ちゃんじゃつまらないって言い出して、勘一さんが考えたらしいわよ」

——小さくて愛らしく、小さくても大切なものを愛《め》でられる娘になってほしい。

「それで小梅ね。いいじゃないですか」

富次郎は得心したが、伊一郎はちょっと思案顔である。お民もそれに気づいて、

「何か引っかかるのかえ」

伊一郎はふんと鼻を鳴らして、答えた。

「いえ……小梅も半玉《はんぎょく》にありそうな名前だと思ったんですよ」

半玉とは芸者の卵である。

「だけど、そのへんに気をまわしていたら、きりがない。親が知恵をしぼり心を尽くしてつけた名前なんだから、これ以上の命名はないでしょう」

祝いの膳を囲んで、今夜はお民も少しばかり聞こし召している。赤くなった顔をしきりと手のひらで扇《あお》ぎながら、

「そうだね。ねえ伊一郎、遠からず、あんたが同じように知恵をしぼる立場になったときには、今の台詞《せりふ》をあたしが言ってあげるよ」

そしてお民はくるりと目を動かし、茶目っ気たっぷりに富次郎の方を見返った。

「あんたもですよ」

富次郎はおどけて、畏れ入ってみせた。「委細承知でございます。しかし、まずは兄さんから」

「こんな時だけ、俺を立ててくれるなよ」

「何をおっしゃる。いつも立ててますよ」

「ああ、うるさい。酔っ払いのおっかさんは先に寝ますから、酔っ払いのおとっつぁんをお願いね。八十助が気の毒だもの」

「はい、おやすみなさい」

つつがなくお七夜を迎えたので、おちかの従兄《いとこ》である三島屋の兄弟にも、小梅を抱っこする順番が回ってくるだろう。生まれたての赤子はひ弱だ。いくら嬉しくっても、祝う気持ちで満ち満ちていようとも、どやどや押しかけていくわけにはいかない。

「そっちももちろん、兄さんが先だよ」

「いや、おちかを労《ねぎら》うなら、おまえが先だろう。勘一とも親しいんだしな。さて、俺は湯に行くとするか」

あれ、かわされちゃったね。一人取り残されて、富次郎は首をひねった。兄さん、何を屈託してるんだろう。

——まだ立ち直っていないのかな。

伊一郎は恋を失ったばかりなのだ。それも、舞い込んできた縁談の相手が想い合う娘の姉だったという事情のせいで。

おちかの次は、伊一郎に幸せな所帯を持ってもらわないことには、富次郎だって安心してぶらぶら暮らしの小旦那を決め込んではいられない。

——兄さんに早くいい縁がありますように。

良き弟らしい思いを胸に、茶道具を片付けに台所へ行ったが運の尽き、伊兵衛につかまり、とっくに潰されてしまって大いびきの八十助を尻目に、夜更けまで付き合わされる羽目になった富次郎。念願の小梅との対面は、宿酔《ふつかよ》いが抜けきるまでお預けとなった。

二日後の午後、ようやく瓢簞古堂を訪ね、勘一おちか夫婦と喜び合い、おくるみに包まれた小梅を腕にだっこしたとき、

「おじさんはまだ酒臭いかい？　すまないねえ、普段はこんなじゃないんだよ。おまえさんが生まれてきてくれて、あんまり嬉しかったもんだから、前後を忘れて吞んでしまったんだ。勘弁し

ておくれよね」

おちかが目を丸くした。「従兄《にい》さん、小梅には〈おじさん〉と呼ばせるおつもりなんですか？」

勘一も目を見開く。「いけないのかい」

「え、だって、それじゃ申し訳ないわ」

「充分におじさんだと思うけど」

「富次郎兄さんじゃどうかしら」

「いちいち長いよ」

どうでもいいことで喋喋喃喃《ちょうちょうなんなん》する若夫婦の横で、富次郎は小梅のおっぱいくさい頬に頬を近づけ、また泣いていた。

子は宝だ。この世の畑の尊い実りだ。ありがたい、ありがたい。うりんぼ様、心から御礼申し上げます。

第二話　だんだん人形

「それはまた、どういう風の吹き回しですか」

びっくりしたもんだから、やけに切り口上になったかもしれない。富次郎は表情を緩め、慌てて言い足した。

「いえ、また変わり百物語を始められるのは、わたしは嬉《うれ》しいんです。早くそうしたいと思っているところでしたし」

だが、再開のとば口となる語り手を、伊一郎に周旋してもらえるとは思ってもみなかった。だから驚いて、つい問い返してしまったのである。

「俺だって、まさか自分が口切り役になるとは思ってなかったよ」

伊一郎は口をへの字に曲げて、似つかわしくもないむくれ顔をした。

「でも、頼まれちまったんだから、仕方がない」

三島屋の跡取りである伊一郎は、変わり百物語という「酔狂」は、おちかが幸せな妻であり母となった今、もうその役割を終えたと考えている。労を割き時を費やして続ける必要はない、と。

気楽な小旦那《こだんな》である富次郎は、そこを曲げてどうかもうしばらく続けさせてほしいと思っている。その「しばらく」がいつまでなのか、本人にもわかっていないのが泣き所ではあるのだが。

　変わり百物語で語られた話を、聞き手は聞き捨てにするのが決まりである。富次郎は己の絵心を活かして、聞いた話をさっと墨絵に描き、それを〈あやかし草紙〉と名づけた桐箱に封じることで、聞き捨てを完了することにしている。

　だから、たとえ家族であっても、その話の内容を漏らすことはできない。二番目の聞き手の富次郎が、最初の聞き手であったおちかに打ち明けることさえできない。

　だから言えない。あのね、兄さん。万事において兄さんにはかなわない、目立った取り柄なんかないおいらだけど、変わり百物語の聞き手をしているおかげで得たものがあるんだよ。おちかのお産のときだって、おいらはうりんぼ様のお力を借りてね、試練を乗り越えて、おちかに助太刀していたんだよ。

　言えない。もどかしいし悔しい。変わり百物語にどれほど重い意味があるのか、伊一郎を説得しようというときに、いちばんの武器を使うことができないのだから。

　――もう、腹をくくっちまうよ。

　そもそもは伊兵衛が始めた変わり百物語なのだから、伊兵衛がやめると言い出すまでは、続けていい。そのように開き直り、伊一郎には知らせずに、再開の語り手を招いてしまおうと、近頃では思っていた。

　ところがである。最初からずっと語り手の周旋を頼んでいる口入屋《くちいれや》の灯庵《とうあん》老人（その異相から「蝦蟇《がま》仙人」と呼ばれることもある）までもが、

「またお始めになるについて、若旦那は何ておっしゃっているんですかい」

なんて問いただしてきたもんだから、癪《しゃく》に障る。富次郎の方は、巷《ちまた》で人気の羽衣羊羹《ようかん》を手土産に、ちゃんと身支度も整えて足を運んでいったのに。

「変わり百物語については、兄は関わりありません。これはわたしの裁量で続けているんです」

「跡取りは伊一郎さんでしょう。居候のあんたさんが、勝手に決めていいことじゃございませんな」

灯庵老人としては、伊兵衛か伊一郎の正式な許しが得られない限り、次の語り手を周旋することはできない、と言った。富次郎はヤカンみたいにかんかんになって三島屋に帰り、一人で黒白《くろしろ》の間に入ると、小娘みたいに袖《そで》を噛《か》んで悔しがった。

それがつい昨日のことである。江戸の町は、市中の数多《あまた》の名所を彩る桜の木々のつぼみがふくらみつつあり、町ぜんたいが薄い桜色の雲にまみれたような景色になっている。一年でいちばん心明るく、優しく、美しい時季だというのに、

——居候、居候、居候だと！

自分で剽《ひょう》げて言うことは、何度かあった。こんなに悔しい言葉だと感じたことはない。「居候のあんた」じゃなく、「あんたさん」だったことがまた悔しい。富次郎を見下しているからこその、とってつけたような慇懃《いんぎん》さだ。

——あんな蝦蟇のお化けに、クソくそ！

一人きりで思うさま怒り、歯を立てて噛みすぎた袖がよだれで湿った。それでもどうにか顔に

は出さずに家族と奉公人たちのあいだに交じって、とにかく伊兵衛から許しをもらってしまおうと気持ちを立て直していたところだった。

　なのに、鬼門である当の伊一郎から、

「変わり百物語で語りたがっている人を紹介されたから、日を決めて招いてくれないか」

　と頼まれたのだ。富次郎が屹度《きっと》問い返してしまうのも無理はないでしょう。

「菱屋のお得意さんの一人で、私もあっちにいるときには、何かと親切にしてもらった方なんだ」

　菱屋というのは、伊一郎が八年も商いの修業をしていた小物商だ。お店《たな》は日本橋《にほんばし》通油町にある。商人《あきんど》としての伊一郎を育て、重宝に使い、将来を見込んで「三島屋に帰したくない」とまで言ってくれた主人夫婦だったが、皮肉なことに、その主人夫婦が持ちかけてきた件《くだん》の縁談がこじれたが故に、伊一郎は予定よりも早く三島屋に帰ってきたという経緯《いきさつ》がある。

　だから富次郎も、つい口に出してしまった。「兄さん、今さら菱屋さんに義理立てすることもないでしょうよ」

「菱屋に義理立てしてるんじゃない。ちゃんと聞いてないのかい。相手は菱屋のお得意さんなんだ」

「何か、どこまでも祟《たた》るなあ、菱屋」

「おまえ、変わり百物語を始めたいのか、始めたくないのか」

伊一郎の方が気色《けしき》ばんできたので、富次郎も気を取り直した。「始めとうございます。やらせてください。お引き受けいたします」

丁寧に手をついて頭を下げてみせると、伊一郎はため息をついた。いろいろな思いがまじりあった、ごった煮みたいなため息である。

「……先様は、うちが変わり百物語を再開するのを、ずっと待っていてくださったんだそうだ」

「ならば、願ってもない再びのお一人目になりますよ」

「俺にはとんと腑《ふ》に落ちないがね。赤の他人に昔話をして、何がいいんだか」

本気で訝《いぶか》っているらしき伊一郎の端整な顔に、富次郎は優しく言った。

「それは、兄さんもいっぺん語ってみればわかりますよ。うちじゃ無理だから、どっかの百物語の会に行ってごらんなさい」

「余計なお世話だよ」

こうして、変わり百物語再開の目途は立った。富次郎は瓢簞古堂に、蝦蟇仙人の手土産にしたのよりも上等の羽衣羊羹をぶら下げて、ご注進に行った。

おちかも勘一も、「ぜひ続けたい」という富次郎の願いがかなうことを喜んでくれたし、ちょうどおっぱいが終わって眠ったばかりだという小梅も、赤子独特のむし笑い（眠ったままの微笑）を披露して、富次郎を元気づけた。

「でも従兄《にい》さん、もしも聞き手が辛《つら》くなったときは、そう言ってくださいね」

あたたかな言葉に、富次郎はふと思いついて、尋ねた。

「おちかは、辛いからもうやめたいと思ったことはあるのかい？」

おちかは、小さくて儚《はかな》いもの——たとえば桜の花びらが額に落ちかかってきたみたいに、やわらかな驚き顔をした。

「そう思ったことはありません」

辛いときがなかったわけではないけれど。

「語りのなかに出てくる人たちの身に起こることがとても酷《ひど》かったり、恐ろしかったり、それがもう取り返しのつかない、とっくに起きてしまったことだからこそ腹立たしく、悲しかったりして」

でも、やめようと思ったことはない。

「おちかには、変わり百物語が大切なことだったんだよね」

わたしもね、同じだよ。気がついたら、富次郎はそう言っていた。

「苦労を知らぬ呑気者《のんきもの》の小旦那がおこがましいけど、わたしにも大切なことなんだ。語りたいという方がいる限り、黒白の間にお迎えしたいと思う」

小梅を抱いた勘一が、まぶしいものを見るように目を細め、富次郎にうなずきかけてくれた。

明くる日の午《ひる》すぎに三島屋を訪ねてきた語り手は、富次郎とおっつかっつの年頃の商人風の若者だった。紺地に浅葱《あさぎ》色の味噌《みそ》濾縞《こしじま》の着物は絹物で、もちろんよそ行きだろう。頭は小ぶりな本《ほん》多髷《だまげ》、月代《さかやき》がつやつやしている。ここへ来る前に髪結床で手入れしてもらってきたのかもしれない。

伊一郎は、先方は菱屋のお得意様だと言っていた。ならばここに奉公人を寄越《よこ》すわけはなく、この若者は先方の家族のなかの一人であるに違いない。

ただ、若者が締めている帯は一本独鈷《どっこ》（廉価な博多《はかた》帯）だし、ずいぶんと着古したもののように見える。上質な着物との組み合わせが、一見してちぐはぐだった。

――そこに本日の語りのみそが隠されているのかな？

早々に当て推量して、ときめいてしまう富次郎であった。

語り手の座す上座の床の間の掛け軸には、いつものように白い半紙を貼ってある。ほっそりと背の高い青磁の花活けには、市中で咲き始めているのと同じしだれ桜の枝が、はにかむようにうつむいている。

しだれ桜は可憐《かれん》でおしとやかだが、実は芯《しん》の強い花だと、富次郎は思う。強い春風をやわらかくかわし、降りしきる春雨にも心地よく濡《ぬ》れてみせる。今日はそんな花の前に、元気者らしい若い男が座るのだ。いささかあがっているのか、両の耳たぶを赤くして。

「このたびはお世話をおかけいたします」

若者は角張った物言いをして、勢いよく頭を下げた。おでこをぶつけちまうよ——と思って、富次郎は笑いそうになる。

「ようこそ三島屋の変わり百物語においでくださいました。わたしは聞き手を務めます富次郎と申します」

言って、こちらも一礼を返す。

「わたしらは歳が近そうだし、立場も似ているのじゃないかと思います。どうぞかしこまらず、お楽になさってください」

それを聞くと、若者の目元口元のこわばりがつうっと解けた。どんぐり眼とまではいかないが、汁気たっぷりの艶《つや》やかな黒豆みたいな黒目の丸《まある》い目。

「ありがとうございます」

声にもまた、黒豆みたいな甘みがある。

「手前は人形町《にんぎょうちょう》の十軒店《じっけんだな》にある丸升《まるます》屋の三男で、名は文三郎《もんざぶろう》と申します」

丸升屋。おや？　富次郎はその屋号に聞き覚えがある。

「丸升屋さんって、味噌と味噌漬けが売り物のお店でしょう」

「あ、ご存じでしたか」

文三郎の血色のいい顔に、おおらかな喜色が浮かんだ。

「ご存じどころじゃありません。わたしは丸升屋さんの〈懐中御味御汁《おみおつけ》〉が大好物なんですよ」

懐中御味御汁とは、湯さえあればいつでもどこでも食べられる味噌汁のことである。鰹節《かつおぶし》の粉や、乾燥させた葱《ねぎ》や若布《わかめ》などを味噌でくるんで団子にして、薄紙で包んだものだ。食べるときには薄紙を剝《は》がしてぽんと器に入れ、熱い湯をかければ味噌汁のできあがり。

「うちでは毎朝、母が大鍋《おおなべ》で旨《うま》い味噌汁をこしらえてくれるんですけどもね。懐中御味御汁の味は、それとはまた違って格別なもんだから」

「そりゃあ、有り難い仰せです」文三郎は明るく言った。「うちの懐中御味御汁には、他所《よそ》にはない工夫がございますんです。それを考案したのが手前の祖父《じい》さんで……そういえば、これから語らせていただくのも祖父さんから聞いた話なんですが」

どんどん進んでしまいそうだ。

「ちょっとお待ちを。文三郎さん、灯庵さんから、うちの変わり百物語の決まりをお聞きになっておいででしょうか」

地名、店名、名前やところなど、本当のことは伏せておいてかまわない。

「はい、よく聞いて参りましたけれども、手前の話は、別段身元を隠す必要はありません。というか、ちょうど去年の今ごろ祖父さんが亡くなったんで、この話も終わってるんでございますが、だからって忘れちまうんじゃ残心がなかろうかと……。まあ、手前の勝手な了見でございますが」

ぜひ三島屋で語りたいと思っていたのだというのである。

祖父から聞いたこの話はもう「終わってる」が、それでは「残心がない」。謎めいている上に、風雅な言い回しである。

――面白いヤツだなあ。

と思っていたら、文三郎はにこにこ顔でこう問いかけてきた。

「富次郎さん、正月明けに、お店の前で人台《じんだい》（モデル）をなさっていたでしょう？」

まだ祟るのか、押しつけられた、あの恥ずかしいお役目。

「みっともないところをご覧に入れてしまいましたねえ」

いやいやとんでもない！　と、文三郎は声を高くした。

「うちのおふくろと妹は、以前から三島屋さんのお品が大好きなんですが」

「ありがとうございます」

「あの日はもっと特別だって申しまして、二人して襟巻きや肩掛けを何枚も買い込んでおりましたよ。出かけて行ったっきり、あんまり帰りが遅いので、手前が迎えに参りまして、そのときに三島屋さんの前を行ったり来たりしている富次郎さんの姿をお見かけしたんでございます」

恥ずかしくってたまらない。今度はこっちの耳たぶが赤くなる番だ。

「あれは兄に強いられまして……。わたしは人台なんぞやりたくなかったんですよ」

「いや、なかなか堂に入っておいででした。役者みたいに見えましたよ。見得を切っても様になりそうな」

言いながら、文三郎は刀をふるうようなふりをしてみせる。それがちょっと変わっていて、太刀という以上の長い刀――物干し竿《ざお》をふるっているかのような動作だ。しかし槍術《そうじゅつ》ではない。剣術に見える。

「こう、こう、こうとね」動きを止めて、文三郎はつと真顔に戻った。「実はこれも、祖父さんの話に出てくるなあ」

やきもきさせてくれるではないか。

「ああ、楽しみでございます。では語りをお始めくださいますか」

富次郎に促され、文三郎は真面目な面持ちのまま、こそっと呟《つぶや》いた。

「もちろん始めますが、ええと……お茶とお菓子は……」

「へ？」

富次郎は驚き、ついで吹き出した。

「これは失礼いたしました。もちろんございますよ。すぐお出ししましょう」

本日の語り手のために富次郎が用意しておいたのは、〈花筏《はないかだ》〉という名の美しい練り菓子だった。やや柔らかめの羊羹（しかし水羊羹ではない）の上っ面に、清らかな水流とその上を流れゆく桜の花びらの飾り細工がほどこされている。この細工も干菓子なので、羊羹と一緒に食べることができるだけでなく、そうやって食べた方がより旨いのだ。

語り手によってはこれだけでは口寂しくなるだろうと、富次郎ごひいきの別の菓子屋から、豆《まめ》餅《もち》も買ってある。お茶は番茶を数種類揃えて、語り手の好みを聞こうと思っていた。

「あいすみません、意地汚くて」

文三郎は決まり悪そうで、しかし茶菓の支度をする富次郎を見守る目は期待に輝いている。

「変わり百物語ではなくっても、三島屋さんをお訪ねする客は、美味《おい》しい茶菓でもてなしをしてもらえるという噂を耳にしていたものですから」

そんな噂があるのか。富次郎は知らなかったが、内心ちょっとばかり反っくり返って、その噂が広まったのは、自分が三島屋に帰ってきてからこっちのことだろうと思った。それまでの三島屋では、伊兵衛もお民も番頭の八十助も、来客に出す茶菓にいちいち気を配るほどの趣味も手立ても持ち合わせていなかったはずだ。一方、こうして帰ってきてからというもの、その手の事柄で、富次郎はしばしばお民から相談されている。明日どこどこの誰々さんがいらっしゃるんだけど、何を出したらいいだろう、ちょっと知恵を貸しておくれ、と。

「文三郎さんも、甘いものがお好きなんでしょうか」

「旨いものなら、なぁんでも大好きでございます」

やっぱりいいヤツだ。お茶は文三郎が茎が多い棒茶を選んだので、黒白の間はその野趣のある香りで満たされた。

「さっきも申しましたとおり、これから語らせていただく話は、手前が祖父さん……父方の祖父から聞いた昔話でございます」

花筏を嬉しそうに味わって、文三郎は口を切った。

「丸升屋はうちの親父で五代目になります。代々の主人は文左衛門《もんざえもん》と名乗る決まりでございまして、祖父さんは四代目文左衛門、死んだときは八十八歳でございました」

文三郎は言って、くしゃくしゃっと笑った。「うちは長生きの家系なんでしょう。親父も古稀を間近に、腰が曲がるどころか、心張り棒を背中にかってるんじゃないかと思うほどぴんしゃんとしております。おかげで跡取りの文一郎《もんいちろう》が――手前の長兄でございますが、もう大きな孫が何人もいるっていうのに、いまだに若旦那の立場で小さくなっていまして、気の毒なような面白いような」

　文三郎は、三男三女の六人兄弟姉妹の末っ子なのだそうだ。

「それも、手前一人だけぽつりと歳が離れておりましてね。今年二十二で、長兄の次男坊と同い歳なんでございます」

　富次郎は、この初春を迎えて二十四歳になった。「そんなら、わたしの方が二つ上ですね」

「あら」文三郎は思わずという声を出した。「てっきり同じ干支《えと》だとばかり思い込んでおりました」

「大した差じゃございませんよ。家がもう少し近かったなら、同じ手習所に通っていたっておかしくなかったし、そしたら文三郎さんとは仲良くなれたろうなあ。しょっちゅう一緒に買い食いをしたりして」

「小遣いがいくらあっても足りませんね」

　二人で愉快に笑い合った。

「そんなふうでございますから、手前は子供のころからみそっかすでして」

　味噌屋のみそっかす文ちゃんと、それこそ手習所仲間には囃《はや》されたものだという。

「父母は歳がいっているし、兄や姉たちにも、かまってもらったよりは、うっとうしがられた覚えの方が多うございます。それが哀れだったんでしょう。祖父さんだけは手前を可愛がってくれました」

だから、祖父からこの昔話を聞かされたのも、たぶん自分だけだと思うと言った。

「おかげで、一生にいっぺんきりの不思議なものを見ることもできました」

言って、ちょっとまばたきすると、文三郎は富次郎の顔に目をあてた。

「花に誘われて、どんな野暮天でもちっとお洒落《しゃれ》をしたくなるこの季節は、三島屋さんにはかき入れ時でしょう。皆さんで雛市《ひないち》なんぞにお出かけになる暇はありませんかね」

雛市は、ひな祭りに飾る雛人形やその飾り道具を商う市である。毎年二月二十五日から三月二日まで、人形町や尾張町《おわりちょう》、麴町《こうじまち》などにこの市が立って、たいそうな賑《にぎ》わいを見せる。

「いや、うちの縫い子には嫁入り前の女の子もおりますから、仕事場の方にはおひな様を飾るので、おふくろは女の子たちと出かけていったりしてるんじゃないかしら。わたしは、まだ縁がなくて覗《のぞ》く機会がありませんが」

おちかが三島屋にいたときは、ひな祭りはどうしていたのだろう。聞いてみたことがないし、そもそも気にしたことがない。

「手前も、おひな様には縁のない野郎でございますが、丸升屋のある場所が場所なので、毎年嫌だといってっても雛市の方から押しかけて参ります」

人形町の十軒店に立つ雛市は、いちばん人出の多いところなのだ。

「人形町は、別に雛人形と関わりがあるわけじゃございませんから、普段から人形屋ばかりが軒を連ねているわけじゃない。ですから、年に一度のこの市のときだけは、普段は別の商いをしているお店でも雛屋に商売替えをするか、自分のところの商いを休んで、雛屋に店先を貸します。

これだと、けっこうな貸し賃をもらえますのでね」

　丸升屋は後者の方なので、

「毎年二月二十四日のうちに、家族揃って入谷《いりや》にあるうちのお店の寮に移るんでございますよ。奉公人たちもほとんど一緒に連れていきますが、留守番役としてお店に残り、日銭をもらって雛屋の商いを手伝ってやる者もおります」

　富次郎は素朴にびっくりした。「丸升屋さんがそんなふうに休業する時期があるなんて、知らなかったなあ」

「貸すのは本当に店先の売り場だけなので、うちの売り物はそっくりそのままございますし、お得意様が味噌や懐中御味御汁をお買い求めにいらしたなら、お応《こた》えしますのでね。まるっきり休業するのとは違いますけれど」

　懐中御味御汁と並ぶ丸升屋の売り物の一つである何種類かの味噌漬けの魚だけは、二十四日でいったん全て売り切ってしまう。残らず売れるように値下げするので、それを知っているお客が詰めかけてきて、たいへん繁盛するのだそうだ。

「ですから、うちとしても有り難いんでございます」

　三島屋のような袋物屋や小間物屋、煙草屋なんかは、一時的に雛屋になるにしても、雛屋に店先を貸すにしても、もともとの商い物が乾き物だから、さほど面倒なことにはならなそうだ。しかし、丸升屋は味噌屋である。商い物がまず匂うし、店の壁にも床にも味噌の匂いがしみついている。そこで雛を売るのはいくぶん不利になるだろうと、丸升屋では十軒店の他の商家よりも貸し賃を安くしているので、これまで借り手がつかなかったことは一度もないという。

「貸し賃を勉強した分は、二十四日の売り出しの儲《もう》けで帳尻《ちょうじり》が合いますし」

「どっちにとっても得な取引なんですね」

こういう計算をちゃんとできるのが、いい商人なのである。

「皆さんで寮にいるあいだは、どんなふうに暮らしているんですか」

「それが意外とのんびりできなくって」

丸升屋の男たちは、奉公人たちを監督し、日ごろはどうしても後回しになってしまう読み書きや商道の心得を勉強させる。どこへ移ろうと炊事洗濯を休むわけにはいかない女たちは、いつもと変わらずに立ち働く。普段は目が届かない寮の掃除や手入れにかかるので、かえって忙しいくらいだという。

「入谷の寮は、田地の真ん中にぽつんと立ってましてね。掘り抜き井戸と、厩《うまや》までついている立派な二階家なんです」

寮というのは商家の別宅だ。怪我や病の家族や奉公人を休ませたり、火難や水害で本宅が駄目になったときの避難先にしたり、用途はいろいろある。隠居所に使われる場合もあれば、旦那や若旦那がこっそり妾《めかけ》を住まわせていたのがバレて大騒動になるなんてこともある。

三島屋では、その必要に迫られたことがないのと、寮として使える屋敷を借りないか（買わないか）と話を持ちかけられたことがないのとで、今までのところは家族のあいだで話題にのぼったこともない。身代のある商家なら必ず寮を構えているわけではないし、構えたら構えたで手入れも要るし金もかかる。

「うちの寮は、ひい祖父さんの代に構えたらしいんですが、兄姉たちも手前も、詳しい由来を聞かされた覚えはありません。何もなくたって、雛市のときには行くところでしたから、当たり前でして」

言って、文三郎はちょっと顔をしかめた。

「ええとぉ……この話は別に寮と関わりがあるわけじゃないんですが、祖父さんが寮にいたってこととは繫《つな》がってるんですよ。そのへん、どう語ったらいいのか」

面倒なもんですねえと、いよいよ顔を歪《ゆが》める。富次郎はやわらかく笑いかけた。

「わからないところがあれば、その都度わたしの方からお尋ねします。どうぞ難しく考えずにお話しください」

「そう言われてもなあ」

急な腹痛《はらいた》に見舞われたかのように、腕で身体を抱え込んでしまう。

「いっそ、富次郎さんに問いただしてもらった方がしゃべりやすいんだけど、いけませんかね」

こっちもそうしたいのは山々だが、さて何から問うたらいいのだろうか。

「それじゃあね、文さん」

「え？」

「文三郎さんじゃいちいち面倒だから、文さんとお呼びします。わたしは富さんでも、富の字でもお好きな方で」

「そんなら富ちゃんだ」と言って、文三郎の目元がゆるむ。「おれは文ちゃんで、ここからはざっかけなくいきましょう！」

「ほいきた」富次郎も調子に乗ることにする。「まず、この昔話の主役は誰だい？」

「主役って、誰が経験した出来事かって意味かな」

「うん、そういうこと」

「そんなら初代の文左衛門。おれのひいひいひい祖父さんだよ」

そこまで遡《さかのぼ》る古い昔話を、文三郎が祖父から聞いたということなのだろう。

「となると、出来事そのものは、この太平の世が始まって間もなくのことかな」

「だいたいそのくらいじゃない？　初代はそのころ、江戸からうんと遠い――」

文三郎は「あっ」というふうにいったん口を結び、声を落として続けた。

「さっきはああ言ったけど、ここは本当の地名を言っちゃならないような気がする」

富次郎はどんと受け止める。「はいな、そんなら仮名《かりな》をつけましょう。藩の名前でも町でも村でも、お殿様のお名前でも」

「富ちゃん、慣れっこなんだねえ」

文三郎は目をぱちぱちさせて、

「やっぱり、藩の名前は決めといた方がしゃべりやすいから……」

「三島藩でよくないかい？」

「三島屋さんに悪いよ。良いことのあった藩じゃないからさ」

「そんなら四島《よつしま》藩。いや、いっそ横島《よこしま》藩にしたらどうかな」

そいつはいいと、文三郎は何度もうなずく。「お殿様は、横島藩のぼんぼん之介《のすけ》様でいいよ。ホントにまだ若くって、新しい藩主としてお国入りしたばっかりだったもんだから、領内のことがよくわかってなかったんだって」

「わりとよくある話だね」

読み物で読んだことしかないが、澄まして言ってみる富次郎である。知ったかぶりは罪だが、その味は甘い。

「あとは蔵入地《くらいりち》だった村の名前と、代官の名前が要るんだけど」

「う〜ん、村は三倉《みつくら》村でどうかな」

「らしくていいね！」

「代官は悪い奴なの？」

「ものすごく悪い奴だった」

「じゃあ、十悪弾正《とあくだんじょう》にしようよ」

文三郎は手を打って大喜びだ。「富ちゃん、巧《うま》いなあ。本当にその名前だったみたいだよ」

これでようやく振り出しに戻れる。

「横島藩は寒い北の国でさ、米はよく採れるけど、ほかにめぼしい産物はないところ。初代は八つのときから、城下町にある石和《いさわ》屋っていう味噌醬油《しょうゆ》問屋で、住み込みで働いてた。前の年に江戸の町で大火事があって、お城の櫓《やぐら》まで燃え落ちてしまったって噂を聞いて、そんなおっかないところには一生行かねえって思ったんだって」

その大火事は明暦《めいれき》の大火――いわゆる振袖火事だろう。江戸の街並みが今のように整えられる契機となった大火災である。

それくらいの古い話なのに、文三郎がとっさに真顔になって本当の藩名を伏せたのは、今もその藩が存続しているからだろう。富次郎もそこは気を遣って聞き出していかねばならない。なにしろ「良いことがあった藩じゃない」のだから。

「初代のお名前も文左衛門でいいのかな」

問いかけに、文三郎はちょっと首をすくめて笑った。「初代が丸升屋を興してから、その名を名乗るようになったのは、もとの名前が文一《もんいち》だったからなんだ」

親も寄る辺もない子供だった。

「父親《てておや》はどこの誰かわからない。母親は文一を産み捨てにして、別の男と出奔するようなあばずれで……」

茶屋女であったらしい。

「初代はその茶屋で育ててもらって、産まれたのが文月《ふづき》の朔日《ついたち》だったから、ついた名前が文一。だけど石和屋に入ってからは、年上の奉公人連中に、一文無しの孤児ってからかわれてさ。もっぱら〈一文《いちもん》〉って呼ばれるようになったんだって」

しかし一文は働き者だった。腹がふくれるほど食いものにありつけることなどない育ち方をしてきたのに、身体は頑健で力持ちだったから、一文あれをやれ、一文これをやれと牛馬のように追い使われても、ちっともへこたれなかった。気性はおとなしく、辛抱強くて口数少ない。だから舐《な》められがちだったのだが、本人はまるで気にしていなかった。

「味噌や醬油の樽《たる》は重たいからね。力仕事なんで、自然と身体が鍛えられたんだろうなあ。それと、初代はおつむりも悪くなかったんだよ」

石和屋に、牛馬の如く働く子供にちゃんと読み書き算盤《そろばん》を教えてくれる人はいなかった。しかし文一は見よう見まねで覚えていって、あるときそれに気づいた番頭の一人が感心して、それからは親切に教えてくれるようになった。

「この番頭さんも、口より先に手足を動かして働くっていう人だった。名前は……」

文三郎はちょっと考えてから、

「仮名にせずに、祖父さんが言ってたのをそのまんま言うよ。勇次《ゆうじ》って名前で、お店じゃ〈勇さん〉って呼ばれてた」

勇さんもまた身内の縁の薄い男で、苦労人でもあった。一文を見込んで目をかけて、思いやりもかけてくれた。

さて、石和屋の商いは、売る方はほぼ城下町の内に収まっていたが、味噌と醬油を醸造元から仕入れる方の取引には、領内のあちこちへ出向いていく必要があった。

「お店の帳場を守るのは大番頭、その下に番頭が三人いて、それぞれ持ち場を決めて領内の取引先を回っていたんだ」

味噌や醬油の運搬には、醸造元のあるところの飛脚問屋を頼むのだが、手形のやりとりも含めて、全く任せっぱなしにすることはできないからである。

「一文を見込んでくれた勇さんは」

――いつかはこいつも、石和屋の看板を背負って領内を歩く。それだけの働きのある奉公人になるはずだから。

「石和屋の旦那を説きつけて、一文が十四の歳から、一緒に連れてってくれるようになったんだって」

一文は、まだ使い走りの小僧ぐらいの年期である。普通なら他の奉公人たちにやっかまれても仕方がないところだが、

「横島藩は海は荒海、山は険しい土地柄で、おまけに醸造元とのやりとりの関係で、真夏か真冬に出かける旅だったから、誰も羨《うらや》んでくれやしなかったってさ」

それどころか、二人組なら心強かろうと、すっかり任されるようになってしまった。

「おれが祖父さんから聞いた話は、一文が勇さんと、こういう働きを続けて、十六のときの出来事だった」

言って、文三郎は「おお〜」と声を出し、大きく息をつくと、自分の胸に手をあてた。

「ここまで上手《うま》く語れたかな。富ちゃん、話はわかったかい？」

「よぉくわかってる。早く先を聞きたい」

富次郎の心の目には、似たもの同士の物静かな商人が二人、白波の騒ぐ磯辺を、昼なお暗い切り通しを、横殴りの雨のなかを、油照りの土埃《つちぼこり》の道を、石和屋の屋号を背負って黙々と歩いてゆ

く姿が浮かんでいる。

嬉しそうに目を細め、文三郎は続けた。

「季節は年明けてすぐ、横島藩の山間《やまあい》じゃ、まだ枯れ木の枝の先まで凍りついてる、暦の上だけの春だった」

　正月を迎えて十六歳になった一文と、三十七歳になった番頭の勇次は、領内北部の荒尾《あらお》峠を越えて、三倉村へ向かっていた。

「その先に大変なことが待ち受けているなんて、夢にも思わずにね」

＊

　ばかに凍えるなあ。

　峠越えの道を歩みながら、もう何度目になるだろう。一文は心のなかで呟いた。

　これまでも、三倉村には年に二度、夏の盛り

と年の初めのこの時期に訪ねてきた。夏は毎年、「今年がいちばんだ」と思うくらい、年々暑くなっている気がする。だが、年明けの峠越えでこんなに凍えた覚えは、少なくとも一文にはない。勇さんはどうだろう。

——領内でも暮らしにくいところなのに、三倉村の衆には頭が下がる。

何度かそう言っていたことがあるから、このあたりの土地の冬の凍える寒さも、夏の焼けつく暑さも、勇さんには今さら口に出すことじゃないのかもしれないが。

そういえば昨年の夏は、訪ねてみたら村長《むらおさ》の家が揉《も》めていて、勇さんは仲裁に追われて商いの話どころじゃなかった。一文は、天を突くような入道雲と、畑に穴をうがちそうな激しい通り雨と、空を裂く稲妻の方に気をとられて、どういう揉め事がどう収まったのか、今もよく知らぬままだ。

石和屋の者として、どうしても知っておかねばならぬ事情があるならば、勇さんが教えてくれるだろう。そのくらいに軽く考えて、問うこともせずにきてしまった。

三倉村は深い山間の村である。ここらの土地は、そもそも稲作《おかぼ》に向いていない。傾斜地をやっと耕しても、水を引いてくる苦労が大きすぎて、陸稲しか作れない。作ってもしばしば稲穂だけ実って籾《もみ》が空っぽの空作《からさく》に泣かされる。

だからこの村の主な産物は豆だ。なかでも大豆は小粒だが質のいいものが採れる。この大豆から作られる三倉味噌が、城下町では贅沢《ぜいたく》品としてもてはやされ、高値で売れるのだ。味噌一升が銀一升と大げさに謳《うた》われるくらいの人気があるのだっ三倉味噌の醸造元は一つの家でも店でもなく、村の〈味噌講〉だ。これを束ねるのは村長で、その下で村の衆が豆畑を耕し、味噌造りに携わる。上がった儲けからまず年貢として金子《きんす》を納め、城下の米問屋から村の衆を一年養えるだけの米を買い入れ、その残りを味噌講で働く村人の頭数で割って、それぞれに賃金として払うという仕組みができている。

これと同じ仕組みで、作っているものだけが違うのが、〈人形講〉だ。土人形を作って商う講である。こちらを束ねるのは村長の妻で、働く者も女が多い。

横島領内では、昔から魔除《まよ》けや縁起物を象《かたど》った土人形作りが盛んだった。十二支、だるまさん、獅子舞《ししまい》、鶴にオシドリ、恵比寿大黒《えびすだいこく》に毘沙門天《びしゃもんてん》。素朴で愛らしい飾り物や子供の玩具《おもちゃ》だが、これがここ十年ばかりで他の土地でも人気を得て、作れば作っただけ売れる。天下太平の世が定まり、多くの人びとが、日々の暮らしに要るわけではないが、きれいで楽しいものを身近に置きたいと求めるようになったからだろう。

三倉味噌は村独自の工夫による産物だが、土人形の方は下級藩士の妻女の内職として始まったという歴史があり、今も絵付けまで村で済ませて売りに出すものが半分、釉薬《うわぐすり》をかけただけの「すっぴん」の土人形を、そうした内職用に城下の人形屋に卸すのが半分である。

このように、稲作をして年貢に米を納めるのではなく、他の産物を売った上がりの金子を年貢として、あまつさえ村人を養う米までその金で他所から買うというやり方が代官所の許しを得て公に定まるまで、三倉村にはずいぶんと辛い歴史があった。戦国の世では荒尾峠がこの土地の北の要衝であったという理由だけで、険しい山間の村でありながら蔵入地（そこからあがる収穫がそのまま領主の収入となる直轄の領地）に定められ、ない米は年貢にできないのにぎゅうぎゅうに搾り取られ、血の涙を流しながらこの地にしがみついてきた人びとの歴史だ。

それについては、年に二度、勇さんとその金魚のフンの一文が、今年の味噌の醸造具合を確かめに訪ねてゆくたびに歓待してくれる村の衆から、耳に胼胝《たこ》ができそうなほど聞かされている。最初のうちは熱心に聞いていたが、近ごろはつい、うなずきながら聞き流してしまうようになった。

峠越えの道を緩やかに下ってゆく。一文の前を歩む勇次の足取りは、登りのときよりもゆっくりなくらいだ。

そろそろ昼時だというのに、今日は朝から曇っていて、お天道様がちらりとも見えない。勇次も今、手を口元に持っていって、はあっと息を吐きかけた。

「さ、寒い、よね」

道々ずっと黙っていたのでくちびるがくっついてしまい、一文はうまくしゃべれなかった。

「いつも、こげに凍えねえ、よね」

勇次は小柄で、ひょろっと背の高い一文に比べたら、頭一つ分も低い。首をひねってちょっと振り返り、それだけだと一文の顔が見えないから、面倒くさそうに顎《あご》を持ち上げて、言った。

「おめえが知らないだけだわ。十年にいっぺんぐらい、あるんだよ。正月を祝ったあとでも、汲《く》み置きの瓶《かめ》の水が凍るような年がさ」

「へえ〜」一文はホントに恐れ入った。

「おれはやっぱり、こんな山ン中じゃ暮らせねえ」

「村でそんなこと言ったらいかん」

「うん、言わねえ」

口数少ない二人だが、二人だけだとそれなりにしゃべる。言葉遣いもよそ行きではなく、ぶっきらぼうだ。

「そんなに水が冷たくなると、味噌の出来にも障るんじゃねえのかな」

勇次の背中に問いかける、一文の息も白い。北風に巻かれて消える。

「余計な心配だ。寒気が強い年の方が、むしろ出来がいい……」

そこで、勇次が出し抜けに足を止めた。一文は番頭の背中にぶつかってしまい、おわ、というような声が出た。

「どうした、勇さん」

勇次は顎を引き、身がまえて、固く乾いた峠道の先を見つめている。道の左右は雑木林と枯れた藪《やぶ》で、朝方はきっと霜柱が立っていたのだろう。今はそれが溶けたせいで、藪と道の境目では泥が波打つように重なっている。

「……誰だ」

勇次は、枯れた藪に向かって呼びかけた。右手の先で、道が少し左に曲がり、藪が手前にふくらんでいるところ。

「何をしてるんだ。なんで隠れてる」

問い詰める口調ではなく、いつもの勇次の穏やかな声音だ。それだけに、いっそう何が何やらわからない。一文は勇次の顔を見て、枯れ藪に目を移し、また勇次の顔に目を返した。

枯れ藪が騒いだ。丈の高い、両刃の細長い剣みたいな草が揺れている。

と、それを押しのけて、誰かが藪のなかで身を起こした。

頭を落っことしてしまったみたいに深くうなだれているので、顔が見えない。薄汚れた綿入れを着て、首にぼろぼろの手ぬぐいを巻いている。で、つるんと坊主だ。髷どころか、髪の毛が一本もない。

二つの講のおかげで豊かになった三倉村は、領内北部では飛び抜けて村人の数が多い。だがそのなかでも、こんなつるつる頭は一人しかいない。

「おびんちゃんだろ？」

一文がその名を呼んだのと同時に、つるつる頭が藪から飛び出してきた。その手に、ごつい柄のついた刃物を握りしめて。

――節くりだ。節くりを持ってる。

とっさにそう思った。握りが太く、大工道具の鑿《のみ》に似た刃のついた横島藩の山村に独特の道具で、材木の節をくり抜くこともできるところからこの呼び名がついたものである。

頭ではバカみたいに呑気にそんなことを考える一方、身体は逃げようとしている。素早い一瞬が、永遠のように引き延ばされて感じる。焦って足がもつれて、一文は尻餅をついた。おびんが両手で節くりを握り直し、こっちに突っ込んでくる。

――刺される！

次の瞬間、おびんはつむじ風にでもさらわれたみたいにくるんと足をすくわれて、背中から地べたに落っこちた。派手に土埃が舞い上がる。節くりはおびんの手を離れると、宙でくるくるると三度回りながら、枯れ藪の方へ飛んでいった。

「おびん、いったいどうしたんだ」

呼びかけるのは勇次の声だ。どうやら、一文に向かって突っ込んでくるおびんを阻んで、投げ飛ばしてくれたらしい。

つるつる頭の女の子――おびんは、この正月で確か十五になったはずだ。三倉村いちばんの器量よし。十やそこらのころから、既にその美貌《びぼう》は隠しようがなかった。野良仕事で風雨にさらされても艶を失わぬ豊かな黒髪。お天道様に炙《あぶ》られても、ある程度以上は日焼けしない柔らかな頬。おびんの身体のなかで、山村の厳しい暮らしを露《あら》わに示しているのは荒れた手と指の爪だけで、あとは城下の芸妓《げいぎ》や商家のお嬢様さながらにきれいだった。

「勇さん、あんた顔が広いんだ、おびんに奉公先を世話しちゃくれまいか」

「台所女中じゃ駄目だよ。あの器量が目立つような働き口さ。そしたら、お殿様の目にだってとまるかもしれねえ」

おびんの両親、兄たち、おびんの美貌にとろけるその他大勢の村の男たち。みんなが勇次に頼んできた。どこにも利くほどの口を持ち合わせていない一文にさえ、この件で寄ってくる者がいたくらいだから、勇次はうるさくてしょうがなかったろう。いつも愛想笑いでごまかしていたけ

れど。

勇次が、おびんを売り込む連中の口上をかわしていたのは、当の本人のおびんから、

「見た目を売りにして世渡りしたくない」と、はっきり聞かされていたからである。

「そんなつまらない女になりたくない」

おびんがなりたいのは、土人形作りだ。その道一本で身を立てていかれる、立派な職人になりたいのだった。

「あたいはいい土人形を作って、三倉村が味噌だけじゃなく、土人形でも評判をとるようにしたいんだ」

おびんの父は村でも指折りの畑持ちに仕える小作人頭で、おびんの兄たちも一緒に畑に出ている。おびんの母は村の味噌講で働きつつ、土人形の熟練した作り手でもあり、おびんは幼いころから母を手伝い、見よう見まねでその技を習いながら育ってきた。村の女子供の誰よりも熱心に。

　おびんは、家業だから、食っていくためだから、豆畑で草取りするよりも楽だから、土人形を作っているのではなかった。心の底から土人形作りが好きで、このささやかな手仕事に誇りを抱いているのだった。

「村の土人形をもっと優れたものにしたいなら、一度くらいは外へ出て、城下町や他所の村の土人形を見てみた方がいい。そもそも土人形は横島藩だけの産物じゃねえ。花巻《はなまき》や米沢《よねざわ》にも、いいものがたくさんあるんだぞ」

　勇さんがおびんに説いているのを、一文もそばで聞いていたことがある。そのときのおびんは、つぶらな瞳《ひとみ》の奥に灯がともっているみたいに見えた。白い頬に血がのぼり、きれいな顔が満月のように輝いて、この娘の一筋縄ではいかない頑固な気質《たち》をよく知っている一文でさえ、前後を忘れて惚《ほ》れてしまいそうになるほど美しかった。

「そっか……。あたいも、一度は村を離れてみないといけないんだね」

「城下で名前のある土人形職人のところへ弟子入りするという手もあるな」

「そんなことで城下へ出るなんて、おとうもおかあも許しちゃくれないよ」

「口実は別につくりゃいいじゃないか。おびんちゃんが本気でそうしたいのなら、いくらだって手助けするよ」

　石和屋の旦那に後ろ盾になってもらい、女中奉公の名目で城下に呼び寄せてもらえば、あとは何とでもなる。形だけは、おびんの美貌を売り込もうとする人びとの望むとおりになるわけだから、誰も邪魔しまい。

「わあ、勇さんって頼りになるね」

「だけど、おびんちゃんがそうやって町に出てきて、ホントに偉いお方に見初められちまったら、そのときはどうにも助けてやれねえがな」

「……鍋底の煤《すす》を顔に塗ってくよ」

そんなやりとりを交わし、三人で笑い合ったのが、ちょうど一年前のことだ。

勇次はただ口約束をしたのではなかった。石和屋に帰ると旦那様にこのことを打ち明けて、許しを取りつけた。

「本気で職人の修業をしたいのなら、十四じゃ遅い。早く手を打ってやらんと」

旦那様はそう言って、すぐ三倉村の村長宛に文を送ってくれた。話が通れば、勇次が石和屋の女中頭と二人でおびんを迎えに行く。その手はずを整えているところに、村長から文が返ってきた。

そこには、恐ろしいことが書かれていた。おびんが風邪をこじらせ、大熱を出してもう何日も寝込んだままで、このままでは命が危ないと。

勇次も一文も、駆けつけたところで何ができるわけもない。それどころか旦那様に、

「そんなに大熱が続くのは、ただの風邪じゃなく、疱瘡《ほうそう》かもしれない。うかうか近寄るな」

厳しく釘《くぎ》を刺されて、気を揉みながらも日々の暮らしに追われるばかりだった。

三倉村から次の便りが届くまで、一月《ひとつき》と十二日待った。

おびんは命を拾った。骨と皮のように痩《や》せこけてしまったが、今は家族に世話をしてもらいつつ、少しずつよくなっている。そういう文の最後に、胸の痛むことが書き足されていた。

命は助かったが、それと引き換えのように、おびんはあの美しかった髪を失ってしまった。一本残らず抜けてしまって、見る影もない。今は坊主のようなつるつる頭になっている、と。

一文だって、髪が「女の命」と言われることぐらいは知っている。おびんはどれほど悲しんでいるだろう。くちびるを嚙みしめる一文に、しかし勇次はこう言った。

「いいじゃねえか。髪と引き換えに、好きな道を選べるようになったんだ」

つるつるの娘には、もう誰も、間違ったって期待しない。お殿様の目にとまることも、売れっ子の芸妓になることも。

夏の盛りになって、勇次と一文が三倉村を訪ね、講の村人の案内で味噌蔵を回っていると、野良着姿で頭にすっぽりと手ぬぐいを巻きつけたおびんがやって来た。

「こんなふうになっちまったけど、達者にしてるよ」

手ぬぐいを外すと、おびんの頭には本当に髪が一本も残っていなかった。

「眉《まゆ》も抜けちまったから、おかあが眉墨を買ってくれたんだ。あんな高いもの、もったいないから、鍋底の煤でいいのに」

言いながら、おびんはぽろぽろと泣いた。勇次が近寄っていって、その頭を撫《な》でてやる。案内の村人が背中を向けて、そっとその場を離れていった。

「なんで一ちゃんも泣いてんの？」

泣き顔のおびんにからかわれ、一文は自分が涙を流していることに気がついた。

「おびん」勇さんが腹の据わった太い声で呼びかけた。「わかってるだろうが、これでおまえは、おいそれと城下町に出る口実をつけられなくなった。これからは、一心に精進していい土人形をこしらえろ。今のおびんの力でできる限りの、これ以上は無理だっていうくらいきれいなものを作れ」

そしたら、俺がそれを城下へ持って帰って、おびんの師匠になってくれる職人を探してやる。

「髪は失くなったんじゃねえ。売ったんだ。この先好きなように、心のままに生きるために、おびんは髪を売って自分の人生を買ったんだ」

おびんは突っ立ったまま、さっきまでつるつる頭を隠していた手ぬぐいをぎゅっと丸めて、それで涙を拭《ぬぐ》った。

「わかった。あたい、勇さんがびっくりするような土人形を作ってみせる！」

あれから半年。お互い、道中では軽々に口に出さずに来たけれど、一文も勇次も、おびんと会えるのを心待ちにしていた。

一方で、一文は怖くもあった。あの気丈な娘でも、やっぱり挫《くじ》けてしまってはいないか。本当に土人形作りに打ち込めているだろうか。会ったはいいが、半年前の約束などなかったような顔をされたらどうしよう。それとは逆に、気まずそうに避けられたらどうしたらいいだろう。

しかし、いい想像であれ悪い想像のなかであれ、おびんに節くりでもって襲われるなんて、微《み》塵《じん》も思っていなかった。

「……ホントにおびんちゃんだよな。尻尾《しっぽ》はねえよな？」

こんな真っ昼間から出てくる狐狸《こり》の類《たぐ》いはいなかろうが、一文はまたそんなバカなことを考えて、口に出した。

仰向《あおむ》けに地べたに倒れ、おびんは強く目をつぶっている。頑《かたく》なにへの字に曲がっていたその口元が、小さく動いた。

「……殺しなよ」

一文は勇次と顔を見合わせた。

「何言ってるんだ？」

問い返す一文の震える声を遮って、目を閉じたまま口だけ大きく開け、おびんは声を張り上げた。「殺せって言ってんだ！　村のみんなとおんなじように、あたいも片付けちゃえばいいじゃねえか！」

そう叫ぶと、いきなり飛び起きて、今度は勇次に飛びかかっていった。またあっさり捕まえられて、くるんとひっくり返されて地べたにど〜ん。一文もさっきよりはいくらか落ち着いてきて、勇次がおびんに怪我をさせぬよう、地べたに落とす寸前に力を加減していることに気がついた。

「聞き捨てならねえことを言う」

勇次の顔はにわかに険しく、地べたのおびんのそばに素早く膝《ひざ》をつき、その襟元をつかんで引き起こした。

「三倉村に何かあったのか。村のみんなと同じように殺せって、どういう意味なんだ？」

一文はあわあわと汗を搔《か》き、膝が震えてしょうがない。勇さんに比べたら、おいらの肝っ玉はありんこみたいだ。

「みんな……連れていかれちまった」

頑なに口をひん曲げたまま、おびんは呻《うめ》くような声を出した。

「お代官様のお達しに逆らうなって。村の味噌は、これからは井達《いだつ》村の問屋が買い付けに来るんだって」

だから、村の講にはもう何の力もない。どんなに上等な味噌でも、作っても作っても取り上げられるだけだ。

「石和屋さんだって、この理不尽を百も承知なんだろう？　そっちが呑《の》み込まなきゃ、代官所だけで商いのことを決められるわけはないんだから」

ひどいよ、あたいらを裏切って。石和屋なんかもう信じられない！　と、おびんは泣き叫ぶ。その声音にこもった怨嗟《えんさ》の響きが恐ろしいのはもちろんだが、それ以前に、一文にはその言葉の意味がわからなかった。お代官様が何だって？

三倉村は蔵入地なので、藩主の直々の命を受けた代官によって治められている。遠くのお城に住まい、一年ごとに江戸に行ってしまうお殿様よりも、村の衆にとっては、お代官様の方が身近な偉くて怖いお方だし、代官所は畏《かしこ》まるべき場所である。

一般に、その差配地における代官の権力には絶対的なものがあるから、悪代官の下では恐ろしい圧政と悲惨な搾取が行われる。領民が飢え死にしようがかまうものかと、土地の収穫の七割八割を年貢としてむしり取り、お城には五公五民の体裁を偽っておいて、差し引き二割や三割の分を売って私腹を肥やす。蔵入地の領民を勝手に自身の領地へ駆り出して牛馬のように働かせる。若く美しい妻女にみさかいなしに手を出す。気まぐれと暇つぶしに、領民に謂《い》われのない罪を着せて酷い死罪に処する――

一文は無学無筆だが、そういう悪代官をはじめとする悪者を成敗する武芸者や義賊が出てくるお話が大好きで、暇さえあれば語りや噺《はなし》を聴きにいく。だからいろいろな悪事と悪代官についてよく知っているのだが、実の暮らしのなかでは、勇次にくっついてはるばると領内を回っても、悪代官はもちろん、そんな作り話みたいな悪い奴に出会う機会なんかちっともなかった。

それどころか、三倉村を中心とするこのあたりいったいの蔵入地を統べている代官などは、その正反対の恰好《かっこう》の見本だ。三宅兵之丞《みやけひょうのじょう》というそれこそ読み物に出てきそうな名前で、色男の役者のような名とは裏腹に、着任してきたとき既に白髪の翁《おきな》だった。見かけは羽根をむしられた鳥みたいに痩せていて貧相だが、心は大らか、万事に磊落《らいらく》、飄々《ひょうひょう》として優しく民想いの爺《じい》さまで、年に二度しかこの地を訪れぬ一文の耳にさえ良い噂が入ってくるほど、ここらの村の衆に慕われていた。

――あの立派なお代官様が、人が違っちまったっていうのか？

目を白黒させるばっかりの一文にはかまわず、勇次はおびんの身体を支えて座らせると、平手でその頬をぺんと打った。

「おびん、しっかりしろ。俺たち石和屋が、三倉村の衆をそんなふうに裏切って見捨てるなんてことがあるわけねえ。百歩譲って、うちの旦那がそうするとおっしゃっても、俺は従わねえ」

この言葉の確かさが、おびんの取り乱した胸にも響いたのだろう。きつく閉じていた瞼《まぶた》を開き、勇次の顔を見た。

「俺は情けなくって涙が出そうだ」と、勇次はおびんに言った。「一文だって悔しいだろう。俺たちはそんなに信用がなかったかい？」

おびんの黒目が動き、一文の方を見上げてきた。一文はうなずきかけてやった。

「親に見捨てられたおれを拾って育ててくれた茶屋のおかみさんの名誉にかけて、おれは三倉村の人たちを裏切ったりしねえって誓うよ」

すると、おびんの目から大粒の涙がこぼれた。去年の夏、頭を包んだ手ぬぐいをとって見せてくれたときみたいな泣き方だ。そして、手放しで泣いて泣き尽くすと、ようやく事の次第を順々と話し始めた。

「去年の暮れに、い、いきなり、お、お代官様が替わったんだ。三宅様、あっという間に首をすげ替えられちまって、今はご無事でいなさるかどうかもわからねえ」

代わりにやってきた新たな代官は、名を十悪弾正という。

「ほほう……」と、富次郎は唸《うな》った。

「文ちゃん、おいらも一文さんと同じ、その手の読み物が大好物だから、三倉村でどんな事態が起こっていたのか、だいたい見当がつきますよ」

「え、ホント？」

文三郎はぱっと顔を明るくした。

「そしたら富ちゃん、言ってみてくれないかい。白状するときさ、おれ、祖父さんからこの話を聞かされたとき、このくだりがいちばんよくわからなかったんだ。ちゃんと語れるかどうか、おぼつかない」

そう頼まれたら、嫌とは言えない。富次郎はちょっと座り直して、始めた。

「白髪頭の三宅様は、領民想いの名代官だったんだよね。石和屋と三倉村の味噌講との取引や、村で作られる土人形の人形屋との取引も、優しい三宅様のお膝元で、領民たちに厚く儲けがあるように取り計らわれていたんだろう」

土地柄としては暮らしにくい三倉村なのに、村人の数が多かったというのは、それだけの人数を食わせてゆくだけの経済があったということを示している。

「ところが、その儲けに目をつけた悪い奴が、横島藩の上の方にいた」

誰かは定かでない。偉い人なら誰でもあり得る。藩主、その側近、年貢や財務を司《つかさど》る勘定方の役人。

「でもまあ、ここでは黒幕や親玉を云々《うんぬん》しないで、わかりやすく十悪弾正が悪の中心だってことにしておこう」

そうでないと文ちゃんが、また「わからなかった」ままになりそうだ。

「代官になれるくらいだから、そもそも十悪弾正は、お殿様の覚えがめでたい重臣の一人だったはずだよ」

味噌講が稼ぎ出す大金に目がくらんだ弾正は、藩主を説きつけて、三倉村を含む蔵入地の代官の座に就こうと画策する。

「それにはまず、邪魔な三宅様を取り除いてしまわなくてはならない」

大きな失態などなさそうな三宅様だから、手間をかけずに取り除くには、暗殺か掠《さら》ってどこかに幽閉するか、荒っぽい手を使うことになる。

「富ちゃん、物騒なことを考えるねえ」

「これはわたしの考えじゃない。読み物や語り物によくある筋書きなんだから」

ふうんと言って、文三郎は何だかそわそわする。

「もうちっと甘いものがほしいな。ずっとしゃべってたら腹が減った」

富次郎は用意しておいた豆餅を取り出した。文三郎は大喜びで頬張って、

「んじゃ、続きは？」

こんなお気楽な語り手がいていいのか。

「……おびんちゃんが話したとおり、こうして三宅様はたちまち首をすげ替えられてしまい、その後を襲った十悪弾正は、好き勝手なことを始めるわけさ」

まず味噌の商いを、城下の石和屋から井達村の問屋に振り替える。

「この井達村というのは、たぶん十悪弾正の支配地だろう。要は、自分の懐に直《じか》に結びついている問屋に三倉村の味噌を扱わせて、儲けをまるまる吸い上げようって魂胆さ」

「うん！」と声を出し、文三郎は白い打ち粉を吐き出した。「そういえば祖父さんもそんなようなことを言って、うっ」

「大丈夫かい？」

「の、喉《のど》に餅が詰まった」

富次郎はまた思う。こんなお気楽な語り手がいていいのか。

「土人形の取引の方も、きっと同じ羽目になるんだろうけど、この話の出来事があったのは年明けてすぐでしょう。弾正も着任してまだ日が浅いから、まず儲けの大きい味噌講の方から手をつけたんで、おびんちゃんも味噌講のことしか知らなかったんだろうなあ」

「ふむふむ」とうなずく文三郎。三つ目の豆餅に取りかかる。富次郎にも一つは残しておいてもらいたい。

「お代官様のご命令だから、三倉村の人たちには逆らうことができない。だけど、どう考えたっておかしな事の運びだろ？　何の理由もなしに石和屋との取引を切って、よく知らない井達村の問屋に乗り換えろなんてさ。山間の村の狭い世間で暮らしてる人たちにも、きな臭い臭いがしたろうさ」

村の衆が、新代官の前に「かしこまりました」とひれ伏さず、新しい取引に首をひねったり、「石和屋は承知なのか」と訝ったり、「三宅様はどうしておられるんだ」と騒ぎ出したり、「面倒だから、弾正は力で押さえつけることにした。で、村内で強く逆らう一派を捕らえて、どこかに連れ去ってしまった」

それが「みんな連れていかれちまった」というおびんの言葉の意味するところだ。

「残された村の衆のあいだには、恐怖と不安がわだかまる。石和屋に対する疑いは、この際もっとも当たりやすいところに当たるという心の動きのしからしめるところだったんだろう」

おびんが「あたいらを裏切って」と責めたのも、石和屋が承知しなくては、こんな理不尽は通らないと怒ったのも、そういうことだ。

「おびんちゃんは一人、村に通じる道ばたで節くりを握りしめて、石和屋の二人がやって来たら目に物見せてやろうと待ち伏せしていたんだろうが」

村の衆が疑っているとおりに、石和屋もこの理不尽に加担しているのならば、勇次も一文も、もういつものように三倉村を訪れたりしないはずだ。

「だからおびんちゃんは、何も知らぬ二人が山道を歩いてくるのを見つけたとき、嬉しいような気持ちもあったはずだよね。だからこそ、とり逆上《のぼ》せちまったんだろう」

富次郎の言に、三つ目の豆餅を平らげてお茶を飲みながら、文三郎はうんうんとうなずいている。

「娘心だよなあ。恋心さ」

「え。誰が誰に」

「イヤだな富ちゃん、わかんねえの？　おびんちゃんは勇さんに惚れてたんだよ。そうに決まってるじゃないの」

そうだろうか。父娘《おやこ》ほどの歳の差がある二人だ。「決まっている」とまでは、富次郎には言えない。

「そのへん、お祖父さんは文ちゃんにどう話していたの」

問いかけに、文三郎は打ち粉のくっついた口を尖《とが》らせて、ええっとねえと言った。


勇次と一文は、とるものもとりあえず三倉村に向かった。村の衆がおびんと同じ思い込みで石和屋のことを誤解しているとしたら、まずはそれを解かないことにはどうしようもない。

「でも、大丈夫かなあ。村のみんなもおびんちゃんみたいにいきり立ってて、おれたちの顔を見た途端に、問答無用で竹槍《たけやり》で突きかかってくるかもしれないよ」

戦国の世では、ここらの山の民は落ち武者狩りで潤っていたらしく、当時の侍たちから地獄の牛頭馬頭《ごずめず》のように恐れられていたそうな。今でも村の男衆はそれを自慢の種にしていて、一

文も昔話を聞かされたことがある。

「そんな羽目になったら、あたいが身体を張って止めるから」

おびんはすっかりしょげている上に、恥じ入っている。「さっきは本当にごめんなさい」

「一文、そうおびんを責めるな」

やんわりと叱りながらも、勇次は一心に先を急いでいる。

「三倉村と石和屋の繋がりは、昨日今日に出来上がったものじゃねえ。ちゃんと話せばわかってくれるさ。そもそも、味噌講のみんなが新しい代官の命を鵜呑《うの》みにしなかったのは、石和屋への信用が厚かったからじゃねえか」

言いながら、険しくその眉根を寄せる。

「村のみんなはどこへ連れていかれたんだろう。代官所で囚《とら》われているのなら、まだましだろうが……」

一文はびっくりした。「どっか別の場所に連れてかれるなんてことがあるのかな」

おびんの捨て鉢な「殺しなよ」という台詞《せりふ》がつと頭をよぎる。「片付ける」とも言っていた。

「おびんちゃん、知ってんのか？」

石和屋の男二人の足取りに遅れまいと、おびんは懸命に足を急がせ、息を切らしている。しかし、その美しい顔を歪ませているのは、恐怖と悲しみだ。

「代官所の近くに洞窟《どうくつ》があるんだ」

大昔は石切り場だったところだが、石材はとうの昔に掘り尽くされてしまった。

「そこに川の水が流れ込んだり、長い年月のあいだに雨水が溜《た》まったりして、底の方が沼みたいになってるんだよね」

代官所では、昔から、そこを水牢《みずろう》として使ってきたというのである。

「でも、三宅様はけっしてそんな酷いことはなさらなかったし、むしろ子供が迷い込んだら危ないからって、柵《さく》を立ててお触れを出して、誰も近づかないように計らってくださったんだけど……」

今はその柵が取り払われ、夜通し篝火《かがりび》を焚《た》いて、代官所の役人が見張りに立っているという。

「おびん、わざわざ見に行ったのか」

「あたいじゃないよ。味噌講のみんなが連れ去られるときに、飛《と》び猿《ざる》がこっそり後を尾《つ》けていって確かめたんだ」

飛び猿というのは、三倉村のがき大将のあだ名だ。木登りが上手で、猿のように身軽に枝から枝へと渡ってゆく。歳は十歳だが、その割に身体は小さい。しかし腕っ節が強くて喧嘩《けんか》は誰にも負けないし、度胸もある。一昨年《おととし》の夏の盛りに、村はずれの淵《ふち》に崖《がけ》の上から飛び込んで素潜りをして、ぶっとい鰻《うなぎ》をつかまえて上がってくるのを、一文も見物したことがある。

「飛び猿は、水牢に忍び込んでみんなを逃がしてやるって息巻いてる。あの子、洞窟の造りをよく知ってるからって」

やりとりしながら足を運んできて、ようやく三倉村の入口のすぐそばにある馬《ば》頭《とう》観音《かんのん》の小さなお堂が見えてきた。味噌樽を運ぶ荷車を守ってくださる有り難い観音様だ。村の衆が一日だって掃除を欠かさず、花や供物を供え、雨の日も風の日も手を合わせる村の守り神だ。

そのお堂の格子戸がむしり取られたように外されて、地べたに放り出されていた。お堂の内にあったはずの燭台《しょくだい》や供物台も、そこらに投げ散らかされている。

「あれも役人どもの仕業か？」

勇次が問いかけたとき、村の内から子供が泣きわめく声が聞こえてきた。

「い、いさわ、やぁ！　やっと来たぁ！」

飛び猿が、両手を拳骨《げんこつ》に握って、ぐるぐる振り回しながら駆け寄ってきた。

村長と、村でいちばんの畑持ち、その下で働く二人の小作人頭、そして味噌講を支える男たち。全部で十五人が代官所の役人たちによって村から連れ去られていた。

大きな村だから、それで男手が全くなくなったわけではないが、村の頭であり心の臓である男たちを失い、残された者たちは途方に暮れている。勇次と一文を待ちかねていたのは、飛び猿ばかりではなかった。

おびんと同じように石和屋を疑っていた者もいる一方で、そんなことがあるわけはないと固く信じてくれる者もいた。後者の筆頭が、村長の妻である。名はお次《つぎ》、歳は三十半ばで髪が半分方白くなっているが、きりっとしたおかみさんだ。

「おびんったら、どこにいるのかと思ったら、勇さんたちを迎えに行ってたのかい」

お次はちょっと目を潤ませている。一文は、（いいや待ち伏せてたんだ）と、腹の内だけで呟いた。

「だけど、もうこれっきりでおとなしく隠れてておくれよ。あんたのためなんだ」

ん？　おかみさんは何を言ってるんだろう。おびんちゃんも、何で気まずそうな顔をしているんだ？

「勇さん、文さん、よく来ておくんなさった。代官所の連中は、必ずまた来る。あんたらは姿を見られない方がいい。おびん、あんたも一緒においで」

そう言って、二人を村の豆蔵の一つに案内した。今の季節は空っぽの蔵で、木枠や麻袋が隅の方に積んであるだけだ。

「役人どもは、まだこの村に用があるんだね？」

勇次の問いかけに、お次は疲れたように顎を落としてうなずいた。

「金目のものはみんな奪うつもりでいるようだよ。それと……おびんが目当てさ」

「え！」一文はおびんの顔を見た。おびんは口をへの字に曲げてうつむいている。

「新しいお代官様が、どこかでおびんを見かけたらしくて、ご執心なんだ」

一文は目を丸くするばかりだったが、勇次は話の筋を解しているようだ。「だから、おびんにおとなしく隠れていろって言ったんだね」

十悪弾正は色好みの男で、飛び抜けた美貌で尼僧のような頭をしているおびんに、歪んだ執心を抱いているらしい。

「村長たちを連れ去るときも、役人どもはおびんのことも捜していたんだけど、この娘がうまく逃げてくれたから、助かったんだ」

だが、次も逃げられるとは限らない。森や藪に隠れると言っても、おびんは山犬や熊ではないのだから、限りがある。

「勇さん、あんたらが来てくれたら、おびんのことを頼もうと思ってたんだ。城下までとは言いません。せめて峠を一つ越えるところまででいいから、この娘を連れて逃げてやってくれませんか」

今着いたところなのに、もう逃げろと言うのである。

「お、おれたち、村のためにもっと何かできないのかな」

おどおどと言う一文に、お次は強い眼差《まなざ》しをあててきて、

「無事に石和屋に帰りついてくれればいい。それで味噌問屋の寄り合いでも、御番所の係のところでも、どこでもいいから訴えを上げてくださいよ」

新任の代官の一存で、三倉村で非道な収奪が行われている、と。

「石和屋さんの申し立てならば、お城の偉いお役人の耳にも入るでしょう。わたしら村の衆の声じゃ、虻《あぶ》の羽音みたいなもんだけど」

勇次はと見れば、鬼神の像のように怖い顔をして考え込んでいる。軽々にはうなずかないし、かぶりも振らない。

やがて、低く押し殺した声で言った。

「一文、おびんを連れてお店《たな》に帰れ。いつも通る道は避けて、獣道を行くんだ。道案内は飛び猿に頼め」

城下の石和屋に帰り着いたら、旦那様に全てを打ち明けて、できる限りの手を打ってもらうんだ。

「俺は村に残る。水牢に放り込まれている人たちを、何とかして助け出さねば」

村の頭であり心の臓である十五人の男たちは、ほとんどが年配者でもある。早春の洞窟の底に溜まった地下水に浸《つ》けられて、何日も命が保《も》つとは思えない。

一文は言った。「水牢に忍び込もうってンなら、そっちにこそ飛び猿の案内が要るじゃないか。道は、先に教わっておきゃあ何とかなる」

「あたいも、北の岩場を越えてゆく道ならわかる」と、おびんも言った。「おかあに頼んで餅を包んでもらって、水筒も持ってくるよ。顔を隠せるように、笠《かさ》と手ぬぐいもあった方がいいよね。支度してくる」

ついでに飛び猿も呼んでくる！　と言い置いて、おびんは豆蔵から出ていった。

「おびんちゃんを逃がすことで、おかみさんが役人どもに責められたりしないかな。おかみさんも、どっかに隠れた方がよかねえかな」

「文ちゃん」言って、お次は目を細めて一文を見つめた。「村長の女房が、そんな意気地のないことはできない。村長が帰るまで、盾になって村の衆を守るのがあたしの務めだ」

一文はぐうの音も出なかった。横島領内を巡り歩き、いっぱしの男、いっぱしの商人になったつもりだったけれど、誰かの「盾になる」なんて、一度も考えたことがない。

「村のことはおかみさんと俺が守る。おまえはとにかく、城下の石和屋まで帰り着くことだけを考えろ」

「わ、わかった」

そこへ、飛び猿が駆け込んできた。「また役人どもだ！　西の隧道《ずいどう》の屏風《びょうぶ》岩のところまで来てるよ」

屏風岩は、その名のとおり屏風のような形をした大岩だ。西側の丘を登って三倉村に来る際には、わかりやすい目印になる。

おかみさんは不安気に、「なんで西から来るんだろう」

「あっちの木築《きづき》村にも行ったんじゃねえかな」と、飛び猿が応じた。「半刻ぐらい前から、あの村の方角で、ずうっと煙があがってるんだ。狼煙《のろし》じゃねえ。蔵や小屋が焼かれてるんじゃねえかなあ」

だとしたら、新代官は非道なばかりではなく、とんでもない愚か者だ。風花は舞っても、まとまった雨の降らないこの季節に、火を放つとは。

「そしたら、ここも焼かれるかもしれねえの？」

半ばは悪い夢を見ているような心地だった一文にも、ようやくこれがのっぴきならない大難なのだという実感がわいてきた。いやむしろ、その実感に囚われて、がんじがらめにされそうだ。

「みんな逃げた方がいいよ！」

思わず声を高めた一文の頭を、勇次がはっしとばかりに張った。

「おまえはとっとと支度して、おびんを連れてここを離れるんだ」

「だ、だって」

「飛び猿、この寝ぼけ野郎に、山越えに使える獣道を教えてやってくれ」

慌ただしくやりとりしているうちに、豆蔵の外が騒がしくなってきた。荷かごを背負ったおびんが血相を変えて豆蔵に戻ってくると、「来た」と言った。「十人くらいで、馬を連れてる。弓矢や槍も持ってる」

「よし。俺が時を稼ごう」

勇次は言って、尻《しり》っ端折《ばしょ》りしていた着物の裾《すそ》をおろし、石和屋の屋号入りの半纏《はんてん》をいっぺん脱ぐと、きれいに塵《ちり》を払い、皺《しわ》を伸ばして着直した。

「石和屋として十悪弾正様にご挨拶《あいさつ》をせにゃならん。おかみさん、口添えをお願いします」

お次はすっくと立ち上がり、

「それじゃあ文ちゃ、後生ですから後のことをよろしくお頼みします。勇さん、行きましょう」

二人が外へ出てゆくと、空っぽの豆蔵のなかに満ちている湿気が、にわかに重たさを増して一文たち三人の上にのしかかってくるようだった。

「文さん、奥の落とし戸から出よう」

飛び猿の声に、一文は我に返った。正気づいて気丈になったのではなく、逆に心細くてたまらなかった。こんな一大事に勇さんと離ればなれになって、おれに何ができるもんか。

「おびんも、ほら」飛び猿はおびんの袖を引っ張る。「ここで根を生やしてたってどうにもならねえぞ」

十歳のがき大将が、いちばん大人だ。

「無事にこれを切り抜けられたら」

言って、おびんは立ち上がった。つぶらな目から涙がこぼれ落ちた。

「あたい、勇さんのお嫁にしてもらうんだ」

「うへ？」

それどころではないのに、一文は変な声を出してしまった。「それ、ほ、ほ」

「本気だよ。ずうっとそう思ってた。でも、勇さんはあたいのことなんか何とも思ってないだろうから、一生胸の底にたたんでしまっとくつもりだったんだ」

だけど、今は言う。

「口に出して言った方が、ホントになりそうだもの」

「勇さんはおびんのこと、おらと同じ子供だって思ってるよ」と、飛び猿が言った。

「あんたはそう思っといで。行こう」

豆蔵の奥の落とし戸は地べたに近いところにあり、半畳足らずの大きさだ。三人は前後してそこから這《は》い出た。豆蔵の裏は急斜面を竹藪が覆っており、そのなかに紛れ込めば、容易に身を隠すことができた。

飛び猿はきびきびと言う。「村を出るところまで、おらが連れてく。ずうっと竹藪のなかを行くけど、途中で道を渡るところがある。腹決めてついてこぉな」

やっぱりこいつがいちばん大人だ。

「文さん、しっかりして」

「う、うん。おびんちゃん、荷かごはおれが背負うよ」

頭を下げ、身をかがめて竹藪のなかを抜けてゆく。斜面が少しぬかるんでいるのは、今朝の霜柱のせいだろう。足を滑らさぬよう、息を詰め、一歩一歩に力を入れて進んでゆく。

村の真ん中、祭りのときには篝火が焚かれる広場が見通せるところまで来た。派手な馬具をつけた馬が三頭、広場の真ん中で尾っぽを垂れている。その背には、胴丸鎧《どうまるよろい》や鎖帷子《くさりかたびら》を身に着けた役人がそれぞれまたがっている。真ん中の馬上の役人が手にした十文字槍の穂先が、お天道様を受けてぴかりと光る。

――なんで戦支度なんかしてるんだ。

村の衆は、もともと代官所の権力に抗《あらが》う術《すべ》を持たない。脅されなくたって恐れ入っているのに、まだ脅かし足りないのか。

新しい代官が来たからといって、代官所詰めの役人も根こそぎ取っ替えられたわけではあるまい。三宅様の下ではいい役人だった者たちが、十悪弾正の下ではその悪に染まってしまって、喜々として領民苛《いじ》めをするのか。人の性根とは、それほど脆《もろ》く変わりやすいものなのか。

「勇さん……」

おびんが囁《ささや》くような声を出した。勇次とお次は、三頭の馬の前の地べたに平伏している。徒《かち》の役人どもが二人の後ろに居並んでいるから、勇次もお次も「かごめかごめ」の籠の鳥だ。

顔を伏せたまま、勇次が何か申し上げているらしい。馬上の三人の役人が下卑た声をあげて笑い出した。二人を囲んでいる役人どももも笑う。

一瞬、勇次の肩が強《こわ》ばったのを、一文は見た。あとから思い出してみても、確かに見た。勇さんは怒ってた。憤怒《ふんぬ》を必死に堪《こら》えてた。場と立場を弁《わきま》えて、城下の商人が土地の代官所の役人に対するときの礼節を守っていた。

それなのに。

役人どもの笑い声がぷつりと途切れた。

次の瞬間、真ん中の馬上の役人が、十文字槍の柄を握り直した。

ああまずい。一文は思った。刹那《せつな》の思考に理由などなかった。ただまずいと思った。いけない危ない、いけない危ない。

勇次はゆっくりと顔を上げてゆく。動じていない。

十文字槍が空で弧を描き、穂先が非情に光る。

ぶん。

いけない。勇さん、逃げろ。

竹藪のなかで凍りついている一文たちの眼前で、馬上の役人のふるった十文字槍の穂先が、勇次の喉を貫いた。

真っ赤な血が噴き出す。槍に貫かれ、地べたに座したままの姿勢で、勇次は海老《えび》反《ぞ》りになって痙攣《けいれん》した。そのたびに喉から新たな血が噴き出してくる。

おびんが竹藪から飛び出そうとするのを、一文と飛び猿の二人がかりで止めた。おびんが大声

宮部みゆきが贈る“江戸百物語”

「三島屋」シリーズ登場人物早わかり相関図

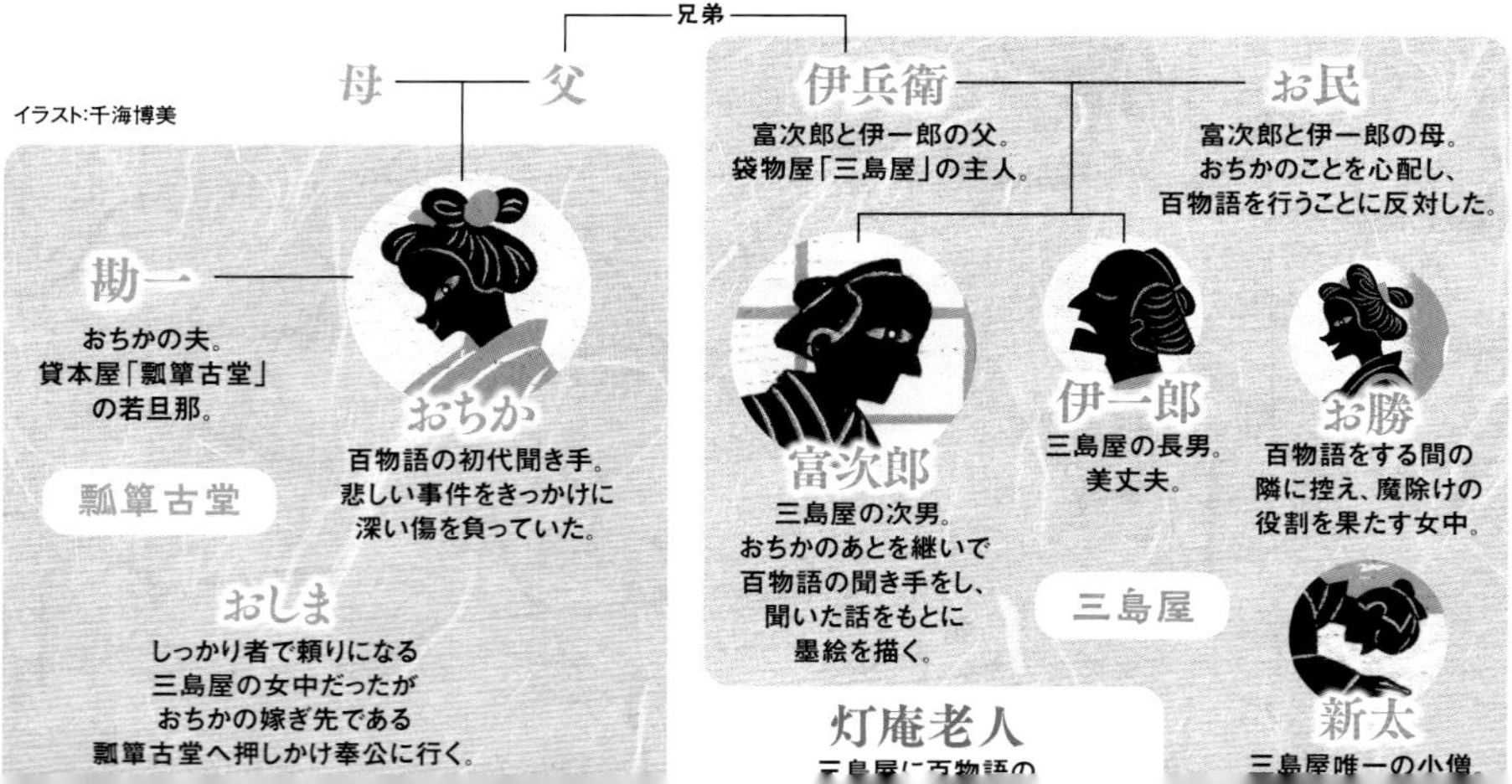
兄弟
母
父
伊兵衛
富次郎と伊一郎の父。
袋物屋「三島屋」の主人。
お民
富次郎と伊一郎の母。
おちかのことを心配し、
百物語を行うことに反対した。
勘一
おちかの夫。
貸本屋「瓢箪古堂」
の若旦那。
おちか
百物語の初代聞き手。
悲しい事件をきっかけに
深い傷を負っていた。
瓢箪古堂
おしま
しっかり者で頼りになる
三島屋の女中だったが
おちかの嫁ぎ先である
瓢箪古堂へ押しかけ奉公に行く。
富次郎
三島屋の次男。
おちかのあとを継いで
百物語の聞き手をし、
聞いた話をもとに
墨絵を描く。
伊一郎
三島屋の長男。
美丈夫。
お勝
百物語をする間の
隣に控え、魔除けの
役割を果たす女中。
三島屋
灯庵老人
新太
三島屋唯一の小僧。

イラスト:千海博美

宮部みゆきさんが厳選！
これだけは読んでほしい「三島屋」シリーズのオススメ3話

「暗獣」

（『あんじゅう 三島屋変調百物語事続』収録）

読売新聞の連載時、南伸坊さんに挿絵を描いていただきました。南さん作のあやかし「くろすけ」の可愛らしいことと言ったら…！　今でも観るたびに頬がゆるんでしまいます。

お話としても、「化け物屋敷」テーマの変奏曲として、ちょっと珍しいタイプのものにできたのではないかと気に入っております。

「よって件のごとし」

（『よって件のごとし 三島屋変調百物語八之続』収録）

ついに「ゾンビ」を書くことができた上に、三好 愛さんの手になる作中のゾンビ=「ひとでなし」という怪物の姿が素晴らしく（おぞましく）て、続きを書きながらわくわくしました。こうして振り返ると、私がこのシリーズを書き続けているのは、挿絵が見たいからではないかと思えてきますね。

単行本はほぼ一冊ごとに違う絵師さんにお願いしてバラエティ豊かに、文庫では小泉英里砂さんに「三島屋」ワールドを創りあげていただくということで、二重三重にビジュアルと造本の楽しみが重なり、深まりました。このシリーズを支えてくださる皆様のお力に、あらためて感謝の気持ちでいっぱいです。

「三鬼」

（『三鬼 三島屋変調百物語四之続』収録）

こちらは北村さゆりさんの挿絵が忘れがたく、特に虚無僧笠をすっぽりとかぶった「鬼」の立ち姿は、恐怖と悲哀に満ちていました。

このエピソードの肝は、「あの鬼はどこから来るのか」という謎です。私は「山中にある二つの村のどちらでもない、この世ではない三番目の村」という意味で三鬼とつけたのですが、日経新聞連載時に、読者の方から、「山の鬼ではないのですか」というお問い合わせをいただくことがありました。それで弱気になってしまい、単行本収録時では変えようかと迷ったのですが、さゆりさんが「いえ、これは三鬼であるべきよ」と励ましてくださり、原題ママの「三鬼」になったという思い出があります。

で叫ぼうとすると、飛び猿がおびんの着物の袖を彼女の口に押し込んで、うんと嚙みつかせて黙らせた。

おかみさんは、勇次の血を頭から浴びて、呆然《ぼうぜん》としている。その背後に、右端の馬から下りてきた役人がするりと回って、腰の太刀を抜き放った。

——おかみさん！

今度は一文も叫びそうになって、両手で自分の口を覆ってかろうじて堪えた。

背後から袈裟《けさ》懸けに一太刀浴びせられ、おかみさんは棒のように倒れた。二人の血を吸い込んで、広場の地べたが黒く染まってゆく。

「行こ。ここにいちゃダメだぁ」

飛び猿がおびんの肩をつかんだ。おびんが無言のまま抗うと、竹藪が騒いだ。広場の役人どものうち数人が、さっとこっちに顔を向ける。

一文はますます強く自分の口を覆い、飛び猿はおびんを斜面に押し倒し、ほとんど馬乗りになるようにして押さえつけた。そのまま自分も息を殺して動かない。

竹藪のどこかから、甲高い鳴き声を放って鳥が飛び立った。

役人どもは鳥を見送ると、竹藪からは興味を失い、ばらけて動き始めた。荒縄を取り出して、勇次とおかみさんの足首を縛り上げる。それからどうするのかと思えば、縄の端っこをそれぞれ二頭の馬の鞍《くら》の後ろに縛りつけた。

そんな馬鹿な。なんでそこまで酷いことをするんだ。口を覆ったまま、一文は激しくえずきそうになる。

馬上の役人が馬の尻に鞭《むち》をくれ、二頭が前後して走り出した。勇次とおかみさんの亡骸《なきがら》は、血の跡を地面に残しながら引き摺《ず》られてゆく。

「あ、おびん、ごめん！」

飛び猿が慌てておびんを抱き起こした。真っ白な顔で気絶している。

「文さん、泣くなよぉ」

ごねるような口調で言う飛び猿こそ、顔じゅうを涙で濡らしていた。


「――大丈夫かい、富ちゃん」

文三郎の呼びかけに、富次郎は目を上げた。いつの間にか両手を拳骨に固め、ついでに着物の腿《もも》のところもしわくちゃに握りしめていた。拳を開いてみると、力余って指の爪が手のひらに食い込んで、赤い痕《あと》がついている。

「嫌な話でごめんよ」

今ここで語っているのは文ちゃんで、富次郎と二人で三島屋の奥にいる。戦支度のくそ役人ど

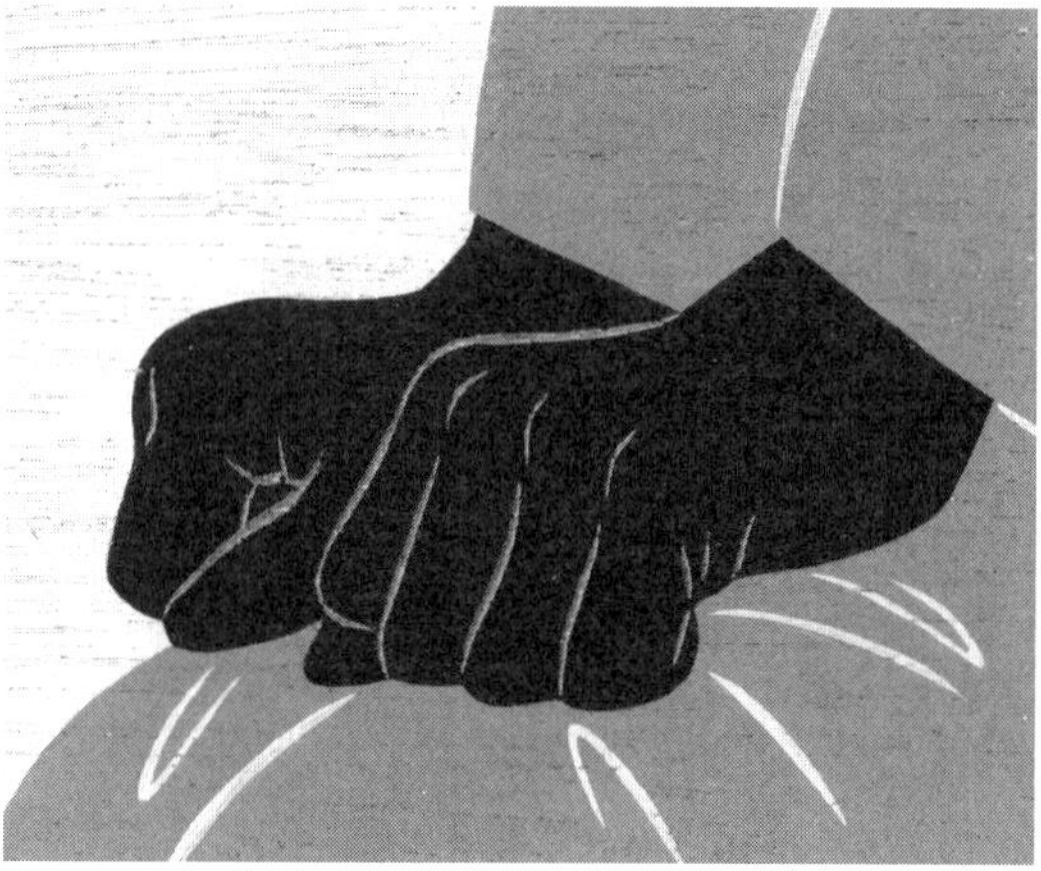

もは語りの中だけだ。それでも、富次郎は胴震いを抑えることができない。

「そうか、おびんちゃんは、勇次さんの嫁になりたかったんだね。本人がちゃんとそう打ち明けていたんだね」

小さく言ってみて、自分の声が震えて裏返っているのを知った。

「こっちこそごめんよ、文ちゃん。語りを続けておくんなさい」

文三郎は気遣わしげで悲しげで、申し訳なさそうな顔をしている。その口元に豆餅の打ち粉がちょっぴりついている。

「命がある」ことの有り難みを、富次郎は噛みしめた。わたしは、この話をしっかり聞きとらなくちゃいけない。

「文ちゃんのご先祖様の一文さんは、このとき十六だっけ？　まあ、大変な目に遭いなすったもんだ」

文三郎はうなずいた。「おいらにこの話を聞かせながら、うちの祖父さんもちょっぴり泣いてたよ。一文様は、今の丸升屋の土台を築き上げたあと、あんまり長生きしなかったんだそうで」

四十路《よそじ》になったと思ったら胸の病にかかり、半年ほど寝ついて亡くなったのだが、

「そのあいだに、世話してくれる人たちみんなに、この昔話を語ってたんだって」

――死ぬのはちいとも怖くない。やっと勇さんに会える。あのとき何もできなかったことを詫《わ》びられる。

「そうかな。何もできなかったわけじゃないんだろ？　一文さんは無事に石和屋へ帰って、村の

衆を救えたんだよね」

頼むからそう言っておくれよ。

文三郎はうなずいて、「おっそろしく骨を折って、命をかけてね」と言った。


飛び猿の案内で、一文は獣道を走り、岩場を這い登り、凍えるように冷たい沢を渡った。少しでも早く三倉村から遠ざかり、十悪弾正の支配から逃れるために。

しかし、ここらの森も山も水辺も知り尽くしている飛び猿だとはいえ、空を飛べるわけではない。二本の足で、地べたに足の裏をつけて進むしかない。どれほど焦っても、風のように進むことはできない。

最初、三倉村からまっすぐ北へ行って山に入ると、猟師たちがよく使う裏道があるというから、そっちへ進んだ。枯れてすかすかになった雑木林のなかを息を殺して抜けてゆくと、まさに猟師たちが急な雨風をしのぐために建てられている道具小屋のそばに、戦支度をした代官所の役人が二人、うろうろしているのを見つけた。

「ダメだ。他所へ行こう」

次に回ったのは飛び猿が山菜と茸《きのこ》を採るときに登る山道で、歪んだ輪を描きながら三倉村一帯を囲んでいるが、北北西に一カ所だけその輪が切れているところがある。大岩がごろごろしている難所だが、そこを通ればあとは一直線に国境《くにざかい》まで出られるというから、一文は歯を食いしばって飛び猿にくっついていった。

　しかし、そこにも役人どもが先回りしていた。今度は馬も何頭か繋がれており、北風にまじって、ぷんと火薬の臭いが流れてきた。役人どもめ、鉄砲を持ち出しているのか。あるいは、支配下のどこかの村から猟師を駆り出しているのか。

「もう一つ、あてがあるから」

　顔色を失って藪から身を起こそうとする飛び猿の腕をつかんで、一文は引き留めた。

「おれはもう息が切れて、足が上がらない。おびんちゃんはまた気絶しそうだし」

　勇次と村長の妻の無惨な最期を目の当たりにしてしまってから、おびんは魂を抜かれたみたいにぼうっとしている。飛び猿にせき立てられ、一文に引っ張られるままここまで一緒に来たものの、もう限界であろうことは、その血の気を失った顔を見つめ、冷たい手を握っていればわかった。

「おびんちゃんをどこかに隠そう。おれたちもひと休みして、次の策を練ろう」

　火を熾《おこ》せないから、互いに身を寄せ合い、腕や脚をさすって暖をとるしかない。一文はおびんの背中を撫でてやって、後ろめたい気分になり、（やましい気持ちは一欠片《ひとかけら》もない）と思いつつ、こんなときにそんなことを気に病む己の器の小ささに、ぐったりするほど嫌になった。

「あれだけ先回りされてるってことは」

　身を縮めて歯をガタガタ鳴らし、激しく膝を揺すりながら、飛び猿が言った。

「役人どもめ、山に詳しい奴に案内させてるんだ」

　飛び猿と同じくらい、ここらの山に精通している者。木こりか猟師だろう。

一文は尋ねた。「まだ、使えそうな逃げ道のあてはあるかい？」

飛び猿は短くかぶりを振った。「あと一つあるけど、おらだけが知ってる道じゃねえ。また先回りされてたら、無駄にくたびれるだけだぁ」

固めた拳で口元をぐいと拭って、

「もう一つ、破れかぶれな思いつきがあるけど……」

言い出した声は低くかすれている。

「どんな思いつきさ。飛び猿が囮《おとり》になって、おれを逃がしてくれるとかいうんなら、御免こうむるよ」

それくらいなら、いっそ一緒に死ぬ方がましだ。もう二度と、誰かが殺されてくのをでくの坊みたいに眺めたりするもんか。

「こいつは、おびんには最初《はな》っから無理なことだ」と、飛び猿は続けた。「文さんも、よっぽど覚悟を固めてくれねえと、たぶん死んじまう」

「いいよ。どっちみち、逃げられなきゃ死ぬんだ。おれ一人が死ならいいが、城下まで帰り着けなきゃ、三倉村の衆の命も危ない。何だってやるよ」

一文の言を聞き、飛び猿は顔を上げて、意外なことを問うた。「文さん、水練は達者か？　素潜りをやったことはあるかい」

これに面食らったのは一文だけではなく、おびんも目を開けて、息を吹き返したみたいにふうっと溜息《ためいき》をついて、

「飛び猿ったら可哀想に、どうかしちゃったんだね」

ここらには、泳げるほどの湖はない。川も早瀬で、小さな滝のあるところこそ滝壺《たきつぼ》があるけれど、潜って泳いでどこに行き着くという場所ではない。

「いいや、おらは正気だ」

確かに、飛び猿の目には正気の光が宿っている。少なくとも一文にはそう見える。

「水牢のある洞窟は、代官所の連中が知ってるよりも、もっとうんと広いんだ。通路も数え切れねえほど枝分かれしているし、水が溜まって地の底の沼みたいになっているところも、実は一つや二つじゃねえ」

おびんのかさかさになったくちびるが、かすかに震えた。「そんな話、村の誰からも聞いたことないよ」

「みんなも知らねえもん」飛び猿は強い口調で続ける。「おらはおとうから聞いた。おとうはおじいに教わった。この山間じゃ、うちの男らだけが、あの洞窟の本当の地形を知ってて、隅から隅までおつむりのなかに叩《たた》き込んでる」

一文とおびんは顔を見合わせた。二人の疑念を正しく読み取って、飛び猿は答えた。

「うちのご先祖様は、戦国のころ、あの洞窟がある山をそっくり縄張りにしてたんだってさ。もちろん、石切り場もご先祖様のものだったんだ」

だから詳細な知識を持っていて、ずっと子孫に伝えてきたのだという。

「ここらが敵に攻められたときには、洞窟へ逃げ込んでしのいだり、洞窟を通って敵陣の背後に攻め込んだり」

飛び猿のご先祖様は、山の洞窟を手のひらのように知り尽くし、利用していたのだというのである。

「おらは、出入口を見張ってる役人にめっからずに洞窟に入れる。洞窟のなかだけを通っていって、城下へ通じる街道のそばへ出ることもできる。中は真っ暗だから、頭につける龕灯《がんどう》が要るけどな」

道中、泳ぐだけでなく、完全に潜らねば通れないところもある。

「おらは行く。けど文さんに無理強いはしねえ。どうする？」

一文は、己の魂がきゅうきゅうと悲鳴をあげるのを聞いた。

――わざわざ水牢のある洞窟へ行くなんて。

確かに破れかぶれだ。むちゃくちゃだ。

真っ暗で、凍えるように冷たい水に潜る羽目になる。暗黒に閉ざされた洞窟のなかを、手探りで這うように進むのだ。薄気味悪い生きものにも出くわすだろう。

ついさっきの空《から》勇気が消えてゆく。

今朝起きたときには、いつものように三倉村を訪ね、味噌講の人たちと今年の出来具合を語り合い、旨い飯を食わせてもらって、また城下へ帰ってくるだけのつもりだった。黒髪を失ってしまったおびんに会うのは気詰まりだったけれど、熱病で死んでしまったおびんの墓参りをするよりも遥《はる》かにましだ。おびんが命を拾ってよかったと、勇次とも語り合っていたのだ。

——そうだ、勇さんだって。

今朝起きたときには、今日の陽が傾かぬうちに、あんな無惨な死を遂げるなんて、夢にも思っていなかっただろう。

縮みあがる一文の魂は、飛び猿を一人で行かせればいいじゃないかと囁きかけてくる。飛び猿が城下の石和屋にたどり着ければいいのだ。旦那様に事情を伝えるには、一文がこれから文を書けばいい。それを飛び猿に持たせてやればいい——

けれど、文は水に潜れば濡れて用をなさなくなる。その名のとおりの山猿さながらのこの子に、口伝えで事情を教え込んだところで、ちゃんとしゃべれるとは思えない。

どうでもこうでも、一文は逃げるわけにはいかないのだ。

「おれは水練も素潜りもやったことがない。盥《たらい》の水より深いところに浸かったこともないんだ。飛び猿、それでもおれを引っ張ってってくれるかい？　見放さないで連れてってくれるかい？」

震える声で、一文は問うた。

「文さんの命はおらが預かる。たとえおらが死んでも、文さんだけは無事に石和屋に帰ってもらうよ」

ご先祖様の名誉にかけて誓う。そう言い切る飛び猿は、かつて戦場《いくさば》を駆けたご先祖様方がそうであったように、恐れを知らぬもののふのように見えた。

一人だけ脱落することを、おびんは意地になって嫌がったけれど、それでは足手まといになるだけであることを、本人も承知していた。

しかし三倉村へは戻れないし、木築村も危ない。結局はおびん本人の言うことを聞いて、国境の近くにある「多々井《たたい》」という土人形の窯場を目指すことになった。

ここらの村で作っている土人形は素朴なものだから、焼くのにも大げさな仕掛けは要らない。各村に一つか二つ、土まんじゅうを盛り上げて石で固めた窯があれば用が足りるのだが、多々井ではもっと頑丈な登り窯をこしらえ、素材となる土もいくとおりか揃え、釉薬にも工夫をこらして、もっと上等な土人形を作ろうと試みていた。

もともと多々井は村ではなく、沢に近いちょっと開けた場所に、炭焼きや猟師、木こりたちが必要な時期に住みつけるような小屋がいくつか集まっているだけの場所だった。そこに腰を据えて土人形を作り始めたのは先代の木築村の村長で、今も秀治郎《ひでじろう》というその隠居が頭となり、その下に若い職人たちが何人かついていて、土人形作りに打ち込んでいる。ここに住みつくまでのことはしなくても、技を習いに通ってくる者たちもいて、おびんもその一人だった。

「多々井のことは、代官所の奴らもよく知らないはずなんだ。みんな無事だといいんだけど……」

おびんの願いは、山の神に聞き届けられたようだった。多々井には役人どもの姿は見当たらず、秀治郎たちもいつものように作業に打ち込んでいた。ただ、木築村の方角で立ちのぼる煙には気づいていたし、

「やっぱり、三倉村で何か起きてるんか」

おびんと飛び猿の姿を見た瞬間に、秀治郎はそう問いかけてきた。

「今朝から山が騒いでおかしいと思っとったんじゃ。三倉村の方から来る風の臭いに、ハツが吠《ほ》えてしょうがねえし」

　ハツは秀治郎の飼っている犬だ。もとは生粋の山犬だが、仔犬《こいぬ》の頃、狐罠《きつねわな》にかかって死にかけているところを秀治郎に助けられ、誰よりも忠実なその手下となった。山犬の嗅覚《きゅうかく》で、血の臭いに気づいたのだ。

　秀治郎は飛び猿の語る洞窟の話に驚き、無謀だと危ぶんだけれど、代官所の支配下にある人びとの命を救い、先行きの憂いを取り去るためには、何が何でも誰かがこの地から外へ逃げ出さねばならぬということからは、目を逸《そ》らしようがなかった。

「一文さんに石和屋へ駆け込んでもらい、石和屋の旦那さんから町名主に働きかけてもらって、お城へ訴え出るしか手がなかろうなあ……」

　その訴える相手として、三倉村のおかみさん

は、

――味噌問屋の寄り合いでも、御番所《ごばんしょ》の係のところでも。

と曖昧《あいまい》なことを言っていたが、秀治郎はもう少し知識があった。

「代官の行状を取り締まるのは、国家老様じゃ。十悪弾正が腹黒い奴ならば、山奉行所のお目付ぐらいじゃあ、とうに丸め込んでおるかもしれん。まっしぐらに国家老様におすがりするのがいちばんじゃ」

となれば、ますます城下へたどり着くことが必須《ひっす》となってくる。

「それに、ただ石和屋さんにすんなりわかってもらうためというだけでなく、この訴えそのものを成り立たせるためにも、一文さんに無事帰り着いてもらわねば」

一文には意味がわからなかった。「それ、どういうことで」

秀治郎は尖ったものを無理に呑み込もうとしているかのように、痛そうな顔をした。

「わしら在方（領内の郡や村）の者の命は、そもそもお代官様の手の内にある。お代官様の一存で、誅《ちゅう》されもすれば賞されもする。それでお城の誰も気にかけん」

だが、城下の商家の奉公人――それも主人に成り代わって商いの約定を結び、金や手形のやりとりをするくらいの地位の者が、代官所の役人の手で理由もなく惨殺されたとなれば、話はまったく違ってくる。

「十悪弾正も、国家老様からその所業について問われたら、申し開きせにゃならん。味噌は横島藩の名品として、江戸にまで売り出そうと力を入れている産物なんじゃ。その担い手を、新参者の代官の好き勝手で踏みにじっていいわけがないわい」

これは、一文がここまで耳にしたなかで、唯一の希望と言っていい言葉だった。

多々井で修業している職人のなかには、血気盛んな若い男もおり、飛び猿と一文の道中を守るためについて行こうと申し出てくれた。しかし、飛び猿はそれを断った。

「おらと文さんだけの方が目立たねえ。それより、ここのみんなにはおびんを守っててほしい」

「あたいのことなんか気にしてんじゃないよ！」

親切に介抱してもらい、少し元気を取り戻したおびんが勝ち気に言い返すのを、一文はむしろ痛ましく思った。行くも地獄だが、色好みの弾正に目をつけられて、残るおびんだって地獄にいるのと同じなのだ。

「あとは拝んでいてください」

一文は言って、秀治郎と多々井の人びとに頭を下げた。

「おれは町育ちだから、飛び猿についていけるかどうかも怪しいけども、きっと勇さんの魂が励ましてくれるでしょう」

さて、強い意志と太い肝っ玉と同じくらい大事なのが、身支度である。一文も旅装だから身軽ではあるが、洞窟では水に潜ることになるから、小袖は邪魔だ。筒袖の野良着と、厚手の股引《ももひき》を借りた。草鞋《わらじ》は今のままで、履き替えが一足あればいいという。

「水に潜るときは脱いで、失くさねえよう頭に縛りつけるんだよ」

荒縄を二巻きと、縄の先端に取りつける鉤《かぎ》が一組。龕灯には油蠟燭《あぶらろうそく》。これは水に濡れて消えても、また別の炎に近づければすぐ火が点《つ》くという。

「どこに別の炎があるんだい？」

「洞窟の岩壁には、燭台が打ちつけられてるところがあるんだ。今は役人どもが出入りしてるんだから、きっと灯《とも》してある」

厚着すると、濡れたとき乾きにくくて、かえって身体を冷やす。水からあがったら筒袖や股引の水を絞り、手足をこすって温めるようにする。飛び猿の教えを耳の底に刻みつけながら、一文はときどき背筋を駆け上ってくる悪寒を堪えていた。今から寒がっててどうするんだよ、この腑抜け野郎が！

仕上げに手早く腹ごしらえを済ませると、一文と飛び猿は密《ひそ》やかに多々井を離れた。飛び猿が目指す洞窟の入口まで、

「道程《みちのり》だけなら、一里半ぐらい」

つまり平らな道ではなく、また藪に潜り土をかぶり岩を登らねばならないのだと、一文は覚悟した。だが、本当に危険なのはその先だ。

南無阿弥陀仏《なむあみだぶつ》、南無阿弥陀仏。息を弾ませながら、ついついそう呟いていた。石和屋の主人一家は熱心な念仏の徒で、奉公人たちも折々に手を合わせて唱えるよう教えられていたが、一文がこんなに熱心に念仏を口にするのは初めてのことだ。本当に御仏《みほとけ》がおられるのなら、おれたち衆《しゅ》生《じょう》を救ってやろうと思ってくださるのなら、どうぞ今こそお力をお貸しください――

途中で何度か、代官所の役人の一行を見かけた。どの役人も、これまで一文がこの地で見かけ

たことのある顔とは違ってしまっている。

もとより、一文は役人みんなの顔を見知っているわけではない。だから正しくは「顔つきが違う」と言うべきか。

何だろう。揃って酔っ払っているみたいに見える。額や頬が紅潮し、目は底光りして、妙に肩を怒らせて鼻息が荒い。酒の勢いで気が大きくなり、強気になっているみたいなふうだ。

——や、本当に酔っちまってるのか。

刀や槍をふるい、無力な村の衆を脅しつけることに。何なら、勢いに任せてその命を刈り取ることにも。

先の代官の三宅様がいらしたときには、役人どもの誰一人として、こんなふるまいはしなかった。こんなことをやってのけられるなんて、本人たちでさえ思っちゃいなかったんじゃないか。

合戦は昔話の中だけ。太平の世が続いている。侍だとて、本気で命のやりとりをしたことなど、ほとんどあるまい。

だから、はずみでふるった刃《やいば》と血の臭いに、悪酔いしてしまうのだ。殺される側にとっても悪夢のようだが、殺してしまえる側に立ってしまった役人どもにとっても、やっぱりこれは悪夢ではないのか。

しかし本物の悪党だけは、これを悪夢と思っていないはずである。

「——文さん」

飛び猿の囁き声。目の前に傷だらけの手のひらをかざされて、一文はとっさに頭を低くした。

「水牢に通じる洞窟の入口が見える。見張りが三人いて、一人は弓矢を持ってる。おらがいいと言うまで、伏せててくれ」

一文は素直に地に伏せ、目もつぶった。耳元で枯れ草がかさこそと音をたてる。風のせいか。おれは息を詰めているのに。

「……なのか」

「……だから……との仰せだ」

「十悪様も……だなあ」

見張りの役人どもがやりとりを交わし、声をたてて笑うのが聞こえてきた。話の内容はわからないのに、なぜか嫌らしく下卑た感じがする。

「ちょっと後ずさりして、左側の岩陰に隠れるから、ついてきてくれろ」

二人は無事に見張りのいるところを後にして、洞窟の西側へ回り込んでいった。

「最初に入るのは、おらの胴まわりよりちょっと太いくらいの穴なんだ」

いや岩の隙間だと、飛び猿は言い換えた。どっちにしても一文には嬉しくない。

「肩が通れば、必ず抜けられる。つっかえそうになっても慌てねえで、ぐっと堪えて進んできてくれよ」

「わかった」

と言ってはみたものの、いざその場にたどり着き、その穴（岩の隙間）を目にしたら、一文は肝っ玉が足の裏から流れ出してゆくのを感じた。

「……こんな狭いところ、おれには無理だ」

「大丈夫、通れるから。狭いのはここだけで、すぐに中腰で歩けるようになるんだ」

飛び猿は自分の腰に荒縄を巻きつけ、その反対側の端を一文の左手首に結びつけた。

「きつくてもいい。何があっても外れないように、しっかり巻いてくれ」

「そんなら、もしもおいらが足を滑らせて落っこちたときには、道連れにならねぇように文さんが縄を切ってくれよ」

飛び猿は小刀を貸してくれた。大人の手のひらほどの長さで、笹竹で作った鞘《さや》に収められている。

「験《げん》の悪いことを言うなよぉ」

一文はそれを帯のあいだに挟んだ。

岩の隙間には、頭から入ってゆく。

「足からじゃ駄目かな？」

怖《お》じ気《け》づいて呼びかけても、もう飛び猿は闇の底へ向かっていってしまった。一文は涙でしばしばする目を強くつぶって、岩の端っこに手をかけ、穴に頭を突っ込んだ。

闇は臭った。

洞窟のなかに満ちているのは、夜の闇とは違った。むしろ水に似ている。淀《よど》んでおり、感触があり、目や鼻や口のすぐ際までひたひたと打ち寄せてきて、臭った。

あばら骨が岩肌にこすれてごりごり鳴る。膝頭が擦り剝《む》ける。頭のまわりがきつきつで、やっとそれを抜けたと思ったら、今度は両肩が万力で締めつけられるみたいだ。前に進めない、後ずさりもできない。進退窮まって、恐怖で涙さえ乾いてしまう。

「と、飛び猿、つっかえた」

下の方の闇のなかから、声が聞こえてきた。「うんと足を突っ張るんだ。手で壁をかくんだ。つっかえてなんかねえよ」

言われたとおりにしてみた。肩が擦り剝けて血が出た。ぬるぬるしてる。けっこうな血だよ、どうしよう。

ずりり。いきなり肩が抜けて胴まで抜けて、腰骨のところでつっかえたかと思ったら、身体ぜんたいが闇のなかで泳いだ。

「端っこに手をかけてぶら下がって、足から下りろって」

早く言ってくれよ！　文句を言うあいだにどさりと落ちて、目から火が出た。その火で目の前が一瞬だけ明るくなった。

と思ったら、額に油蠟燭の龕灯をつけた飛び猿がこっちにかがみ込んでいた。

「危ねえなあ。怪我しなかったかい？」

一文は差し出された飛び猿の手をつかみ、おそるおそる身を起こした。運良く、どこも折れていないようだ。

「真っ直ぐ立つと、頭をぶつけるからな。おいらみたいにかがんでくれろ」

龕灯の明かりに、飛び猿の顔が見える。

つかんだ手は固くて胼胝だらけだ。でも、強く握ればやっぱり子供の手だった。骨が細い。なのに、一文は飛び猿の手を離すことができなかった。頼れるものはこの手の感触だけだと思った。

「こっからは、あっちへ進む」

飛び猿は空いた方の手を振って、二人の背中側の方を示した。

「ちょっと行けば、だいぶ楽に歩けるようになっからな」

一文は飛び猿より背丈があるので、今もかがむだけでは足らず、ほとんどしゃがんでいる。先へ進んでどのくらい「楽に」なるのかおぼつかないが。ここでじっとしていたってしょうがない。

「わ、わかった。縄は繋がってるよな？」

「うん。そんじゃ手を離すけど、文さん、気をしっかり持ってな」

文一がぶるっていること、肝っ玉の底が抜けて中身がすっからかんになっちまっていること、飛び猿はお見通しだ。

「村のみんなのため、勇さんの仇《かたき》をとるため、おびんを助けるためだ。文さん、おびんに惚れてるんだよね？　いいとこ見せてやってくれよぉ」

がきのくせに、生意気なことを言いやがる。そう思うそばから、一文の目には涙がにじんできた。

「おびんちゃんは勇さんに惚れてたんだよ。おれなんか、みそっかすさ」

震える声が喉に詰まる。

「だけど、おまえの足手まといにだけはならねえ。よし、行こうじゃねえか」

飛び猿の言葉どおり、闇のなかをしばらく這うように進むと、狭い洞窟の天井が少しずつ高くなってきた。龕灯の光は飛び猿が向いている方しか照らさないから、すぐ後ろにくっついている一文は、ほぼ闇のなかにひたったまんまだ。それでも、頭の上に少し空間が開けてきた感じが何となくわかるのは不思議だった。

洞窟のなかは凍えるほど寒く、飛び猿が吐き出す息が、龕灯の光に白く浮かび上がる。はあ、はあ、はあ。一文も息を切らしていると、出し抜けに、どこか洞窟の奥の方で人の怒声があがった。

あんまり驚いたので、一文は息が止まってしまった。飛び猿も一文の腕をつかみ、身を硬くする。二人がじっと様子を窺《うかが》ううちに、怒声は二度、三度と続いて止んだが、かすかな木霊はしばらくのあいだ、幽霊の切れっ端のように闇のなかに残っていた。

「あ、あれは……？」

一文の囁くような問いかけに、飛び猿も押し殺した声で応じた。「代官所の役人だな。見張りかなあ。思ったより近いとこにいやがる」

気をつけねばと、恐い顔をする。

「文さん、言葉を聞き取れたかい？」

「いや、ぜんぜん」

一文は歯の根が合わぬほど震えていた。飛び猿が一文の肩をさすってくれた。

「近いとこって言ったって、見つかって捕まるほどの近くじゃねえよ。洞窟のなかじゃ、遠くの声でも近くで聞こえるし、音がした方角も見当をつけにくいんだ」

　二人は今、昔の石切り場の西南の端っこで、飛び猿の一族しか知らぬ、無数に枝分かれした細い洞窟のうちの一本を進んでいるのだ、と言った。

「水牢に使われているのは、昔はいちばん広い切り出し場だったところなんだ。それを真ん中に、たくさんの洞窟と坑道が蔦《つた》みたいにうねうねと延びてる。ただ、まっしぐらに真ん中に通じているのは、北にある洞窟の一本と、東にある坑道の一本。この二本は、出入口の穴のところに張り番が立ってる」

「洞窟と坑道って、どう違うんだい？」

「洞窟はもとからあるもんで、坑道は石切り場時代に人の手で掘り抜かれたもんだよ。壁に触ると、今でもちゃんと違いがわかる。鑿の跡が残ってるからさ」

　二人がいるこの細い洞窟は、水牢になっている広い切り出し場の脇を通り、北西側へ抜けているという。

「だから、進んでいくうちに、水牢のそばにいる役人どもの声が聞こえてきてもおかしくはねえんだ」

　一文ははっとした。「そんなら、水牢にぶちこまれている村の男衆の声も聞き取れるかもしれないよな？」

　それ以上に、水牢のある場所に忍び寄って、皆の様子を確かめることもできるかもしれない。その考えが、重く塞《ふさ》がれていた一文の胸に一条の光を投げかけた。

しかし、この言いぐさに、飛び猿の両目はまん丸になった。龕灯の光を浴びる白目が透き通ってきれいだ。子供の眼《まなこ》だ。

「場所によっちゃあ、聞き取れるかもしれないけど……」

聞いてどうするんだ。皆の様子を確かめてどうなるんだ。飛び猿は小声で言った。「文さん、今は自分の命を大事に、ちょっとでも早く城下へ帰り着くことだけ考えてなよ」

もちろん一文もそのつもりだ。だが、難儀を重ねてここまで来て、連れ去られた村の男たちが近くにいるかもしれないと知りながら、黙って見過ごしにするのは冷たくないか。

「どうにかして、みんなを助けられねえもんかな」

今度こそ、飛び猿は白目を剝いた。

「文さん、何を言い出すかと思えば、寝ぼけるのもたいがいにしとくれよ」

臆病《おくびょう》なんだか豪胆なんだか、わかりゃしねえ。

「行くぞ。もうしゃべんな」

ほかにどうする術もなく、一文は言われたとおりにした。闇のなかで這いつくばって進んでいくと、飛び猿が呆《あき》れるのは当然で、自分はまったく譫言《うわごと》のようなことをぬかしたのだと、だんだん分別がついてきた。

凍えるほど寒く、手の指ばかりか足の指までかじかむので、うっかりすると足が滑る。身体ぜんたいがこわばって、息が切れて頭がぼうっとしてくる。

最初に言われたとおり、雨水か地下水の溜まったところを、ざぶんとくぐって通らねばならぬ箇所にもぶつかった。一呼吸か二呼吸止めただけだったが、一文はそのあいだ死人になったような気がした。

本当におれたちは生きているのか。とっくのとうに死んでしまって、亡者になって這い回っているのではないのか――。

あるところで、飛び猿がいきなり足を止めたので、一文はその尻に顔をぶつけた。

「痛え」

思わず声を出したら、飛び猿の手でむんずと顔をつかまれた。

「何すんだ」

「し、黙って」飛び猿は手で一文の口を覆おうとしたらしい。「聞こえる。水の音」

そして一文の顔から手を離すと、両手を洞窟の壁にぺったりと押しつけた。一文も真似して同じ恰好をしてみると、ホントだ！　耳に聞こえるよりも先に、手のひらを通して振動が伝わってきた。

どどどどど。ざざざ、ざあざあ。

「水牢って、こんなにぎやかな音をたてるもんなのかい」

一文の問いかけに、飛び猿は龕灯の明かりの下で目をしばたたき、かぶりを振った。

「元が石切り場の、石でできた大きな広間だからな。水は、浅いところで人のへその高さ、深いところでは肩の高さぐらいに溜まってる。よっぽど大勢が囚われてぶちこまれてて、みんなして暴れて騒いだところで、これほどの水音はたたねえよ」

「だったら、どうしたんだ」

飛び猿の目の底に、小さな光が宿った。

「役人ども、どっかの水口を開けていやがるんだ。そこから水牢へ、新しい水が流れ込んでるんだよ」

一文はぽかんと考え、一呼吸おいて、ようやくその言葉の意味を悟った。「それじゃ、水牢にぶちこまれてる村の衆がみんな溺《おぼ》れちまうじゃねえか！」

「し、声が大きいよ、文さん」

飛び猿の叱責《しっせき》にかぶるように、洞窟の前方の闇のなかから、新たな人の声が聞こえてきた。今度は一人ではない。何かやりとりしている。やっぱり言葉は聞き取れない。

「○×△」

「◆＊○△」

うわんうわんと反響し、かすかに尾を引いて消えてゆく。

「おいらたち、たぶん今、水牢の真横にまで来てる」

飛び猿は言って、洞窟の岩壁を撫でた。

「水口はこの上で、小さい滝みたいに水が流れ落ちてるはずだ。で、ここはその真裏にあたってるんじゃねえかな」

その推量にどんな意味があるのか、一文にはわからない。飛び猿の白目がきれいな眼でぐっと見据えられて、たじろいでしまった。

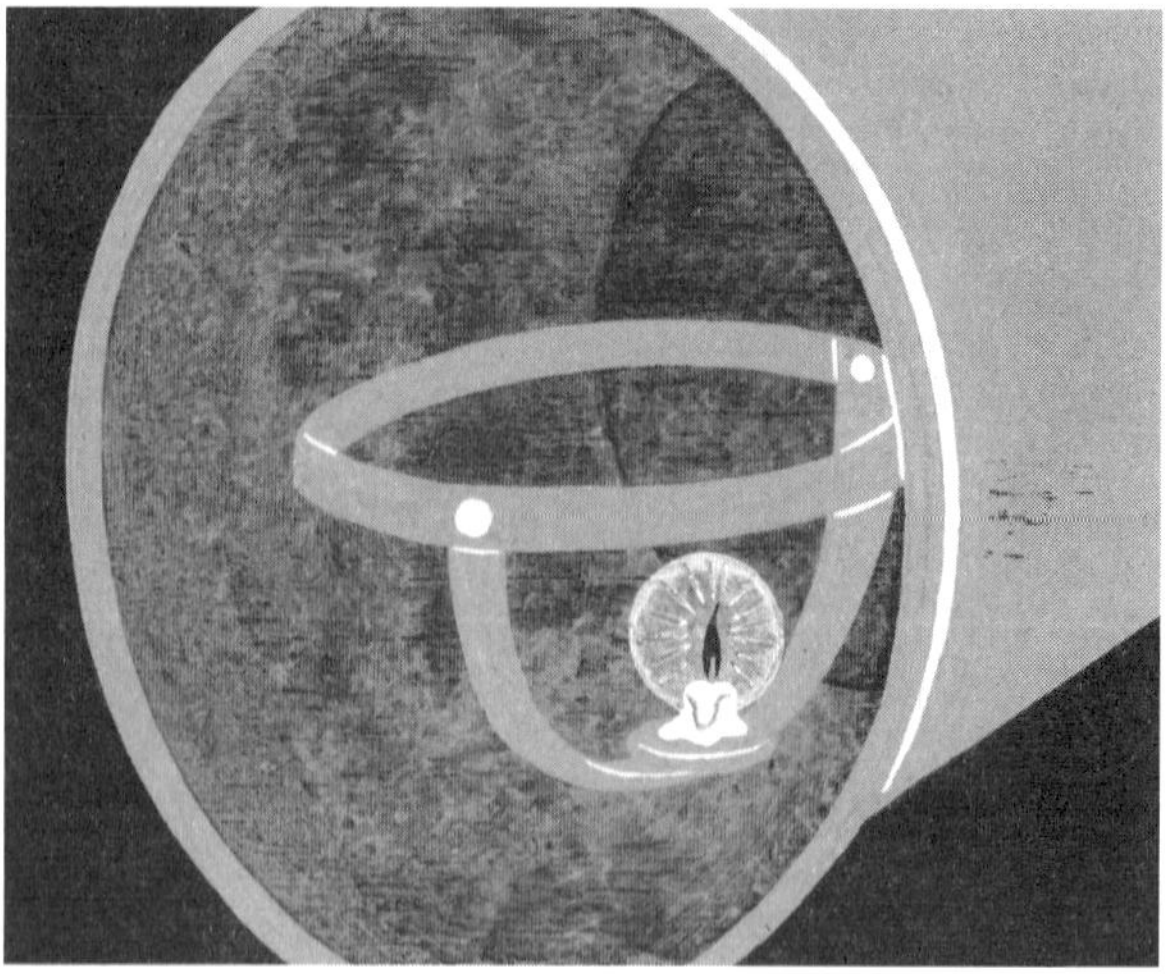

「ど、どうした？」

「文さん、さっき言ったこと、本当にやる気があるかい」

「さ、ささ、さっき言ったことって何だっけな」

囚われた三倉村の男衆の様子を探ってみる。できるならば助け出す。

「水口は、水牢側からでねえと開けられない仕組みになってる。役人どもが開けてくれたおかげで、今なら外からも忍び込めると思う」

さっきはおまえさん、そんな余計なことを考えるなって言ったじゃねえの。一文の躊躇《ためら》いと非難の色を、飛び猿も読み取ったのだろう。囁くような早口で続けた。

「おいらも、無理だと思った。できっこねえって。だけど水口が開いているなら、まるっきりできねえことでもなさそうだって思えてきたんだ」

二人の顔を照らす龕灯の油蠟燭の光がまたたき、弱まった。見ればほとんど燃え尽きている。飛び猿は落ち着いた手つきで替えの蠟燭を懐から取り出すと、手早く火を移した。

「文さんは待っててくれりゃいい。おいら一人で行くから」

そうだよな、ゼッタイその方がいい。おれはまっぴら御免だ。寝言みたいなことを言って悪かったよ——

それでも、そんな寝言を口に出したのは、囚われ人たちのそばを、何もせずに通り過ぎることはできないと思ったからだった。

いったい自分は勇敢なのか、腰抜けなのか。ただの向こう見ずなのか、男気があるのか。命が惜しいのか惜しくないのか。

洞窟の闇のなかで、一文は己がわからなくなっている。無理もない。まだ十六の、小僧に毛が生えたくらいの商人のたまごだ。十やそこらでこんなに豪胆な飛び猿の方がどうかしているのである。

「どうやって水牢に近づくんだい？」

よせばいいのに、一文はそう尋ねた。


読み物でもそうはお目にかからぬお話に、気がついたら富次郎は手に汗を握りしめていた。

「富ちゃん、えらく冷汗をかいてるよ。気分が悪いのかい」

あろうことか、語り手に心配される始末。

「いや……。そうだ、お茶を入れ換えよう。文ちゃんもひと休みしておくれよ」

香りの強い茶で元気をつけてから、富次郎は座敷の隅に寄せてある文机《ふづくえ》に近づいた。文箱を開けると半紙が数枚と、筆と小さな墨壺が入っている。書くものが要りようになったらすぐ使えるようにと、いつもお勝が調えておいてくれるのだ。

半紙を四枚床に並べて、大きな白紙をつくった。墨をつけた筆をかまえて、

「ここまで聞いた事柄から、洞窟の様子をざっと描いてみるよ。違ってるところがあったら教えておくれ」

富次郎が流暢《りゅうちょう》に筆を走らせるのを見て、文三郎は大いに感心した。

「富ちゃん、絵が上手いんだね！」

「なあに、落書きみたいなもんさ」

いちばん広い切り出し場だった水牢を真ん中に、大小取り混ぜてたくさんの洞窟と坑道。そのへんは大雑把に描くしかないが、肝心なのは、真っ直ぐ真ん中に通じている北の洞窟と東の坑道(この出入口には張り番がいることも記す)。そして、一文と飛び猿が潜んでいる、水牢の真横を抜けてゆく洞窟だ。

「水口っていうのはね」

白黒の絵図を眺めながら、文三郎が言う。

「もともと、洞窟に流れ込んでいるいくつかの水路のうち、いちばん流れの太いのを、木の桁《けた》や枠で固めて、真ん中の広い切り出し場の方へ導いていてさ。それが滝になってなかに落ちてる。その滝の根元って言うか、落ちかかる始まりのところね。そこの木枠は……そうだなあ、祖父さ

んの手振りだと、こんな感じ」

　両手で四角い形をつくってみせる。大人でも、一人ずつなら通れそうな大きさだ。

「この枠のなかいっぱいに水が満ちてるわけじゃなくって、水が流れてる上の、三分の二ぐらいは空いてる」

「そこを通ろうって算段なんだね」

「うん。だけど、水口に近いところで枠の中に入るには、一文さんと飛び猿がいるところからちょっと上に登って、横に延びてる坑道に入って――」

　その坑道は、昔、水路と水口を造るときに掘り抜かれた作業用のもので、それっきり使われていなかった。

「その坑道の先は塞がれてなくて、枠のなかを水が落ちる様子がそのまんま見える。で、水牢にたどり着くには、そこを下りていかなきゃならない」

　飛び猿は縄に付ける鉤を持っており、それを木枠の縁にかませて、頭から水を浴びながら木枠のなかを下りていったそうな。

「祖父さんの話だと、一文さんは間際になって、やっぱり肝っ玉が足の裏から溶け出しちまって、行かれなかったんだって」

　仕方なかろう。自分の身に置き換えて、富次郎は強くそう思う。

「鉤が木枠から外れないように手で押さえながら、一文さんも水しぶきを浴びて、ずぶ濡れさ。凍え死にそうだったけど、飛び猿が戻ってくるのをじいっと待ってたんだって」

龕灯を預かったので、明かりだけはあったそうな。だが、それも気休めだ。一文は地獄の縁に一人で取り残されたような気持ちだったことだろう。

「このくだりを語って聞かせてくれるとき、祖父さんが笑っててね。おれ、そんなに笑ったら一文さんに悪いって言ったんだ」

　すると文三郎の祖父は、

　――一文さん本人も、自分の腰抜けぶりを笑いながら語っていたそうだから、無理にでも笑ってやるのが供養というもんだ。

　無理にでも。その言葉の重みが、富次郎の胸を打った。「文ちゃんのお祖父さんも、今のおいらたちだって、面白がって笑ってるんじゃないもんな」

　富次郎が言うと、文三郎は大真面目な笑顔でうなずいた。

「そうだなあ。語りながら笑って、その話の恐ろしかったこと、悲しかったこと、辛かったことの毒抜きをしてるのかな」

　その言葉にも、富次郎は胸を打たれた。

　とはいえ、肝心なのは話の先だ。

「飛び猿は、首尾よく水牢に忍び込んで、囚われた人を助け出すことはできたんだろうか」

　問いかけに、文三郎の表情がすんとしぼんだ。「結局、無理だったんだってさ」

　まず、水牢には、三倉村から連れ去られた男衆が全員揃っているわけではなかった。村長や味噌講のまとめ役など、村を率いる主立った男たちは、村から直に代官所へ引っ張られていったらしい。

「水牢にいたのは十二人で、半分は年寄り、残りの半分は、味噌講や豆畑の小作人の若い連中。いちばん歳下は十二歳の子供だったそうだよ」

若者と子供らは、年寄りたちを少しでも乾いた場所に押し上げてやろうと、力を合わせてふんばっていた。水牢は石の切り出し場だったので、壁は真っ直ぐに切り立っているが、ところどころに段差がある。狭い出っ張りでも、そこに上がれば水から逃れることができるので、

「年寄りたちを背負って持ち上げたり、肩の上に立たせたりしてさ」

そこでは、十二歳の子供でさえ、助けられる側ではなく助ける側だったというのが凄《すご》い。町育ちの富次郎には、考えるだけで気が遠くなりそうだ。

「役人どもは、村の衆がそうやって助け合っているのを見て、水口を開けて水の嵩《かさ》を増しやがったんだ」

そのせいで、囚われ人たちはみんな濡れそぼってしまったが、水面が上がったことは、悪いばかりでもなかった。

「思い切って水に入れば、身体が浮く。そうすると、みんなで高い段差に手が届くようになってね。乾いたところに上がれるようになったわけさ」

しかし、いったん濡れたことで身体は凍え、年寄りたちだけでなく、みんなどんどん弱り始めた。閉じ込められてからは飲まず食わずで、まる二日が経っていた。

「飛び猿が来た道――水口の木枠の内側を、縄を頼りに上っていかれるような者は、誰もいなか

った。たとえいたとしても、そいつだけ逃げるわけにもいかなかった」

見張りの役人どもの目も、いっときはごまかせても、落ち着いて頭数を数えられたらおしまいだ。

「それで追っ手がかかれば、飛び猿と一文さんの足を引っ張ることになるって」

「そうだねえ……」

水牢のなかの男衆は言った。おらたちはここで踏ん張る。何とか外へ逃れて、十悪弾正の非道な仕打ちをお城に訴えてくれ。

――これが今生の別れになるかもしれん。おまえの顔を見られてよかった。飛び猿、あとを頼んだぞ。

飛び猿は一人で水口に戻った。滝のような水に打たれながら縄をのぼり、一文が待っているところへ戻った。

「飛び猿が泣いてるのが、一文さんにもわかったそうだよ。頭からずぶ濡れになってても、涙が流れてるのが見えたんだって」

当の一文の方も、無事に戻ってきた飛び猿の手を取って泣いてしまったそうな。

「狭い洞窟のなかだけど、一文さんは冷え切ってる飛び猿の手足を一生懸命こすって温めてやって」

龕灯の油蠟燭の明かりを頼りに、再び進み始めた。

「小指ほどの長さの油蠟燭は、あと一本しか残ってなかった。そいつが尽きないうちに、二人は外へ出なくちゃならねえ。もう、ぐずぐずする余裕はなかった」

一文は凍えて寒くて疲れていた。だが、飛び猿はもっと凍えて疲れ切っているはずだ。自分が先にへこたれてたまるか。

——勇さん、おれの尻をひっぱたいてくれ。

一文、おまえは真の男か？　そうだと言い張るのならば、証《あかし》を見せてみろ。名前のとおり、一文の価値しかねえ男ならば、この洞窟の真っ暗闇のなかで地虫みたいに死ぬがいい。二度とお天道様の下に出てくるんじゃねえ！

「誓って、勇さんは目下の者にそんなことを言う男じゃなかった。だけどそのときの一文さんの耳には、勇さんが怒って罵《のの》る声が確かに聞こえたんだそうだ」

己を鼓舞し、支えるための幻の声。一文の魂から絞り出される声だ。

「歯を食いしばって、洞窟の岩壁に爪を立てて、全体の道程の八割くらいまで来たところで、厄介なことが待ち受けてた」

文三郎の語りも上手くなってきた。

「洞窟が水没してたんだって」

飛び猿の選んだ経路だと、二人が進んでいる細い洞窟は、そこらで一本の坑道と交差している。その交差の場所はちょっとくぼんでおり、道そのものもいったん下降してから上るようになっていた。

「坑道の方がね、固い岩を避けてそうなってたらしいんだけど」

そのくぼんだ地点に、たっぷりと水が溜まってしまっていたのだ。

「役人どもが水口を開けたせいなのか、ほかに理由があるのか、飛び猿にもわからなかったそうだよ」

確かなのは、およそ半町（五十メートル強）ばかりの距離を、真っ暗に淀む冷たい水のなかを潜って通り抜けねばならないということだった。

これまでの、大きめの水溜まりをざぶんとくぐって通るのとはわけが違う。潜って泳がねばならないのだ。

「一文さんは……」

富次郎は先回りして言った。「足の裏から肝っ玉が溶け出しちまったんだろう？」

文三郎はあははと声を出して笑った。

「ご明察！」

「それで三度目だよな。おいらなんか、一度で肝っ玉が品切れだよ。一文さんは立派だ」

「まあ、今さら後戻りもできないもんね」

飛び猿と一文を繋ぐのは、一巻きの荒縄だけだ。ここまでのあいだに、いくらか傷んできている。それをしっかり結び直して、飛び猿はこう言ったそうな。

――文さん。魚にできることなんだから、文さんにもできる。な？

そうか、おれは魚より上等なのか。一文はあまりに怖すぎて、泣き笑いしても涙が出なかった。唾《つば》が干上がり、舌が縮んでしまって声も出なかった。

「でも、潜ったんだね」

漢《おとこ》だねえ。文三郎と富次郎は、深々とうなずき合った。


一文と飛び猿が、街道のそばにある洞窟の出口にたどり着いたとき、空はすっかり暮れて、星がまたたいていた。

夕焼けのなごりが、ほんのかすかに、西の空の端っこを染めている。それを遠く仰ぎながら、一文は震えるような息を吐き、吸い、吐いては吸い、そのうちに泣き出してしまった。冷えてかちんこちんになって、傷だらけ痣《あざ》だらけの身体。並んで立つ飛び猿も似たようなものだ。

しかし三倉村のガキ大将は気丈で、一文の手を引っ張り背中を押して、街道の方向へと、藪をかき分けて進み始めた。

二人とも、洞窟の闇に目が慣らされてしまって、外に出てきても、すぐにはよくものが見えなかった。疲れ切っていて、どうにも頭が働かなかったということもある。無心に街道へ出て行こうとして、先に我に返ったのは一文の方だった。

無言で、すごい勢いで飛び猿の首ねっこをつかんでねじ伏せ、自分も身を伏せた。驚きに、とっさに抵抗した飛び猿だったが、その目があるものをとらえると、ぴたりと動きを止めて息をひそめた。

この街道は、横島藩を東西に横切る大きな道で、三倉村のある地域一帯の北部を、緩い弧を描いて巡っている。お上の定めた関所のある大街道からは遠く離れているが、隣藩との国境には近いので、代官所や山奉行所の見廻《みまわ》りがよく行われ、そのために屯所があちこちに建てられている。

そのうちの一つが、目と鼻の先にあるのだ。屯所といってもいろいろで、役人が常駐しているところは建物も立派だが、見廻りのついでに立ち寄って馬に水をやるくらいしか用のないところだと、ほったて小屋に毛が生えたくらいの造りで、人が出入りしないときはほったらかしにされている。

ここの屯所は、そういう「ほったらかし」の一つだった。しかし今は戸口に高張提灯《たかはりちょうちん》が一つ立てられ、弱々しい灯がともっている。明かりが淡いせいで、近づくまで気づかなかったのだ。

「……危なかった。文さん、ありがとう」

飛び猿の言葉に一文が応じる前に、高張提灯のあたりでぶるるんと鼻息がした。

馬だ。馬がつながれている。一文と飛び猿は、いっそう身を低くして藪に隠れた。

馬のそばには人もいる。ここからだとよく見えないが、馬体を撫でてやり、馬具を点検し、細やかに世話を焼いているようだ。

と、小屋のなかからもう一人現れた。筒袖を着て、鉢金と革の胸当てをつけ、馬乗袴《じょうばばかま》をはいて、背中には半弓と矢筒を背負っていた。戦支度である。

「ありゃ、山奉行所の狗《いぬ》だ」

山奉行所は山地村落の治安を守る役所である。領民を管理し、年貢を取り立てる代官所とは役割が違うが、代官や奉行の人柄次第で、酷役所にもなれば良役所にもなるという点では一緒だ。

飛び猿が「狗」と吐き捨てた時点で、一文にもわかった。今の山奉行所には、代官所に虐げられている領民を助けようという人徳のある役人はいないのだろう。

「代官に走らされてる猟犬かい？」

「うん。だけど……誰を追ってるんだろう。石和屋の人が勇さんだけじゃなく、一文さんも一緒だったってことが、もうバレちまってるのかな」

たとえそうでなくても、十悪弾正が、山奉行所まで動かして、この地の領民たちを圧殺しようとしているのなら、先行きはさらに暗くなる。

見守るうちに、鉢金の役人は馬を引き出し、手綱を取った。馬の世話を焼いていたのは鉢金の役人の従僕なのだろう。提灯を引き下ろして腰につけ、主人が馬上にまたがると、忠犬のようにその傍らに寄り添って、一緒に駆け出した。

二人と一頭の姿が見えなくなってから、一文は十数えた。飛び猿は目をつぶり、耳を澄ませてじいっとしていた。

「もういいかな」

「出よう」

二人で藪から飛び出し、粗末な屯所へと駆け込んだ。

驚いたことに、掘っ立て小屋みたいな狭い屯所には、かすかに暖気が残っていた。小さな石臼《いしうす》みたいな恰好の、この地方独特の火鉢にひとつかみの炭があり、不恰好な鉄瓶で湯を沸かした跡もあった。

「あの野郎、一息入れてやがったんだな」

そのおかげで、一文と飛び猿もまさに生き返った。水は裏手の用水から汲むことができたから、炭を大事に囲って熾し、不恰好な鉄瓶を何度も何度も満たして、できるかぎりの量の湯を沸かした。白湯を飲んで胃の腑から温まり、炭火に手をかざしてがちがちに固まった指をほぐした。

「あと一息だよ、文さん」

「うん。おれは死んでも、魂だけになったったって城下へ帰り着く」

あとあと振り返ってみると、このとき、（結局は代官所の役人だか山奉行所の狗だか知るよしもなかった）この怠け者の役人に行き合ったことが、二人にとっては幸いだった。ここで気付けの暖をとり、湯を飲んで身体を労《いたわ》ることができなかったら、歩き出したところでいくらも進めず、力尽きていたことだろう。

それくらい、先の道行きは、洞窟の闇の底を這っていたときと同じくらい辛く、危険だった。

真っ暗な水に潜って泳いだことよりは、ちょっとだけましだったけれど。

夜明け前、この丘を越えれば城下町の明かりが見えてくる――という地点で、丘の上に一軒だけある茶屋（勇次と一文もたまに立ち寄った覚えのある店だった）に役人どもが入り込み、間に合わせの関所をこしらえているのに行き当たった。

それより先に、丘の手前で、一文と飛び猿は木箱をたくさん積んだ荷車に行き合っていた。荷車を引いていたのは土人形の仲買人の老人で、昨日一日かけてここらの村々を回って買い付けをし、今朝は早々に発《た》って城下のお店に帰るところだった。

昨日から、やたらと役人どもが行き来しているし、殺気だっている様子で、あまり遠くないところで何か変事が起きたらしいと、仲買人は察していた。一揆《いっき》か逃散《ちょうさん》かと思ったそうだ。

一文は思い切って、仲買人に事情を打ち明けた。三倉村の名前を聞くと、仲買人は大いに驚き、村の衆のことを案じてくれた。

「よし、それなら二人とも、この木箱のなかに隠れな。わしが城下まで連れていってやろう」

そういう次第で、間に合わせの関所にさしかかったとき、一文と飛び猿は土人形を入れた木箱のなかに身をひそめていた。

土人形は、割れないように一つ一つ布でくるんであるし、詰め込まずにふんわりと余裕を持たせて入れてある。それでも、人形たちを布ごと押しやり、押しつぶして、子供の飛び猿はともかく、やせっぽちとはいえ若者の一文の身体を押し込めるのは大仕事だった。

「せっかくの人形が割れちまう」

「気にすんな。三倉村はいい土人形の産地じゃあ。人形たちも、仲間をこしらえてくれる村の衆を助けたがってる」

いろいろ工夫して苦労して、どうにか木箱をつくろって、仲買人は丘を登った。普段の荷車よりも、匿《かくま》ってやっている二人分重たくなっている。年寄りの仲買人は、寒い夜明け前だというのに大汗をかき、うんうん唸っていた。

そこを役人に見咎《みとが》められた。

仲買人は、実は腹具合がよくないのだと芝居を打った。やりとりだけ聞いているならば、本当に具合が悪いみたいに、声が震えて弱っていた。

役人はしつこく、疑い深かった。仲買人に命令して、木箱の蓋《ふた》を開けさせてゆく。まずはこれ。次はこの箱。お次はそっち。気まぐれに指さして開けさせて、仲買人の顔色が変わらないか、動揺しないかと観察しているようだった。

木箱のなかで両腕で膝を抱き、頭を下げて丸まって、一文はまたぞろ足の裏から肝っ玉が溶けて流れ出してゆくのを感じた。土人形たちを濡らしてしまって申し訳ないと思うほどに、ホントに本当に肝っ玉が汗や涙のように自分の身体から流れ出てしまうのを感じ取った。

そして腹をくくった。役人に見つかったら、飛び出して飛びかかって、そいつの目玉をほじくり出してやろう。飛び猿なら、おれが騒ぎを起こしてるあいだに逃げ出せるだろう。この際、どっちか一人だっていい。石和屋にたどり着ければいいんだ。

たった一日のうちに、一文は勇次を亡くし、自分も何度も命の危機に瀕《ひん》した。

もうたくさんだ。うんざりだ。こんなに苦しめられて、まだ終わらないなんて。

がこん。

一文がひそんでいる木箱の蓋が開いた。

仲買人は、まず中身をいったん全部取り出して、一文を入れてくれた。それから一文の身体の上と、一文と木箱の隙間に、布でくるんだ土人形たちを詰め込んでいった。だから今の一文は、人形たちの群れの下に隠れている。

丸まって顔を伏せたまま、一文はかっと目を開いた。土人形たちの隙間から、うっすらと細い朝日が差し込んでくる。

役人が妙な声をあげた。「おぉ？」

——ばれてしまったか。

と思ったとき、がこんと蓋が戻されて、一文のまわりが暗くなった。

「じじい、貴様は人形売りか」

問われて、仲買人が答える声がする。

「先に言わんか。人形の目と目が合うてしまった」

役人のぼやきに、他の役人の笑い声がかぶさってきた。「おぬし、人形が苦手か」

「ふん、おふくろがさんざん内職で苦労したのだ。土人形どもには恨みしかないわ」

わっはははは。笑い声に送られて、仲買人の荷車はゆっくりと動き出した。

城下町に入ってすぐに、仲買人は知り合いらしい男に声をかけられ、

「どうしたんだい？　えらく疲れて」

手を貸してもらって、何とか石和屋までたど

り着いた。

木箱の蓋を開け、最初に一文の顔を見てくれたのは、勇次とも親しい番頭の一人だった。一文は自力では木箱から立ち上がることができなかったし、飛び猿は箱のなかで気絶していた。

荷車から降りるとき、一文は自分を隠して守ってくれた土人形に礼を言いたくて、包みの一つをそっとはがしてみた。

素焼きだ。すっぴんだった。絵柄はまだつけられていない。え？　そんなら、あの役人と目が合った人形は、どれだったんだ。

「わしが運んできた土人形は、全部すっぴんだよ」と、仲買人が言った。そして何だか自慢そうに、にいっと笑った。


「横島藩で作られてる土人形は、大人の手のひらぐらいの大きさでね」

文三郎は、右の手のひらをひらりと上げながら言った。

「土人形の割には大きいし、けっこうな重みもあるものなんだ。今でも手に入るから、折があったら富ちゃんにも見てもらいたいなあ。けっこう出来がいいんだよ」

語りの先をすぐに続けないのは、

——まだ、いやもっと辛い話が待ち受けてるからなんだろうな。

しかし、聞きとらないわけにはいかない。富次郎はうんとへそに力を入れて、問いかけた。

「役人たちが殺気だって追いかけてきたり、街道を塞いで通る人たちの荷物を検《あらた》めたりしていたのは、やっぱり、石和屋の一文さんが領外へ逃げ出そうとしていることがバレていたからだよね？」

文三郎はにわかに頭が重たくなったみたいに、ずしんとうなずいた。

「どの時点でバレてたんだろう」

「……多々井で」

代官所の役人どもは、一文と飛び猿から一刻ほど遅れただけで、多々井へ押しかけてきたのだそうである。

「土人形の窯場として知られているところなんだから、遅かれ早かれそうなってただろう。文ちゃん、そんな顔をしないで語っておくれよ」

富次郎の励ましに、文三郎は両手で自分の頰を押さえると、続けた。

「で、役人どもはさ、石和屋から商人が二人来ていることはとっくに割れてるんだ、そいつが三倉村の小娘を連れて逃げたこともわかってる、どこへ逃げたのか、どっちの方へ向かってるのか、知っている限りのことを白状しろって、多々井の人たちを責め立てて」

もちろん、言葉で責め立てただけではないに決まっている。

「匿ってもらってたおびんちゃんの方が、先に耐えられなくなっちまって、自分から名乗り出ちまったんだって」

――お捜しの三倉村の小娘は、ここにおります。

「で……代官所で涎《よだれ》を垂らしながら待ち受けてる十悪弾正のところに連れてかれてさ。おびんちゃんは、お代官様のお気持ちに添うためなら何でもするから、ほかの人たちをお許しくださいって頼み込んだけど」

山間の村の小娘の頼みなど、悪代官の耳には山猿の鳴き声にしか聞こえなかった。

文三郎はなぜか急に顔を歪め、「おれなんか、江戸の町に住んで、ありがたく繁盛してる商人の家に育って」

「そりゃ、おいらも同じだ」

富次郎の軽い合いの手に、

「そういう身の上だと、ここだけの話、あんまりお武家さんのことを怖いと思わないよな？」と問うてきた。

確かに、骨身に染みて身分の差を感じることはない。うんと高い身分の侍は町場に暮らしていないから、間近に会う機会がないという理由もある。

「だけど、祖父さんからこの話を聞いたときには、おれ、侍はおっかないってつくづく思ったんだ」

身分の差があることが恐ろしい。下から上へは、どうやったって楯突《たてつ》くことができず、理不尽な目に遭わされても、黙って耐え忍ぶしか術がないのが怖い。

「まあ、昔の話だもんな。今は、だいぶ様子が変わってるんじゃないかなあ」

言ってしまってから、富次郎は自分の軽い口調を恥じた。どんな拠《よ》り所があって、そんなことを言うんだ。遠い地方のこと、畑を耕し、米をつくり、その地の産物をこしらえて、年貢を払って生きている人びとの暮らしなど、何一つ知らないくせに。

「……一文さんは、役目を果たした」

文三郎はゆっくりと言葉を続けた。

「石和屋の旦那さんの口から味噌問屋の寄り合いへ、寄り合いの肝煎《きもい》りから藩の御蔵《みくら》係——特産物を管轄するお役人だね、そこへ訴えをあげてもらって」

最終的には国家老のもとにまで、十悪弾正の非道を訴えることができた。

「弾正が、蔵入地から上がる富を子飼いの商家を通して懐に吸い上げようとしていたのは、横島藩に対する横領の罪になるってこともあって、けっこうな大事《おおごと》になった」

だが、国家老が差し向けた国目付により弾正の全ての悪事が暴かれ、相応の処分がくだされて、三倉村一帯が新しい代官の支配の下に置かれて平和を取り戻すまで、

「ざっと一年かかっちゃったんだって」

富次郎も唖然《あぜん》として、つい口をぽかんと開けてしまった。「い、一年？」

文三郎はようやく頬から手を離し、肩を落としてうなずいた。

「うん。だから、誰も助からなかった」

代官所に連れ去られた三倉村の男衆は、早々に斬首されたり、拷問を受けて命を落としたりしていた。その後、木築村や多々井など他の場所の人びとも囚われ、拷問で責められたり、でたらめな山地の開墾や堤防造りなどの力仕事で酷使されたりして、櫛《くし》の歯が欠けるように死んでいた。

「三倉村の男衆と同じように水牢にぶち込まれた人たちもいて」

ちなみに、水牢の囚われ人たちは半年ほどで解放されたそうだが、

「そっちも、ほとんどが死んじまってた」

身分の差。下からは抗いようのない権力の厚い壁。その前では、領民たちの命など、かとんぼのそれと変わらない。

「命が残ってたのは、おびんちゃんだけ」

ああ、おびんは生き延びていたのか。一瞬、富次郎の心は明るくなった。しかし、続く文三郎の言葉に、その明かりはすぐにかき消されてしまった。

「代官屋敷の奥に閉じ込められてて、すっかり弾正の女にされちゃって」

十悪弾正の趣味なのか、出家したわけでもないのに、尼僧の身なりをさせられていたそうである。

「自害しないよう、ずうっと厳しく見張られてたんだって。それでもおびんちゃんが舌を嚙もうとしたり、断食したりして抵抗すると、罰として、おびんちゃんの身の回りの世話をしてる女中が責められる。下手すりゃ命をとられる。だから、どうすることもできなかったようだよ」

身体は無傷だったものの、おびんは半ば気が触れたようになっており、三倉村に戻されても、もう普通に暮らすことはできなかった。

酷い。あまりにも辛い結末だ。

「そうだ、飛び猿はどうなった？　まさか、あの子も何かしらの罪に問われたなんてことはないよね？」

文三郎は富次郎の顔を見つめると、

「勝手に村を抜け出したんだから、郷村掟《ごうそんおきて》に背いた逐電者さ」

飛び猿は町外れで五日間さらし者にされた上で、領外追放の罰を受けたという。

「逐電じゃないよ、ちゃんと理由があったのに！」

「子供だから、まだお目こぼしにあずかれたんだよ。大人だったら、逐電の上に駆け込み訴えとみなされて、磔《はりつけ》になってたっていうんだから」

それもまた理不尽じゃないか。

「でもね、飛び猿は運がよかった。事情を知った城下の問屋場の頭に拾われて、仕事も住処《すみか》ももらえたそうだから」

問屋場の仕事で馬子をしたり、荷車を引いて大街道を往来しておれば、横島領内に住みついていることにはならない。追放の条件を満たしている。

「石和屋と三倉村の商いは、十悪弾正の次のお代官様によって手厚く保護されて、柱になる男衆を失った味噌講も、少しずつ立ち直っていったんだそうだけど」

失われたものは、戻ってこない。

「三倉村が落ち着いてから、一文さんは、勇さんの亡骸を探しに行ったんだけど、一年以上も経っちゃってちゃなあ。役人どもの手でどこに埋められたのか、捨てられたのか、手掛かりがなくって……」

一緒に殺された三倉村の村長の妻、お次の亡骸も見つからなかった。村長も代官所で斬首され、亡骸は川に捨てられてしまったので、夫婦ともども、墓は空っぽだ。

空の墓にこもるのは恨みと悲しみだけ。富次郎はくちびるを嚙みしめた。

「どれだけ探しても無駄で、一文さんが諦《あきら》めて城下へ引き揚げようとしているとき、おびんちゃんが会いたがってるって、呼ばれたんだって」

おびんの家族は、幸いなことにみんな無事だった。それについては、おびんが身を捨てた甲斐《かい》があったのかもしれない。

家族はみんな心を尽くしておびんを介抱し、慰め励ましながら日を送っていた。それでも、おびんの目はうつろ、心も空蟬《うつせみ》のようで、まともなやりとりもできないままだったのに、

「一文さんが三倉村に来てるってことが耳に入った途端に、急に正気づいて、会いたいって言い出したんだって」

それだけではない。おびんは父母に、「土人形を作りたい」とねだった。丸一日あれば作りあ

げてみせるから、「それまで一文さんには待っててほしい、どうしても、自分の作った土人形を持っていってほしいからってね」

三倉村の産物の土人形は、そこそこ大きさも重さもあるので、様々な形のものが作られていた。縁起物、神様や仏様のお姿、仲むつまじい夫婦の像、玩具を使って遊ぶ子供ら。美しい芸者の立ち姿に、衣の袖を風にふくらませて空を舞う天女や、甲冑《かっちゅう》に身をかため、太刀や長槍《ながやり》を手にした雄々しい武者などなど。

「土人形と聞くと、形なんか大雑把で、絵柄も手が込んだものじゃなさそうに思うだろうけど、三倉村のものは違うんだ。とりわけ、多々井に集まっていた職人たちは腕っこき揃いだったから」

そこで習っていたおびんの腕前も、かなりのものだった。

「急いで材料と道具を揃えてもらうと、おびんちゃんは井戸端へ出て水垢離《みずごり》をとって、村の鎮守様にお詣《まい》りにいって」

一人で人形作りに取りかかった。

——出来あがるまでは、あたい一人にしておいてちょうだい。様子を見に来ないでね。水も食べ物も、何にも要らない。お願いします。

「そうして、約束どおりに丸一日かけて作りあげると、一文さんと再会したってわけなんだ」

もちろん、一文にも再会を断る理由はなかった。おびんが抜け殻のようになったままだったら、辛くて悲しくて申し訳なくて、とうてい顔を合わせることはできなかったろう。だが正気に戻ったというのなら、顔を見たい。言葉をかわしたい。

「けどさ……」

文三郎の声音が沈む。

「会ってみたらね、やっぱり」

以前のおびんではなくなっていた。

「生気が抜けて、血の気も失《う》せて」

おびんの抜け殻が座っているみたいだと、一文は思ったという。

「そういう一文さんの方だって、騒動の前とは人が違っちまってたんじゃないかな」

おびんは一文の顔を見ると、ほろほろと泣いた。一文が近寄っておびんの手を取ると、その手を握り返してきた。

「指まで痩せて、関節が浮き出していて、枯れ木を握ってるみたいだったって」

文三郎の祖父も、このくだりを語るときはおびんを哀れみ、目に涙を浮かべていたそうである。

一文は、勇次の亡骸を見つけ出せなくて悔しいと言った。おびんに会えてよかったと言った。

おびんの身に起きたことが悔しいと言った。何から何まで元どおりにならないことが悲しいと言った。

「おびんちゃんは、一文さんがあの日見聞きしたこと、一文さんが体験したことを、すっかり教えてって言ったんだって」

菩薩《ぼさつ》の如き微笑を浮かべ、枯れ枝のような指で、一文の手を優しく撫でながら。

「一文さんは、心の底から泥をかきまわすみたいに洗いざらいしゃべった。石和屋でもそこまで詳しくしゃべってなかったことまで打ち明けた。勇さんの酷い死に様も、飛び猿がどんなに頼りがいがあって、自分はどんなに腰抜けだったか」

隠し立てせず、恰好もつけず、子供みたいに泣きながら、おびんに語った。

「話を聞き終えると、おびんちゃんは一文さんのそばににじり寄ってきて」

大きな瞳で一文の目を覗き込んだ。

「澄んだつぶらな瞳。宝玉みたいな輝きを湛《たた》えてた。そのきれいなことは、どんな悲惨な目に遭わされても変わっていなかった」

歌いあげるように、文三郎は語る。

「そして、おびんちゃんは一文さんに、こう問いかけた」

——一文さん。その辛い道中で、いったい何度、これでもう命がないと思った？

何度、もはやこれまでと思ったか。

一文流に言うならば、何度「肝っ玉が溶けて足の裏から流れ出てしまった」か。

四度と、一文は答えた。もっとあったかもしれないが、一年以上経ってから振り返っても、鮮やかにそう覚えるのは四度だ。

その返答を聞いて、おびんの瘦せた顔に笑みが広がった。かすかな血の気が頬にのぼってきた。

——そう。だったら文さん、これをもらってちょうだい。

傍らに置いてあった木箱を、一文の前へと動かした。中身は土人形である。

「一文さんが開けてみたら、鉢金と胸当てをつけた、武者の土人形が出てきたんだそうだよ」

鉢金と胸当てだと？

「あの日、一文さんと飛び猿に暖をとらせてくれた役人とそっくりな出《い》で立ちだね」

一文の体験を聞く前に、土人形は出来あがっていた。たまたま似ていただけだとするならば、薄気味悪い意味を覚える。

「ただ、その土人形の武者は、弓矢じゃなく、両手に短槍《たんそう》を持ってた」

短槍は、投擲《とうてき》武器としても使われる柄の短い槍である。

「それを手にして、敵を見据えて、今にも投げるぞっていうふうに見栄を切ってた」

一日の仕事とは思えぬ出来映えで、誰もが見惚《みほ》れてしまいそうな、美丈夫の侍だった。ただ一つだけ、奇妙な点を除けば。

「両目が赤かったんだ。瞳に、黒じゃなく朱色の顔料をさしてあった」

一文は土人形の武者をそうっと押し頂いた。ありがとう、大事にするよ。

すると、おびんはこう言った。

――一文さんが死を覚悟したのと同じ数だけ、この武者は一文さんを守るよ。

凛々《りり》しく力強く、透き通った声音。一文が覚えている小娘のおびんの声音とは違った。ついさっきまでの、痩せて窶《やつ》れた半病人のおびんの声音とも違った。

――そうなるように、あたいが想いを込めて作ったからね。

おびんの無念。勇次の無念。悪代官の我欲と横暴に散らされた数多の命の無念。

――たくさんの無念が、怒りのままに凝《こご》って怨念《おんねん》になってしまわないように。一文さんの勇気に報いるっていう良いことの方に、念の力が働くように。

無念が怨念になってしまったら、殺された人びとにとっても不幸だ。誰も成仏できず、苦しみながら現世をさまようことになってしまうのだから。

――一文さん、みんなの供養のためにも、この土人形を受け取って。

この小さな武者が、一文が命の危険にさらされたときには守ってくれる。

「それと、これは一文さん一代限りのことじゃなかった」

四度の機会を使い切らぬうちは、一文の子供や孫の代までも、土人形の守護は及ぶ。おびんははっきりそう言ったという。

「でもさ、おれなんか、最初に祖父さんからこの話を聞いたときには、どうせ守ってくれるなら、ずっとずっとご守護くだされればいいのにって思っちまったよ」

なんで四度までなんだろう？　素直な言い分で、富次郎は笑ってしまった。

「おびんさんが念を込めながら土人形を作るときに、未来永劫《えいごう》とか、ずうっととか、そういうぼんやりした誓願じゃ駄目だったんじゃないかな」

強い願い事には、それだけ厳しい条件や縛りが要る。一文が四度命を賭《か》けてくれたから、同じ回数だけその恩に報いるという決め事は、まことに理にかなっている。

「ふうん。やっぱり、富ちゃんはこういう話をたくさん聞いてるから、呑み込みが早いんだね」

文三郎は言って、ふうと息を吐いた。「まあ、これがうちのご先祖様、一文さんが体験したことでさ」

一文あらためて丸升屋を興した初代の文左衛門は、あまり長生きはできなかったものの、豊かで幸せな人生をおくった。妻とのあいだに三男二女に恵まれ、二代目文左衛門は長男が継いだ。三代目は長男の次男が継いだ。この三代目の長男が、文三郎の祖父である四代目文左衛門だ。

「でね、祖父さんの代までに、四度ある土人形の守護を、三度使っちまってたっていうんだよね」と、文三郎は続けた。

その三度は、江戸は人形町にある丸升屋で起こったことだから、さすがに一文さんが三倉村で味わったような種類の出来事ではなかった。

「三度のうち二度は夜中の火事でね。どっちも二代目のときだった。祖父さんは、二代目は火難の相の持ち主だったんだって言ってたなあ」

どちらの火事でも、風上から炎と煙が迫ってきて、丸升屋の一家が大事なものを背負って逃げようとすると、我先に逃げる人びとでごった返す路上で、

「ちかちか、きらきらって、針の頭ほどのものが二つ、くっついたり離れたり、くるくる回ったりして光るんだって」

――こっちだ。こっちへ来い。

「そんで、それにくっついていくと、暗い路地とか、家々の隙間とかを通り抜けて、自然と安全なところに逃げられてさ」

やれ命拾いした……と、その場にへたりこんだ二代目文左衛門と二代目おかみの眼前で、二つの光はふっとまたたいて消えた。その刹那、夜の闇のなかにあの土人形の姿が浮かび上がった。両手に構えた一対の短槍の穂先が、飛び回る光の源だった。

「おびんちゃんの土人形が、火の手から逃れさせてくれたんだ。二代目は、その場にひれ伏して泣いちまったって」

それから十年ほど後の二度目の火事でも同じことが起こり、そのときは一度目よりよほど落ち着いていた二代目とおかみは、丸升屋の人びとを導いて飛んだり回ったりする光に従って走りながら、目を凝らしてよくよく見つめた。すると、空を舞う土人形の輪郭と、両手に持った短槍の動きを見てとることができた。

「一人で演舞をやってるみたいだったそうな。勇壮で軽やかな槍の舞。要所要所でこう、見栄を決めてね」

そういえば、この語りを始める前ふりで、文三郎は商い物の人台を務めた富次郎がなかなか様になっていたと評したとき、長い得物をふるうようなふりを決めてから、（これも祖父さんの話に出てくる）と言っていたっけ。それがこの、土人形の演舞と見栄か。

「で、この二度目のときは、みんなを無事に逃げ延びさせて消える寸前に、土人形の赤い眼も、熾火《おきび》みたいにきれいに光ったんだそうだよ」

一連の不思議を見たのは、どちらの場合でも、丸升屋の一家だけだった。たまたま同じところに逃げていたり、丸升屋に促されてついてきて命拾いしたりした近所の人びとなどは、誰も人形の姿はもちろん、空を飛ぶ一対の光も目にしていなかった。

「あ、それとね、どっちの火事でもお店も家も焼けずに済んだから」

鎮火して家に帰ると、二代目は真っ先に、初代から授かった土人形を収めた木箱の紐《ひも》を解き、蓋を開けてみた。

「土人形は無事で、どこも欠けてなかった」

もちろん動いてなどいない。動いていたらしい形跡もなかった。短槍の穂先も土でできており、光など宿りようがない。

ただ、ぜんたいに少しだけ、煙臭くなっていたそうである。二度目の火事のあとでは、顔と手足が煤で汚れていたそうだ。

「二代目のおかみさんが真綿できれいに拭って、ちょっと風にあてて、よくよくお礼を申し上げて、また木箱にしまった」

そして、おかみはついにっこりして、こう言った。

――まあ、ありがたい、だんだんなお人形様だわね。

「おかみさんは、縁あって三倉村から嫁いできた人でさ」

無惨に殺されてしまった当時の村長の妻、お次の姪《めい》の娘にあたる人だったのだ。丸升屋と三倉村の味噌講の紐帯《ちゆうたい》が結んだ夫婦の縁《えにし》である。

「〈だんだん〉っていうのは、あの土地の言葉で〈元気な〉〈威勢のいい〉っていう意味なんだよ」

短槍を手に丸升屋の人びとを守る、威勢のいい武者人形。だんだん人形か。

「じゃあ、三度目の守護のときには、だんだん人形様はどんな活躍を見せてくださったんだい？」

それは、三代目が丸升屋文左衛門を継いでほどなくの出来事であったという。

「三代目には、近所に仲のいい幼なじみがいたんだけど、そいつが飲む打つ買うの三拍子が揃ったどうしようもない放蕩《ほうとう》息子に育ち上がってしまって……」

自分の親には見放され、親戚《しんせき》縁者にも助けてもらえず、困った挙げ句に三代目を頼ってきた。この借金を払えないと指を詰められてしまうとか、好きな女が岡場所に売られてしまうとか、毎度もっともらしいことを言って泣きついてきて、

「三代目は気の優しい、嫌なことを嫌と突っぱねられない気質《たち》の人だったそうで、無心されると断り切れずに、金を都合してやっちゃってさ。幼なじみの方は、三代目のそういうところを百も承知でたかってくるわけだから、始末が悪いや」

三代目は隠居した二代目に叱られ、「一家の主人がそんなことでどうしますか」と大番頭に諭され、跡継ぎの男の子を産んだばかりの自分の女房に泣かれて、

「これじゃいかんって、腹をくくった。で、次に幼なじみが無心に来たときには、最初から鬼みたいな顔をして断ったんだ」

これまで三代目の優しさにつけ込んできた幼なじみは、また縋《すが》れば何とかなるだろうと、食い下がってきた。しかし三代目も負けなかった。断る。駄目なものは駄目だ。

「それで、幼なじみはカッとなって」

懐に呑んでいた合口《あいくち》を抜き出し、三代目を脅しにかかった。

「そんな物騒なものを持ち歩くにふさわしい生き方をしてきたんだね。ならず者の、堂に入った合口さばきで」

三代目ばかりか、そばで様子を窺っていたおかみの方にまで刃を向けた。おかみの腕には赤子

が抱かれていた。

　万事休す。三代目は石のように固まって身動きすることもできず、おかみは赤子を抱きしめて息を止めた。

「そのとき、丸升屋の奥のどっかから何かが飛んできた」

　ひゅん！　と空を切って。

「飛んできたものは、まず合口を握る幼なじみの右手首に突き刺さった」

　ならず者となり果てた放蕩息子は、ぎゃっと叫んで合口を取り落とした。

「続いて、またひゅん！」

　飛んできたものは、今度は、手首を押さえて見苦しく喚《わめ》き騒ぐ幼なじみの眉間《みけん》に突き刺さった。

「みんなが呆気《あっけ》にとられているうちに、放蕩野郎はがくりと膝を折って、丸升屋の店先で身を丸くして事切れた」

　三代目は見たという。幼なじみの手首に、だんだん人形の短槍が突き立っている様を。

　三代目のおかみは見たという。幼なじみの眉間に突き立つだんだん人形の短槍を。

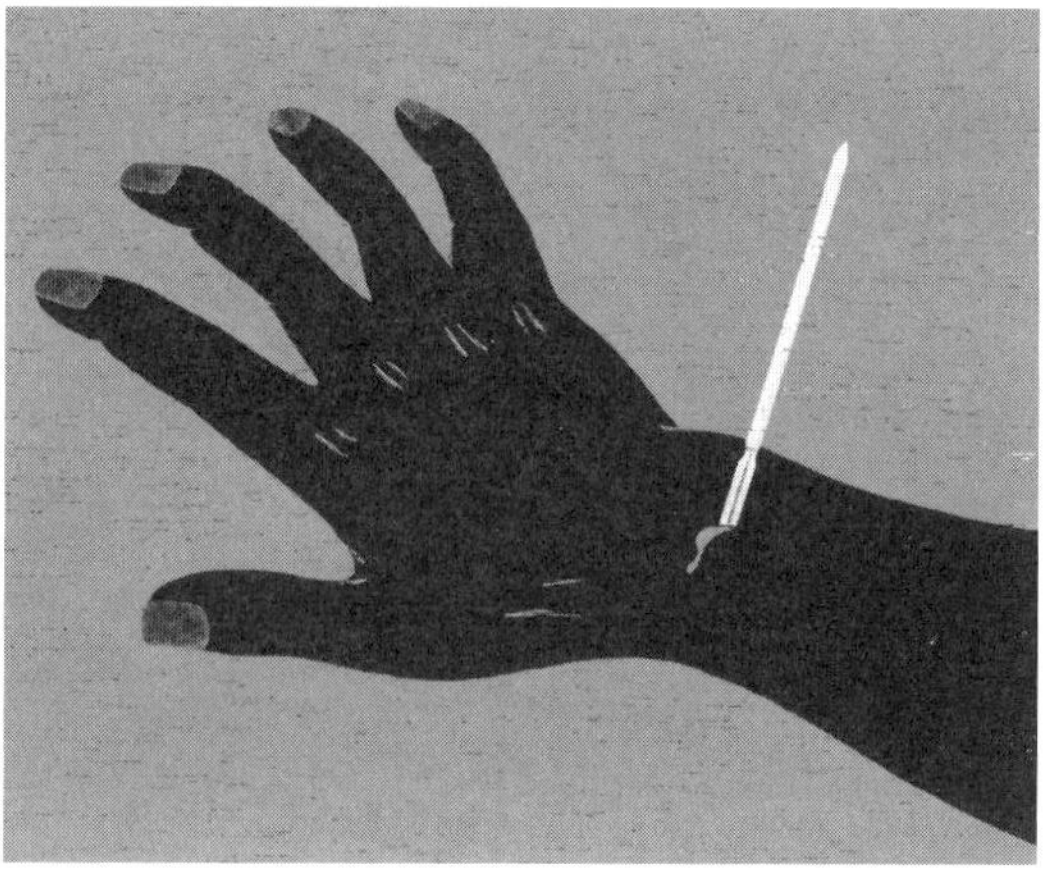

「だけどね、不思議なことに……」

亡骸を抱き起こしたときには、どちらの短槍も消えていた。抜け落ちたのではない。どこにも見当たらなかった。

「その場にたまたま居合わせたお客さんたちも、誰一人として、飛んできたものを見てなかったし」

皆、合口を振り回して凄んでいた男が、急に声をあげ身を折ってその場に倒れる、その光景しか目にしていなかったのだ。

「一応、検視のお役人も来たけど、何しろ亡骸はきれいで、ころりと死んだようにしか見えない。怪しい節は一筋もないもんだから、頓死《とんし》ってことで片付けられて」

後日、幼なじみの両親が、丸升屋の店先を汚して申し訳ないと、詫び料を包んできたそうである。

「それで、それで」富次郎はつい膝を乗り出してしまう。「三代目が木箱の蓋を開けてみたら、今度はどうなってたの」

文三郎は、えへへと笑った。「どうなってたと思う？」

「じらさないでおくれよ。そうだなあ……短槍の先に血が一滴だけついてたとか」

口元に笑みを残したまま、文三郎は目をつぶり、ゆっくりとかぶりを振った。

「いやいや、ならず者の血で汚れたりしちゃいなかった」

ただ、槍を持つ手の恰好が、少しだけ変わっていたのだそうな。

「この頃には、だんだん人形様は、はっきり丸升屋の家宝になってたからね。年に一度、虫干しのときに、主人が木箱から出して陽にあてて、お身ぬぐいをして」

家族揃って手を合わせる。

「それからきれいな絹に包み直して、また木箱に収めると」

そういう習いができていたので、三代目もおかみも、先の虫干しのときに見ただんだん人形の姿勢を覚えていた。

それが、ならず者退治をした後は、明らかに違っていたのだ。

「手の高さと、肘《ひじ》の曲がり具合。虫干しのときには、どっちの手も五本の指を握りしめて短槍を持ってたのに、左手の小指がちょっとゆるんでいた」

さらに、これは三代目のおかみだけが気づいたことだそうだが、

「左右の短槍が入れ替わってたんだ。虫干しのときには右手で構えていた短槍を、左手で握ってたんだって」

——投げ槍として使っちまったから、持ち直したときに入れ替わったんじゃろう。

「祖父さんはそう言ってた」

何とも味のある話だ。富次郎は嬉しくなってきた。「ところでさ、騒動のとき、おかみさんに抱かれてた赤ん坊は……」

「そうそう！　それが生まれたばっかりの祖父さんだったんだ」言って、文三郎は目を細めて笑った。「本人はさ、合口を構えるろくでなし野郎めがけて飛んでいった短槍が、赤ん坊だった自

分の鼻先で、ひゅっと鳴ったのを覚えてるって言ってた」

　――飛んでゆく短槍の穂先が、小さい星みたいに光ったのも見えたわい。

　これには、富次郎も愉快に笑った。「いくらなんでも、それはないよなあ」

「な？　まあ、わかんないけど。神通力のこもった槍だから、無垢《むく》な赤ん坊の心の眼に見えたのかもしれない」

　いずれにしろ、このときのだんだん人形は、丸升屋の三代目夫婦と四代目の命を救ってくださったのである。

「そういう危急の時のほかは、変わったことはなかったんだろうか。たとえば木箱が動くとか、何かこう気配がするとか」

「そういう怪しいことは、一切なかったって聞いてる」

　普段のだんだん人形は、初代から託された大事な家宝だというだけの、静かな思い出の品であった。

「で……ここからがやっと、四代目の祖父さんの話になるんだ」

　うなずいて応じ、富次郎は新しい茶を淹《い》れる。話の節目に、新しい香り。

「去年も二月二十四日のうちに、例によって店先を雛屋に貸して、一家みんなで入谷の寮に行ったんだけど」

　田地にぽつんと建つ二階家へ。

「祖父さんの方は、四年前の夏、祖母《ばあ》さんが亡くなったのを機会《しお》に、一人でそっちに移って住みついてた」

本人が言い出したことだったそうだ。

「身の回りのことは、気の利く古株の女中がくっついてって、向こうでも人を雇ったりして、万事きちんとしてくれてたね」

四代目の隠居所となった寮は、年々、ずいぶんと居心地がよくなっていた。

「最初にも言ったけど、みそっかすのおいらを、祖父さんはいちばん可愛がってくれた。離れて暮らすようになってからは心配だったけど、じゃあちょいちょい会いに行けるかっていうと、何やかんやで忙《せわ》しなくて、行かれないんだよね。結局は雛市の時期でないと会えない。おいら、それがバツが悪くってさあ」

年頃の女の子みたいな憂い顔をする文三郎に、富次郎は笑いかけた。「そのへんのことは、文ちゃんが気に病まずとも、ご隠居さんの方が百も承知だったろう」

ともあれ、また一年ぶりに顔を合わせるのだ。文三郎はせいぜい明るいところを見せようと、

——はい、文三郎が参りましたよ！

「寝間に顔を出したらさ、祖父ちゃんは寝床の上に座って、綿入れを背中にかけてもらって、薬湯を飲んでた……」

その様を一目見て、

「まずいぞ。もう長くねえぞ。おいら、とっさにそう思っちゃった」

死相だなどと、大げさなものではない。身内の親しい者にだけ働く勘。ずっと祖父ちゃん子で

育ってきた文三郎には、不吉な兆しがぴんときたのだ。

「それでも四方《よも》山《やま》話なんかしてたら、祖父ちゃん、女中を下がらせてから、いい顔で笑って、こう言ったよ」

――どうやら、おまえにもわかったらしいな。わしはもう長くねえよ。

「いいお迎えが来るんだ。何も悲しいことじゃないって」

ただ、この際《きわ》になって文三郎に会えたのは本当によかった。昔話を一つしておきたい。聞いてくれるか、と言った。

――わしが若いころ、所帯を持って、長男長女が生まれて、商いのいろはがようやく手の内に入ってきて、面白くってたまらなくなってきたころの話じゃ。

「ちょうど、この寮で起きた出来事だって。不思議だし、恐ろしいし、迂闊《うかつ》に他所様に言いふらしちゃいかんと、祖父ちゃんはずうっと内緒にしてきたから」

――おまえの兄姉たちは、誰も知らん。

「それを、おいらに語っておくって」

なぜ文三郎にだけ聞かせるのか。それは話が済んだら教えてやる。黙って、耳を澄まして聞いておれ。

「だから、おいらそうしたんだ」と、文三郎は言った。

＊

四代目丸升屋文左衛門は、その年の春、ちょっとばかり悦に入っていた。味噌問屋の寄り合いで、豪商・紀伊国屋文左衛門《きのくにやぶんざえもん》になぞらえて、「塩っ辛い紀伊國屋」とからかわれるほどに、商いが上手くいっていたからだ。

文左衛門が考案した懐中汁粉は、甘い物が好きな女子どもだけでなく、新しいもの、珍しいものが好きな江戸の趣味人たちにももてはやされることになった。店先に出すそばから売り切れてしまうし、予約は一月先まで帳面がいっぱいになっている。さっそく似たようなものを考案して売り出す同業者もいたものの、どっこい、文左衛門が懐中汁粉を商い物にするまでには、長い下ごしらえの年月があった。昨日今日工夫してできたものではない。自然とお客は「本物」を求めてくれるので、かえって丸升屋の株が上がっているくらいだ。

本業の味噌の方も、昔からの得意先は、このにわか人気を喜んでくれているし、懐中汁粉につられた新しいお客にも、丸升屋の品物はたいそうウケがよかった。

初代から営々と築き上げてきた各地の味噌講、醸造元との絆《きずな》の上に、丸升屋の商いは成り立っている。日々それに感謝の念を忘れず、からかわれたら顔を赤くして頭を下げ、妬《ねた》まれたら殊勝に目を伏せて、商い一途《いちず》に進んで行こうとしている文左衛門だが、誰もいないところでは、こみ上げてくる一人笑いを噛み殺している。

さて、そんな丸升屋に、今年も雛市の時期が訪れた。人形町の十軒店に店を構えてしまった以上、これぱかりはどうしようもない年中行事だ。

既に隠居の身の三代目夫婦は、雛市の期間に合わせて、箱根《はこね》七湯《しちとう》巡りに出かける。人形町から神田、上野《うえの》あたりの味噌・醤油問屋でこのための旅講をつくり、少しずつ金子を積み立てていたのが、今年ようやく満願となったのだ。

四代目一家の方は、行ってらっしゃいと送り出したら、これまでと同じように入谷の寮へ行く。夫婦と子供三人。文左衛門とおかみのあいだに授かった二男一女は、倅《せがれ》たちの方は食い盛り、娘の方は甘えたい盛りで、とにかくにぎやかだ。それもまた自分が咲かせた人生の花々だと思えば、自然と頬が緩んでくるのだった。

先代から仕えてくれている大番頭を頭に、奉公人と女中はざっと十三人。このうち、寮へ連れて行くのは六人で、七人は残る。今年は懐中汁粉の商いだけは休まぬつもりでいるので、例年よりも残る奉公人が多くなっている。

最初のうちは、文左衛門自身も残って商いを切り盛りするつもりだったのだが、女房子供にも大番頭にも反対され、

「少しはゆっくりなさいませ」

説かれて、ようようその気になった。

今年は懐中汁粉のご利益で、いつも貸している雛屋のほかからも「ぜひ貸してくれ」「賃料は倍払う」などの声がかかり、穏便に断るのに往生した。隠居夫婦の楽しげな出立を見送り、ほっ

と一息ついたら、自分でも思いがけぬほどぐったりした。やっぱり休んだ方がいいんだ。大番頭も女房もわたしのことをよく見てくれているんだと、ひそかに得心したことだった。

入谷の寮は三代目が構えたもので、当時とりわけ入用だったわけでもなく、ただ得意先との付き合いのなかから、

「丸升屋さんも、そろそろ寮を構えたっていいでしょう」

なんて話が出てきて、つるっとまとまったものであるらしい。四代目文左衛門は十二の歳からここで雛市の時期をすごすようになったのだが、初めて訪れたとき、立派な二階家で、とりわけ厩が大きいことと、家中にほんのり馬の臭いが残っていることにびっくりした。聞けば、先の持ち主は大きな馬力屋（馬を用いた荷運び業）だったというから、まあ納得である。

その年の二月二十四日、火灯《ひとも》し頃に、今や立派な丸升屋主人となった四代目は、家族と奉公人たちを引き連れて寮に入った。普段は真っ暗な田地のなかの二階家の窓という窓が明るくなり、掘り抜き井戸の滑車がからからと鳴り、煙抜きからは湯気と煙が流れ出る。人声がさざめき、子供が笑い、大きな足音をたてて廊下を走り回る。

夫婦と子供らの寝間と決めた二階の奥の座敷で一人、文左衛門は背中にしょった小さな荷物をおろし、慎重な手つきで風呂敷《ふろしき》を解いた。

中身は、だんだん人形の木箱である。

お店を空けるとき、金箱よりも蔵の錠前よりも、丸升屋の主《あるじ》が後生大事に持って出なければならないものは、この木箱だ。三代目が生真面目にそのようにしてきたのを、文左衛門もよく知っ

ている。

——この先、あと一度だけ守護していただける。

箱根七湯巡りに出かける前にも、三代目はそう言っていた。

——わしの轍《てつ》は踏まず、おまえはその一度を費やさずに五代目に渡せるといい。五代目は六代目に、六代目は七代目に渡せるといい。そう願いながら、だんだん様を大切にするのが丸升屋主人の務めだからな。

ここまでの道中で、人形が傷んでいてはいけない。行灯《あんどん》を引き寄せ、その丸い光のなかで、文三郎は木箱を開けた。だんだん人形は一対の短槍を手に、永い年月変わらぬ演舞を舞っていた。


その夜、文左衛門が眠りのなかで足音を聞いたのは、

——だんだん様の勇壮な踊り。

夢のなかで、その舞を目にし、足踏みする音を聞きとったのかもしれない。

ところが朝餉《あさげ》のとき、上の倅が言い出した。夜中に、屋根の上を歩く足音を聞いたような気がする、と。

途端に、娘が半べそをかいた。お化けだ！　この娘は大きな寮の高い天井や剝き出しの太い梁《はり》を怖がり、昨夜《ゆうべ》はぐずってなかなか寝てくれなかった。

「気のせいですよ。こういう大きな家はよく軋《きし》むし、町の家と違ってまわりが静かだから、小さな音でも耳につくだけよ」

女房が子供らを宥《なだ》め、話はそれで終わったが、文左衛門の心には小さな棘《とげ》が立った。あれは夢じゃなかったのか……。

すぐに商いのことが頭から消えるわけもなく、文左衛門は帳面を見たり、若い番頭と話をしたり、一人で考え事にふけったりして、その日を過ごした。

そして夜半、またどこかで足音がするのを聞いた。

誰かが厠《かわや》に立ったんだろう。女房が言うとおり、まわりが静かだから、そんな音も耳に入ってくるんだ。

当の女房は、十軒店の家から持ってきた枕に頭を預けて、ぐっすり眠っている。その寝息を聞きながら、文左衛門は寝返りを打ち、夜着を引っ張り上げようとした。

そして、見た。

二階のこの座敷は、ぶち抜きで十畳ほどの広さがある。そこに夫婦と子供三人の布団を敷いている。子供らの布団の裾の方には少し空きがあり、そこに丸火鉢と行灯を一つずつ置いてあるが、今は火の気も明かりも消えている。

その丸火鉢の上に、一対の小さな光。熾火のように赤く輝いている。

文左衛門は息を呑み、前後を考えずに身を起こした。と、小さな赤い光は消えた。消えるとき、瞬いたように見えた。

文左衛門は布団に片手をつき、立ち上がろうとした。そのとき、階下《した》からかぼそい女の悲鳴が聞こえてきた。

叫び声をあげたのは、階下の台所のそばで寝ていた二人の女中だった。勝手口の板戸を破って踏み込んできた賊の男どもに、最初に出くわしてしまったのがこの二人だったのだ。

前夜に文左衛門が耳にした屋根の上を歩く足音は、夢でも空耳でもなかった。盗賊の一味が下見に来て、丸升屋一家が寝静まっている頭の上で、建物の造りや押し入る段取りを確かめていたのだ。

あとになってわかったことだが、こいつらは上州《じょうしゅう》や野州《やしゅう》の出で、放浪の旅の途中で目をつけた裕福な商家や農家を相手に手荒な盗み働きをやっつけながら、この十年ほどかけて少しずつ江戸市中に近づいていたのだった。もとが博徒や渡世人、食い詰めた猟師崩れなどだったので、気が荒い。胃袋だけでなく、一度もまっとうな暮らしで満たされたことのない心が飢えている。合口や脇差しどころか、薪《まき》割り斧《おの》や銛《もり》など、見るからに荒っぽい得物を振りかざし、押し入った先では金目のものを根こそぎ奪うだけでは足らずに、食いものを食い散らかし、男や老人は殴る蹴《け》る、女には手を出し、子供はいたぶって苛め、挙げ句に建物に火をかけて逃げるという、地獄の悪鬼でさえ呆れかえる所業を重ねていた。

もちろん、八州廻《はっしゅうまわ》りや火付盗賊改《あらため》が躍起になってこの一味を追ってはいたのだが、全体をしっかり束ねる頭目がおらず、その場その場の益と刺激を求めて離合集散を繰り返すならず者の集まりなので、素手で蚊柱を捕らえようとするが如く歯がゆく、空しい結果に終わっていた。また、一昨年《おととし》の春先に宇都宮《うつのみや》城下で大きなご金蔵を破り、その分け前が多かったせいか、ぴたりとなりをひそめてしまい、追っ手の側にも、この一味はもう二度と集まらないのではないかという観測も生まれていた。

あいにく、一味は蘇《よみがえ》ってしまった。九人の頭数のうち五人まではご金蔵破り後に加わった新参者なので、半分だけ生き返ったと言うべきか。懐が温かくなり、危ない橋を渡るのをやめた先の五人を羨み妬み、いっそう富と安楽な暮らしに飢えたこの新参者たちは、餓狼《がろう》に等しかった。

丸升屋の人びとは、黒装束の盗人《ぬすっと》一味に叩き起こされ、寝床から引きずり出されて、恐怖に震え、血の気を失い、ただただ命じられたとおりにふるまうしかなかった。手代の一人が選ばれて、顔を引き攣《つ》らせながら、他の人びとの手足を荒縄で縛って回った。震えてうまく縛れないと、殴られ蹴っ飛ばされる。女子供は台所の土間に集められ、引き据えられ、早くも色欲に目をぎらつかせた盗人野郎どもに物色されて、顔を背けて泣くばかりだ。台所のそばで寝ていた女中のうち、一人はまだ十五歳の小娘で、案の定いちばんに目をつけられ、金品の物色よりもまずこの小娘をいただこうと襲いかかった賊の一人が、年長の賊に張り倒されるという一幕さえあった。

文左衛門は努めて心を静め、家族と奉公人たちを慰め励ましつつ、一味の野郎どもには訴えた。ここは寮であり、金も高価な商い物もない。あんたらが望むものを手に入れるには、主人のわたし一人を人質に、人形町十軒店の丸升屋まで帰って、留守居をしているうちの大番頭に、金庫を開けさせるのがいちばん確かで手早いと。

これまたあとから知れたことだが、半数以上が新参者に入れ替わったこの一味、やはり盗人としての練度は落ちていたのである。ここが丸升屋の寮であることは、近隣に少しあたればわかることで、彼らも下調べで承知の上だった。いくらにぎやかに泊まり込んでいようと、もともとの住まいでなければ大金を持っているわけはない。孤立した一軒家で襲いやすかろうと、儲けが見込めないならやる意味がない。

しかし、「丸升屋さんは今、懐中汁粉なる売り物で大当たりをあてているところだ」という評判も一緒に聞きつけてしまったら、見過ごせなかった。それだけ大儲けしている商家なら、押し入ってしまえば何とかなるだろうという大雑把な考えで、決行に及んだのであった。

少なくとも一味の古株は、文左衛門の冷静な訴えを聞いてすぐに、これが下手の板子《いたご》を踏み抜いた押し込みであるとわかったのだろう。こっちの言い分に聞く耳を向ける景色があった。

だがしかし、そこで新参者の欲ったかりが暴れ出す。金がねえ？　主人を人質に連れていく？　ここまで来てそんな暇をくっていられるか。だったら酒と女と食いものを寄越せ。手っ取り早く、その小娘をこっちに引きずり出せ！

縛り上げられた上にねじ伏せられ、背中を土足で踏んづけられ、顔の半分を板の間におっぺされて、今にも鼻の骨が折れそうな文左衛門は、ひたすら祈っていた。願っていた。お願い申し上げます、お頼み申し上げます。あと一度、もう一度、守護していただける機会が残っている。わたしの代で費やしてしまうのは後代に申し訳ないが、今この危急のとき、わたしの大切な身内が、奉公人たちが、命と魂を刈り取られようとしているとき、遠慮してはいられない。

——だんだん様、おでましを！

二階の寝間の暗がりで光っていた一対の赤い光。あれは、だんだん人形の眼の光だったに違いない。賊の襲来を察知して、早、目覚めておられたのだ。どうぞお助けください。四代目丸升屋文左衛門のお願いでございます！

　ひゅん。

　台所の板の間の行灯が消えた。最初に一つ。続いて二つ目、三つ目が。

「おい、どうした」

　盗人どもが声をあげる。身動きする。そのあいだにも、四つ目の明かりが消えた。

　文左衛門は目を閉じた。もともと無理強いにねじ伏せられていて、顔どころか目を上げることさえできぬ。ここから先はいっそ、心の目で見届けようじゃないか。

「うぐ！」

　低く呻いて、誰かが床にくずおれた。その揺れを総身で感じて、文左衛門の魂が狂喜に舞い上がる。

「何やってんだ、おめ」

　別の一人が「おめえ」と呼びかけ終えぬうちに、その声がきゅっと細って絶えた。そら、二

人目が倒れる。膝を折ったか、尻餅をついたか。

「何だこいつは。吹き矢……うぉ！」

ぐさりと湿った音。ぱっと血しぶきが飛び散る音。

だんだん様の短槍を喰《く》らって、三人目の盗賊が驚きと痛みに喘《あえ》いで騒ぐ。

動揺の大波が盗人たちを揺さぶり、見る間に呑み込んでゆく。文左衛門をねじ伏せていた腕が離れ、背中を踏んづけていた土足も消えた。文左衛門は跳ね起きた。

夜の闇。竈《かまど》の上に二つ並んだ煙抜きから差し込む淡い月明かり。そのなかで、盗賊の一味が熱い焙烙《ほうらく》の上の豆のように騒いでいる。誰もが自分の身を守ることに夢中で、しかしどこから何者に攻められているのかさえわからず、暗闇踊りを踊るばかりだ。ある者は顔を覆っていた頭巾が脱げ、草鞋が切られ、黒い股引が縦に裂けて、そこから覗く脚に長い傷がついている。両目を突き刺されたのか、手で顔を覆ってこけつまろびつ、台所から逃げ出そうとして柱にぶつかってひっくり返る。ある者は足を払われ、髷を引っつかまれ、壁に叩きつけられてぐうと呻く。

文左衛門には見える。踊る小さな光の点。一閃《いっせん》し、またたき、また飛び上がり、攻めては消え、また現れる。

だんだん様の短槍の穂先の光。

「くそ、毒虫か？　外へ逃げるぞ！」

古株らしい小柄な賊が、倒れた仲間を肩に担いで逃げ出しにかかったかと思うと、自分の腹を見た。血がしみ出し、すぐにどくんどくんと吹き出してくる。肩に担がれていた仲間が、ぎゃっと叫んで小柄な賊を押しやり、挙げ句にもんどり打って二人ともその場に倒れてしまった。

文左衛門は床を這って土間に下り、声を失い縮み上がっている女子供を、両手を広げて包み込んだ。

「だんだん様だ。何も怖いことはないぞ。だんだん様はお強いぞ」

気がつけば台所の板の間には五人の盗賊が倒れ伏しており、壁にも板戸にも血が飛び散り、床には血の色の足跡がついていた。あとの四人は逃げ出したと見える。

「おまえたちはここにおれ。手代たちを助けてくる」

文左衛門は震える脚で立ち上がり、血の跡を追って廊下に出た。真っ暗な寮の奥では、とりどりの怒声と悲鳴があがっている。

丸升屋の男たちの声ではない。見苦しく騒いでいるのは、残り四人の盗賊ども。今、一人の断末魔があがって、三人になった。

「助けてくれ、おい、離せよ。離してくれぇえええ」

卑怯《ひきょう》未練な命乞《いのちご》いに続いて、文左衛門の耳に飛び込んできたのは、低く重たい「ごきん」という音。続いて「どすん」と床に響く。どこだろう。裏庭に通じる短い廊下の先だろうか。壁を伝って走ってゆくと、そこに黒装束が一人倒れていた。覗き込んで、思わず文左衛門は「ひっ」と叫んだ。そいつの頭が後ろ前になっていたからである。だんだん様は槍術だけでなく、こんな荒技もこなされるのか。

文左衛門が畏《おそ》れ入っているうちに、また別の場所で泣きわめく声があがり、ぷつりと切れた。

これで三人目の成敗も終わった。残るは、たった一人。

その一人はでたらめに二階へ駆け上がっていったようだ。荒々しい足音。と、文左衛門たちの寝間に、丸升屋の男たちの誰かが隠れていたらしい。鉢合わせてしまったのか、わあっという声が降ってきた。文左衛門は急いで階段へ走った。

「おまえら、どんな小細工をしてやがる」

寝間の手前の小座敷で、いちばん若い番頭が、盗賊の足元に倒れている。盗賊は髷を乱し、唾を飛ばしてがなりながら、その頭上に手斧を振り上げている。

「何だこりゃ。どこのどいつが俺たちをこんな目に！　てめえか？　てめえの仕業か？　頭をかち割ってやる！」

やめろやめてくれと、文左衛門は手斧と番頭のあいだに身体を投げ出した。斧の分厚い刃が、頭か首筋か背中か肩か、どこかに当たる。そう覚悟した。南無三！

次の瞬間、横様に殴りつけるような突風が吹いて、盗賊の手から離れた手斧がくるくる回りながらすっ飛んで、畳二枚分離れたところに転がった。

身体の下に番頭をかばったまま、文左衛門は目を上げた。

左右の手に短槍を握っただだんだん様が、双眸《そうぼう》に赤い光を宿し、優美に水をかくように足先をしならせて、畳の上に降りてくる。

土人形だというのに、音を立てない。

だんだん様は小さい。身の丈三寸かそこらである。なのに、その場にすらりと降り立った姿の何と頼もしいことか。

「おもちゃか……こりゃ」

盗人が振りかぶった手斧の頭が揺れる。頭巾がずれて耳に引っかかっている。文左衛門は気づいた。こいつは、最初に小娘の女中を押し倒そうとしたくず野郎だ。

だんだん人形の、短槍を構えた左右の腕が、その細い身体の前で大きく弧を描いた。小さな指も動いて、短槍の柄をくるりと持ち換える。そして左右の短槍の尻と尻が合わさると、二本の短槍は一本の長槍となった。前にも後ろにも穂先のついた槍だ。

だんだん人形は、その槍を振りかぶっていったん見栄を切ると、半身を折るようにして狙いを定めた。

棒立ちになっている盗人の、間抜けな顎ががくりと下がった。

しゅん。長槍を構えただんだん様が空を飛んだ。流星の如く光の尾を引いて、まっしぐらに盗人の顔をめがけて。

とう！　突きが繰り出される。盗人はかろうじて避けてよろめく。その左肩を爪先《つまさき》で蹴ると、長槍を横にぶん回しながら、だんだん様は再び大きく跳躍した。

槍の穂先が描く軌跡が、白刃のように光り輝く。いや、まさに白刃そのものだ。満月よりなお輝かしく、三日月よりも鋭利な軌跡は、今この瞬間、あんぐりと口を開け、両目も開きっぱなしの盗人の首を、すぱりと横に断ち切った。

生首が飛ぶ。血しぶきも飛ぶ。一回、二回、三回と回り、盗人の首は不恰好な鞠《まり》のように畳の上に落ちた。つられたように、身体の方もどうと倒れた。

文左衛門は腰を抜かしていた。その腕に抱きかかえられ、手代は気を失っている。

だんだん様は、また音もなく、文左衛門のすぐ傍らに降り立った。長槍をつと引いて、こちらに向かって一礼した。

——これで、勇さんのところに行ける。

甘やかな少女の囁きが、文左衛門の耳に届いた。それと同時に、だんだん人形は粉みじんに砕けて、闇に消えた。


語りが終わり、黒白の間に静けさが蘇る。

文三郎は少し疲れた様子だ。その対面に座している富次郎の心の目には、役目を終え砕け散って消える寸前のだんだん人形の口元に浮かぶ、少女の囁きと同じぐらい甘やかな、それでいて誇り高い武者の微笑がはっきりと見える。

ふうと息をつくと、文三郎がまた口を開いた。

「祖父さんからこの話を聞かせてもらったとき、おれが最初に思ったのはね」

——何かすっきりしないなあ。

「だってさ、悪代官の十悪弾正は、ちっとも罰を受けてないだろ？　おびんちゃんにひどいことをして、三倉村の主立った村の男たちの命を奪って、勇さんも村長のおかみさんも無惨に殺して……」

この話のなかで、もっとも肝心なはずのその仇は討たれずに終わっている。

「おびんちゃんは、殺された村の衆の無念が怨念になっちゃいかんと思ってたって。それじゃ誰も成仏できないから。まあ、おれもわかるよ。その理屈もわかるけど、でもさ、仇討《あだう》ちとか復讐《ふくしゅう》ってのは、そういうきれい事を超えたところで果たされるものなんじゃないのかなあ」

文三郎のなかでは、その不満と疑問がまだ疼《うず》いているらしい。もしかしたら、この話を三島屋の変わり百物語で語ろうと思いたったのも、一人で抱えていると重たい不満と疑問を、けっして他所には漏れない場所で、誰かに聞いてもらいたかったからかもしれない。

富次郎は、この語りを聞き捨てる立場である。きれいに聞き捨てるためには、ずっと語り手が背負ってきた話を、まずすっかりこちら側に移してもらう必要がある。不満や疑問の一片も残さずに。

これはなかなか難しい。富次郎は腹の底に力を入れる。

「それじゃ、少しおいらの考えを言ってみてもいいかな。語りを聞かせてもらいながら、頭に浮かんできたこととか……」

切り出すと、文三郎は飛びついてきた。

「もちろんさ。聞かせておくれよ」

富次郎は軽く息を整えた。

「先に白状しておくけど、おいら一人の考えだけじゃ、どうにも浅くっていけない」

「え。だって富ちゃんは、変わり百物語の聞き手として経験を積んでるのに」

富次郎は苦笑した。「あいにく、大した経験じゃないんだ。最初の聞き手を務めていたおいらの従妹《いとこ》に比べたら、月とすっぽんもいいところさ。おいらには従妹ほどの胆力もないしね」

それはもう、聞き捨てをするたびに痛感していることだ。おちかは強かったんだなあ、と。

「ただ有り難いことに、このだんだん人形のお話について考えるためには、おいらにはちょっとだけ知恵の蓄えがある」

その蓄えを授けてくれたのは、ほかでもないおちかの夫の勘一である。

「従妹が嫁いだ貸本屋の若旦那さ。読み物や史書に詳しくて、物知りで」

小梅という赤子が生まれてからは、若夫婦の方が何かと忙しく、ゆっくり話す折がないけれど、

「以前は、甘い物をつまみながら、いろいろ面白い話を聞かせてもらって、おいらも教わることが多かったんだ。今も、そうやって耳学問した知恵を絞り直してみようってわけなんだけど、いいかしらん」

文三郎は神妙に座り直すと、真顔になった。「お願いします」

「はい、承りました」と、富次郎は微笑した。「だんだん人形のお話は、けっこうな昔話だよね」

丸升屋初代の一文さんが若造の時の経験なのだから、甘く勘定したってざっと百五十年は遡る。

「だから、必ずしも本当に起こった出来事のとおりに伝わってはいないんじゃないか。お話として話しやすく、聞きやすいように形を整えられていてね」

昔話に伝説、歴史書でさえもしばしばそういうことがあると、勘一から教わった。

「事実はもっと大がかりで、もっと残酷だったんじゃないか。もっと多くの村が焼かれ、もっと

多くの人びとが殺されて、それらの非道が終わるまでにも、一年どころかもっと多くの月日が費やされてしまった」

加えて、十悪弾正の非道を藩主や重臣たちに必死に訴えた三倉村など蔵入地の領民たちは、直訴の禁を犯し、一揆を企《たくら》んだとみなされて、もれなく厳しい処罰を受けたことだろう。それは、十悪弾正が本当に悪代官であったかどうかとは関わりがない。郷村掟に縛られるべき村民が、支配者である代官に逆らったというだけで、それは罪なのだ。そんな理不尽がまかり通るのも、この世の有りようの一つなのだ。

「……身も蓋もなさすぎるよ」

文三郎は意気消沈してしまい、背中を丸めた。富次郎も胸が痛んだが、中途半端にしてはおかれない。できるだけ穏やかな声音で、さらに言いにくいことを続けた。

「十悪弾正の女にされてしまったのも、おびんちゃん一人だけじゃなかった。代官は、自分の支配する土地については絶対の権力を持っているんだろ。村々を巡って、娘狩りをやったって不思議じゃない」

背中を丸くしたまま、文三郎は恨めしそうな上目遣いで富次郎を見る。ゆるゆると、一つ、二つうなずいた。

「娘狩りね。富ちゃん、おっかない言葉を思いつくなあ。だけどそうだよね」

おびんは、その苦しみを強いられた多くの娘たちの代表として、この話の中心に置かれたのではないか。

「わたしはね、おびんちゃんが前の年に熱病にかかって、美しい黒髪をそっくり失っててつるつる頭だったというところに、意味を感じるんだ」

つるつる頭は、人が得度したこと——俗世を離れて仏の道に入ったことを表す、もっともわかりやすいしるしだ。

「だからって、この話がお寺さんの説教本みたいなものだって言いたいわけじゃない。ただ、おびんちゃんがお坊さんのような姿をしていることで、ほのめかされている意味があるんじゃないかと思うんだ」

おびんは、ただの村娘ではない。苦難にも曲げられず、人として正しい道を選び取ろうとする強い意志を持つ者である、と。

「だからおびんちゃんは、十悪弾正が振りまいた悪に対し、復讐や怨念による祟りではないお返しをした」

悪に踏みにじられた人びとを何とかして助けようと、何度も何度も命をかけてくれた善なる人の恩に報いる、という形で。

「悪がどれほど幅をきかそうとも、善は滅びない。だんだん人形はその証だ」

読みもの、物語は、そういう証を人の心の目に映すために紡がれる。いつだったか、この世にはどうしてこんなにたくさんの本があるんだろうね？　と問うた富次郎に、勘一はそんな返答をくれた。

——書物は、この世のあるべき証を載せる船みたいなものですよ。

文三郎は大きく目を見張り、目が乾いてしまうんじゃないかと心配になるくらいのあいだ、じいっと考え込んでいた。

やがて、我に返ったみたいに瞬《まばた》きをすると、背中を伸ばして富次郎の顔を見た。

「この話は、初代が後代にどんなふうに伝えたいか考えてまとめた話なんだもんな」

「そうだね」

「祖父さんはね、言ってた」

――だんだん人形様はもうおられん。丸升屋のなかで、さらに後代までこの話を言い伝えていく理由は失くなった。

「それでも、おれにだけは聞かせておくって。その理由はね」

――おまえは末っ子で、いつも前に兄さんたちがおるから、世間の荒波をまともに受けずに大人になってしまうかもしれん。

「祖父さんはそれが心配なんだって」

――人の良いお調子者で、悪いものが近づいてきても気づかんし、逆にいい縁に寄りついてもその価値がわからん。

文三郎、よく覚えておきなさい。

「この世のどんなものよりも、尊いのは人の念だ。人が心に思うことだ」

――しかし、この世のどんなものよりもおっかねえのも、また人の念じゃぞ。

「迂闊なことをして恨みを買うな。自分の命も、他人様の命も軽んじるな。受けた恩は忘れるな。

直に恩人に返せなくても、世の中に返せばいい」

——おまえのご先祖様は、だんだん人形の不思議で尊い力に守護していただけるほど立派な男だった。この先、ひとときもそれを忘れずに暮らしていきなさい。

「そしておまえの人生のなかで、もしも万が一、足の裏から肝っ玉が流れ出てしまうほど怖い思いをすることがあっても」

けっして、勇気を失うな。

「ありがとう、富ちゃん」

わかった気がする。そう言って、文三郎はにっこり笑った。

＊

丸升屋文三郎の話を、さてどのような絵に仕上げようか。

半紙を前に、今回はさほど悩まずに済んだ。ゆっくりと墨を擦り、その香りを楽しみながら、頭のなかに浮かび上がってくる光景をどこから描いていこうかと、富次郎は思案した。

三倉村を見おろす里山。桃や山桜が咲き、頭上には青空が広がっている。その登り道の途中に、野良着姿の少女が一人、こちらに背中を向けて足を止めている。一つに束ねた豊かな黒髪。春の陽ざしを額にも頬にもいっぱいに浴びて。

少女の背中には、小さな籠を背負わせることにした。中身は山菜や木の芽だ。土人形を焼く窯

のある多々井へ向かう道々、目についたものを採っている。おびんは働き者で、万事に気の利いている、ちょっと勝ち気で美しい娘だ。

　三倉村の家々の竈から煙が立ちのぼっている。山肌を覆うだんだん畑には、笠をつけた村人たちが点々と散って、鍬《くわ》を使い鋤《すき》をふるい、野良仕事に励んでいる。

　村のなかでいちばん目立つ建物は味噌蔵だ。重々しい瓦《かわら》屋根と、白漆喰《しっくい》の壁。村を守る火の見櫓もこの並びにある。ここが村の中心なのだ。あたりには豆を蒸す湯気が流れ、麹《こうじ》の匂いが漂っている。

　穏やかで豊かな三倉村の春。おびんはその景色を見渡している。この小高い場所からは、森のなかの小道まで見通すことができる。丸升屋の番頭が、はるばる城下から三倉村を訪ねて歩んでくる道だ。

　早く会いたい。少女のはずむ心を、春風が優しく撫でてゆく。

おびんの足元、その影のなかに隠れて、小さな土人形が佇《たたず》んでいる。両手の短槍を構えることはなく、ただ静かに。

第三話　自在の筆

秋の好日、開店してしばらくの繁多なひとときをしのいでから、富次郎は出かけることにした。

お民が訝《いぶか》る。「この菊日和に、何を買いに行くとお言いだい？」

「田楽ですよ、おっかさん」

上野池之端《いけのはた》にある〈是金《これきん》〉という料理屋が、有名な料理本『豆腐百珍』で紹介されている「田楽」十三種類を作って売り出しているのだ。名付けて〈田楽づくし〉。店の内ではなく、外に屋台を並べて売っているので、客は気軽にその場で食べるか、容《い》れ物に詰めてもらって持ち帰る。

「毎日十三種類が揃っているわけじゃなく、一日に売り出されるのは多くても五種類までなんだそうです。すっかり味見するまでは、何日か通わなくちゃなりませんね」

お民はちょっと目をくるりとさせた。

「田楽は美味《おい》しいものだけど、そんなに食べたら飽きるだろう」

「飽きるかどうか、確かめてみましょうよ。重箱を拝借しますね」

台所で手頃な重箱を借り、風呂敷《ふろしき》に包んでいると、兄の伊一郎が顔を出した。

「やっぱり出かけるのか」と、呆《あき》れたように言う。「寄り合いで耳に入ってきたことなんか、おまえに教えるんじゃなかった」

「わたしだって、兄さんから教わりたくなかったなあ。こんな面白い売り物を知らなかったなんて、富次郎一生涯の痛恨事」

「何を大げさな」

瓢簞古堂へ移ったおしまの穴埋めに、三島屋には新しい女中が二人入った。一人は年増、一人は小娘。どっちもよく働いてくれる。ただ面白いことに、箸《はし》が転がってもおかしい年頃の小娘の方より、年増の方がうんと笑い上戸で、それもけっこう遠慮なしに笑う。今も兄弟のやりとりを聞いてころころ笑っており、伊一郎はいっそう不機嫌な顔つきになって、店先の方へ引き返していった。

「あいすみません、小旦那《こだんな》様」

「気にしなくっていいよ。そんじゃ、旨《うま》い田楽をたっぷり買い込んでくるからね」

昼までまだ間があるのに、小腹も空《す》いた。

富次郎はうきうきと三島屋を出た。

ところがである。

目的の〈是金〉にたどり着く前に、別のところで引っかかってしまった。

「お客様、三島屋の富次郎さん。お久しぶりでございますね」

声をかけてくれたのは、池之端の町筋の一角にひっそりと看板を揚げている骨董《こっとう》屋の主人である。歳は三十半ばほど。闊達《かったつ》でしゅっとした男ぶりで、水のように静かな肝っ玉の持ち主であることを、富次郎はよく知っている。

「ホントだ。あれ以来……ですよねえ」

あれというのは、富次郎が変わり百物語で手にした「始末に困る難物」を、この骨董屋の主人に引き取ってもらったことである。去年の夏の初めごろだったはずだ。

それ以降も、ここらを通りかかる機会は何度もあった。ただ富次郎としては、この店に、用もないのにやたらと近寄らないよう心がけていたのだ。あのときの経緯《いきさつ》からして、ここを訪れるのは他所《よそ》では足りぬ用があるときか、この店の方から招かれたときでなければならぬという気がした。

で、今はその後者の方なのであろう。奥の帳場に座っていることの多い店主が、たまたま店の前に出ており、富次郎を見かけて挨拶《あいさつ》をくれたのだから。

「あのとき頂戴《ちょうだい》した一文銭、根付けの先につけて、ずっと持ち歩いているんですよ」

「それはありがとうございます」

言って、店主はつと小首をかしげて微笑むと、

「その風呂敷包み、もしや〈是金〉さんへいらっしゃるのか、あるいはもうお帰りになる途中でしょうか」

おお、一発で見抜かれた。

「これから繰り出そうというところです。一目でわかるなんて、やっぱり大評判なんでしょうね」

「田楽づくしが始まったのは昨日の昼前でございますが、手前は半日でくたびれて、数えるのを

やめてしまいました」

骨董屋の前を通りかかる、何かしら容れ物を持った人びとの数を。

「みんな考えることは一緒なんだなあ」と、富次郎も照れ笑いしてしまった。

「なにしろ大盛況なので、行けばだいぶ並ぶことになりますよ。手前でも、空茶《からちゃ》ぐらいは差し上げられます。中で休んでおいでなさい」

お言葉に甘えて、富次郎は骨董屋の中に入った。古物商いにつきものの埃《ほこり》臭さがなく、かすかな香の薫りがする。そうそう、この感じが不思議と心安らぐのだと思い出した。

去年の夏、初めてこの店の前で足を止めたのは、店先に飾られていたぐい飲みに目を惹《ひ》かれたからだった。今日はその場所に、大中小の信楽《しがらき》焼の狸が置いてある。それを見てふと思いつき、

「ご店主、こちらで土人形は扱いますか」

問うてみると、すぐに奥の引き出しからいくつか木箱を出して見せてくれた。

「今ここでお預かりしているのは、花巻土人形と相良《さがら》土人形の二種類だけでございますが……」

耳が三角にぴんと立ち、背中にきれいな羽衣の模様をつけた猫。振り袖《そで》姿で髷《まげ》に大きな笄《かんざし》をさし、琵琶《びわ》を抱えた女。花かごを載せた荷車を引く男の子。鮮やかな青色の羽織を着込んだ相撲取り。

「きれいなものですねえ」

一つ一つ、じっくりと目と指先で愛《め》でさせてもらった。

「この猫、可愛いなあ。うちの商いものにも、こういう柄をつけてみたらいいかもしれない」

「以前、狆《ちん》の土人形を扱ったこともございますが、あれも可愛らしいものでした」

なぜ土人形に興味があるのか。それはね……と、丸升屋文三郎の話をここで披露することはできない。富次郎だって、あれは聞き捨ててもう忘れた話なのだ。

少し残念だ。人形には人の魂が宿る。勇気も宿る。だから不可思議なことを起こす。そう切り出して、店主と話し込んでみたい。駄目だとわかっているけれど。

富次郎はまだこの骨董屋の屋号を知らない。すぐ目につくところには、それらしい看板も扁額《へんがく》もなく、店の正面にはただ「こつとふ」と墨書した、古色のついた木版がさげてあるだけなのだ。

加えて、店主の名前も知らない。これは単純に名を問う折がなかった。店主の方は、こちらが袋物屋三島屋の富次郎であることをご存じなのだが。

もちろん、店主の名も屋号も、隠されているわけではない。訊《き》けばすぐ教えてもらえるだろう。だが、訊かずとも時が来れば自然とわかる。ここまでの成り行きで、この店とはそういう付き合い方をするべきなのだと、富次郎は感じている。

「ありがとうございました。みんな欲しくなっちまったけれど、お高価《たか》いものだろうし、一つに決めるのも切ないし……」

「すぐお決めにならずとも、またいつでもお好きなときにご覧ください」

店主は言って、琵琶を抱いた女の土人形をきれいな布に包み直した。

「土人形は、奥州《おうしゆう》産に優れたものが多うございます。気をつけて集めておきまし」

店主の言がぷつりと途切れ、土人形を包む手も止まった。

店の入口に人影が差し、太い声がした。

「御免、店主はおるか」

富次郎ははっとした。愛らしい土人形たちを挟んで向き合っていた店主の気配が、つと引き締まったのを覚えたからだ。

目を返して見やると、坊主頭に十徳を着込み、握りのごつい杖《つえ》をついた男が一人、店先に立っていた。ただ突っ立っているだけなのに、ひどく幅をとっている。太っているというか、身体がずんぐりしているし、坊主頭もやけに大きいのだ。

「これはこれは、栄松師匠《えいしようせんせい》」

店主は帳場に指先をつき、音もなく立ち上がると、履き物に足を入れて店先に出ていった。

「ようこそおいでくださいました。どうぞこちらへお掛けください」

小さな腰掛けを引き出して勧める。だが、栄松と呼ばれた十徳姿の男は、その大きな頭をゆらゆら振って、

「店主、あれはどうなっておる」

棘《とげ》のある声音で食いつくように問うた。

「無事なのか。他の客の目に触れさせてもらっては困る。まさか売ってしまってはなかろうな」

骨董屋の店主は、栄松師匠の傍らに寄り添うと、穏やかにこう応じた。「売れてはおりません。手前が確かにお預かりしております」

栄松は店主の着物の袖をつかんだ。「約束を忘れてくれるなよ。あの筆は私のものだ。けっして他の誰にも渡さずにしまっておいてくれ」

店主は袖をつかまれたまま、気を悪くするふうもなく、はい確かにとうなずいた。

「師匠があれをお手元に置こうと決められたならば、すぐにもお渡しできますよう、手前がしっかりお守りしております。どうぞご安心ください」

帳場のところから眺めていても、栄松という男の大きな坊主頭がてらてらしているのがわかった。脂汗をかいているのだ。

——「あの筆」って言ってたよな。

筆なんて骨董品になるのか。使い古したら捨てるしかないものじゃないのか。

——あの大坊主は何者だ？

十徳を着るのは商家の隠居、町医者、八卦《はっけ》見《み》、俳人、あとは？

栄松師匠には、どうやらお供がいたらしい。店主は店先で、お仕着せを着た若い男と話をしている。お仕着せ男は片手で栄松の肩を抱きかかえ、片手をごつい杖の握りのところにかけて、ひどく恐縮したように店主にぺこぺこしながら、今、店先から離れていく。栄松師匠は脂汗まみれの坊主頭をゆるゆる振りながら、呆然《ぼうぜん》として連れられてゆくように見える。

――病人なのかな。

千々に乱れる詮索《せんさく》に、土人形の猫を手の内に包んだまま、富次郎も固まっていた。

「ああ、ご無礼をいたしました」

店主が帳場に戻ってきた。苦い顔をしているわけではないが、口の端がほんの少しだけ曲がっている。

「あの方は、いいお客さんなんですか」

「お得意様とは申せませんが、奇縁があるお方ではありまし」

短く答えかけ、店主は軽く目を見張って、富次郎の顔を見た。「そういえば、こういうお話は、三島屋さんにこそふさわしいものでございますね」

では怪談ということか。そう聞かされては富次郎の方も身構える。

「栄松師匠でしたっけ、あの方は、うちの変わり百物語で語られるような類《たぐ》いの事情を背負っておられるということで？」

骨董屋の店主はゆっくりとうなずくと、帳場に戻り、包みかけだった土人形を優しい手つきで持ち上げた。

「今は隠居の身の上ながら、昔はそこそこ名のある絵師だった方なんでございます」

想いが千々に乱れて、富次郎はちょっと言葉を失った。

——絵師だと思いたくなかったんだ。

かなわぬ夢だと心得つつも、富次郎は絵師に憧《あこが》れている。筆を使う生業《なりわい》といったら、真っ先に画業を思い浮かべないわけがない。十徳を着込むのは確かに医者や俳人に多いけれど、老齢になれば絵師や書家が身に着けたってまったくおかしいことはない。

だけど、さっきはわざとその思いを封じていた。それほどに、あの栄松という身体の大きな坊主頭の隠居には嫌な感じがしたのだ。脂汗も汚らしく、分厚いくちびるを震わせて店主に食いつくように問いかける様が切羽詰まりすぎていて、同情するよりも先に嫌悪を覚えてしまった。

一方で、この店主に「そこそこ」と評されるくらいの腕前でも「師匠」と呼ばれ、隠居してもお仕着せを着たお供を連れ回す暮らしをしている、あの脂汗大坊主が羨《うらや》ましいとも思ってしまう。画業で世渡りし、あの歳まで人生を漕《こ》ぎ進んできた。どんな生まれで、どんなことを学び、どんな努力を重ねたらあのようになれるのか。いや、大坊主の脂汗は似たくないけれど。

「もう四年は前になりましょうか。冬のいちばん寒い最中《さなか》に、栄松さんは中気で倒れられまして」

命は拾ったが、身体の右半分が滑らかに動かなくなった。利き腕も上がらず、ひいふうみいと指を折ることとさえ覚束《おぼつか》なくなってしまった。

「脚の方は、その後だんだんと回復されまして、今はあのように杖があれば歩き回れる。右腕も動きますし、ものを摑《つか》むぐらいのことはできるくらいになりましたが」

肝心の絵を描くことはかなわなくなってしまったのだという。

「倒れる以前は、内弟子もおれば、一度の出稽古《でげいこ》にそれなりの束脩《そくしゅう》を払ってくれる弟子たちも抱えていたお人です」

富次郎も、商いの修業に出ていたお店で、主人の道楽に便乗し、通ってきてくれる絵師に筆遣いのいろはを習った経験がある。あの謝金はけっして安くはなかったはずだ。

「鬼面人を威《おど》すような構図と、どぎつさと紙一重の色使いでしたので、正直に申しますと、手前は栄松師匠の画風が好みではございませんでしたが……」

愛らしく美しい土人形たちを木箱に収めながら、骨董屋の店主は溜息《ためいき》をもらした。

「その華美で大胆なところを良しとして、名指しで注文される趣味人のお客もいらしたんですよ。市中の名刹《めいさつ》古刹とまではいかずとも、新興の小さなお寺さんの襖絵《ふすまえ》や本堂の天井画を頼まれたり、羽振りのいい商人《あきんど》からの注文で、手前のこの小さな店の半年の売り上げと同じほどの値がつく豪奢な屏風《びょうぶ》絵を描いたりと」

栄松老人は、確かに成功した絵師だった。病に倒れ、存分に筆をふるえなくなって、それまでの人生のなかでつかみ取ってきた富も名声も満足も、一気に失ってしまったことになる。

富次郎の胸のなかからは、あの脂汗にまみれた大坊主への嫌悪感が消えてくれない。かすかな焦げ臭さのように、鼻の奥にこびりついている。だがそれでも、口の端からぽろりと言葉がこぼれ出た。

「……お気の毒に」

声音の隠しようのない震えに、店主の表情が揺れた。富次郎本人も自分の胸の痛みに驚いて、弁解するように店主の顔を見た。

「わたしは、絵が好きなんでございます」

絵師に憧れている、絵師になりたいという夢があるとまでは言えなかった。

「この世の有りよう、人の心模様、仏の道を照らす一筋の光も、猛《たけ》り狂う地獄の焔《ほのお》も、優れた才のある絵師の手にかかったら、およそ描き表せないものはありませんでしょう。こんな素晴らしい技は他にないと思わずにはおられません」

素直な熱のこもった富次郎の言に、店主は微笑んだ。

「初めてこの店を覗《のぞ》いてくださった折も、確か、この後ろにあった掛け軸に目を留めておいでになりましたなあ」

そう、あのときは帳場の壁に、南蛮の女魔物を描いたという風変わりな掛け軸が飾ってあったのだ。どの方向から見やっても、女魔物とぴたりと目が合うように感じられる不思議な絵だった。

「あのとき、富次郎さんとお話をさせていただきながら……まだ、変わり百物語の三島屋の富次郎さんだとは存じませんでしたけれどね、手前は何となく、この若いお客さんも絵を描く方なんだろうなあと思っていたんですよ」

「は？」

「違いましたか。ただお好きで眺めておられるだけで、絵心はおありでないと」

鼻の頭に汗が浮いてくるのを、富次郎は慌てて指で拭《ぬぐ》ってごまかした。

「えっと、あの」

富次郎の狼狽《ろうばい》に、店主の微笑がにこにこ笑いに広がった。この笑顔の前で嘘をつけるほど、三島屋の小旦那は大人ではない。

「真似事だけ、習ったことがございます」

「ああ、やっぱり」

「なぜわかったんですか」

わかってもらって、少し嬉《うれ》しい。

「ですから、何となく。今はお描きになっておられないんですか」

返事に詰まり、富次郎はさらに汗をかく。変わり百物語の語りを「聞き捨て」するために、一話終わると一枚の墨絵を描いていることは、三島屋のなかだけの内緒事だ。この習慣があること自体、外でぺらぺらしゃべってはいけないと、富次郎は自分を戒めている。つまり、それも「聞き捨て」の決まりの内だからである。

「い、いくら習っても、さ、ささ才がないからやめたんです」

舌が回らない。

「そ、それでも、素晴らしい絵に出会えば、筆一本でそれを形にした絵師には、いつも尊敬の念を覚えます。その才を羨ましくも思います。わたしにはないものだから」

だからこそ、それを失う辛《つら》さをおもんぱかると、心がざわつくのだ。

「己の才を縦横に活《い》かして暮らしていたお人が、何かの事情でそれを失うことになったなら、どれほど悔しく切ないことでしょう。一度何かを得てから失くすのは、最初から何も得ていなかった場合よりも、もっと口惜しいのではないでしょうか」

それを思うと、栄松老人の様子がどれほど不快であっても、富次郎の胸は同情に痛むのだ。

「……富次郎さんのおっしゃるとおりだと思います」

店主は静かな口調で言った。明るい笑みは消えて、静謐《せいひつ》な表情だ。

「当店と栄松師匠との奇縁と申します事情も、まさにそういう悔しさと切なさによるものでございまして」

こちらがまた思わずというように身構えたのを感じ取ったのか、店主ははっと手を上げて制した。

「いえ、これ以上はやめておきましょう。手前も、この場で富次郎さんに変わり百物語をしていただこうとねだるほど図々《ずうずう》しくはございません。偶々《たまたま》とはいえ、栄松師匠の奇矯なところをご覧に入れてしまったものですから、少しばかり弁解しようか、お詫《わ》びしようかと、つい口を滑らせてしまいました」

この御仁が、髪の毛一筋ほどでも慌てるところを、富次郎は初めて見た。

「そうですか。では伺いません」

「ありがとうございます。まったく、信用を三文で買って一文で擦るおしゃべり三昧《ざんまい》、お恥ずかしい限りでございます」

「筆とおっしゃってましたよね」

――あの筆は私のものだ。

店主はとても痛そうな顔をして、額を押さえた。「お耳に入っていましたか」

「今を限りにきれいに忘れます」

言って、富次郎は円座から腰をあげた。

「おかげさまで喉《のど》の渇きがおさまりました。では、田楽狭間《でんがくはざま》の戦いに行って参ります」

重箱の包みを左に提げ、右手はありもしない長槍《ながやり》を持つ恰好《かっこう》をつけて、にっこり笑ってみせたのだった。

「気になるんだ。気になってしょうがないんだよぉ」

あんまり力んで唸《うな》るものだから、声音が濁って聞こえる。そんな富次郎を、お勝はいつものように艶然《えんぜん》としてあしらう。

「困りましたわねえ」

「いったいどんな筆なんだ、どんな事情なんだって考え始めると止まらなくて、夜もろくに眠れないくらいなんだよぉ」

あれから五日、富次郎の池之端通いが実って、三島屋の人びとは十三種類の田楽を全て味わうことができた。油で揚げたものはこくがあって旨いがもたれる、尾張名護屋《おわりなごや》の赤味噌《あかみそ》は乙な味だ、京風白味噌にすりごまは辛口の酒に合う、味噌に山椒《さんしょう》をまぜたものは大人向き、卵をまぜると子どもらに大人気だ――などなど、みんなで大いに騒いで楽しんだ。おかみのお民が呆れて、

「にわか田楽お大尽様ご一行の出来上がりだねえ」と笑うほどだった。

皆に喜んでもらって、富次郎ももちろん大満足だ。なかでも、昨年末に実家であるこの三島屋に戻ってきて以来、何だか人が変わってしまったみたいに、どうかするとすぐ不機嫌な顔をして冷たいことを言う癖がついてしまった兄・伊一郎が、この田楽お大尽を大らかに楽しんで、

「おまえに教えるんじゃなかったなんて言って済まなかった。〈是金〉へ日参してくれてありがとう」

本来の伊一郎らしい明るい顔で褒めてくれたことが嬉しかった。

――兄さんはまだ傷心しているんだ。

伊一郎は、本来の予定よりも早めに帰ってきたのだが、その裏には縁談が壊れたという事情があったのだ。

――旨い物を食べさせて、楽しいことを用意すれば、だんだん元の兄さんに戻ってくれるだろう。

これはますます小旦那富次郎の頑張りどころだと腕に力こぶをこしらえたのだが、しかしその一方で、骨董屋での一件がどうにも心から離れてくれない。むしろ日に日に富次郎のなかでふくらんでくる。

これも変わり百物語の内だと割り切って、二日目の段階でお勝には話を打ち明けた。疫神《えきじん》の強い守護の力を持つこの変わり百物語の守役は、他の者が腰を抜かすようなことでも、おっとりと「あらまあ」とか「それはたいへん」とか言うくらいの大人《たいじん》である。栄松師匠の筆の謎に興奮する富次郎を宥《なだ》めてあやし、それでも小旦那が収まらないと、まっとうな提案をした。

「どうしても気になって収まらないのでしたら、その店主さんを黒白《こくびやく》の間にお招きしてはいかがでしょう」

富次郎だって、その手を考えないわけはなかった。だが、丁重に招いたところで、あの店主は来るまい。

「あのときも、軽率に口を滑らせてしまったって、バツが悪そうだったんだ」

それより何より、この話は、店主に語ってもらうのでは筋が違うのだ。もともと、絵師の栄松の話なのだから。

「では、その絵師の方をお招き」

「すればいいけど、怖いんだよ」

ここで初めて、お勝の目に驚きの色が宿った。「怖いとおっしゃいますと」

富次郎は進んでおちかの後を継ぎ、変わり百物語の聞き手の座にすわった。しかし、けっして豪胆な気性ではない。毎回、語り手の話の恐ろしさに縮み上がり、涙ぐんだり気分が悪くなったりする。その様を、唐紙一枚隔てて見守ってきたお勝は、誰よりもよく承知している。

だから、今さら「怖い」も何もあったものじゃない。なのに、富次郎がはっきりその言葉を口にするには、するだけの理由があるからだと、お勝は察したのだ。

「だって、絵師の画業と才に関わる話になるに決まってる。子細を知るのが怖いんだ。知ったら……わたしの心のどこか大事な場所がぐらついちまうような気がする。さもなきゃ、余計な欲をかき立てられる羽目になるとか」

そう思わない？　子どもみたいに問い詰めてみると、お勝はうなずいた。

「はい、わたくしもそう思います」

さらに踏み込んで、容赦なくこう続けた。

「おおかたその筆は、病や歳で才と技が衰えてしまった絵師に、往事の力を戻してやることができるのでしょうね」

あるいは単純に、（もともとないにしろ、失ってしまったにしろ）画才のない者に、それを与えてくれると言おうか。望むまま、欲するままに。

しかし、そんなおいしい話に代償が伴わぬわけはない。それがまたひどい（もしくは重たい、厳しい）代償だから、栄松も件《くだん》の筆を手元に置くことはできず、さりとて売り払ってしまうのも惜しいので、骨董屋の店主に預けておいて、

――あの筆は私のものだ。けっして他の誰にも渡さずにしまっておいてくれ。

「と頼んだ、という事情ではございませんかしら」

富次郎は両手で顔を覆った。自分もお勝も、変わり百物語にひたり続けてきたせいで、この手の話の筋書きに、察しがよくなりすぎていやしないか。

「そこまではっきり言わないでくれよ！」

「まあ、でも、そうとしか考えようがございませんから」

「だから聞きたくないんだよ、わたしは」

――今を限りにきれいに忘れます。

店主にそう言ったのも、本気だった。自分の欲から身を守るためだったのに。

「だけど気になってしょうがないんだよぉおおおお」

お勝は、胸の前で「はいはいはいはい」と拍子をつけて手を打った。

「守役のわたくしもこういう例は初めてでございますが、場所は黒白の間の外でも、聞き手がそのように受け止めて聞きとったのなら、そのお話は変わり百物語の一つに入りましょう。小旦那様、いつものように聞き捨てなさいませ」

一枚の半紙に、この話を墨絵として描くのだ。そしてお勝に渡して封じてもらう。〈あやかし草紙〉と名付けた木箱の中に。

「……これを描くのも、わたしは気が進まないんだよ」

「それでは、何日経っても八方塞《ふさ》がりのままでございますわ」

わかってますよ。わかってるってば。

「よし、何か旨い物を食って忘れることにする」

「田楽尽くしは終わってしまいましたよ」

あんまりの大評判大盛況に、〈是金〉が国じゅうから集めた食材が尽きてしまったのだそうだ。

「今は季節がいいからさ、別口の催しものがあるかもしれない。瓢簞古堂で聞いてこようかな」

そうしようそうしよう、ついでに小梅を抱っこしてあやしてくれれば、この胸の塞がりも消える。きっと消える、消えるに決まってる、消えてくれないと困る！

「そうじゃないと、ずうっと気まずくて、あの骨董屋にも近づけないいまんまだしね」

瓢簞古堂へ行き、おちかと勘一夫婦の顔を見ても、富次郎はどうにか踏ん張って、詳しいことを打ち明けて愚痴って慰めを請うなんて醜態はさらさなかった。変わり百物語の決まりは聞き捨て。それは、初代の聞き手だったおちかに対しても、甘えて譲ってしまってはならない。

ただ、ちょっとだけ目こぼしをもらってもいいだろうと、小梅をあやしながら、

「怪談めいた話を他所《よそ》で聞きかじって、中途半端なもんだから、腹にもたれて困ってる」

しゃべっている途中で小梅のおしめが濡《ぬ》れて泣き出したもんだから、それを潮に引き揚げてきた。小梅の可愛い笑顔と、頭のてっぺんの甘い匂いに、少しは胸が晴れたような気がした。

＊

江戸の秋をしめくくる神田明神祭《みようじんまつり》は、赤坂《あかさか》の山王祭《さんのうまつり》と一年交替で催される。どちらも将軍が上覧される天下祭だ。

今年は神田明神の番なので、氏子の商家の（伊兵衛の言によれば）末席にぶらさがっている三島屋も、夏の盛りのころから様々な支度に追われていた。前回までと違うのは、伊一郎が若旦那としてどんと構えていることだ。おかげで伊兵衛は祭りの世話役の一人として店を空けることもできるし、逆に伊一郎を名代に遣《や》って祭りの世話役のいろはを学ばせつつ、自分は商いに励むこともできた。

そちらは蚊帳《かや》の外の富次郎は、祭りの当日の炊き出しや弁当の手配については、お民に頼られて大いに働いた。

それを明神様が見ていてくださったのかもしれない。あれから、忘れる忘れると言いつつ忘れられず、富次郎の胸の奥に刺さったまんまの「栄松の筆」の謎は、その働きのおかげで解けることになった。

お祭りの当日九月十五日は、三島屋はお店は開けるが作業場は閉める。職人や縫い子たちは一日休みで、好きなように祭り見物に繰り出していい。富次郎が手配を任された弁当は、このとき皆に持たせるものであった。

　奉公人の弁当なんか握り飯の包みでいいだろうなどと言うのは、神田界隈《かいわい》のような華やかな場所で、袋物屋のような美々しい商いをする者としては失格だ。お店の名入れ半纏《はんてん》を着て、人混みのなか、山車《だし》や踊り屋台を見物する職人や縫い子たちが粗末な弁当を広げていたら、それは三島屋の名折れである。みっともないことこの上ない。また、世間には（底意地悪く）物覚えのいい人もいるから、先に使った弁当屋をまた頼むと、「代わり映えしませんねえ」とくさされる。つまり、どんなに良くても同じ店は二度使えない。それくらい大事で面倒な弁当だからこそ、お民も富次郎に相談を持ちかけてきたのである。

　富次郎は知恵をしぼるだけでなく、あちこち足を運んでいって、やりくりの内で最良と思われる弁当を支度することができた。お民はもちろん、肝心要《かなめ》のこの弁当をつかう者たちが大喜びしてくれたことで、富次郎の苦労と苦心は充分以上に報われることとあいなった。

　お祭りが無事に終わって数日後、こっちからお礼に出向く前に、先回りして弁当屋の若い番頭が三島屋を訪ねてきた。

「三島屋さんの皆様が手前どもの弁当を広げてくださったおかげで、たいそう良い評判をいただきました。あれから注文が二割ほども増えまして……」

　三島屋のある方角には足を向けて眠れないと言うのだった。

「そのお言葉、そっくりお返しいたしますよ」

軽い茶菓で番頭をもてなしているうちに、富次郎はこの若い男の顔が気になってきた。

——どっかで会ったことがあるような気がする。眉毛《まゆげ》が濃くて、えらが張ってはいるが、男前の方だろう。珍しい顔ではないから、勘違いか思い違いかなあ。

その思案含みの表情に、相手も思い当たるところがあるのだろう。ふっと笑った。

「失礼ではございますが、お伺いいたします。三島屋さん、手前の顔に見覚えがおありではございませんか」

やっぱりどこかで会ってるのか。そう思った途端に、目隠しがはずれたみたいに閃《ひらめ》いた。

「そうか、田楽尽くしだ！」

「左様でございます」と、弁当屋の番頭も笑み崩れた。「主人の言いつけで、手前は〈是金〉に日参しておりました」

行きやすい時刻がかぶっていたのか、富次郎とは四度、店先で同じ列に並んでいたという。

「それは奇縁もあったものです。明神様のお導きかな」

口に出してしまってから、奇縁という言葉の後味が舌先にざらりとした。このごろは上手《うま》く忘れていられるようになってきた、骨董屋と栄松師匠の一件の苦い味だ。

ところが、若い番頭はこんなふうに続けて言った。「ええ、本当に。しかし奇縁と申しましたらもう一つ……三島屋さんは、神田のこちら側から池之端に行く途中に、小粋《こいき》な骨董屋があるのをご存じでしょうか。下谷広小路《したやひろこうじ》の少し手前で、向かい側に大きな瀬戸物屋がございまして」

富次郎の心の臓が一度ぴょんと跳ねて、もとの場所に戻った。

「外には〈こつとふ〉と記した木札をさげているだけの店でしょうか」

はいはいと、弁当屋の番頭は身体ぜんたいでうなずいた。「店先に並べてある品が、いつも面白うございます。大中小の信楽焼の狸なんぞ、あのままそっくり買い込んで並べてみたくなりました」

ああ、あの店で間違いない。「屋号をご存じですか」

「確か、〈古田庵《ふるたあん》〉というのではなかったかと思います」

古い田んぼの庵か。意外とおとなしい屋号である。

「それで、その古田庵がどうかしたんでしょうか」

手の中に冷たい汗を握りしめながら、富次郎は問いかけた。

「気の毒に、店から売り物を盗まれたんでございますよ。年寄りの、昔は売れっ子だったという絵師が……」

「え！」

富次郎があんまり大きな声を張り上げたので、飲みかけの湯飲みの番茶の面に細波《さざなみ》が立った。

「三島屋さん、大丈夫ですか」

「大丈夫です。どうぞお続けください。その絵師は、坊主頭の大柄な老人じゃございませんか。もしそうならば、手前もお見かけしたことがございます」

「そうそう！　大柄の坊主頭のお方だそうで、確か雅号が、松とか竹とか」

弁当屋の番頭は、〈是金〉通いのときだけでなく、いろいろな用事であの道筋を往来するので、

古田庵の前もよく通りかかるのだという。それでも、件の老人を見かけたことは一度もなかった。

「その盗み騒動のときも、手前は居合わせておりませんでしたが、お馴染《なじ》みさんに古田庵さんの上客がおられましてね。あとで噂を聞かせてくださいまして」

何でも、その（松とか竹という雅号の）年寄り絵師が古田庵から盗み出したのは、小さくて薄べったい紙箱に収められ、蠟《ろう》で封をされていた品物で、

「盗人《ぬすっと》の絵師は、店先から転がるように逃げ出しながら、どこかで落ち着くのを待てずに、蠟を剝《は》がして紙箱の蓋《ふた》を開けて」

取り出したのは、一本の筆だった。

「まわりの人たちには、筆だということしか見てとれなかったそうでございます。年寄りの絵師は、少し右脚を引き摺《ず》っていて、それでも必

死に走る様が凄《すさ》まじく」

富次郎の固く握りしめる手のなかから、冷汗が溢《あふ》れ出しそうになってきた。

「その絵師は、取り出した筆をどうしたのでしょうか」

それがね——と、番頭は声をひそめた。

「池之端仲町《なかちょう》まで逃げていって、不忍池《しのばずのいけ》の畔《ほとり》へ出るところで、いきなりその筆をへし折りますと」

口に突っ込んで嚙《か》み砕き、ぐいぐい呑《の》み込んでしまったのだという。

富次郎は啞然《あぜん》とした。こめかみから一筋、汗が伝い落ちるのを感じた。

「太い筆ではなかったそうですが、食べ物じゃございません。無理くりに呑み込むうちにげえげえ呻《うめ》き出し、それでもやめずに口を押さえて呑み込んでしまうと、その場に倒れてしまったんだそうでございます」

野次馬たちがおっかなびっくり近寄ってみると、筆喰《ぐ》らいの絵師は、固く歯を食いしばったまま事切れていた。

「そこへ、古田庵の店主が追いついてきましてね。絵師が死んでいるのを見て、たいそう気の毒がって嘆いて」

そんな騒動だし、挙げ句に人死にが出たのだから、近くの番屋の番人が駆けつけてきたし、岡っ引きも出張ってきた。だが、厳しいことを問われても、古田庵の店主は動じなかった。

——亡くなったこの方は、手前どもとは奇縁に結ばれたお客様でございました。

「件の筆も、盗まれたものではない。そもそも絵師の老人の持ち物で、古田庵さんで預かっていただけだと言いましてね」

どうか角張った大事《おおごと》にせず、絵師を葬らせてあげていただきたいと、番人たちに頭を下げていたという。

「そのうちに、報《しら》せを聞いた絵師の倅《せがれ》とか孫とか下男とかが駆けつけてきて、まあ、岡っ引きにはいくらか詫び金を包んだんでしょうね。さほど揉《も》めることもなく、亡骸《なきがら》を引き取っていきました」

古田庵の店主はそれに付き添い、絵師の家族に語ったそうである。

――手前のところから立ち去るとき、師匠はもう、ご自分の命がすぐに尽きると覚悟されていたようでございます。

筆の入った紙箱をつかんで店主を振り返り、叫ぶようにこう言ったという。

――私の亡骸は、きっと荼毘《だび》に付してもらう。こいつごと灰になる。店主よ、今まで済まなんだ。こいつは私が片付ける。

嗚呼《ああ》。富次郎の胸の奥に、重たい得心が落ちてくる。

栄松師匠よ、そういう結末を選んだか。

「富次郎さん、大丈夫ですか。何ですかお顔の色が……」

気遣ってくれる弁当屋の番頭の前で、それ以上取り乱さぬように、努めて息を整えることしかできなかった。

それから数日、自分の肝が据わるべきところにちゃんと据わっているのを確かめてから、富次郎は古田庵へと赴いた。

その日の骨董屋の店先には、遊ぶ童子の姿を象《かたど》った土人形がいくつも飾られていた。凧《たこ》あげ、コマ回し、土筆《つくし》摘み、虫取り、魚釣り、団扇《うちわ》を持って夕涼み。一つ一つは富次郎の親指ほどの大きさだが、活き活きとした表情が可愛らしい。並べてあると、動いているように見えるところも面白い。

店主は奥の帳場にいた。帳面をつけているらしく筆を取っていたが、富次郎に気づくと、はっとして手を止めた。

「三島屋さん、どうぞこちらへ」

勧められた円座に腰をおろし、富次郎は店主の顔を見た。

「……栄松師匠の噂を伺いました」

店主はすぐ納得したらしく、一度、二度とうなずいて、

「かなりの騒動になりましたので、きっと三島屋さんのお耳にも入るだろうと恃《たの》んでおりました」

老絵師の最期を、富次郎に知ってほしいと思っていたというのだ。

「栄松師匠は件の筆を持ち出すとき、ご店主に、こいつは私が片付けるとおっしゃったそうですね」

店主はもう一度うなずき、肩を落とした。

「ですから、手前も必死に追いすがりはしなかったんでございます」

重たい言だった。栄松は老人だし、右脚がいくらか不自由だった。店主が尻端折《しりはしょ》りして追っか

けたなら、造作なく追いつけたろう。絵師の手から筆を取り上げることもできただろう。

だが、店主は敢《あ》えてそうしなかったのだ。栄松の叫びを受け入れ、その願いを聞き届けるために。

こいつは私が片付ける。それは「こいつを私の好きなように始末させてくれ」ということでもある。

店主は言った。「あの筆には名前がございました」

自在の筆、と。

誰が名付けたのかはわからない。そもそも、いつどこで作られたものなのかも不明のままだった。

「使っても使っても古びず、筆先が乱れることもございません。筆の毛は灰色がかった白色で、新たな持ち主の手に渡り、最初に使われる時のみ、かすかな獣臭を漂わせるんだそうでございます」

その特別な効能は、富次郎がお勝と憶測し合っていたとおりだった。自在の筆は人に才を与える。あるいは、衰えてしまった才をもう一度蘇《よみがえ》らせる。

「しかも、これはおよそ筆を用いる全ての技に効き目がございまして」

書道や絵画ばかりではない。筆で字や数字を書いて学ぶよろずの学問にも、この筆の驚くべき力は及ぶのだ。

「大勢の学者が十数年かかっても解けなかった難しい和算の術式を、この筆を手にした途端、十四、五歳の若者が鮮やかに解いてしまったという逸話もございます」

ただし、それには高い代償がつきまとう。

「自在の筆は、それを使う当人ではなく、まわりにいる者の生気を吸い取ります」

周囲の人びとを傷つけ、血を流させる。最後には命まで奪ってしまう。しかも、その様態がいちいち酷《ひど》いのだという。

「栄松師匠のところでは、師匠があの筆を使い始めて数日後に、まず奥様にその難が降りかかって参りました」

中気で倒れ、その後は思うように画業を行うことができぬ夫の内心をおもんぱかって、誰よりも案じてきた栄松の妻だった。

「自在の筆を得て、師匠が病に倒れる以前どころか、もっとも筆が冴《さ》えていたころのような技を取り戻したことに、歓喜の涙を流しておられましたのに」

ある朝、絵師の妻の右目からおびただしい血が流れ出したかと思ったら、ぽんと音を立てて、右の目玉が潰《つぶ》れてしまった。

「驚き狼狽《うろた》えるうちに、鼻からも口からも血が流れ出てきて、奥様はその場に倒れて気を失いました」

家人や内弟子たちが慌てて駆けつけて、栄松の妻を抱き起こした瞬間に、今度は左目が潰れた。ぴゅっと噴き出した血が、傍らにいた内弟子の顔にかかった。

「それきり、奥様は寝ついてしまわれました」

高熱と痛みにうなされ、目玉があったところにぽっかりと空いた眼窩《がんか》からは、思い出したように血と膿《うみ》が流れ出す。栄松の妻は正気を失い、かろうじてくちびるを水で湿すことしかできぬま、寝ついて十日目に骨と皮のようになって死んでしまった。

「その十日間、栄松師匠もまた正気を失ったように絵を描き続けておりました」

何でも思うように描ける。往時の力を取り戻し、そこに今の経験と知恵が加わるのだ。栄松は絵師としてもっとも充実した時を得て、寝食忘れて画業に没頭していた。

同じ屋根の下で妻が死にかけていることにさえ、心を費やさずに。

「奥様の亡骸があまりにも瘦《や》せ衰えていたので、早桶《はやおけ》に葬るのではなく、荼毘に付すことになったのでございますが」

栄松は、妻の遺骨を収める骨壺《こつつぼ》が「なかなか見る折のない珍しいものだから」と、自在の筆を用いて素描をしていたそうな。

こうして、栄松の屋敷から妻が消えた。絵師の手のなかで働き続ける自在の筆は、すぐ次の生き血を求めた。

「奥様の弔いのために、他家に嫁いでいた師匠の娘さんが里帰りしていたのでございますが、折しも臨月のお腹を抱えていて」

娘のお産はそれで三度目で、先の二人は安産で元気に生まれていた。三人目のこの子も、つい昨日までは指先ほどの障りもなく順調に育っていたのに、

「娘さんは、師匠の奥様を見送ったその夜にわかに産気づき、恐ろしい難産で三日三晩苦しんだ挙げ句に、母子ともに儚《はかな》くなってしまいました」

この話を聞くのが、おちかのお産の後でよかった。富次郎は心の内で、暗い安堵《あんど》の溜息をつかずにいられなかった。

「急遽《きゅうきょ》、娘さんの産屋になった奥の間は、流れ出た血が数日経っても乾かず、とうとう床板が腐ってしまって、二度と使えなくなってしまったとか」

それほどの血の量だったのだ。

自在の筆は、血を好む。たっぷりと、どっぷりと、温かくて濃い血を。

「その後も、栄松師匠と同じ屋根の下にいる人びとが、一人また一人と倒れていきました」

跡取りの息子、その嫁、内弟子、女中、下男。ある者は足が真っ黒に腐って立てなくなり、ある者は腹に大きな腫物《しゅもつ》が出来て動けなくなり、ある者は耳や目尻から血を流し、譫言《うわごと》ばかり叫びながら壁に頭を打ち付けるようになった。

「最後は、誰もが同じように骨と皮と化してしまいます」

全ての生気と血を、呪わしい筆に吸い取られて。

「家じゅうがそんな……地獄のような有様なのに、栄松師匠はかまわずに絵を描き続けていたんでしょうか」

富次郎の問いかけに、店主は辛そうに目を細めた。

「これは、あとあとご本人から伺った限りのことでございますが」

栄松も、まわりで惨事が続き、家の者どもがばたばた死んでいることを、もちろん知っていた。

「これはいかん、この筆のせいだということもわかっていたそうなんですが」

だが、筆を指から離すことができない。必死の思いでもぎ離すと、たちまち総身を焦燥が駆け巡る。

――今手放したら、自在の筆はどこか他所にいってしまう。他人のものになってしまう。あの素晴らしい神通力、この世のものとは思えぬ御力《みりき》が惜しい。誰にも渡したくはない！

「その想いで頭がいっぱいになり、他の考えが浮かんでこない。妻が死に、倅が死にかけ、その嫁は血を流しながら呻いている。皆、大事な家族だ。助けねばならない」

――この筆を手放しさえすればいいのだ。

いや、駄目だ。放せるものか。

絵師をそのような苦悩の八方塞がりから救ったのは、人づてに一家の異変を聞きつけて見舞いに訪れた、栄松の幼なじみだった。かつては栄松と同じように画業を志し、将来を嘱望される才の持ち主であったのに、目の病のために筆を折って、その後の人生は灸師《きゅうし》として暮らし、多くの病や障りに苦しむ人びとを癒《い》やしてきた炉庵《ろあん》と名乗る老人である。

炉庵師は、栄松の心身の様子を検めると、これはただの病でも障りでもないと見抜いた。尋常ではない禍《わざわい》が、絵師の家を蹂躙《じゅうりん》しているのだと。そして辛抱強く栄松と向き合い、話を聞き出して、とうとう自在の筆にまつわる全てのことを掌握するに至った。

——栄松、その筆は邪《よこしま》な魔物だぞ。

その力は御力ではない。おまえは往時の力と技を取り戻しているのでもない。ただ魔物に目をくらまされ、取り戻したように錯覚しておるだけだ。

炉庵師は、光を失った目からはらはらと涙を落とし、栄松の手を握って説きつけた。二人が子どもだったころの思い出話も、若いころ師匠のもとで修業しながら語り合った夢のことも持ち出して、栄松に人の心を取り戻させようと努めた。

三日三晩かかって、栄松はようやく、自在の筆をつかんでいた指を緩めた。自在の筆は栄松の膝《ひざ》の前に落ちると、小さな白蛇のように身をくねらせて、傍らにいた炉庵師の前に転がってきた。

炉庵師は落ち着いていた。絵師の家にかろうじて一人だけ残っていた婆さん女中を呼ぶと、火箸を持ってくるよう言いつけた。

「長い火箸で自在の筆を挟み上げ、用意しておいた紙箱に収めると、紐《ひも》をかけて蠟で封をしまして」

——儂《わし》もかつては絵師を志した身の上。これを預かる自信はない。栄松、誰ぞ頼れるお人の心当たりはないか。

「それで、古田庵さんに」

「はい。もったいなくもあり、恐ろしくもあるお役を任されたわけでございます」

富次郎もまた、この店主の静かな胆力を頼みにしているから、栄松の判断は正しいと信じることができる。

しかし、いささか訝しいのは、

「なぜそのとき、自在の筆を火にくべて燃やしてしまわなかったんでしょう」

火箸でつまんだまま、火鉢にでも竈《かまど》にでも放り込んでしまえばよかったのに。

「それで禍が済むかどうか、確かではございませんからね」と、店主は言った。「相手は多くの人の命を毟《むし》り取ってきた魔物でございます。迂闊《うかつ》に滅ぼそうとして、もっとひどいことが起きては困る」

当時、古田庵には栄松師匠と炉庵師が連れ立ってやって来て、この魔物の筆をめぐるあらましを店主に語り、三人でそのように相談したのだそうだ。

「栄松師匠が、骸骨《がいこつ》の上に皮を張ったように痩せておられて、手前は挨拶の言葉も出てこぬほど驚きましたが、お話を聞きながら見守っておりますと、その目が晴れていて、お表情《かお》も明るいことにほっとしたのでございます」

炉庵師は胸の前に大きめの木箱を抱えており、その木箱を開けると一回り小さな木箱が、それを開けるともう一回り小さな木箱が現れるという形で、五つ重ねた木箱のなかに、自在の筆を収めた細い紙箱がしまってあったそうである。

「もちろん、蠟の封印をそのままお預かりしましたので、手前は自在の筆をこの目で見てはおりません」

見ないままでおく方が、店主の心の落ち着きのためにもよかった。

「ただ、気になりましたのは、自在の筆が栄松師匠の手に入ったときの経緯でございます」

あいにく、栄松の記憶はおぼろだった。

「買ったのではない。もらいものだ。それも知り人からもらったのではなく、ある日、絵を買いたいという客が訪ねてきて、その客が懐に持っておって、目の前に差し出してきて」

首をひねり、顎《あご》をさすりながら、どうにか思い出そうとする絵師が、ぎくりと身を強《こわ》ばらせて、こう言った。

——見蕩《みと》れるほど美貌《びぼう》の若侍だったが、私と話しているあいだ、一度もまばたきをしなかったよ。

人ではない。やはり魔物だ。

「それ以来、手前はずっと自在の筆をお預かりしておりました」

古田庵でも封印扱いで、蔵の奥の棚の高いところに載せ、普段から不用意に目に入らぬようにしてあった。

「栄松師匠もすっかり立ち直り、逃げずに留《とど》まって生き残ってくれた忠義の内弟子や奉公人たちに助けられ、炉庵師の治療を受けて、穏やかに暮らしておられました」

ところが、古田庵が筆を預かって一年足らずの後、炉庵師が病で亡くなった。これはもともとの持病で、自在の筆の呪いにあてられたわけではなさそうだったが、

「炉庵師の支えを失うと、栄松師匠はまた、心がぐらつくようになってしまったんでございます」

——自在の筆がほしい。

「手前のところにあることはご存じなわけですから、頻々と訪ねてこられるようになりました」

栄松が来るたびに、店主は筆を預かった際に三人で決めたことを語り、炉庵師の言葉を引き合いに出して、絵師を落ち着かせるように努めた。栄松も店主に説かれると我に返り、しきりに謝って引き揚げてゆく。だが、半月も経たぬうちにまたやって来る。

「月日が経つうちに、その間隔もだんだん狭まって参りまして」

五日と保たずに、不自由な足を引きずりながら古田庵を訪れる栄松は、顔を歪《ゆが》め、脂汗をかき、涙目になっていて、痛ましくもあり忌まわしくもあったという。

「きっと、心の内には恐ろしい葛藤《かっとう》が渦巻いていたんでしょう」

余人には解することが届かぬ、自在の筆の力を知った者にしかわからぬ悦《よろこ》びと恐怖がせめぎ合っていた――

「でも、先日とうとうそのせめぎ合いの釣り合いが破れて、栄松師匠は筆を食ってしまわれた」

富次郎の言に、店主はうなずく。

「なぜ、今の今になって、自在の筆と刺し違える決心がついたのか。栄松師匠から、筋道立ったその理由を聞くことはできませんでしたが……」

筆を持ち出し、店からまろび出る前に、絵師はこう叫んでいたという。

――炉庵は正しかった。私は欺《だま》されていたんだ。

「欺されていた？」

「どういう意味なのか、手前も確かめずにはおられませんでしたので、師匠のお弔いにお訪ねした際に、内弟子の方にお尋ねしてみましたところ」

栄松は近ごろ、自在の筆にしがみついていたころに描いた作品を取り出して、逐一検分していたのだという。

「内弟子の方にもわかるほどに、それらの作品は劣化していたそうでございます」

え？　往時の才と力を取り戻して仕上げた作品ではなかったのか。

「描いたばかりのころには、本人にもまわりの人びとの目にも、そのように見えたのでしょう」

しかし、自在の筆の力から離れ、月日が過ぎてから見直してみたならば、

「素晴らしい絵が描けたと思ったのは、全て空しい勘違い、悪い夢に過ぎなかったとわかってしまった……」

子どもの落書きにも劣る稚拙な線。鮮やかな色彩を得るために、費えを惜しまず高価な顔料を使ったはずなのに、それらが全て色あせるだけでなく、腐ったものをなすりつけたかのような汚らしい色に変じて、異臭を放っていた。

「それを確かめた瞬間に、栄松師匠は、自在の筆を退治するべしと腹を決められたのでございましょう」

命を奪われた家族の仇《あだ》を討つ。そして、もう誰もあの筆に惑わされることがないように、粉々に砕いて燃やしてやる。

富次郎は呟《つぶや》いた。「我が身もろともに」

それは、己が魔物にたぶらかされたせいで酷い死に方をさせることになった全ての者たちへの

償いでもある。そんな形でしか償うことができないのは口惜しく悲しいけれど、何もしないよりはましだ。

富次郎は顔を伏せ、静かに息をついた。

古田庵の帳場格子は黒漆塗りで、塗り立てのころには艶《つや》やかだったのだろうが、今は古色がついて渋みが出ている。角のところに、小さな指のあとが一つついていた。

店主の子どもがつけたのだろうか。幼い子連れの客があったのだろうか。ぼんやり見つめていると、胸にこみ上げてくるものがあった。

――もしもわたしのせいで、小梅が命を落とすことがあったら。

家族の誰かが血を流し、苦しみのたうちながら死んでゆくようなことが起きたら。

富次郎は正気ではいられない。

そんな悲しく恐ろしいことと引き換えにしてでも得たいものなど、富次郎には一つもない。それほどの覚悟も持ち得ない。

「……わたしは」

気がついたら、小さな声で呟いていた。

「絵師に憧れておりました」

顔を上げぬまま、自分の膝の上に置いた手の爪を見つめて続けた。「絵師になれたらいいなあ、好きな絵を描いて暮らしていけたらいいなあと思うことがありました」

だが、芸術の道を歩むというのは、そんなお気楽なことではないのだ。

「身に備わった才を活かして生きることは、ただ幸せなばかりではない。ひとたびそれを失ったり、持っている才だけでは満足できなくなったりしたときには、壮絶な魂の飢えに苛《さいな》まれることになるのでしょう」

自在の筆は、その飢えを餌として喰らう魔物だ。だが、魔物とわかっていてもその力を欲せずにいられぬ人の弱さこそが、もっとも恐るべきものなのだろう。

「どんな身の振り方にも、その身の振り方なりの業というものがございます」と、店主が穏やかな声音で言った。「芸術の道を歩む方ばかりのお話ではなく、人はそもそもそのような生きものなのでしょう」

富次郎の耳に、その言葉は慰めにも励ましにも聞こえなかった。一つの分別、知恵としてしみ込んでくることもない。

「もう、ふわふわした憧れを胸に抱くことはやめにして」

言って、ようやく顔を上げた。店主は口元に少しだけ笑みを湛《たた》えて、くっきりした眉毛の端を下げている。その優しげなまなざしに、富次郎は言った。

「わたしはわたしの器に合った生計《たつき》の道を選んで、親孝行することにいたします」

絵師になる夢をきっぱり捨てるのならば、遊びで筆を取ることもやめよう。いつか父・伊兵衛の歳になり、まだ絵心が残っていたら、そのときこそ隠居の趣味としてもう一度筆を取ればいいだけの話だ。「遊び」というのは、本来それくらいの意味だろう。

自在の筆のことは、黒白の間で聞いた話ではないし、変わり百物語の一話として勘定せずに、ただ忘れてしまうように努めよう。次の語り手からは、わざわざ絵を描かず聞き捨てにする。できないはずはない、やるのだ。

お勝にもこのことは心得ておいてほしいから、黒白の間で話をした。守役の女中はさして驚いた顔をせず、

「小旦那様のお心にかなうようになさってくださいまし」と、優しく言った。

「ありがとう。ここの文机《ふづくえ》と文箱も片付けてしまっておくれ」

だが、それからというもの、富次郎は夜ろくに眠れなくなった。うとうとすると夢を見るのだ。自分が自在の筆を手にして絵を描いている。あるいは、誰か知らない絵師が自在の筆を手に入れて自慢している。

――この筆さえあれば、天下の名品を描くことができる！

その嬉しそうな顔を眺めて、富次郎の胸は

嫉妬《しっと》で焦げつく。「やめろ！」と叫び、目が覚める。冷汗をびっしょりかいて。

そんなことが五、六日も続いたら、兄・伊一郎に、朝餉《あさげ》の席で問われてしまった。

「毎晩のように魘《うな》されているが、何か嫌なことでもあったんじゃないのか」

何にもないと、富次郎は笑ってごまかした。珍しい絵双紙を見つけて読んだら、変な話だったんだ。そのせいだよ。心配かけてごめんよ、兄さん。

それから一人で黒白の間に入ると、文机も文箱もまだあった。墨壺に墨汁も満ちている。お勝の計らいだ。小癪《こしゃく》だというか、お見通しで畏《おそ》れ入るというか。

たっぷり一刻を費やして、富次郎は一本の筆の絵を描いた。描き終えると逃げるように文机から離れ、手を打ってお勝を呼んで、いつものように封じてもらった。

これが最後だ。もう二度と描かない。

第四話　針雨の里

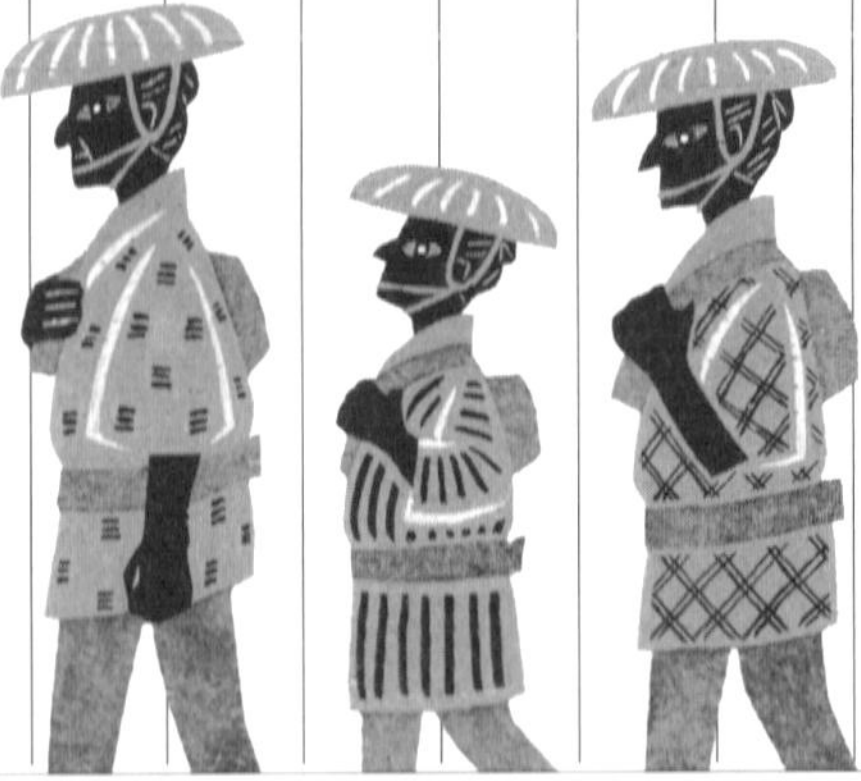

神無月の初め、伊兵衛とお民が紅葉狩りに出かけることになった。

夫婦ふたりの物見遊山ではない。今年の藪入《やぶい》り明けに手代頭から番頭に昇ったばかりの平吉《へいきち》と、古参のおしまに替わって住み込みになり、そろそろ一年が経とうという女中のお吉《よし》とお里《さと》、合わせて三人も連れてゆく。三島屋では、奉公人たちそれぞれに適当な時期を見て、日ごろの働きを労《ねぎら》い、いつどんな形で他所《よそ》様に出しても恥じない立ち居振る舞いを教えるために、このような外遊びに連れ出す習いがあるのだ。小僧の新太でさえ、何年か前、おちかのお供をして梅見と料理屋へ連れていってもらったことがある。

当日、お店の留守は跡取りの伊一郎が預かる。本人が恐縮するので呼び名はずっと番頭だが、立場としては間違いなく大番頭の八十助も、この日は帳場を伊一郎に譲って、店先にも出ないと決めた。

「たまには丸一日、骨休めでも何でも好きなことをしなさいよ」

おかみのお民の言に、八十助が真っ先に願い出たのは、

「それでしたら、瓢簞古堂さんにお邪魔したいのでございますが……」

言われてみれば、八十助はまだ、晴れておっかさんになったおちかにも、赤ん坊の小梅にもちゃんと対面していないのだ。

「いいとも、いいとも。先方には私から話を通しておこう。ゆっくり小梅を抱っこしてくるといい」

八十助は三島屋が今のお店になる以前から、伊兵衛とお民のために忠勤一途《いちず》で尽くしてきてくれた。普段は誰も気にしていないが、実は歳も伊兵衛より二つ年長なだけで、商いの経験は断然八十助の方が厚い。伊兵衛にとっては八十助が商いの師匠だった時代もあるのだ。夫婦が一代でここまでの袋物屋を創りあげることができたのは、他の誰よりも八十助のおかげだった。

絵師になれたらいいな……なんていう儚《はかな》くて呑気《のんき》な憧《あこが》れは、きっぱりと断ち切る。そう思い決めてからこっちの富次郎は、今まで気にしなかったこと、気に留めなかったことに、つい気が回るようになった。

八十助という、身近にいてくれて当たり前の人物の来し方を思うことも、その一つである。

――これほど働き者で、商いにも算盤《そろばん》にも明るい人が、どうして自分でお店を持とうとしなかったんだろう。どうして、おとっつぁんとおっかさんの縁の下の力持ちのまま、三十年も過ごしてきたんだろう。

八十助にも、自分の先行きをああしたい、こうしたい、あれが欲しいこれは嫌だという欲や選《え》り好みもあったはずだ。自分のお店を持つ夢だって、商人《あきんど》なら一度や二度は抱かなかったわけがない。なのに、目の前にいる八十助からは、そんなものの気配さえ感じ取れないのだ。

——下手なお坊さんより無欲だよ。

小柄で、いつもちょっぴり困っているみたいな下がり眉毛《まゆげ》で、腰痛持ちのおじさん。いや、そろそろおじいさんか。しかし八十助には孫どころか女房も子どももいない。その人生は、全て三島屋に捧《ささ》げられてきた。

三島屋の倅《せがれ》の一人としては、ただただ感謝の念しかない。ただ、ようやく己の人生を真面目に考え始めた一人の若造としては、八十助の生き方に後悔はないのかという疑問がいささか拭《ぬぐ》えない。そんなことを考えているせいか、八十助と顔を合わせると、気恥ずかしいような後ろめたいような気分になってしまうのも困りものだった。

さて、三島屋のご一行が紅葉狩りのあとで立ち寄る食事処は、例によってお民に頼られて、富次郎が案を練りに練って選んだ。名のある料理屋にしておけば手間はないが、それじゃ恃《たの》まれた甲斐《かい》がないというものだ。平吉と女中たちは、主人とおかみに連れていってもらうのだから、どこだって嬉《うれ》しいだろうし、驚きだろうし、恐縮だろう。それだけじゃつまらな過ぎる。

瓢簞古堂の勘一に相談し、近ごろの飯屋料理屋の評判を仕入れ、紅葉狩りに使う船の乗り降りの便も考え合わせて、両国柳橋《りょうごくやなぎばし》にある〈一文字《ひともじ》〉という料理屋に決めた。これから旬になる甘鯛《あまだい》の丸揚げ煮と、鯛の尾頭でとった出汁《だし》をかけて食べさせる山吹飯で評判のところだ。店構えはこぢんまりしており、大げさでないところもいい。

ちなみに、店名の〈ひともじ〉は、「三十一文字《みそひともじ》」にかけてある。主人の生家が江戸甘味噌《あまみそ》づくりの味噌蔵だからだそうだ。甘みの強いこの白味噌は高級品で、普段はなかなか味わえない。

〈一文字〉では、これを使った焼き物や和《あ》え物を何品も揃えて供してくれる。

こういう段取りをしているとき、富次郎は心から楽しくて、骨惜しみなんかまったくしない。何度も下見に足を運ぶし、辛抱強く調べもする。懐の銭を費やすことを、惜しいとも思わない。皆に喜んでもらえればそれでいいのだ。

こうして全ての段取りが決まり、いよいよ明日が紅葉狩り。空模様もよろしくて、この分なら明日も雨の心配はあるまい——などと話をしながら囲んだ夕餉《ゆうげ》の後、富次郎は、兄・伊一郎が八十助を呼んで、奥の簞笥《たんす》部屋の方へと入っていくのを見かけた。

簞笥部屋という大雑把な呼び方をしているのは、六畳に板の間が一畳分ついたその座敷に、ほぼ家中の簞笥や茶箱が集めてあるからだ。これはお民の指図で、家族が身に着ける物品の整理整《せい》頓《とん》と管理を、一カ所で片付けてしまうための方策だった。

陽当たりも風通しもいい座敷だが、縁側はない。お民の采配《さいはい》で女中たちがわさわさ出入りするのは、年に二度の衣替えのときぐらいだ。そんなところに、跡取りの長男と番頭が何をしに行くのだろう。

伊一郎は頭良し顔良し声良し人柄良し、欠けるところのない満月男だ。これは弟の贔屓目《ひいきめ》ではなく、世間様がそう認めている。奉公人たちからの信頼も厚く、八十助なんぞも日ごろから、主人の伊兵衛に対するのと同じように、伊一郎にも敬意を払っているのが傍目《はため》にもよくわかる。

その二人がどうしたことだろう。富次郎が少しばかり胸騒ぎを覚えるのは、満月男の兄さんも、今はときどきむら気なことがあるからだ。昨年の夏頃に縁談が壊れたことで傷心し、その傷心を引っ張ったまんま、商いの修業から三島屋に帰ってきてしまったので、たまにではあるけれど、妙に意地悪だったり、冷たかったりするときがあるのだった。

富次郎はまだ、想う相手とのあいだにそれほどの傷心を経験したことがない（そもそも、そこまで想う相手に出会っていない）ので、伊一郎の胸の奥にどんな棘《とげ》が立っており、それが疼《うず》くとどれくらい辛《つら》いものなのか、見当がつかない。ただ、月日が経てば、伊一郎が持ち前の朗らかさを取り戻してくれるだろうと信じている。新しい出会いがあれば、拗《こじ》れて駄目になった縁談の一切合切が昔話になり、どうでもいい些事《さじ》になって消えてゆくだろう、と。

それでも今は気がかりでしょうがないので、廊下の端っこに身を隠して様子を窺《うかが》っていた。この突き当たりの壁には小さな棚があり、お勝が花を活《い》けたり、たまには形のいい石をどこからか調達してきて飾ったりしている。お勝のやることだから、きっと理由があるのだろうが、問うてみる折がなかった。今がその折だというふりをして、口細の花瓶にさしてある水仙の花を愛《め》でる。触れてみてびっくり、生花ではなく、布で出来ている造花だった。お勝はこういうものをどこから仕入れてくるのだろう。

伊一郎が簞笥部屋から出てきて、そそくさと居間の方へ引き揚げていった。富次郎には気づかず、ちょっと急ぎ足だった。

さて八十助はどうしている？　富次郎は抜き足差し足、簞笥部屋に近づいた。唐紙の丸い金具をそっと引っ張ると、手前の三畳の小座敷に、簞笥部屋についている行灯《あんどん》の明かりが漏れていた。灯心をうんと長くしているのか、えらく明るい。

さらに抜き足差し足、富次郎は首を伸ばして簞笥部屋のなかを覗《のぞ》いた。

行灯がつくるあたたかな光の輪のなかで、八十助がこっちに横顔を向けて正座している。膝《ひざ》の前に畳紙《たとうがみ》を広げ、着物をたたんでいるところだ。

「へ？」

しまった。心の内だけでなく、声を出して言ってしまった。たちまち八十助がこっちを振り返り、富次郎は見つかった。

「何してるの、やそす……」

名を呼びかけきらぬうちに、八十助の目が真っ赤になっており、頰に涙の筋が光っていることに気がついた。

あわわわわ。兄さんたら、また例のむら気を起こして、わざわざこんなところまで呼び出して叱ったんだろうか。物心つく以前から一緒に暮らしてきたけれど、これまで、この番頭さんがこんなふうに手放しで泣く顔を見たのは、おちかの祝言のときだけだった。

「ど、どどどど、どどどどう」

馬を宥《なだ》めるわけでもないのに、おいらも何をやってんだか。どうにも舌が回らない。

富次郎の顔を見ると、八十助は慌てた様子で顔の涙を拭い、こっちに向き直ると、ぺったんこになって頭を下げた。

「みっともないところをお見せして、どうにも申し開きのしようがございません。ご勘弁ください、富次郎さん」

そういえば八十助だけは、富次郎が何度「小旦那《こだんな》と呼んでおくれ」と剽《ひょう》げても、その言が耳に入らなかったみたいな顔をして、「富次郎さん」と呼び続けている。

――子どもの頃は、「ちぃさん」だったなあ。

こんなときなのに、場違いに思い出した。八十助はこの兄弟が幼いころ、伊一郎は今と変わらぬ「伊一郎さん」で、富次郎のことは「ちぃさん」と呼んでいた。長男より小さい次男だからだろう。

「わ、わたしに謝ることなんかありませんよ、八十助さん」

富次郎もまた、なかなかこの古参の奉公人頭を呼び捨てにすることができない。実家である三島屋へ帰ってきたその日から、

「今後はまたよろしく頼むよ、八十助」と堂々としていた伊一郎とは、こんなところも器が違う。

「いったいぜんたい、どうしたんですか。八十助さんが泣くなんて……。もしかして、おちかがもういっぺん祝言を挙げることになったとでもいうんでしょうか」

わざと大げさな身振り手振りをつけて、富次郎は言って見た。すると八十助の表情《かお》がほぐれた。くくっと笑う。

「そんなことが起こっては、瓢簞古堂の勘一さんが大変でしょう」

「あいつのことだから、世をはかなんで出家しちゃったりしてね」

今度は二人で小さく笑った。そして八十助は、いっそ恭しいほどの丁重な手つきで、膝のそばに広げてあった畳紙と着物を、富次郎の方に示してみせた。

「……先ほど、頂戴《ちょうだい》いたしました」

「この着物？　あ、羽織も襦袢《じゅばん》もありますねえ」

秩父《ちちぶ》絹の冬物の小袖《こそで》と、絹紬《けんちゅう》の襦袢、黒縮緬《くろちりめん》の羽織だ。羽織には、三島屋の屋号が刺繍《ししゅう》紋で左右の袖と背中に入っている。

　富次郎は問うた。「これ、兄さんが八十助さんに？」

「はい」深くうなずくと、八十助はまた目を潤ませた。「明日、瓢簞古堂さんへ伺うのに着て行くといい、と」

　へええ。富次郎は開けっぱなしになっていた目をしばたたき、深く息を吸って吐いた。なかなか洒落《しゃれ》たことをやるもんじゃないか、伊一郎さんよ。

　着物も羽織も、昨日思いついて今日仕立て上がるものではない。一昨日《おととい》だって無理だ。つまり、だいぶ前から手はずをしてあったということになるが、

「八十助のためにあつらえたのじゃない、いただ

きものを回すだけだから気にするなとおっしゃっておいででした」

「え。そうなのかぁ」

それはそれでまた不思議だ。誰がいつ伊一郎のために仕立てたものなのか。どうして大事に取っておいたのか。しつけ糸もそのまんまの仕立て下ろしだ。

まあ、そのへんはどうでもいいか。だって八十助さん、こっちまでもらい泣きしちまいそうなくらい嬉しそうだもの。

「よかったね」

「はい、ありがとうございます」

「たたんだら、わたしが八十助さんの寝間まで運んでいくよ。たまには、反《そ》っくり返ってついておいでよ」

住み込みの八十助は、東側の一角にある四畳半に暮らしている。台所と女中部屋の近くだし、厠《かわや》のそばだ。だが本人は、朝日が入って気持ちがいいし、この歳になると厠に行きやすい方が有り難いと言い張って、誰がどう説きつけても、もう少しいい座敷に移ろうとしてくれないのだった。

「安心したよ。ぱっと見たときは、兄さんに叱られたんだとばっかり思ったから」

畳紙を重ねて、よいしょと立ち上がる富次郎に、八十助は笑みを見せた。

「いえ、お小言も受けました」

何だよ兄さん、やっぱり叱ったのかよ。

「明日は一日、若旦那が帳場に座る。これは一つのけじめだから、いい機会だと」

――これを契機《しお》に、八十助を大番頭と呼ぶ。おとっつぁんにもおっかさんにも、他の者たちにもそう呼ぶように言っておく。お店の序列は大切だから、いい加減で亀の子のように首を引っ込めるのはやめて、相応の格のあるふるまいをしてください。

「あはは」思わず、富次郎は吹いてしまった。「偉そうに言うくせに、締めはくださいって丁寧だね」

「左様でございますね」

「そんじゃ、よく休んでおくれよ、大番頭さん」

「おやすみなさいませ、富次郎さん」

長い廊下を戻りながら、富次郎はふんふんと鼻歌を歌い、すぐに止めた。こんな時刻に鼻歌なんぞ、伊兵衛の耳に入ったら怒鳴りつけられてしまう。

＊

一夜明けて、紅葉狩りご一行様は無事に出かけていった。

三島屋は朝餉から開店の支度、外回りの掃除に打ち水、ご近所さまとの「おはようございます」の挨拶《あいさつ》さえ、若旦那・伊一郎の采配の下にあることで、昨日までと何も変わらぬことをしているのに、にわかに若返ったような雰囲気に包まれていた。

そして、皆がそれを喜んでいた。

主人が達者であっても、ある年代になると、さくりと代替わりしてしまう商家は珍しくない。それは、お店そのものを新しくするために必要だからだ。三島屋にも、そのときが着実に近づいている。

代替わりの前に、伊一郎はまず嫁をもらわねばならない。先の破談を引きずっているから、そんな話は当分なかろうと思い込んでいたけれど、実はそうでもないかもしれない。必要とあらば、伊一郎は自分の鬱屈《うっくつ》などばっさり切り捨ててしまうだろう。

思えば、おちかが嫁ぐ前、二人でしんみり呑《の》んだときに、兄ははっきりと言っていた。自分は進んで三島屋の跡を継ぐ。おとっつぁんの代よりも、さらにこの店を大きくしたい。欲も野心も、やりたいと思っている新しい商いの案もある、と。

立派な二代目に、立派なおかみとなる妻が必要なら、それにふさわしい女をめとろう。好いた惚《ほ》れたはそのときだけのこと、若いうちの花だ。咲いて散って思い出になればいい。商人の人生は、それから先も永く続く。それくらい割り切ってしまう胆力と賢さを持ち合わせた伊一郎なのだ。

そんなことを考えながら開店の支度を手伝っていたら、これからが売り時の肩掛けや襟巻きを広げる飾り棚の縁に右脚の向こうずねをこっぴどくぶつけて、ひいひい泣く羽目になった。

「まあ、これは大変」

富次郎の腫《は》れ上がった臑《すね》を一瞥《いちべつ》し、お勝が声をあげた。

「水で冷やして湿布をあてましょう。台所まで歩けますかしら。誰か、小旦那様に肩を貸してさしあげて」

その場は痛いのと恥ずかしいのとで夢中だった富次郎だが、しばらく経つと気が滅入《めい》ってきた。またぞろ、おいらは何をやってるんだろう。バカな騒ぎを起こしてしまって、晴れ着で出かけてゆく八十助を見送ることもできなかった。瓢箪古堂は通りを二本挟んだだけの近所だが、富次郎が手土産に勧めた菓子を売っているのは浅草《あさくさ》御門のそばの菓子屋だ。遠回りでバカらしく思えるかもしれないが、おちかも勘一もきっと喜ぶから買っていっておくれ――という言伝《ことづて》をお勝に託すのが精一杯だった。

一人で黒白《こくびゃく》の間にこもり、縁側に腰かけて、湿布と晒《さらし》のぐるぐる巻きで、旬には早すぎる大根さながらになった右脚を眺めながら溜息《ためいき》を一つ、また一つ。

もう聞き捨てにするための絵は描かないと決めて、文机《ふづくえ》も文箱も片付けてしまった。がらんとした黒白の間に、今日はお勝も忙しかったのか、花もない。いつも語り手を迎えるとき半紙を貼っていた床の間には、ありきたりな紅葉山の掛け軸がさげてある。

このところ、変わり百物語は間《あいだ》が空いている。口入屋《くちいれや》の灯庵老人が何も言って寄越《よこ》さないのをいいことに、富次郎の方からも新しい語り手を催促せず、いたずらにここまで過ごしてしまった。

それもこれも、いざ語り手を迎え入れて、その話を聞き捨てにするという段になったら、やっぱり絵を描きたくなってしまうのではないかと思ったからだ。絵を描かなかったら聞き捨てができなくて、聞きとった話を胸のなかに抱え込む羽目になるかもしれないという不安もあった。

たかが怪談の聞き手をするくらいで、何をそんなに思い詰めてしまうのか。百物語なんてものは酒席で興に乗って始めることもあるくらいなもので、ただの遊びだ。それを不安だの、怖いだの、子どもじゃあるまいし。

事情を知らぬお方には、そんなふうに笑われるかもしれない。頭の片隅でそう思いつつも、しかし富次郎にとっては変わり百物語に関わる全てのことが大真面目であり、ただの遊びではないのだった。

——続けるならば、勇気を出して。

筆を持たずに、この黒白の間に持ち込まれる全ての語りを聞き捨てる技を身につけていかねばならない。それができるか。やる気があるか。

床の間の紅葉山を見やりながら自問自答していると、廊下の方から新太の声がした。

「小旦那様、お加減はいかがでしょうか」

軟膏《なんこう》が効いて、ずきずきする痛みはだいぶ治まってきた。しかし、右膊はみっともなく腫れあがっている。

「恥ずかしいだけで、もう大丈夫だよ」

声を返しながら、縁側から座敷の方へ移ろうとして、うまく立ち上がれないことに、自分でも驚いた。

「心配かけてすまないね。お入りよ」

唐紙をとんとんと開け閉《た》てし、新太が丸顔を覗かせた。富次郎の晒でぐるぐる巻きの右膊を一瞥し、自分も痛そうな顔をした。

「実は、灯庵さんのところからお遣いが来て、これから語り手を寄越そうと思うが、そちらの都合はよろしいかというお問い合わせなんでございます」

富次郎はすぐに答えることができず、口を結んだ。

折も折、こんなときに新しい語り手とは。

――何だか、図ったようじゃないか。

これこのとおり、今の富次郎は思うように動けない。恥ずかしくて一人になりたくて黒白の間に閉じこもり、出られなくなっている。それを待ちかまえていたかのように、久しぶりの語り手が来るという。

富次郎には何かと意地悪な灯庵老人だが、自在の筆にまつわる逸話は、富次郎とお勝しか知らない。さすがの蝦蟇《がま》仙人だって、絵を描く筆を捨てると決めた富次郎の葛藤《かっとう》までお見通しのはずはない。

ならば、これは黒白の間の意思なのだろうか。いいかげんでしゃっきりして、聞き手を務めろ。できないのなら次の聞き手を探せ、と。

まさかそんなこと、考えすぎだ。そう思いつつも、胸に重たいものを感じる。

――わたしは、志願してこの黒白の間の聞き手になったんだ。

ここで逃げたら、もっと恥ずかしい。

「……わかった」

小さい声しか出てこない。強く咳払《せきばら》いをして背筋を伸ばし、言い直した。

「わかった。語り手の方は、いったんおとっつぁんの居間に通しておくれ。わたしも急いで身支度するから」

「かしこまりました」

新太が去ると、入れ違いにお勝がやってきた。

「では、お支度を」

富次郎の着替えを手伝うと、お勝は、富次郎が足をたたまずに座れるよう、低めの腰掛けの高さがある座椅子を運んできた。

「どこから調達してきたんだい？」

「納戸に入っておりました。昔、おかみさんが足首を痛めたとき、作業場でお使いになるために、親しい大工さんに頼んでこしらえてもらったものだとお聞きした覚えがございます」

畏《おそ》れ入った。まったく頭が上がらない。

富次郎を座椅子に座らせ、不都合がないことを確かめると、お勝は小鳥が舞うように楽しげに立ち働いた。

ぱっとしない掛け軸をとっぱらい、備前《びぜん》焼の重そうな筒形の花器を床の間に据えて、真っ赤な紅葉の一枝と、黄色味の強い紅葉の一枝を組み合わせ、風情のある恰好《かっこう》に活けてみせる。

「よくまあ、花屋がすぐ来てくれたね」

「いえいえ、この紅葉はお庭から伐《き》って参りましたのよ」

え、ホント？　こんないい案配の色具合になる紅葉なんて、どこに植わってたろう。

三島屋の庭はさほど立派な造りではないが、伊兵衛の趣味で、季節を映す草花や実の生《な》る木を様々に取り混ぜて植えている。ちっとは絵心のある者として、日々それを眺めて魂の滋養にしてきたつもりだった富次郎、しかしその目は節穴だったか。自分で自分にがっかりしてしまう。

「では、お客様をお呼びして参ります」

切り落とした枝葉をひとまとめにして、お勝はするりと立ち上がる。

「よろしゅうございますか」

「うん。わたしは逃げも隠れもしない」

せいぜい太い声を出そうとした富次郎だったが、高い座椅子に足を伸ばして座るという慣れないことをしているせいもあり、裏返ったような声音になってしまった。

お勝は富次郎の顔に目をあてて、つと微笑むと、言った。「お尋ねしたのは、傷の具合が心配だからですわ。熱っぽくはございませんか」

「大丈夫だよ」

「それならば、もう何も伺いません。小旦那様は、おちかお嬢さんと同じくらい立派な聞き手になっておられますから」

お勝が去ると、富次郎はその言葉を噛《か》みしめた。あれは嘘ではないが真実でもない。富次郎の逡巡《しゅんじゅん》を見抜いた上での、お勝の励ましだ。そうと承知で応《こた》えられなかったら、漢《おとこ》じゃないってもんだろ。

「小旦那様、お客様をご案内しました」

新太の声がする。廊下に面した小座敷の唐紙が開き、黒白の間の方が開く。こちらの縁側からの明かりが届くよう、中障子の唐紙なので、人影がうっすらと見える。それに気づいて心の臓がとくんと打った。いかんいかん、落ち着けって。

そうだ、今日の語り手には、いのいちばんに富次郎のこの情けない姿についてお詫《わ》びしなくては。店先で棚の縁に弁慶《べんけい》の泣き所をぶっつけて大泣きで、目から火が出て顔から火が出た始末でございます、と。あんまり剽軽《ひょうきん》にしては失礼だ。真顔で詫びねばいけない。短いあいだにあれこれ考えて息を整えていたのだが、

「おはんちょうくださいまして、ありがとうございます」

珍しい言い回しの挨拶を投げ、黒白の間に入ってきた男は、着物の右の袖をだらりとさせていた。富次郎はとっさにまばたきしてしまったのだが、見間違いではない。明らかに、右の袖には中身がない。この語り手は右腕がないのだ。

背はそう高くないが、肩幅が広くて頑丈そうな身体つきで、秀でた額から四角い顎《あご》の先まで日焼けがしみついている。ぎりぎり「猪首《いくび》」と言われずに済んでいるくらいの太さの首には、これまた日焼けのせいであろう、深い皺《しわ》が幾重にもたたまれている。これが年齢のせいだと思えないのは、双眸《そうぼう》が凛々《りり》しく澄んでおり、口元にかすかな甘さがあるからだ。たぶん、不惑に達してはいないだろう。

「ど、どうぞ」

吃驚《きっきょう》してしまい、また富次郎の声が妙に裏返った。嫌だな、癖がついてしまったらどうしよう。

「わたしはこの変わり百物語の聞き手、富次郎と申します。どうぞ、そちらにお座りください」

床の間の前の座布団の方へ促すと、語り手は軽く頭を下げた。そのまなざしが、お勝の活けた二色の紅葉のところで止まり、

「ああ、こりゃあきれいな紅葉のあいたしでございますねえ」

また聞き慣れない表現を使った上に、富次郎ではなく花器の紅葉に向かって、

「お邪魔しますよ」

和やかな口調で断ってから、着物の裾《すそ》を払ってそこに座した。

羽織は着ておらず、手に持ってもいない。白足袋《しろたび》は穿《は》いているが着流しで、こうして見ると生地は本結城縞《ほんゆうきじま》だろうと思われた。

むむ。これは三島屋だと番頭に近い手代の着る生地である。髷《まげ》はありふれた二つ折りの刷毛先《はけさき》をわざと乱してあるようで、これは職人に多い趣向だ。

——どんな生業《なりわい》のお人だろう。

帳面や算盤を睨《にら》んだり、細かい手仕事の座業をしているようには思われない。日焼けの具合からして、もう少し身体を使う仕事のようだが、ひたすら汗水たらして稼いでおりますというふうにも見えない。

そして、怪我のせいなのか病のせいなのか、中身のない右の袖。

「三島屋さんの、ええ……若旦那さん、富次郎さんでしたか。あらためまして、おはんちょうに

御礼申し上げます」

　左手を膝の上に、姿勢を正した一礼。これを受けて、富次郎は高い座椅子の上で身をよじり、何とかいずまいを正そうとした。

「ご丁寧にありがとうございます。まったくお恥ずかしいことに、わたしはこれこのとおりの姿でして、まともにご挨拶をお返しすることもできません」

「いやいや、そのままで」

　生業の見えぬ語り手は、なおもじたばたする富次郎の方へ左手を伸ばして、

「さっき小僧さんに伺いました。お怪我なすったのは、つい今朝方だそうじゃありませんか。無理はいけません。これにはかまいませんで、若旦那がなんな恰好でお座りになってもらいましょう」

　むむむ。富次郎の心のなかで、いつもの好奇心がうずき出した。さっきから語り手が何度か口にしている珍しい言い回しは、お国訛《なま》りであろう。まるっきり訛りきっているのではなく、江戸の言葉でやりとりしているなかに、ときどきお国独特の言葉づかいが顔を出してくるのだ。

「あの、教えてください。〈なんな恰好〉というのは、〈楽な恰好〉という意味でよろしいんでしょうか」

　富次郎の問いかけに、語り手はぽんと音が出そうなほど口を丸く開いて、その口の形のまま「おお」と声を出した。

「まったくそのとおりでございます。うっかりで、あいすまんことで」

はにかむ表情《かお》が気さくで好ましい。

「謝らないでください。こちらこそ不躾《ぶしつけ》で申し訳ありませんが、面白いからお伺いしてるんです」

「これは、そんな珍しい言い回しをしとりますか」

してる、してる。富次郎は嬉しくて、旨《うま》い物を口に入れたときみたいな心地になる。

「その〈これ〉は、私とかおいらとかいう意味でしょうかね？」

語り手は今度は目を丸くすると、気恥ずかしそうに首を縮めて、自分の鼻の頭を指さした。「はい。手前の生国では、自分のことを〈これ〉、相手のことを〈あれ〉〈それ〉と申します」

男女、年寄り子どもで区別はなく、一様にその呼び方だそうである。

「そうしますと、〈誰〉は〈どれ〉になるんですね」

語り手は大きくうなずく。「今朝はどれがこれと連れで荷を押すんじゃ？　とか」今朝は誰が自分と協力して荷を運ぶんだ？　という意味だ。ただしこれは、荷車や猫車など、荷物を何かに載せて運ぶ場合で、抱えて運ぶ場合は〈おぶる〉と言うそうである。ますます興味深い。

「最初におっしゃった〈おはんちょうくださいまして〉は？」

「お初にお目にかかります、お目にかかる機会をつくってくださりありがたい、というような意味でして」

「なるほど！　わたしも真似して使ってみようかなあ。ごろがよくて洒落ている」

明るくやりとりしていると、今日は新太が茶菓を運んできた。番茶は熱いが、急に決まった語り手だから、いつもみたいに富次郎が入念に吟味した菓子はない。慌てて都合したのは、お店で働く皆のおやつにしようと買い置きしてあった素朴な芋菓子である。ふかし芋をつぶして酒の香りをつけ、胡麻《ごま》をまぶして、饅頭《まんじゅう》くらいの大きさに紙で包んだものだ。

「小僧さん、お手間をおかけします」

新太にも丁重にする語り手は、富次郎から芋菓子の説明を聞くと、大いに喜んだ。

「一年のこの時季、江戸に出てきますと、焼き芋が旨いことにいつも感じ入ります」

語り手のお国でも芋は採れるが、江戸で売り買いされているものとは種類が違うのか、筋が多くて固いのだという。

「それは残念ですねえ。ここらで買える壺焼《つぼや》き芋でも、当たり外れはございますから、やっぱり芋の種類でしょうかね」

この芋菓子は、冷えて固くなったふかし芋をおいしく食べるために、菓子屋の主人が工夫を凝らして作りあげたものだという。〈黄金《こがね》芋〉の名前で売り出しているが、材料が安いから値も安く、食べ応えもあってお得なおやつなのだ。

今日は富次郎が茶を淹《い》れ換えることができない。そこをちゃんと気配りして、新太は語り手と富次郎それぞれの傍らに膳《ぜん》を据え、茶道具と菓子皿をめいめいに置いた。語り手の膳は、手が届きやすいように、ちゃんと左側に置いたところがえらい。

小僧が去り、語り手と二人になっても、しばらくは茶菓を楽しんだ。語り手はごく自然に左手を使い、何ら差し支えることがない。近ごろの市中の出来事や季節の風物をめぐる四方山《よもやま》話をしていると、語り手のお国訛りでは、〈なさる〉が〈なする〉〈なすって〉で、〈○○してください〉が〈〇〇してもらいます〉〈〇〇してもらいましょう〉になることが聞き取れてきた。

「本題にとりかかるより先に、訛りで生国が露見《ばれ》てしまいそうなのが、手前としては何ともバツが悪うございます」

　語り手の方から切り出してくれたので、富次郎もようやく聞き手として構え直す。

「うちの決め事を、灯庵さんからお聞きなんですね」

　三島屋の変わり百物語では、語り手自身を含め、話に関わる人の名前や地名・屋号など、全て本当のことを語らなくていい。伏せておくために仮名が必要なら、その場で富次郎も手伝って考える。

「ここまでお伺いした限りでは、わたしにはそちら様のお国の見当がつきません。そこはご安心ください」

　すると、語り手はちょっと目を細めた。

「手前としては、国がどこだかわかってしまっても、べつだん困りはしないんでございますが……」

　細めた目の奥に、生国の景色が浮かんでいるのだろうか。言葉がいったん途切れた。

「この話をすっかりお聞きになったら、若旦那さんはきっと、手前の生国をお嫌いになるでしょう。忌ま忌ましい人でなしの国だと蔑《さげす》まれるかもしれません」

　それがいささか辛い、と言った。

　富次郎はあらためてしげしげと語り手を見た。右腕はなくても、自在に左腕を使いこなしている。口跡に嫌味がなく、明るくて人当たりがいい。生業の種類を問わず、雇われ者だとしても目下の者を使う立場だろうが、頼りにされていることだろう。つまりは良さそうな人物なのだ。その良さそうな心根から、「忌ま忌ましい人でなしの国」などという言葉が出てくる。変わり百物語ならではのことである。

「話の始めに、語り手の方が、今のあなたのようなことをおっしゃるのは、この黒白の間では珍しいことではございませんが」

富次郎の言に、語り手は目をしばたたいた。さっきは素直にまん丸になった目だが、今は一筋二筋の懸念と疑念がつっかえになっている。

「わたし自身は、お話を伺って、そのように思ったことはございません」

怖くなることはある。胸が引き裂かれるような痛みを覚えることもある。恐ろしさに震えることもある。

だが、その語りのなかで生き、笑って泣いていた人びとのことを、嫌いになったことはない。ましてや蔑んだりするものか。

「ここで伺う語りのなかには、人の真実が散らばっております」と、富次郎は言った。「それを重んじることこそあれ、見下したり蔑んだりなぞ、けっしていたしません。もし、一度でもわたしがそんな態度をとったならば、この黒白の間は、わたしを聞き手と認めてくれなくなることでしょう」

そう、黒白の間には意思があるのだ。一瞬の躊躇《ためら》いもなく、富次郎は言いきった。

「……それでしたら」

語り手は言って、左手をうなじにあて、一つ、二つとうなずいた。

「語らせていただきましょう。まず、これは名を門二郎《もんじろう》と申します」

その年、お城の不浄門のそばで拾われた二番目の子どもだったから、門二郎。

「迷子や迷子に見せかけた捨て子、最初から隠す気のないあからさまな捨て子……。これの生国は、そういう身寄りのない子どもが多くいる土地だったもんで、そんな命名の仕方が習いになっていたんですわ」

いきなり重たい話になった。拾われた子の命名の習いがあるということは、まだ名前のない赤子が捨てられていたり、あるいはそこそこ育っている子どもでも名前をつけられていない（覚えていない）など、よくない事情が絡みついていることが多いのだろう。

「語りやすいよう、よろしければ先に土地の名前を決めませんか」と、富次郎は言った。「お城の名前でもかまいません。話のなかにおいおい出てくる場所や人の名前なども、その都度決めてくだされば、わたしが覚えておきます」

その言に、門二郎は驚いたようだ。「えらく丁重にしてくださるんですなあ」

「せっかくおいでくださった方に、できるだけ心軽く語っていただきたいというだけでございます」

門二郎は富次郎の顔を見つめ、それからふっと遠い目になって、お勝が活けた紅葉の方を見やった。

「……いつかはね、誰か他所の土地の方に打ち明けて、よぉく聞いてもらいたいと思っとったんですわ」

ずうっと昔から、と続けた。

「知らない土地の人には、これ《い》みたいな子どもらを育ててくれたあの里のことが、どんなふうに見えるんだろうと」

富次郎は穏やかに声をかける。「永年の思いをかなえるのに、三島屋の変わり百物語を選んでくださいまして、ありがとうございます」

門二郎はふと我に返ったように、富次郎に目を向け直した。そして、大きく一つ二つ頭をうなずかせると、

「そしたら、ええと……国の名前はどうしましょうかね。江戸よりずっと暖かくて、桃や蜜柑《みかん》なんぞの果物がたくさん生るところなんですが」

海も山も水量豊かな河もあり、緑の野には四季折々の花が咲く。米どころであり、種々の果物や木の実が生るという。

「豊かな土地なんでございますね。でしたら、そのまんま〈豊《ゆたか》ノ国〉ではいかがでしょう。あるいは〈豊作藩〉」

富次郎の提案に、門二郎は顔をほころばせる。「豊ノ国、気に入りましたわ。それさえ決まれば、藩の名前もお殿様のお名前もなくて語れますし、町や里の名前は、これ《い》がおいおい考えますんで、わかりにくいときはお尋ねください」

「承知いたしました」

心のなかで、豊ノ国は南国のどこかなのだろうと、富次郎は考えた。北には、さっきのような条件の揃うところはない。

「豊ノ国そのものは、さして広い国ではございません」と、門二郎は語り出した。

「御家は古くからの譜代でしたが、大名家の領地としてはごく小さい。猫の額ほどでございます」

近隣の諸藩も同じくらいの大きさの、同じように豊かな土地柄だった。おかげで、徳川《とくがわ》将軍家が治める天下太平の世になってからは、争いらしい争いが起きたことがない。内訌《ないこう》も反乱も一揆《いっき》も、国境《くにざかい》や水源をめぐる紛争とも無縁であった。

「そういう土地柄のせいか、豊ノ国のあたりには神事やお祭りが多いんですわ。もちろん神社も、大きいものから小さいものまで、ちょっと覚え切れんほどございます」

「なるほど。その豊かな土地を守り、豊穣《ほうじょう》の恵みを与えてくださる神様が大勢いらっしゃるからなんでしょうね」

神様の数だけ神事と祭祀《さいし》があると考えれば、不思議はない。だが富次郎のその言に、門二郎はいたく感心したようだ。

「やあ、物知りでいらっしゃるなあ。若旦那のおっしゃるとおりなんでございますが、こ、これなんぞは大人になって、いくらか他所の土地の事情に明るくなって、初めてそのへんの理屈がわかりました」

真っ直ぐ褒められると面はゆい。いつものように、呑気な次男坊なので若旦那ではなく小旦那とお呼びくださいーーなんて水をさしてしまった。

「昔っからまわりの藩と争いがなくって、商いのやりとりも盛んですし、往来の難所になるほど険しい山並みがない、だから街道もよく整っていて、河や海は船で行き来ができる。いろいろ都合がよかったもんで、そうした神事やお祭りに、他所の衆がわいわい見物に来るんですわ」

「お伊勢《いせ》様や金比羅《こんぴら》様参りみたいに」

「やや、そんな偉い神様を引き合いに出したら罰があたりますわな！」

左の手のひらをひらひらさせ、慌てて打ち消す門二郎だが、目は嬉しげに細くなる。

「江戸の近くだと、川崎のお大師様や江《え》ノ島《しま》の弁天《べんてん》様などが思い浮かびますね」

もともとはその土地の神様だが、歴史と謂《い》われが知られることで、遠くからも信心する者たちが集まるようになる。同時に、物見遊山の楽しい場所としても有名になる。

「さいですねえ。そうやって他所からのお客さんが集まるようになりますと、茶屋ができる、飯屋ができる、旅籠《はたご》ができて宿場町がまとまって、小さいながらも花街ができる。大道芸人や旅芝居の一行が立ち寄って小屋掛けするようにもなる、と」

「温泉は出ますか。出るなら湯治場もできそうですね」

門二郎は得たりとばかりに大きくうなずき、「ございますよ。打ち身によう効く白い湯が湧く岩風呂《いわぶろ》へ、小旦那さんをお連れしたいですなあ」

いいなあ、行きたいなあ。語りに気をとられて忘れていた右足の臑が、ずきんと痛んだ。

「さらに土産に買ってもらえる細工物ーーこれは神事やお祭りにちなんで、縁起物が多うございますが、そういうものをこしらえて売る商売も盛んになりまして」

ここで門二郎は、左手をつと自分の胸にあてた。

「これの生業も、その口でございます」

豊ノ国の山で採れる玉石と、それを素材に使った細工物を扱う問屋に奉公している。

「何をして飯を食うておる野郎なのか、最初にお話ししておかねば、小旦那さんも気持ち悪うございましたろう。すまんことでございました」

そんなことより、その生業の中身の方に興味を惹《ひ》かれる富次郎である。

「どんな玉石が採れるんですか。どんな細工物なのかな。わたしなんぞでも、聞いたらわかるものかしら。門二郎さんも、その商いで江戸にいらしているんですよね」

問いかける勢いに圧《お》されて、門二郎は苦笑した。「こちらでいちばんの売り物でしたら、念珠でございますよ」

仏事に使う、丸い石や玉を繋《つな》げたあの念珠である。

「豊ノ国産の玉石は、桜貝のような淡い茜《あかね》色をしておりましてなあ。おまけに、お天道様の光と、行灯や蠟燭《ろうそく》の光では、色が変わって見えるんですわ」

日光の下では赤みが強く、灯火《ともしび》の下では青みや紫色が強く浮き上がる。もともとの玉石の色味にも幅があるので、この玉石は七色石、これで作られた念珠は〈七色念珠〉と呼ばれるそうである。

富次郎は「う〜ん」と唸《うな》って天井を仰いだ。「うちも袋物屋ですから、きれいなものには目ざといし耳ざといはずなんですが、七色念珠、恥ずかしながらわたしは初耳でございます。父や母なら知っているかもしれません」

「なかなか、数をこしらえられるものではございませんから……」

自慢なのだろう。門二郎の小鼻がぴくぴくしている。

「昔、大奥のお女中方に七色念珠がたいそうもてはやされ、お出入りの小間物商が持ち込むそばから飛ぶように売れたことがあるそうでございますわな」

「今はいかがなんでしょう。たとえば、うちで売りたいと言ったら、門二郎さんのところから仕入れることはできますか」

門二郎がわかりやすく返事につっかえたから、富次郎も急いで続けた。

「あ、それだけ貴重なものですから、勝手な商いはできないのかな」

「……はい。お城のお許しを得ませんと」

素材の七色石も年々採れなくなってきているのだ、と言った。

「そろそろ、領内の鉱床を掘りつくしてしまったのかもしれません」

「それは残念だなあ」

「これも、一年の半分は、新しい鉱床や玉石を探し歩くのが仕事でございます。探索の先々で山の神様を拝みますので、行者の真似事もいたします」

なるほど。富次郎は内心で膝を打った（本当にその動作をすると、今は右臑に響いてしまう）。

門二郎は玉石問屋の商人であり、玉石探し・宝探しの山行者でもあるのだ。風体の印象から生業が見えにくかったのも、無理はなかった。

もしかすると、門二郎が右腕を失った理由も、けっして楽ではなかろう山探索にあるのかもしれない。まあ、急《せ》き立てて問わずとも、そのうち話に出てくるだろう。

「ありがたいことに、豊ノ国では、七色石だけでなく、珍しく美しい玉石が何種類も採れますもんで」

それらは細工物に使われるだけでなく、顔料や化粧品の材料にもなるという。

顔料か。絵を描くときに使うものだ。貴重な玉石を磨《す》り潰《つぶ》し、その色を活かす。豊ノ国原産の顔料はきっと高価だろうなあ。もう富次郎には縁がないが。

「こうした商いは、豊ノ国のお城から鑑札をいただき、江戸藩邸を通して約定を結んだところと執り行う決まりになっておりますんで……。これも、新しい用件ができますと、江戸藩邸詣《もう》でに参上するわけでございます」

門二郎は、かなりの距離をはるばる旅して江戸まで出てくるのだろう。

「ご苦労様でございます。いつか、門二郎さんがそうした商いの約定を全部取り仕切るようになったら、どうぞ三島屋のことも思い出してやってください」

晒でぐるぐる巻きの右脚を投げ出したまんまの恰好で、できるかぎり丁重に、富次郎は頭を下げた。

「ありがとうございます」

門二郎も一礼を返すと、

「ただ、まっことあいすまんことでございますが、これは生まれがようありませんので、この商いでそこまでの重職には昇れません」

あ。お城の不浄門で拾われた子だった。

「どうぞ、そんなお顔をなさらんで」

門二郎の方から笑いかけてくれた。自分は今どんな表情を浮かべていたのだろうと、富次郎はちょっと恥じてしまう。

「先に申し上げておきますと、他のことでは、これの生まれが何かしら悪い方に取りざたされることは、豊ノ国の領内ではいっぺんもございませんでした」

ただ、玉石商人としては偉くなれない、というだけのこと。

「さっき申し上げましたように、豊ノ国には他所から大勢がにぎやかに出入りいたしますんで」

それも国境や街道沿い、大きな商家の集まる城下町だけに限らない。神事や祭りを目当てに、領内のあちこちを人びとが歩き回るからだ。

「物見遊山や信心詣での衆が落としてくれる金で、豊ノ国はいっそう潤います。何も悪いことはねえんでございますが……」

多くの人々が出入りすると、迷子が増えることだけは困りものだった。

「それも本物の迷子に限らない」富次郎は言った。「様々な理由があって、身寄りを失った子どもらが、豊ノ国の領内には吹き寄せられてくる、と」

ここなら養ってくれるだろう。ここなら食っていけるだろう。ここなら親切な誰かが拾ってくれるだろう。それだけのゆとりのある、豊かな土地なのだから。

一つうなずいてから、門二郎は続けた。

「そういう子どもら……なかには、十二、三で岡場所に売られ、必死で逃げ出してきたおなごなんぞもおりますが」

豊ノ国の領内では、そうした〈迷子〉たちの受け皿が、いくつか定められていた。

「城下町では、これが拾ってもらったお城の裏。領内を東西に貫く街道では、両端にある旅籠町の問屋場。北の山地では山林奉行の屯所。南西の海べりではいちばん大きな網元の家と」

そこで受け止められ、しばらく養われた〈迷子〉たちは、やがて里親のもとに託される。里親は近くの者とは限らない。（将来的な）働き手や奉公人を求めている商家や農家などは、領内の様々な場所にいる。

「その〈迷子〉が拾ってもらった場所では、いい里親と会わないこともあったり、なかなか面倒が多いもんだから……」

そのうちに、里親（という名目に過ぎない場合でも）たちの依頼を受け、よさそうな迷子を探して連れてゆく、一種の口入業のような商売が成り立つようになった。

「まあ、〈子合わせ屋〉というきれいな呼び方をして、確かに善良な子合わせ商人もおりましたが、女衒《ぜげん》同様のあくどい輩《やから》もおりました。銭がからむと、どうしたってそのようになりますわな」

商売となれば、「善」だけを選《よ》ることはできない。少しは「悪」が混じる。「善」が次第に「悪」に変じることもある。

「門二郎さんは、いい子合わせ屋に出会えたんですか」

つい、せっかちに問うてしまった。門二郎は目を細めて、

「これ以上ないほど、いい子合わせ屋に引き取ってもらえましたんで」

その子合わせ屋は、領内北部の山里から来ていた。子合わせ屋仲間のあいだでも、風変わりな人物で知られていたという。

「名前は千三《せんぞう》。並外れて華奢《きやしゃ》な男でございました」

一見、鼻垂れ小僧ぐらいの歳に見えた。だが立ち居振る舞い、声としゃべり方で、すぐと小僧ではないとわかる。むしろ老人に近い年かさの男だと。

「小柄で骨細、頭も小さいし、手のひらなんかも紅葉のようでしてねえ」

紅葉と言われて、富次郎は尋ねた。「さっき、床の間の二色の紅葉を観て、『きれいなあいたし』とおっしゃいましたよね。あいたしは、組み合わせとか取り合わせという意味と解釈してよろしいんでしょうか」

「ああ、左様でございます。豊ノ国の言い方で」

「そうですか。つい思い出したもんで、お話の腰を折ってすみません」

ところが、門二郎は首を横に振る。

「いや、あいたしの話が出てちょうどよかった。この子合わせ屋の千三さんは、連れてゆく子どものあいたしを、とても気にする人だったんでございますから」

それはまたどういう理由《わけ》だろう。富次郎は首をひねって、思いつくことを口に出してみた。

「歳の違う子どもらをまとめて引き取って兄弟姉妹にするとか、大人になったら夫婦になれるように、男の子と女の子の組み合わせにするとか……」

それが当たりだったらしく、門二郎はちょっと目を丸くした。

「小旦那さんは、もしや似たような話をご存じなんで」

「いえいえ、初耳でございますよ」

「なのに、よくわかるもんですなあ。畏れ入りました」

素朴な感嘆の言だ。富次郎の今日という日は穴があったら入りたいような粗忽《そこつ》な怪我で始まったが、門二郎を迎えた途端に風向きが変わったようである。

「それと、千三さんが子どもらを連れてゆく山のなかの村には、とても高価で珍しい産物がございましたんですが」

それを採取する仕事は、非常に危険なのだという。

「一人じゃ無理なもんで、いつも二人一組になって働きます。その組み合わせを、小さい子どものころから決めておけば、ずっと一緒に修業して、技を磨いて、大人になるころにはぴったり息が合っているというわけでございまして」

この二人一組は、男女でなければならぬということはなく、男同士でも女同士でもかまわない。歳の差もあまり問題にはならない。

「気が合って息が合えばようございます。まあ、男の子と女の子をあいたしにして、二人が仲むつまじく働きながら大きくなったら、そのまま夫婦になるのも自然なことでございましょうし」

「羨《うらや》ましいなあ」

富次郎としては、さほど想いを込めて言ったつもりはないが、門二郎の耳にはそう聞こえたようだ。また口元がほころんだ。

「小旦那さん、嫁取りは……」

「あてさえございません」言って、富次郎も笑った。「わたしのあいたしは、まだどこかで迷子になっているんでしょう」

さて、門二郎自身の話に戻ろう。

「お城の裏手で拾われたとき、これは歳も定かじゃありませんでした」

夏場のことで、大人の浴衣《ゆかた》を仕立て直したらしき単衣《ひとえ》の小袖にぼろぼろの帯を締めて、頭は丸坊主だったそうだ。

「歩くことはできたし、血色も悪くなく、むしろ身体は肉付きがよかった。けども口はきかん。何を問われても、一言も返事をせん。それだけの知恵がないのなら、まあ大柄なだけで歳は三つかそこらなんだろうという大雑把な見立てで、ひとまずある紙問屋に預けられることになりました」

豊ノ国では、子合わせ屋を通して里親が決まるまで、一時的に迷子の子どもらを預かることは、富裕な商家や地主、農家に課せられた義務であった。

「身寄りのない子どもを養うには、手間も金もかかります。ずっと一つのところに定めておいては負担が嵩《かさ》むので、その当時の城下では、何年かに一度、主立った商家が集まって、回り持ちで決めておったんだそうで」

本音を言えば、引き受けたくない商家だってある。お城の命令だからしょうがない、死なないくらいに食わせておけばいいだろうと、預かった子どもらを犬猫のように扱うところだってある。

しかし、この紙問屋は商売繁盛で潤っていたし、もともとにぎやかな大所帯だったから、身寄りのない子らに親切だった。

「これよりも先に、十ばかりの女の子と、これと同じくらいの年頃の男の子が養われておりましたが、二人ともほっぺた丸く、目は澄んで、身なりもきちんとしておりました」

「門二郎さんもその子たちも、運がよかったんですね」

「まったく、おっしゃるとおりで」門二郎の目に優しい光が宿る。「その二人は千三さんの世話にはならず、別の子合わせ屋の計らいで遠くへもらわれていきましたので、その後のことは噂でしか知りませんが、男の子は商人になって店を構え、女の子の方は玉の輿《こし》に乗っていい暮らしをしているとか。器量よしでございましたからねえ」

世の中、捨てたものではないと言いたくなるようなお話である。

「手厚く世話を焼いてもらっているうちに、これはだんだんと口をきくようになりました。で、お店でいちばん年長の女中頭が、これの足の裏を触りましてね。踵《かかと》の固まり具合からして、この子は三つどころじゃねえ、六つにはなってると」

――今まで口をきかなかったのは、何か黙って隠しておきたいことがあるからじゃないでしょうかね。

面白い。富次郎はぐいと身を乗り出して、はずみで右臑が痛んだ。

「そのところ、どうだったんです？」

ここまで、他人事《ひとごと》のような語り口をしてきたけれど、

「門二郎さんは、自分の身の上や、お城の裏に置き去りにされる以前の暮らしのことなんかを覚えていたんですか」

門二郎はひたと富次郎の顔を見た。富次郎も怯《ひる》まず見つめ返す。眼差《まなざ》しの押し合いになる。

「……いろいろ覚えておりました」

軽く肩をすくめて、門二郎は白状した。

「ただ、それをうまく言葉にして口に出すことができませんでな。踵は固まっていても、おつむりの方はそこまで固まっていなかった」

切れ切れに覚えているのは、まず住んでいた場所だ。海を見おろす崖《がけ》の上に立つ大きな屋敷で、いつも海鳴りが聞こえていた。

一緒にいたのは、あれが母親だったのだろう。しょっちゅう泣いてばかりいる女だった。海鳴りも騒がしかったが、女の泣き声もうるさかった。屋敷には髪を高く結い上げた女中たちや、お仕着せを着た男たちが何人もいて、母親と門二郎の身の回りの世話を焼いてくれた。

「暑い寒い、腹が減った喉《のど》が渇いた、痛い痒《かゆ》い。そういう不便を感じる暮らしではなかったように思います」

それがある日、泣いてばかりいる母親が姿を消したかと思ったら、門二郎は粗末な着物と帯に着替えさせられ、せっかく奴《やっこ》にして髷を結う下地作りをしていた髪を、そっくり丸坊主にされてしまった。

「籠《かご》に押し込められて連れ出され、どこかへ着いたと思ったら籠から引きずり出され、目をぱちくりしてお城の石垣と不浄門を見上げておるうちに、一人で置き去りにされておりました」

籠から下ろされたとき、ぶっきらぼうな男の声で、

——これから先、誰かに名を問われたら、木の股《また》から生まれた木ノ子だと答えるのだぞ。それ以外のことは、何も口に出してはいけない。よいな。

「そう言いつけられたことを覚えております」

富次郎は唸る。こんな言い方をしたら、そのときの不憫《ふびん》な幼い門二郎に申し訳ないが、何とも興味深い。

「実は、やんごとないお生まれだったのかもしれませんね」

身分も地位もある男が外腹《ほかばら》にもうけた、公にすることのできない男の子。

「やんごとないとは、いくらなんでも大げさでございますよ」と、門二郎は苦笑いを浮かべる。

「ただ、これの母親は確かに日陰の身だったんでございましょう。財力はあるが情は薄い男に囲われて、これという男の子を産んだが幸せにはなれなかった。いや、下手に男の子を産んでしまったがために、幸《さち》を摑《つか》み損ねたのかもしれませんわ。で、下手に生まれてしまった男の子も、厄介払いされてしまったと」

会ったばかりの富次郎にああでもないこうでもないと憶測されなくても、これまでの人生のなかで、門二郎はさんざん考えてきたのだろう。そして、今言ったような筋書きにまとめることで、自分の気持ちを片付けてきたのだろう。口調には少しも尖《とが》ったところはなく、淡々としている。

「それでも、つい昨日までは楽な暮らしをさせてもらっておりました。文句を言うたら罰が当たる。元のところに戻ろうとしても、戻る術《すべ》がないのもわかっている」

幼子のものとしては、最上等の分別だ。

「ただ、いくらこれが阿呆《あほう》の子でも、木の股から生まれた木ノ子だなんぞの口上は、嘘くさくて言いたくありませんで」

何にも覚えていない、何もわからないふりをして、ずっと口を閉ざしていた。だけど紙問屋の暮らしに馴染《なじ》んできて、以前のことよりも今のこと、これから先のことを考えられるようになってきたから、少しずつしゃべることもできるようになった、という。

「門二郎さんは、どこからどう測ったって、阿呆の子じゃありませんよ」

むしろ並以上に賢く、大人びた子だった。やっぱり、父親はひとかどの人物だったに違いない。

「お褒めにあずかりまして、ありがとうございます。昔のこれが喜んでおりますよ」

門二郎は左の手のひらを胸にあてた。今もその奥の方にいる、丸坊主の子どもに伝えるように。

「それでまあ……これは紙問屋で養っていただきましてね。読み書きそろばんを習い、掃除や洗い物なんかを手伝い、ちっとずつ一人前の小僧になってきて」

さっきの話の女の子が里親のところへ去り、男の子が去り、新しい迷子が次々と引き取られてきて仲間になり、門二郎はその世話を焼き、何人かの子合わせ屋が来ては子どもを選んで連れてゆくのを見送り、しかし自分は紙問屋に残り、

「このまま、このお店で奉公させてもらえるんだろうか。そうなるといいなあと望みを持ち始めましたころ」

子合わせ屋の千三が、紙問屋を訪れた。

「これは、そのとき初めてあの人の顔を見ました。それまでは、千三さんは来たことがなかったんですよ。あとで聞いたら、このお店の子らは安泰だから、慌てて里親を探さんでもいいと思っていたそうで」

紙問屋が迷子の子らに手厚くしていることは、城下でもよく知られていたのである。

――だがなあ、今日はどうしても、男の子が一人ほしいんじゃわ。御劔山《みつるぎやま》の狭間《はざま》村へ行く里子じゃ。あいたしの弟分になる子はもう決まっとるが、兄貴分がおらんのよ。このお店に居着いとる門二郎という小僧が、働き者で力も強いという噂じゃ。うってつけじゃねえかと思うて、足を運んできたんじゃよ。

「最初に申しましたように、人目を惹くほど小柄で、しかし何というかこう……子どもながらにも見惚れてしまうような、男気に溢《あふ》れたお人でした。だから、嫌な感じはしなかったんでございますが」

それにしたって、藪から棒の申し出であった。年明けで、紙問屋は松飾りを外したばかり。門二郎は（ここに来てからの大まかな見当で）十二歳になり、お年玉としてもらった新しい前垂れが嬉しくて、いっそうよく働こうと張り切っているところだったのに。

「紙問屋の旦那さんは、千三さんの申し出を聞いたら、ほとんど迷う様子も見せられませんでね」

――門二郎、身の回りのものをまとめなさい。

門二郎の胸には、今もそのときの驚きと悲しみが残っているのだろう。もう傷ではなく傷痕《きずあと》だけれど、消えてはいないのだろう。うっすらと目が潤んでいる。

「これがべそをかきながら支度しておりますと、踵の固さを検《あらた》めてくれた、あの女中頭がそうっと近づいてきて、これの頭をぐりぐりと撫《な》でてくれましてね」

泣くんじゃないよ、と言ったそうだ。

「千三さんに見込まれるのは、うんと名誉なことなんだと。御劔山は宝の山だし、狭間村でいい働きをすれば、ここにいるよりも、もっといい暮らしをすることだって夢じゃない、と」

――毎日白い飯を食べられるよ。

「ははあ」富次郎はうなずき、興が乗ってきて、つい懐手をする。「その御劔山が、とても高価で珍しい産物が採れるところなんですね」

だから「宝の山」なのだろう。

「はい。狭間村は、その産物を採る者たちが集まって暮らす、たった一つの山里でございました」

険しい地形、変わりやすい天候、頻発する鉄砲水や岩崩れ。御劔山を中心としたそのあたりの山また山は、宝が採れなければ、人が好んで住むどころか、近づくことさえ稀《まれ》な地域だったという。

いったい、どんな貴重な宝なのだ。

好奇心に目を輝かせる富次郎に、門二郎はちょっとバツが悪そうな顔をした。

「がっかりなさらんでくださいよ。鳥の羽毛と卵なんでございます」

ヤマワタリというツバメの一種の山鳥の雛《ひな》の羽毛と、卵の殻だという。

「ヤマワタリは、他の何処にもおりません。そのあたり一帯の空しか飛び交わず、巣をかけて卵を抱くのは、御劔山のなかだけでございまして」

御劔山は風変わりな形をしている。お椀《わん》を伏せたような緑の山が、八合目あたりから急に険しくなり、緑も失《う》せて茶色の山肌と岩肌が剝《む》き出しになってそそり立ち、てっぺんは雨雲に隠れるほど高い。つまり、お椀山に劔を突き立てたように見えるところから、この名前がついたのだった。

「危険な場所にこそ、美しい宝がある。お伽《とぎ》話のようだなあ」

富次郎の呑気な感嘆に、

「水を差すようであいすみませんが、ヤマワタリの羽毛は、けっしてきれいなものじゃありませんので」

「へ？」

「めっぽう火に強い。そこに価値があるんでございます」

この羽毛から紡いだ糸で織った布は、劫火《ごうか》のなかでもちりりと焦げることさえない。

「ですから、身に着ける羽織や半纏《はんてん》のほか、お城の几帳《きちよう》や道具類、夜具にも用いられておりました。何よりの火の用心になりますからな」

あらまあ、実用品だったか。

「……しかし卵の殻は？　極彩色の殻とかではないんですか」

門二郎はくっくと笑う。「くすんだ土色の殻でございますよ。但し、生薬の材料になるんですわ」

咳をともなう胸の病によく効く薬で、煎《せん》じ薬だけでなく丸薬にすることもできた。

「〈宝命丸《ほうめいがん》〉という名をつけて、一時は江戸や上方にまで売り出しておりました」

実りに恵まれた豊ノ国は、この二つの産物のおかげで、直《じか》に金を稼ぐこともできた。

「時の将軍家に献上し、お褒めにあずかることも、幾度もございましたそうで」

どちらの産物の名も、富次郎は初耳だ。火に強い布は、火消しの半纏にでも使われているのかもしれない。宝命丸の方は、有り難いことに、これまで富次郎の身近には肺病に苦しむ者がいなかったから、聞き知る折がなかったのだろう。

門二郎は話を続ける。「そんなこんなで、これは千三さんに連れられて、紙問屋を出ることになったわけでございますが」

お城の裏で拾われてからこの日まで、門二郎の世話を焼いてくれて、小僧としての働き方を教えてくれて、寝食を共にしてきた奉公人仲間と、このごろは門二郎の方が世話をしてやっていた「迷子」の子どもらが、みんなして見送ってくれた。

「餞別《せんべつ》までもらいました。小さいのし袋で、ぺったんこなもんだから、何だろうと思ったら、風舞《かざまい》さんがぺろりと一枚入ってた」

かざまいさん？

「豊ノ国の神事の一つに、〈風払い〉という厄落としのまじないがあったんでございます」

人形《ひとがた》に切り抜いた紙に、赤い顔料で厄を記して、小高い場所から風に乗せて空に放つ。ざっくり言うなら、それが風払いのやり方だ。

「小高い場所とは、山や海縁《うみべり》などでは崖の上、大きな木のてっぺんなんぞがいくらでもございますから、よさそうなところを風払い用に定めます」

城下町や旅籠町では、火の見櫓《やぐら》を用いた。

「風払いに使われる火の見櫓には、足の弱い老人や女子・子どもも上れるように、頑丈な梯子《はしご》が

つけてありました」

それでも厄落としを望む者が梯子や高所へ上れぬ場合は、代理の者を立てればいい。人の多い町なかでは、駄賃をもらってこれを代行する商いまであったそうだ。

で、この人形に切り抜いた紙のことを、〈風舞さん〉と呼ぶ。

「へえ～。流し雛なら知っていますが、そういう厄落としはまた初耳ですよ。諸国の評判記でも読んだ覚えがないなあ」

富次郎は感じ入る。だが、門二郎はちょっと慌てたようになった。

「いえ、評判記に載るほどのことじゃございませんから。神事と言っては大げさでした。ただの習わしですかね。誰かが熱を出したとか、鼻緒が切れたとか、夢見が悪かったとか、そういう類《たぐ》いの小さな厄があるたびに、さっと風に流すというだけの行いで。豊ノ国はわりと一年を通して風の強い土地柄だったもんで、それを利用すると言うことで、民の暮らしのなかじゃ、珍しいことでもありませんでした」

その上、ええと……と口ごもる。

「今はもう、誰も風払いをやりません。取りやめになって、ざっと二十年は経ちますか。それでその……取りやめになるまでの話が、これのお話でして」

富次郎は座椅子の上で姿勢を正した。今日はどうもいけない。久しぶりだから調子が出ないのか。痛み止めの効能がある軟膏のせいで、おつむりが鈍っているのか。

「そうでしたか。うるさい茶々を入れまして、あいすみません」

大真面目な富次郎に、今度は門二郎が恐縮する。

「なぁに、まずこれのしゃべりが拙《つたな》いのがいけない。己《い》の知っていることを他人様にしゃべってわかってもらうのは、やってみるとなかなか難しいもんですわなあ」

懐紙を取り出し、鼻筋の汗を押さえる。その表情に人の好さと実直さがにじんでいて、富次郎はつい微笑んでしまった。

「では、わたしの方から少しずつお尋ねしてもようございますか」

「やあ、その方が有り難い」

「それでしたら、風払いについて、もう少し詳しく教えてください。そうだなあ……風舞さんにする紙は、そこらへんにある半紙なんぞでいいのでしょうか」

門二郎はしゃんとなって、「いえいえ、ちゃんと風舞さん用の紙があるんでございますよ」

根細《ねぼそ》という雑木の枝を煮詰め、繊維を漉《す》いてこしらえる〈のふ〉という粗末な紙だという。

「戦国の世では、これを兵糧として蔵に蓄えておいて、いざというときは粥《かゆ》にして食ったそうでございます」

「ははあ。もともとは食べ物だった」

「はい。湯に入れたらたちまち煮溶けて重湯のようになります。意外と腹持ちもする、腹から温《ぬく》くなるというので、重宝したようでございますな」

「味はどうなんでしょう。旨いのかな」

食いしん坊の富次郎には、それがいちばん気になるところだ。

「はて……。進んで食いたくなるような代物ではないと思いますわ」

風払いという厄落としの習わしそのものは、起源が古すぎてしかとわからない。ただ、これに〈のふ〉を使うようになったのが、戦が終わって太平の世が到来してからであることは間違いないという。

「豊ノ国の風土記《ふどき》にも、そのように記されているそうでございますから」

「兵糧としての用がなくなったので、他の使い道が出てきたというわけでしょうか」

〈のふ〉は非常に安価に手軽に作れる。風舞さんは、毎年見当がつかないほどたくさん使われるものなので、うってつけだ。

「それと、厄を載せるものでございますから、高いところから風に飛ばした風舞さんが、すぐそのまわりにひらひら落ちているようでは困るわけで」

なるべく遠くまで飛んでいき、人目に触れずに雨風で消えてくれるのが望ましい。その点でも、柔らかくて弱い〈のふ〉は向いていた。

「これが奉公人仲間からもらった風舞さんは、お店で扱っていた売り物から弾《はじ》かれた残りもので、薄汚れておりました」

だが、それは心を込めた餞別だった。

「この先、紙問屋のみんなとは別の場所で暮らしていく門二郎さんに、もしも厄が降りかかったなら、その風舞さんに代わってもらいなさいよ、とね」

そのときのことを思い出すのか、門二郎はゆっくりと瞬《まばた》きをした。

「千三さんに見せますと、油紙をくれましてね」

――のし袋ごと包んで、腹巻きのあいだにしっかり挟んでおくんじゃ。その風舞さんは、門二郎の命守りになるからな。

いのちまもり、か。美しい言葉だ。

「小さい風呂敷包みを背負って、その結び目を両手でつかんで――というより、両手で結び目につかまるみたいな恰好になって、これは千三さんの後をついて歩いていきました」

もう一人、目星をつけた女の子がいるという商家へ立ち寄ったのだが、あいにく、そこのお店では、千三が欲しがる子を手放そうとしなかった。

「狭間村へはやらん。にべもなく突っぱねられましたわ」

千三は食い下がるふうもなく、あっさり諦めてその商家を離れた。しかし門二郎はいささか

怖《お》じけた気分になってしまい、

「こっそり後ろを振り返ってみましたら」

　商家の表で、鬼のような怒り顔をした女中が派手に塩をまいていた。

「狭間村はそんなに忌まれているのか、それほど恐ろしい場所なのかと、これは膝ががくがくして参りました」

　自分も、今ここでくるりと回れ右をして逃げ出した方がいいのではないか。今が命の分かれ目なのではなかろうか。千三は足が速かろうか。自分が走ってもすぐ追いつかれてしまうだろうか。

「千三さんは、狭間村のある山の深いところから降りてきたわけでございますから、野良着の上に綿入れを着込んで、日よけの丸笠《まるがさ》をかぶって、股引《ももひき》に革の脚絆《きゃはん》を付けておりました」

　革の脚絆は、端々が白っちゃけて丸くなるほど使い込まれていた。やや新しめの草鞋《わらじ》は、千三が歩むたびにきゅっきゅっと鳴った。固そうな角帯の隙間に突っ込んだ差し銭も、その拍子に合わせて金気の音をたてる。それを耳にしているうちに、門二郎はいよいよ追い詰められてきて、

　――よし、逃げよう。

「その刹那《せつな》に、こっちに背中を向けたまんま、千三さんが話しかけてきたんですよ」

　――なあ門二郎。今まで、誰かがぬしを捜しにきたことはあるかえ。

　ぬしは「おまえ」「あんた」の意味の呼びかけだろう。

「これは舌が喉の奥にひっこんでしまい、何も言うことができませんでした」

　千三は足取りを変えず、前を向いたまま続けて言った。

――誰かが捜しにくる子は、迷子じゃ。いくつになっても、何年経っても、誰も捜しにきてくれん子は、捨て子じゃ。

「そんでも、がっかりすることはねえ。千三さんはそう言いました」

――捨て子なら、自分で自分を拾ったらいいんじゃ。

「そしてこれを振り返ると、にいっと口の端を引っ張って笑いましてね。これは魂消《たまげ》てしまいました」

千三の口のなかには、歯が一本も見当たらなかったのだそうだ。

「歯が抜けてしまうと、ふがふがしゃべりになりますわな。千三さんはそんなことはなかった。はっきり聞き取れるしゃべり方で、声も強うございました」

魂を抜かれたみたいになって、門二郎はひたすら千三について歩いた。いつの間にか、城下の旅籠筋の外れまで来ていた。

大風が吹いたら倒れてしまいそうな粗末な木賃宿の前で、千三と同じ丸笠を背中に付けた男の子が、空き樽《だる》に座って両足をぶらぶらさせていた。こっちに気がつくと、空き樽から飛び降りて、駆け寄ってきた。

「初春のころだというのに、妙に日焼けして色黒で、やせっぽちで骨張った子どもでしてね。身が薄くて食うところのない小魚のようでございましたよ」

千三が男の子に歩み寄り、手のひらをその頭の上に載せた。並んで立つと、男の子がごく小さいので、人並み外れて小柄な千三が、ちゃんと大人の背丈に見えた。

――門二郎、この子が名無しじゃ。歳は八つ。

そしてその子の顔を覗き込みながら、門二郎の方に手を差し伸《の》べて、

――名無しや、こっちの兄《に》ぃが門二郎じゃ。歳は十二だったよな？

門二郎は、白目ばかりやたらと目立つ色黒のちび助に目を奪われてしまった。

――二人とも、今日から兄弟分じゃ。仲良うするんじゃぞ。

「ええ、その子がこれのあいたしだったんでございますよ」

＊

ほほ〜い！　樫《かし》の大木のてっぺんで、ナナシが大きな声をあげる。

「兄ぃよ、当たりじゃあ！　ここの巣にはお宝がたんまりあるぞぉ」

季節は夏の最中《さなか》。森の木々には涼しい緑の葉が生い茂り、見上げる空をほとんど覆ってしまいそうだ。門二郎には、ヤマワタリの巣どころか、てっぺんにいるナナシの姿さえ見つけることができない。

「い〜くつ、あ〜るか〜」

口元を両の手のひらで囲って、門二郎は声が降ってきた方へ問いかけた。

ナナシはすぐに答えた。「八つじゃ！」

「そんなら、七つだけ採るんじゃ。ええな？　必ず一つだけ残すんじゃ」

「あ〜い」

ナナシの声が、森の木々の葉を騒がせる。

「先に羽毛を集めて、殻は後にせいよ。それも何べんも言われとろう？」

「あ〜い」

木の上に登ると、ナナシはいつも浮かれて、アホみたいになる。心底高いところが好きなんだ。門二郎は苦笑いをして、首に巻いた手ぬぐいで顔を拭った。
ヤマワタリは貴重なお宝をくれる上に、藪蚊などの毒虫を食べてくれる、狭間村で暮らす人びとにとっては、二重三重に有り難い益鳥だ。オシドリ顔負けに夫婦仲が良く、いっぺん番《つがい》になると、どちらかが欠けるまでその二羽で卵を生んで孵《かえ》して雛を育《はぐく》む。産卵は年に一度、春先で、ひと番が三個から五個の卵を産む。だから八個は珍しい。
普段は御劔山の崖に棲《す》みつき、岩の隙間から出入りして空を飛び交う。産卵のときだけは崖下のうっそうとした森のなかまで降りてきて、草の葉や枯れ葉、小枝などを組み合わせて、木々の高いところに巣をかける。道具屋で笊《ざる》として売れそうな、小鍋《こなべ》ほどの深さと大きさがある巣だ。

その巣で卵を孵し、雛を育て上げると、ヤマワタリの一家は揃って御劔山の崖へと帰ってゆく。次の年の産卵の時期になるとまた森まで降りてきて、前年にこしらえた巣に戻り、新しい草や木の葉で補修をして、卵を抱く。

一つの巣を、そうやって二度か三度は使うのがこの山鳥の習性なのだ。ただし、前の年の雛たちが残した卵の殻や羽毛がきれいさっぱり失くなっていると、そこが自分たち夫婦の巣だとわからなくなって、別のところに新しい巣をかけてしまう。

卵の殻や羽毛というお宝を頂戴する側の狭間村の衆にとっては、二年か三年は同じ巣を調べればいいのと、毎年新しい巣を探すところから始めるのとでは、大きな手間の差がついてくる。巣があるのは、下から仰いだら首が痛くなるような高所に限られているのだから、作業そのものが命がけだ。少しでも手間を省けた方がいい。だから、どんなにお宝が惜しいと思っても、先々の益を考えて、卵の殻を一つは巣に残しておくのが決まりだった。

巣の内側にへばりついている羽毛を先に採り、卵の殻は後に回すのも、作業の手順の決まりだが、こっちの理由は単純だ。ヤマワタリの雛の羽毛は人の鼻息でも舞い散ってしまうほど軽いので、真っ先に回収してしまわないと損なのである。

狭間村に来て丸二年が経ち、門二郎は十四歳、「名無し」のナナシは十歳になった。二人一組で卵と羽毛を採る仕事に就いて、立派に収穫をあげている。

ナナシは門二郎とは違い、あの年の前年の夏に豊ノ国の一部で流行《はや》った熱病で親兄弟を失った孤児だった。小作人長屋の子だったので、そのまま隣近所の人たちの厄介になっているところを、千三に見つけられた。もちろん名無しなんかではなく、親がつけてくれた名前がちゃんとあるのだが、本人はそれを言いたくないようで、誰に問われても「名無しだぁ」としか答えなかった。それは狭間村に棲みついてからも変わらず、とうとう千三さんが、

「そんなら、ぬしの名前はナナシじゃ」

本人も文句がないらしく、自分から「これナナシじゃ」と名乗るようになった。

ナナシは身が軽く、高所が好きで、怖いもの知らずだった。豪胆だとか勇敢だとかいうのとは少し違って、自分が死ぬとか、怪我をして痛い思いをするかもしれないとか、一切考えられないようだった。

ヤマワタリの巣のお宝探しを、狭間村では「山仕事」と呼ぶ。そして巣を探して木の高い枝へまで登っていく方を「ソラ」、下に残る方を「ドダイ」と呼ぶ。ソラは身体に縄を付けて、登りながら幹の要所要所に杭《くい》を打ってその縄を引っかけ、万が一足を滑らせても、真っ逆さまに落ちないようにしていく。いちばん肝心なその縄の反対側の端をしっかりとつかんで足を踏ん張っているのがドダイである。

門二郎とナナシでは、もちろんのこと、門二郎がドダイでナナシがソラだ。修業を始めて最初の半年、門二郎は何度も半べそをかくほど辛い思いをした。縄をつかむ手が荒れて、血だらけになる。足を踏ん張っておられず、ソラの動きにつられてよろけてしまい、木の幹にしたたか頭をぶつけたり、転んで足をひねったりする。そのたびに山仕事のまとめ役のお頭や、狭間村の村長《むらおさ》

に叱り飛ばされる。

「いかんいかん、そんなんじゃ駄目じゃ」

「門二郎、とろくさい奴じゃ。ぬしにはまた飯をやらんぞ」

飯抜きの罰をくらい続け、腹が減りすぎて目を回してしまったことが、何度もある。

——どうしてこれがこんな目に遭わなきゃならねえんだ。

自分は城下町の紙問屋にいたかった。望んで千三についてきたわけではない。あれよあれよという間に追い出され、戻りようがなかっただけだ。

紙問屋ではよくしてもらったと思っていたけれど、しょせん、自分は厄介者だったのだ。余計者だったのだ。千三に子どもを渡さぬと、塩をまいていた商家だってあったのに（あのお店の人たちは、狭間村がこういう場所だってことを、よくよく知っていたのだろう）、紙問屋は門二郎を進んで引き渡した。ためらう様子など、髪の毛一筋ほども見せなかった——などと、ドダイの稽古《けいこ》があまりにも辛いので、昔のことまで遡《さかのぼ》って卑屈に恨むようになった。

あいたしのナナシはまったく違った。教わらなくても猿のように上手に木に登り、枝から枝へと渡る。縄の扱いもすぐに呑み込んで、お頭にもよく褒められた。

稽古を始めて一月《ひとつき》が過ぎるころには、ソラのナナシとドダイの門二郎の差は、まわりの目にも痛々しいほどだった。村の大人たちのなかには、門二郎は向いてないから帰してやった方がいいと言い出す向きもあった。千三さんにだって見込み違いはあるよね、と。

当の千三もお頭も、誰が何を言おうと気にしなかった。門二郎にはできるはずだ、稽古を続けろと叱咤《しった》するばかり。門二郎はいっそどこかへ逃げてしまおうかとまで思い詰めた。

その心中を知ってか知らずか、両手を血だらけにして、はあはあ喘《あえ》いでいる門二郎の傍らに降りてきたソラが、

「この兄ぃはもう要らん。ナナシは別のドダイがほしい」と言った。邪気のない、子どもらしい口調だった。

門二郎は顔から火が出そうになり、胸は張り裂けそうになった。悔しいのに泣けてきそうになり、歯を食いしばった。

次の瞬間、ソラの軽くて小さい身体が吹っ飛んだ。お頭にぶっとばされたのだ。

「ナナシ、門二郎兄ぃに謝れ。ぬしらは死ぬまであいたしじゃ。命を預け、お互いに守り合うんじゃ。二度ときいたふうな口をきくな。わかったか？」

ナナシは恐怖で真っ青になり、あわあわと門二郎に謝った。身体ぜんたいで震え上がり、言葉もうまく出てこない。ぶっとばされて地べたに頭と胸を打ち付け、顔を擦りむき、口の端を切っていた。

ああ、痛かろう。門二郎は初めて、この弟分のあいたしを哀れに思った。

「もうかんにんしてやってください。これもお詫びします。そいで精進します」

お頭の前に手をついて頭を下げた。ぽかんとしていたナナシも、慌ててそれに倣おうとして、地べたに門二郎の手の傷から滴った血が黒くしみついていることに気がついた。そしたら、しゃっくりするみたいに泣き出してしまった。

「わかったなら、ええ。気が合うように、二人で励むんじゃ」

お頭が立ち去っても、ナナシは泣いていた。門二郎はその頭を撫でてやった。

それを契機に、二人は少しずつ息が合うようになっていった。

御劔山の麓《ふもと》一帯に広がる深い森に分け入り、雛が巣立ったあとのヤマワタリの巣を探し当て、登って調べてお宝をいただく。一年を通して、山仕事でやることは決まっているが、どのようにこなすのかは、個々のあいたしの裁量に任されていた。皆の報告を受けて、お頭が巣の位置を記した地図をこしらえ、折々にそれを描き替えてくれるが、それを写して使うかどうかさえ、個々のあいたしの考え次第だ。

狭間村は、ざっと二十世帯ほどの規模の村だった。千三に引き取られてきた子どもらを含めて、四十人ほどが暮らしていた。

村長がいちばん偉く、その次が山仕事の頭で、その次が千三だ。それより下はみんな一緒くただった。誰が山仕事でいちばん稼ごうが、それで威張るとか、ちやほやされるとかいうことはなかった。食べ物は平等に分け、身に着けるものも、傷んだら女衆の誰かに頼めばすぐに繕ったり、新しいものを調達してくれたりした。

村は深い森の南西の端に位置しており、近くには澄んだ水を湛《たた》えた小さな沼と、そこから流れ出る幾筋かの沢があった。底から清水が湧いているらしく、沼は涸《か》れることがない。

しかし、土はよくなかった。森は豊かに繁っているのに、苦労して耕しても、なぜか畑の実りは乏しい。村で消費する分の芋や豆、蕎麦《そば》を採るのがせいぜいだった。

村の生計《たつき》を支えているのは、山仕事の稼ぎだ。採集された羽毛と卵の殻は、村の作業場できれいに仕分けされ、ごみや汚れを取り除かれて、問屋のある近くの村や町へと運び出されてゆく。この役目を担っているのは増造《ますぞう》という老人で、この人が狭間村ではいちばんの年長者だった。髪も眉毛も真っ白になり、腰が曲がっていたが、一台の荷車と、それを引く「とんび」という名の栗毛《くりげ》の馬（人に換算すれば、増造と同じくらいの老馬だった）を操って、急な山道をものともせずに問屋へ通い、帰りはその荷車に、村の衆の食いものや暮らしに要る品々を山のように積んで戻ってきた。

夏の暑さも冬の寒さもものともせず、増造爺《じい》さんは一人、愚痴のひとつもこぼさない。出かけてゆくのは二、三日に一度で、夜明け前に出て日暮れまでには戻ってくる。それでも急に入り用なものができたら、荷車は置いて、とんびの背にまたがって買物に行ってくれたり、城下まで出ないと手に入らない薬などについては、数カ月に一度の日取りを決めて、はるばる仕入れに足を運んで行ってくれたりする。

増造爺さんの次の年長者は村長と山仕事のお頭だが、この二人は昔あいたしだったのだそうで、今も息が合っている。どっちも独り身で、おかみさんはいない。子供もいない。というか、そもそも狭間村には、当たり前の「家族」というものがない。そういう暮らし方をしてはいなかった。四十人のうち、大人が二十三人、その内訳は男が十三人で女が十人。若者も数人いるが、ぜんたいに年かさの者が多い。

ただ大人たちは、千三ほど極端ではないものの、誰もがみんな年齢不詳のところを持ち合わせていた。たとえば、顔は皺だらけなのに目が子供のように澄んでいたり、厳しい山仕事を続けているのに、両手のひらが赤子のそれのように柔らかだったり、増造がその筆頭だが、腰が曲がっているのに体力があって機敏に動き回れたり。「年寄りだから」という理由で山仕事をやめる者もいない。また、山仕事に男女の差はなく、女は女同士であいたしを組んで、男同士のあいたしよりもいい収穫をあげることも珍しくなかった。身が軽く、動作が速く、ヤマワタリを驚かさぬよう気配を消すことに長《た》けており、目や耳がよければ、男女に関係なくいい仕事ができるのだ。

あとの十七人が子供──豊ノ国で男子が元服を祝う十六歳よりも歳下で、その内訳は男の子が十人で女の子が七人だ。今の最年長はお宮《みや》という十五の女の子で、十四の門二郎は二番目。すぐ下にお静《しず》という十三歳の女の子がいる。あとはちょっとあいだが開き、ナナシと同じ十歳前後に、いちばん下はまだよちよちしている春市《はるいち》という幼児である。春の七草の市で拾われた「迷子」だから、この名をつけられた。

狭間村では、大人の誰もが子供らの祖父母であり父母であり兄姉であった。万《よろず》の調達役の増造、子合わせ屋の千三、山仕事を束ねるお頭、皆のまとめ役の村長の四人は、その上に立つ長老のような存在である。

住まいは簡素な掘っ立て小屋だ。御劔山の麓の森の奥、なぜかそこだけ苔《こけ》むした這松《はいまつ》の集まっているところに、軒を寄せ合うようにして建ててある。板壁に、屋根は板葺《ぶ》きか草葺きで、重しの小石も載せない葺きっぱなしだ。

そんな造りでも充分に住まえるのは、御劔山のおかげだった。空に向かってそびえる巨《おお》きな山体のおかげで、狭間村を抱く麓の森の一帯には、一年を通してほとんど風が吹かない。強い風は、上空で山肌を巻いて吹き巡り、下まで降りてこないのだ。だから雲も上空にしか湧かず、従って雨もほとんど降らない。季節によって霧や霞《かすみ》は湧くが、まとまった雨らしい雨は、降っても数年に一度だ。それでも、村の衆の暮らしは豊富な湧き水に支えられ、渇きに悩まされることはない。森の木々も下草も、地下を巡る水脈のおかげでいつも潤っている。

村からはかなり遠く、山体を挟んでほぼ反対側になるが、何カ所か温泉が湧いている場所もある。どうやら御劔山は古い火山であるらしく、今はその活動は休みになっているものの、地の底の深いところにはまだ熱源が生きているようだった。

雨風の心配が要らぬ掘っ立て小屋で、村の衆は大まかに七組か八組ぐらいに分かれて寝食を共にしているが、いつも同じ顔ぶれでいるわけではない。子供らが喧嘩《けんか》したり、あいたしの息が合わなくなってしばらく離れて頭を冷やすとかで、けっこう頻々と入れ替わる。男と女がいれば夫婦ができるはずだし、実際それらしく見える男女は何組もあるのだが、だからといって必ずその二人が共に暮らすわけでもなかった。それを怪訝《けげん》に思う空気もなかった。

十二歳まで城下の紙問屋で暮らした門二郎は、否応《いやおう》なしにそこそこの世間知を身につけていたから、この村で赤子が生まれないのは、夫婦が一緒に暮らす習慣がないからだろうと考えて納得していた。

だが、あいたしのナナシはもっと幼いので、そのへんがピンとこないらしく、今年の初春に千三さんが春市を連れ帰ってきたとき、ふとこんなことを言ってきた。

「春市は可愛いなあ。けども、この村には、もっと小さい赤子はいたことねえよね」

「そうだな」

「女衆は、誰もお産しねえのかなあ」

つくづく不思議そうに首をひねって、

「ナナシのいた長屋なんか、次から次へと女衆がお産するんで、組頭がいつも怒ってたんだけどなあ」

ナナシが自分の生まれ育ちのことを口にしたのは、これが初めてだった。門二郎はそっちの方に興味を引かれた。

「ぬしのうちも、兄弟姉妹《きょうだい》がいっぱいおったんか？」

尋ねられて、ナナシはきゅっと眉をひそめた。子供ながらに、いかにも〈まずいことを言った〉という様子で可笑《おか》しかったから、門二郎はつい吹き出してしまった。

「笑うなぁ」

「ごめん、ごめん」

門二郎が素直に謝ったからか、ナナシは小さい鼻をくしゅんと鳴らして、子供らしい顔つきに戻ると、言った。

「兄ちゃん姉ちゃんが七人いたんだ」

ナナシは第八子だったわけだ。

「もう要らん、食わせていかれん、名前をつけるのも面倒だって、そのまんま〈ハチ〉って呼ばれてた」

犬みてぇだと言って、また鼻を鳴らす。

「大勢いたのに、みんな疫病でころっと死んじまってさ。いちばん上の姉ちゃんが、死に際に、ハチは八幡《はちまん》様のハチだ、縁起のいい名前だから命を拾ったんだよって言ってたけど、そんなの覚えてるのも癪《しゃく》だから、これナナシでいいんだ」

山仕事の合間のひと休みで、二人は見上げるような杉林のなかにまぎれていた。

「そろそろ登るか」と門二郎は言い、話はそれでしまいになった。門二郎は腹の内で、（ナナシがもう少し大きくなったら、夫婦が一つの布団で寝ないと赤子はできねえって教えよう）と思ったが、日々のことに忙しくしているうちに忘れてしまった。

ヤマワタリのおかげで富《ゆた》かな狭間村では、いいものが食えた。その点は、確かに紙問屋の女中頭が言ったとおりだった。衣服や履き物も、山の森のなかで暮らしやすいように丈夫であることが第一だったが、女の子たちは彩りのあるものを身に着けていたし、正月には髪飾りも買ってもらえた。

だが、この村の尋常ではない富裕ぶりを示すには、何よりも「支度金」のことを語るべきだろう。

男の子も女の子も十六歳から十七歳、どんなに遅くても二十歳になるまでには、狭間村を出てゆく。それくらいに成長すると、男は骨が太くなり、女は身体に脂がのってきて、体重が増える。そうするともう危険すぎて山仕事はできない。ここらでは他に生計を立てる術がないので、村から出て新しい暮らしを始めるしかない。

実のところ、子合わせ屋の千三は、こうしたかつての「迷子」たちの行き先を決める役目も負っていた。

きれいな水を飲み、いいものを食い、よく働いて身体を鍛え、「迷子」たちを温かく迎える「大家族」で育まれた若者だ。年長者たちから読み書きそろばんも、最低限の行儀もひととおり教わっている。どこへ奉公しようと、縁づこうと恥じることはない。ただ、出自が「迷子」であることを埋め合わせるために、狭間村は彼らにかなり高額の支度金を持たせるのだ。千三はそれをふまえて、彼らの先の人生を託して不安のないところを探して縁づけるのだった。巣立つ若者にその資質があれば、支度金で商いを始める手助けをすることもあった。

村で暮らした「迷子」たちのなかには、年頃になっても村を離れたがらぬ者もいた。山仕事は危険だがやりがいがあるし、美しい景色と長閑《のどか》な村の暮らしには、他の場所では得られぬ安らぎがある。自分もここで、増造爺さんには及ばずとも、村長やお頭の歳になるまで働いて暮らしたい。山仕事のために身体を軽くする必要があるのなら、旨い飯を減らして我慢してもいい。どうか自分をここに置いてくれと泣きながら懇願する「迷子」もいたそうだけれど、その願いが聞き届けられた例《ため》しはなかった。

門二郎とナナシも、山仕事でどうにかやっていかれるようになった頃合いで、お頭からこの決まり事を教えられた。

「あいたしの片方を一人にするわけにはいかんから、ぬしらはナナシが十六になったら一緒に山を降りろ」

いつもそのつもりでいて、ここですごす月日を無駄にしないように心がけろよ、と。

千三とは対照的に、お頭は身体つきががっちりしていた。顔もいかつく、髪の毛も眉も薄い。おっかない風貌《ふうぼう》なのに、小さい子供らの頭を撫でてくれる指は白魚のよう。奇妙なちぐはぐが目立つ村人の一人ではあったが、けっして嫌な感じはしない。ナナシも、千三と同じくらいお頭に懐いていた。

「お頭、ナナシはずっとこの村にいてえ」

虫に刺されたのか、何かにかぶれたのか、首の横っちょをぼりぼり掻《か》きながら、ナナシが言った。「どこにも行きたくねえ」

「そういうわけにはいかん」お頭は薄い眉毛を毛虫みたいにうごめかし、ナナシに恐い顔をしてみせた。「ぬしは村から降りていって、いい男になるんじゃ」

いい男ってどんな男だ。門二郎は笑ってしまったが、ナナシは口を尖らせる。

「ナナシは村にいて、お頭みてえないい男になる」

これにはお頭も笑った。そして手を伸ばし、ナナシの髪を撫でくり回しながら、

「この村で、これぐらいまで歳をくっていい男になれるのは、もともとここで生まれた者だけなんじゃ。ナナシや門二郎のように他所から来た者は、大人になったらここにいることはできん」

「何でだよぉ」

そうだよ、どうしてだ？　門二郎の頭にも疑問の小さな火がついて、お頭のいかつい顔を見つ

めた。

　お頭は門二郎の眼差しを受け止め、それからナナシの方に目を戻すと、笑みを含んだ優しい声音で言った。「大昔、これらのご先祖様がこの地に棲みついたとき、御劔山の神様とそのように約定を取り交わしたんじゃ」

　御劔山は神域だ。棲みつく人の数が増したら、人気《じんき》の穢《けが》れが溜《た》まってしまう。

「ソンじゃから、そのご先祖様の末裔《まつえい》であるこれらだけしか、この地で人生をまっとうすることは許されておらんのよ」

　その代わり、ここに来る「迷子」たちには衣食住を与えられるし、彼らが出てゆくときには大枚の金子《きんす》をわたすことができるのだ。

　これまで、村を出て行くときのことなど考えたことがなかった門二郎だが、こうしてあらたまって昔話を聞くと、いかにも筋が通っているように思われた。

　ナナシはひょっとこみたいな顔をやめると、「みんな、この村にいる限りは疫病も怖くねえって、前に千三さんが言ってた。それもここが神様の土地だからかぁ？」

　村長は大きくうなずいた。「ああ、そうだ。ナナシは賢いな」

　弟分が褒められたのは嬉しいが、自分もお裾分けにあずかりたい。で、門二郎は思いついたことを口に出した。「お頭や千三さんたちが、ときどき集まって飲んでる濁り酒も、もしかすると御劔山の神様と関わりがあるのかなあ」

　村の大人たちは、たまに酒盛りをする。飲むのは決まって真っ白な濁り酒だ。年かさの女衆が、年に一度ぐらいの割合で大きな樽を使って醸すもので、その出来具合を確かめるのは村長の役目である。

「門二郎も察しがいいな」村長の目が細くなった。「あれは山の神様への捧げ物のお下がりじゃ。これらも頂戴することで、身体を強くすることができる」

それも約定の内なのだ、と言った。

「ナナシも飲んでみてぇ」

「旨いものじゃねえ。腹を壊すぞ。他所から来たナナシには効き目がねえしな」

濁り酒の樽が保管されている小屋の出入口には錠がかかっている。やっぱり、子供がいたずらしたり、面白がって口に入れたりするのを防ぐためなのだろう。

村の大人たちの酒盛りは、夜、子供らが寝静まった後に行われているけれど、厳しく内緒にされているわけではない。門二郎も一度、夜半に目が覚めてしまい、厠に立ったついでに見かけたことがあった。談笑しながら濁り酒を飲む大人たちは寛《くつろ》いでおり、楽しそうだった。

だが、蓋《ふた》の開いた樽からかすかに漂ってくる濁り酒の匂いは、およそいただけないものだった。煎じ薬みたいに臭いのだ。

——いくらでも、もっと旨い酒を買ってきて飲めばいいのに。

鼻をつまんでそそくさと寝床に戻った門二郎だったが、あの薬臭い酒が神様からのお下がりだというのなら、まあ納得がいく。そういえば、あの酒盛りの場に、肴《さかな》になりそうなものが何も見当たらなかったのも、そのせいなのだろう。

そもそも、この村の大人たちは食いものにあっさりしている。日に三度、まず子供らにしっかり食わせてから大人たちの食事になるのだが、毎度あっという間に済ませてしまって、門二郎やナナシなんかがまだげっぷをしているころには片付けにかかっているのだ。

御劔山の神様と約定を結び、その守護をいただいている村の大人たちは、少しばかり仙人に近いのではないか。お頭とのそのやりとりを機会に、門二郎はそんなふうに考えるようになった。仙人は、不思議な神通力を持ち、怪我をすることもなく病にもかからず、霞を食って悠々と永遠に生きる。紙問屋にいたころ、読み本好きの女中から聞かされた話だ。仙人になるには、辛い修行を積まなければならないという。でも、この狭間村に生まれ育った大人たちは、最初から山の神様の加護を受けているから、特別なんじゃなかろうか。

——他所から拾ってもらってきたこれなんかが、同じように生きられねえのはしょうがねえ。

ドダイとして働けるようになってきて、収穫をあげ、大人たちに褒めてもらえて、旨い物が食える。暑さ寒さこそあれ、荒れる天気に脅かされる心配はなく、夜はぐっすり眠れる。ナナシも言っていたが、この村には疫病も寄りつかない。些細な眼病や風邪さえも、誰もかからない。

いい暮らしだ。ここに来られてよかった。だが門二郎はナナシと違い、心の隅っこに、城下の紙問屋の思い出がある。さらにその奥には、お城の裏手に捨てられる前のかすかな記憶もあった。

自分がどこの何者なのか、今さら知ろうとは思わない。だが門二郎は、村の決め事に抗《あらが》ってまで仙人もどきを気取り、狭間村から外に出ぬ人生をおくりたいとも思わなかった。もっと大きく生きたいのだ。ナナシだって、もう少し分別がついてくれれば、人が生きる道は山仕事のほかにもあると、興味がわいてくるだろう。そしたら、お頭が言ったとおりに、一緒に山を降りよう。

——それまでは、よく働こう。

村の大人たちに恩返しをしよう。大枚の金子をもらっても恥ずかしくないように、しっかり稼いでおくんだ。

門二郎の負うべき責任は、ドダイとしてナナシの命を守ること。かすり傷さえ負わせないこと。とはいえ、あいつはしょっちゅう虫に食われる上に、食われたところが腫れるので、身体中にその痕が残っている。それを目にするたびに、自分の手抜かりのせいではないのに……とバツが悪く思ってしまう。それほどに、ナナシはもう門二郎の弟になっているのだった。

春市が村にやって来た年は、何事もなく明け暮れた。明くる年は、いちばん年長の女の子・お宮が十六歳になり、正月明け早々に城下へ降りた千三さんが、そのお宮のために縁談を持ってくるという、二重にめでたい始まりとなった。

「流々亭《りゅうりゅうてい》って、お殿様やお国様が、御旗《みはた》祭りのとき休み所にされる店だろ？」

門二郎だけでなく、城下で拾われた「迷子」なら、誰でもその料亭のことを知っていた。流々亭は豊ノ国で採れる上等な海の幸山の幸を、一流の庖丁人《ほうちょうにん》が捌《さば》いて供することを売りにしている。御旗祭りは、その昔豊ノ国を守った名だたる侍たちの旗指物を祀《まつ》った神社のお祭りで、華やかな旗指物が乱舞する勇壮な神楽《かぐら》が見ものだ。で、藩主がこれを観覧する際には、必ず流々亭に立ち寄ることが倣いになっている。

「そんな凄《すご》い料亭の嫁に、お宮を？」

途方もない良縁に、村のなかは沸き立った。お宮はあいにく山仕事に不向きで、これまでずっと炊事洗濯子供らの世話に明け暮れてきた娘だが、色白の器量よしだし、気立ても優しい。

それにしたって、お宮はどこで見初められたのだろう。御旗祭りはもちろんのこと、狭間村の子供たちは、豊ノ国領内のどこで行われるどんな祭りにも加わらないし、見物にもいかない。ここに引き取られた日から出て行く日まで、山を降りることはないのが「迷子」たちの暮らしだ。日々みっしりと忙しいので、他所に憧れている暇もない。

「そんなの、千三さんに信用があるからに決まってるわね」

門二郎の素朴な疑問に、あっけらかんと笑いながら答えてくれたのは、村の女たちの一人、おすがだった。訊《き》いたことがないから歳はわからないが、例によって老人のような分別と童女のような愛らしさをまぜこぜにして備えている人だ。まめまめしく世話してくれて母親みたいなので、お宮のすぐ下の妹分であるお静など、素直に「おっかちゃん」と呼んでいる。

そのときは二人で、物干し場で山ほどの洗い物を干しているところだった。山仕事用の筒袖や股引は、怪我を防ぐために分厚く縫われている。洗うと水を含んで重たくなるので、門二郎はよくこの作業を手伝うようにしていた。

「けどね、おすがさん。城下には、この村のことを、塩をまくほど嫌ってる人たちもおるんだよ」

おすがは目をぱちりとさせた。「誰がいつ、そんなことをしたのさ。ぬしが塩をまかれたの？」

門二郎は、紙問屋を出てきたあの日、千三さんがもう一人女の子を迎えようとして突っぱねられたときのことを打ち明けた。

「あれまあ、そりゃ怖かったろう。このこと、誰かに言った？」

「……黙ってた」

「言えばよかったのに。千三さんだって気にしやしないよ」

世間にはいろいろな人がいるし、思惑も様々なんだと、おすがは言った。

「この村は御劔山の神様のお膝元にあるから、村の衆は禰宜《ねぎ》さんみたいなもんだし、高値で売れる貴重なものを採って暮らしを立ててるんだし、敬わなきゃいけねえって思ってくれる人もいる」

しかし、他所とは違い過ぎるこんな場所にいる者は、そもそも人じゃないと怖れる人びともいるのだ、と言った。

「人じゃねえって、ひどいな」

「ぬしらはみんな、働き者のいい子たちなのにね」

おすががいかにも誇らしげに言うので、門二郎は気恥ずかしくなった。

「そこらの人たちよりうんと度胸がある、人並み外れているんだって、いい意味に受け取ってきなさいよ。命がけの山仕事をしてるんだし、何よりも……」

言いかけて、おすがは急に舌を呑み込んだみたいに口をつぐんだ。

「何よりも、何？」門二郎は問い返した。おすがが言いかけた言葉よりも、むしろその顔つきの方が気になった。

口を軽くへの字に結んで、おすがはつくづくと門二郎の顔を見る。それから、風と溜息をついて、

「門ちゃん、ぬしはここに来てから、もうすぐ三年だね。今まで、雨を見たことがあるかいね」

門二郎はきょとんとした。雨？　狭間村を抱くこの村一帯には、雨は降らないんじゃなかったっけ。

「霧が濃くなって、小雨みたいにじっとりしたことはあるけど、雨粒はいっぺんも見たことねえよ」

「誰かから、雨にはよく気をつけなきゃならねえって聞かされたことも？」

「ない」

これはちょっと意外だったのか、おすがは細い眉を寄せた。この村の女たちは眉を剃《そ》ることはないが、みんなほっそりと形の整った眉をしている。

「ホント言うと、ここらにも、まったく雨が降らないわけじゃないんだ。三年に一度ぐらいの割合で、降ることがある。これ《い》が覚えてる限りじゃ、半年のあいだに二度降って、みんな難儀したこともあるよ」

なぜ、ここらの雨が「難儀」なのか。

「降ってくるのが雨粒じゃないからさ。まるで縫い針みたいな、細くて鋭い氷柱《つらら》みたいなものなんだよね」

それは「針雨《しんう》」と呼ばれているという。

「まともに浴びたら、山仕事で稼いでる強くて大きな男衆だって、たちまち身体じゅう穴だらけにされちまう。目が見えなくなって、腕が上がらなくなって、すぐに身動きできなくなって……」

おすがは昔、お頭と村長が、そうやって亡くなった村人の亡骸《なきがら》を片付けるのを見たことがあるという。

「寒いときだったから、その人は厚い綿入れのちゃんちゃんこを着てた。ボロボロになってたよ。野良着も股引も、虫に食われたみたいに小さい穴だらけでね」

その恐ろしい光景は、今も目の裏に焼き付いて離れない、と言った。

「幸い、抜からずに空を見ていれば、針雨を降らしそうな雲の塊が近づいてくるのは、すぐわかるからね」

そうすると、気づいた者が大声で呼ばわり、鍋釜《なべかま》を叩《たた》いて村の衆に報《しら》せるのが決まりだ。たとえ見間違いであっても、雲の方向が逸《そ》れて雨が降らずとも、最初に一声をあげた者が叱られることはない。

――笑い話で済めば、それでいい。用心するに越したことはねえ。

「こういう戒めは、何もないときに先回りして言われたって、つい忘れちまうもんだ。村長もお頭も、門ちゃんとナナシには、いざ雨が降りそうなときがきたら教えようと思ってるのかもしれねえわ」

忘れるどころか、門二郎は震え上がっていた。空から数え切れないほどの針が降ってくるなんて、悪い夢のようではないか。

「城下じゃ、そんな雨の噂なんか聞いたことなかった。針雨が降るのは、このあたりだけなのかな？」

「そうだよ」

門二郎が「なぜ」と問う前に、おすがは空になった洗い桶《おけ》を両腕で持ち上げて、傍らに寄ってきた。

「さっきも言ったろ？　ここは山の神様のお膝元なんだ。不心得者が幅を利かすことがねえように、御劔山の神様が見張ってらっしゃる。村の衆はそれを心得ているから、針雨という神罰に打たれることがねえよう、身を慎んで、山の神様が与えてくださる豊かな暮らしをしているのさ」

狭間村は他所とは違う。村の衆も他所の人たちとは違う。それを尊んでくれるか、怖がって塩をまくか、受け止める側の心持ちによって違ってくる。ただ、どっちにしても軽々に口にしていいことではないということだけは、一緒だ。

「流々亭は、さすが代々のお殿様のごひいきを受けている老舗《しにせ》だけあって、知恵がある。御劔山の神様のお膝元で育った器量よしで働き者の娘なら、嫁に迎えればいっそうの福分を運んでくる、家の宝になると恃んでいるんだろう。きっと、お宮を大事にしてくれるよ」

おすがの表情は明るく、声音もはずんでいた。だがそのとき、物干し場に吊《つる》した濡《ぬ》れ手ぬぐいの一枚が風に翻り、おすがの顔に一瞬だけ影を落とした。すると、おすがの顔ばかりかその立ち姿ぜんたいが、その濡れ手ぬぐいと同じように薄っぺらく見えた。

門二郎の目の奥には、その一瞬の景色が鮮やかに焼きついて、ずいぶん後になっても忘れられなかった。そんなことよりもっとずっとうんと忘れがたい出来事を経験してからも、なぜか、あのときおすがの顔にさした影のことばかり思い出されるのが不思議だった。

＊

「それから十日も経たぬうちに、お宮は千三さんと山を降りていきました」

いきなり流々亭に嫁ぐのではなく、いったんは然《しか》るべき商家の養女になり、花嫁修業のいろはを習ってから、祝言を挙げることになった。

「おすがさんが言っていたとおり、先様ではお宮を珠《たま》のように大事にしてくれましてね。四人の子供に恵まれて、今も流々亭の女将《おかみ》として幸せに暮らしております」

めでたしめでたしのお話のはずだが、門二郎の口元がかすかに歪《ゆが》んでいるのはなぜだろう。富次郎は黙って待った。

少し声を落として、門二郎は続けた。

「……お宮はこれにとっても姉さんのようなもので、ずいぶんと世話を焼いてもらいましたし、仲良くしとりました」

だから、村を出て行く直前に、お宮はこっそり門二郎にだけ打ち明け話をした。

「山仕事をする村の男衆のなかに、辰松《たつまつ》という若い男がおったんですが」

　若いといっても、村長やお頭よりは確実に若いというくらいで、門二郎の目にはそこそこ歳がいっているように見えた。ただ、辰松は目鼻立ちがくっきりしており、身のこなしが軽く、やることなすことといちいち様になっていて、男前だった。

「お宮は、この辰松さんに片恋をしておったというんです」

　娘らしくなろうという年頃の女の子の、大人の男への憧れである。

「先にも申しましたが、狭間村には決まった夫婦という形がありません。辰松さんにも嫁はおらず、特に親しくしている女がいる様子もございませんでした」

　男前の辰松は、婆さんにも小娘にも同じように親切だった。

「お宮も可愛がってもらってたから、熱を上げてしまったんでしょうね」

　遅くとも二十歳になるまでには村を離れねばならぬ「迷子」の立場を忘れ、狭間村生え抜きの男に恋をして、胸の奥に色とりどりの夢を描いていたのである。

「これは言ってやりましたよ。ぬしは必ず村を出て行く。辰松さんは出て行かない。お頭の跡目になってもおかしくないくらい山仕事ができる人なんだから、他所へ行くわけがない。だからその二人が添うこともあるわけねえ。バカを言うな」

　するとお宮は泣き笑いの顔になり、そうだねバカだね、だけど夢ってそういうもんでしょうと言ったそうだ。その言葉には、今こうして門二郎の口から語られても、甘酸っぱく切ない響きがした。

　――村の大人たちは、けっしてけっしてここから出ていかないのかな。みんな、昔はどこか他所から来たんだろうに。

「お宮のその呟《つぶや》きが、どういうわけかこれの耳に残りました」

まるで、蜘蛛《くも》の巣を顔に引っかけてしまったみたいに、その疑問がまとわりついた。みんな昔はどこか他所から来た。

「そう、狭間村の大人たちは、どこから来たんだろう。お頭や村長や千三さんがここで生まれたというのなら、親がいたはずだ。親たちはどこからここまで登ってきて、今のような暮らしを築いたのか」

　日々の豊かで忙しい暮らしのなかでは、こんなあらたまった疑問を抱く暇がなかった。お宮の縁談という変化の波が、大人の分別を身につけ始めていた門二郎の心を洗って、ふと目覚めさせたのかもしれない。

「もう一つ、まさにそのとき目が覚めたみたいに気がついたんですがね。狭間村には墓地ってものがなかった。近くにお寺さんもなかった。城下を離れてからこっち、これはお坊さんを見かけたことがありませんでした」

　弔いがないのは、偶々《たまたま》なかっただけだろう。これからは、いずれあるものだと覚悟しておかねばならない。山仕事は命がけなのだ。実際、ナナシだって高いところからもろに落っこちそうになってひやりとしたことが何度かあった。もしも不運にも命を落としたなら、誰がお経を読んでくれて、どこに葬ってもらえるのか。

「胸の奥がもやもやしましたが、お宮が無事に村を出てゆくまでは、これもおとなしくしておりました。お祝い事で村じゅうが浮き立っているなかでは、ふさわしくない問いかけでございましたからね」

それに、お祝いの熱が冷めて普通の暮らしが戻ってきた頃合いで、ちょうどいい機会が巡ってきた。

「村長が巡視に出かけるというんです」

半年に一度ぐらいの間隔で、村長は御劔山のお膝元を巡り歩き、何か異変が起きていないか確かめるのだ。落石や落雷による火災の痕を見つけたり、沢の水の量を量ったり、やるべきことは様々だ。

「村長にとっちゃ庭歩きみたいなものでしょうが、やっぱり一人で行っちゃ危ないんでね。必ずお供する者がいます」

門二郎はそこに名乗りを上げたのだった。

「御劔山のことも、ここらの森や沢や小道のことも、もっとよく知りたいってね。頭を下げて頼んでみました」

巡視には、狭間村生え抜きの山歩きに慣れた男衆がついて行くのが習いだ。「迷子」はお呼びでない。だが門二郎は粘った。

「自分はここに来たのが遅かったから、長いこといられない。その分、いっぺんでいいから巡視に連れてってくだせえと」

意外なことに、村長はこの願いを容《い》れてくれた。むしろ、お供について行くはずだった男衆の方が渋ったくらいだ。

「今思えば、村長は、これが腹の底に疑問を呑んでいることを察していたんでしょう。で、この機会にそいつを散らしてしまおうと思って、あっさり許してくれたんだ」

　結局、門二郎に辰松が付き添い、村長と三人で巡視に出かけることになった。季節は夏の初め、雨のない狭間村には関わりないが、下界では梅雨が明けて陽ざしが強くなってきたころだった。

「二食分の握り飯と水筒を持って、日よけの丸笠をかぶって、毒虫除《よ》けの薬臭い軟膏を手足に塗って、新しい草鞋を付けて、替えの草鞋も腰からさげて」

　山仕事に行くときよりも念入りに支度するのは、それだけ村から遠く離れるからだと、村長が教えてくれた。

「村長は昔お頭とあいたしで、お頭がドダイ、

村長がソラだったんだけども、村長はちっとも小柄じゃなくて、物干し竿《ざお》みたいなのっぽでしてね」

この人がどうやってソラをしていたのかと、内心ずっと不思議に思っていた門二郎だったが、

「いざ、村長のあとにくっついて森に分け入ってみたら、得心がいきました。動きの一つ一つが、何というか……羽根みたいに軽いんでございますよ」

面食らっていたら、辰松に笑われた。

——ぬしだけじゃねえ。最初はみんな驚くんだよ。

「辰松もソラでしたから、いつか村長みたいになりたいって言ってました。村長も、お地蔵さんみたいな顔で笑ってたなあ」

やがて、門二郎の先に立って歩きながら、村長はぽつりぽつりと語り出した。

「これから行く先は、〈迷子〉だけじゃねえ、村の衆の大半もよく知らない場所なんだって。どうしてかっていったら、とても危険だからって」

——村のあたりとは、風向きも風の高さも変わる。お山の地の底から熱が昇ってくるところもあるし、にわかに雲がわいて、針雨に降られるかもしれねえ。

「針雨のことなら、おすがさんに教わりました」

門二郎がそう言うと、村長は長い顎をうなずかせた。

「ぬしもそろそろ雨雲を見る頃合いだ。いくつか心得ておいた方がええことがある。今日はちょうどよかった」

狭間村は御劔山の麓の南西部に位置している。巡視では、村の東側の木戸から出て、麓をぐるりと一周する。

「この森は、お山の麓の四分の一ぐらいしか占めておらん。あとの四分の三はごつごつの岩場や、遠い昔の噴火で流れた溶岩流や降り積もった火山灰の上に、へばりつくように草が生えているだけのところじゃ」

そこでは人は生きられない。ヤマワタリでさえ飛んでこない。森と森に抱かれた狭間村だけが命ある場所だ。

「それでも巡視はせんとならんから、途中で運悪く針雨に遭うてしまったときの備えはしてある」

大きな岩の隙間に板を渡しておいたり、人が入れるぐらいの木の洞《うろ》があるところに目印の幟《のぼり》を立てたり、道の要所要所に分厚い木の板でこしらえた雨除けを設けておいたり。

「森を出たことがねえとわからんだろうが、ほかの場所では、村のあたりよりもずっと頻繁に雨雲がわくんでな」

門二郎は驚いた。「じゃあ狭間村は、森のおかげで針雨から守られてるんだ。森がなかったら大変なことになるんだな」

「ぬしは呑み込みが早いな」村長は口元に皺をきざんで笑みをつくった。二人の後ろを守るように黙って歩いている辰松も、男前の顔でにっこりした。

「けど、そんなら巡視も危なかろう？　どうして行くんだい？」

「お山のご機嫌をお伺いしておかんとならんからよ」

御劔山は今でこそ眠っているが、かつては何度も噴火を繰り返した怒れる山だった。いつかまた目を覚ますことがあるかもしれない。

「いくらこれらが様子を見ておったって、いざ噴火となればどうしようもねえが」

それでも、まったく備えておかないよりはましだ、と言う。

「今のところは、これがぬしぐらいの歳に起きた噴火が最後になっとる。そのとき、山体の一部が大きく削《そ》げて、お山の形が少し変わってしもうた」

そのせいで風向きも変わり、麓の森も狭間村も影響を受けたのだという。

「村の小屋が建ってるところは、古い這松が集まってるよな。森のほかの場所じゃ、這松なんぞ見ねえのに、あそこだけだ」

言われてみればそのとおりだった。

「這松ってのは、風が強いところに生える。つまり、昔は森のあのあたりに、お山から風が吹き下ろしてくる通り道があったってことじゃ」

先の噴火で山体の形が変わり、風の流れも変わったために、その通り道は消えた。そこで初めて、みっしりと寄り集まった這松のある場所が、狭間村の衆の恰好の住処《すみか》となった。

「それ以前の村の衆の住まいは、沢の近くにあったんじゃ。靄《もや》や霧が溜まるんで、居心地がようなかった」

水汲みは楽でよさそうだけどなと、門二郎は思った。狭間村では、水汲みはほとんど「迷子」の子供らの仕事なのだ。手っ取り早く誰かと力を合わせることを覚えられるし、まだ他のことができないうちでも、水汲みならできる。力仕事をやらせてみると、あいたしの相性もだいたいわかってくるからだという。

「森を抜けたら、お山が削げているところが見えるぞ」

後ろから辰松が声をかけてきた。

「巡視についてこなけりゃ、見ることのねえ景色だ。ナナシに、土産話に持ち帰ってやれや」

そういえば、門二郎たちの出がけに、ナナシは一騒ぎ起こしたのだった。どうして兄ぃだけが巡視に連れてってもらえるんだ、ナナシも行く、あいたしなんだから一緒に行くと大暴れ。門二郎が、帰ってきたら、村の外で見たこと聞いたことをすっかり話して聞かせてやるからと約束して、どうにか納得させたのだった。

村長の羽根のような足取りにつられて、門二郎もいつもより軽やかに歩けた。一汗かいて水筒の水を飲み、やがて森の出口が見えるところまでやって来ると、

「そら、見てみな」と、辰松が横手の頭上の高いところを指さした。「お山が削げて、岩の色が変わってるぞ」

歩きながらそちらを仰いだ門二郎は、つんのめるようにして足を止めた。それくらい、その景色は異様だった。狭間村のある側から、御劔山の刀身のこちら側を眺めていたのでは全くわからない。山体の削げた部分は、ちょうど刀身の裏側なのだ。

削げたというか、えぐれているというか。長さは全体の半分に届くほど。深さも、お天道様の光がそこで陰になるほどだから、かなり深いと思われる。

「耳を澄ませてみぃ。あの削げたところで風がぐるぐる回って散ってゆくのが聞き取れるぞ」

強いて耳を傾けずとも、その音は聞こえた。というよりも感じ取れた。上空の高いところで、風が山体のえぐられた部分に吹き込んで、ひゅうと高い声で歌っている。

「あれのおかげで、村を囲む森はいっそう安全なところになった。それまでは、多いときは年に二、三度降っていた針雨が、二、三年に一度降るか降らぬかというくらいにまで減ったんじゃ」

そのかわり、以前にも増して多くの風を呼び込み、吸い寄せるようになった御劔山のこちら側の麓は、その分だけ針雨の降る頻度が増してしまったのであった。

「森を出ると、石ころと地べたにへばりつく雑草があるだけじゃ。ここからも見えようが」

村長の言うとおりだった。森は唐突に切れ、そこから先はだだっ広く明るく何もない斜面が広がっている。「ここらは石《いし》っこ原《はら》というんだよ」と、辰松が教えてくれた。

「右手の方へ下ってゆくと、石っこ原のなかに、ひとかたまりの藪がある。これ、と辰松はそっちまで行ってみるが、ぬしはここで待っとれ」

斜面の右下に目をやると、確かに枯れて赤茶けた藪が盛り上がっている。

「あれは野生の根細じゃ」

〈のふ〉の材料になる雑木である。あんな灌木《かんぼく》だったのか。

「人が手をかけてやると、辰松の背丈ぐらいにまで立派に育つんじゃがな。ここらは風が強いし、あそこの根細は何べんも針雨を浴びとるからなあ」

よし行くかと、村長は辰松を促して、石っこ原へと踏み出した。ぐるりを見渡しながら、慎重に歩んでいく。取り残された門二郎は、おとなしく森と石っこ原の境目に留《とど》まり、眩《まぶ》しいお天道様と御劔山を仰いでいたのだが、ふと思った。

——森がここで切れてるのは、お山の形が変わるほどの噴火のとき、ここを溶岩や砕けた岩石や熱い泥が流れ落ちていったせいじゃねえのかなあ。

そう思って観察すれば、森の境目に立ち並ぶ木々は、森の奥の木々に比べて幹が細く、丈も低い。つまり若いのだ。過去に一度焼き尽くされて、新たに生えたから？

その様を頭に思い浮かべると、背中が寒くなってきた。もしも御劔山が目を覚まして噴火したら、今度は刀身のこっち側が崩れてしまうことだってあり得る話だ。そしたら、狭間村はそっくり呑まれてしまうかもしれない。

ああ、縁起でもねえ。門二郎は頭をふるふるっとして、石っこ原を行く村長と辰松の方に目を投げた。辰松は最初は斜面を上に登っていたが、今は藪のなかを探っている村長の方へと向かっている。

——何か探してる？

村長は赤茶けた根細をかき分けて、葉っぱのあいだを覗き込んだりしているのだ。辰松も、歩きながら大きな石ころの陰を覗いたり、額の上に手をかざして、さらに下の方まで見やったりしている。

と、村長が藪のなかから何かをつまみ出した。辰松が村長に近づき、二人は顔を寄せて、村長がつまみ取ったものを検分しているようだ。

もうしばらく二人でそこらをうろつき、やっと門二郎のそばまで戻ってきた。

「こっちゃ来い。足元が滑るから、気をつけるんだぞ」

門二郎は二人に駆け寄ろうとして、見事に足を滑らせた。転んで手をついた地べたはざらついており、ヤスリみたいだった。

「あ〜あ、言わんこっちゃねえ」

ひと笑いしながらも怪我がないことを確かめて、村長は門二郎の鼻先に指でつまんだものを突き出してきた。

「ほれ、何かわかるか」

もちろん知っている。風舞さんだ。人形をしてはいるが、真ん中で裂けてしまっている。村長が指で押さえていなかったら、風に巻かれて今にも真っ二つになってしまいそうだ。

「藪のなかに引っかかってた？」

「そうじゃ。御劔山めがけて吹き上がってくる

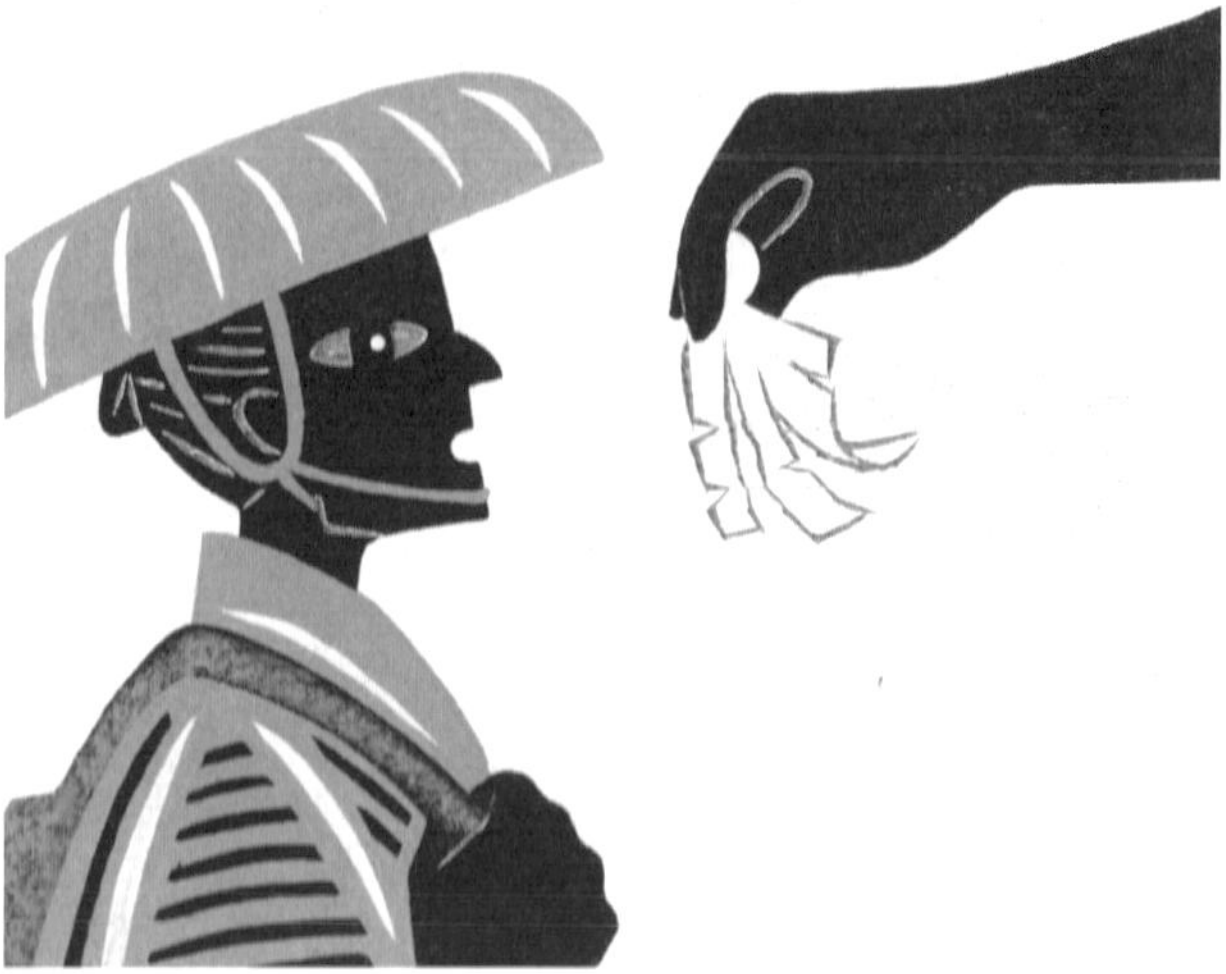

風に乗って運ばれてくる」

風舞さんを飛ばす厄落としは、豊ノ国のありとあらゆる場所で行われている。風舞さんは海まで飛び、山を越え、いくつもの里を越え、川を渡る。そうしているうちにどこかで舞い落ちる。ただ、城下町とその周辺で飛ばされた風舞さんに限っては、御劔山に吸い寄せられる強くくっきりした風の流れに乗って、しばしばこの高さまで運ばれてくるのだという。

「先の噴火でお山の形が変わる前は、今の村の衆の住まいがあるあたりまでも、何枚も飛んできてたんだ」

そこに風の通り道があったからだ。

「森に落ちれば、無事にきれいな形で残ることが多い。けども、石っこ原やこの先の岩場に落ちたんじゃ、ほとんど駄目じゃ」

村長は残念そうに呟き、拾った風舞さんを懐紙で包んで、懐に入れた。

「こういう風舞さんを拾ってやるためにも、巡視はせにゃならん。風舞さんは身に厄を帯びとるから、このお山の土に還《かえ》るまで時がかかる。ずっと散らばっていたら山の神様にも失礼になるし、風舞さんにも酷《むご》いじゃろ？」

千切れかけた人形は、確かに、門二郎の目にも哀れに見えた。

「これら狭間村の衆も、命を失ったときには、ここの土に還る。ここには山の神様の気が満ちとるから、仏さんにすがらずとも、みんな迷わず行くべきところに行ける」

村長は言って、また口元に皺を寄せて笑った。辰松がうなずいて、

「門二郎、このあいだこれに、村のお寺さんはどこにあるんじゃって聞いたろ。寺はなくていいんじゃ。わかったか」

うん、わかった――と門二郎が言い終える前に、三人の後方、森の切れ目のどこかで、すっとんきょうな悲鳴が響いた。

「うきゃ～！　お助けぇ！」

とっさに振り返った門二郎の目に、森の境目に立つ木のてっぺんから、まるで尻《しり》から糸を吐いて空を飛ぶ蜘蛛のように、腰につけた縄で宙に弧を描きながら、ぴゅうっと落ちてゆくナナシの姿が飛び込んできた。

「うわぁぁ！」

村長と辰松も叫ぶ。三人の目の前で、ナナシは赤茶けた根細の藪のなかにぼすんと落ちて、手妻の操り手を失ったみたいに、縄もその後を追っかけて落っこちた。

「ナナシぃ！」

「このバカもんが！」

ナナシは結局、内緒で三人の後を追っかけてきたのだ。地面を歩いたら、とうてい三人の足に追いつかなかったろうが、そこはソラだから、森の木立の枝から枝へと渡ってきたのだろう。

門二郎は夢中で藪に手を突っ込み、ナナシを抱き起こした。小枝が折れ、赤茶けた葉っぱが落ちる。見れば、葉は一枚としてまともな形をしておらず、欠けたり折れたり、小さな穴が空いていたりした。針雨のせいだ。これが人の命さえも奪ってしまう、空から降る針の害悪の証《あかし》だった。

幸いなことに、ナナシ本人は、あの高さから落ちてもけろりとしていた。まったく悪びれてもおらず、

「やっぱり、兄ぃがドダイで踏ん張っててくれねえと、思ったように飛べねえや」

辰松がナナシをおんぶして、いったん、大急ぎで森の木陰へと戻った。

「ナナシ、お天道様に当たって目がくらんだんじゃろう。ひどい汗じゃ」

村長は怖い顔をして、ナナシの顔や手足を撫で繰り回した。「今は大丈夫のように見えても、骨が折れとると、あとで腫れてくる」

辰松も、急いで村へ引き返そうと言った。ナナシは口を尖らせて不満を鳴らし、門二郎も半分は残念で、半分はナナシのために不安で、気持ちが宙づりだった。

「怪我があったら、治るまで山仕事はできん。ナナシが休んだら、そのあいだに門二郎は他にあ、い、いたしを見つけてしまうぞ」

ナナシを叱ったり脅したりしながら、村長と辰松は門二郎のこともひどく案じてくれた。初めて巡視についてきて、見聞きするものに驚いていた上に、この騒動だ。気分が悪くないか。どこか怪我をしていないか。藪の枯れ枝で指や肌を切っていないか。その案じようが、門二郎にはちょっと大げさに思えるほどだった。

狭間村に帰り着く前に、ナナシを捜して森に入っていた村の衆に出会い、また笑われたり怒られたりした。村に帰り着くと、おすがが両腕を絞りあげるようにして心配していて、門二郎とナナシの顔を見るなり涙ぐんでしまい、

「ごめんよ」「ごめんなさい」

門二郎は悪くないのだが、そこはあいたし、二人でさんざん謝る羽目になった。

身体の傷を検めたあと、門二郎とナナシは沢の洗い場へ行って身体を浄《きよ》めた。洗濯と行水をする場所はここと決まっており、大人たちと「迷子」たちで何組かに分かれて使っている。いつも涼しい場所だ。

澄んだ水の底には、小さな小石がたくさん沈んでいる。ナナシは水際にしゃがみ、水をかき回して魚や蟹《かに》を探している。

「ナナシを受け止めてくれたあの藪は、野生の根細なんだと。これからは、根細にも〈のふ〉にも足を向けて寝れねえな」

兄貴分らしいことを言い聞かせながら、小さな背中を拭いてやっていると、不意にナナシが首をよじってこっちを向いた。

「あんなのが根細なのかぁ？」

「うん。村長が言ってた」

「へえ〜」ナナシは大げさに口を尖らせた。

「そしたら野生の根細って、そのまんま〈のふ〉なのかな」

おかしなことを言い出した。

「兄ぃは、気がつかなかったの？　あの葉っぱも枝も、〈のふ〉でできてたよ」

「……そのときは、たいして意味のある言だと思わなかったんですよ」

黒白の間の客人である今の門二郎は、遠くを見るような目をして呟いた。その瞳《ひとみ》の奥に映っているであろう思い出の景色を、富次郎は思い浮かべてみた。ちょうど絵を描くときのように。

――いかん。余計なことだ。

もう描かないと決めたのに、何をやっているんだ、おいらは。門二郎の顔へ目をあてて、気持ちを戻す。

「ナナシはまだ小さいんで、根細と〈のふ〉の違いがわからねえんだろう、というぐらいに考えてました」

「狭間村でも、日々の暮らしのなかで、〈のふ〉を使うことはあったんでしょう?」

「なにしろ安物の弱い紙なんで」

なぜか、門二郎の声が喉にからんで、低くなった。「山里の暮らしじゃあ用途はございません。ございませんが」

その割に、増造爺さんはやけにしばしば、荷車に〈のふ〉の束を積んで帰ってきたそうだ。どこでどんな使い道があって、あれだけの嵩を買ってくる必要があったのか。

「この謎も、当時のこれの粗末な頭には浮かんでこなかったんでね。あとになって、全てが終わっちまってから、ゆっくり考えて今さらのように思い当たっただけで」

全てが終わってしまってから。

富次郎はひそかに身構えた。御劔山の神様に守られた狭間村の暮らしが、何故どのように終わるのか。門二郎の語りは大詰めにさしかかっているのだ。

「これは、二度と巡視には連れてってもらえませんでした」

富次郎の顔に目をあてると、門二郎は続けた。「それも別段気になるわけじゃなし、ナナシと二人で山仕事に励み、稼ぎが上がればお頭にも村の衆にも褒めてもらえて、飯が旨くて、毎日が極楽のようだった」

大人になったら、「迷子」はこの村から出て行かねばならない。まあ、それが決まりならば仕方ない、町の暮らしもいいさと思っていたいつかの自分が、ひどく浅はかに思えてきた。いつしか、狭間村は門二郎にとって唯一無二の故郷になっていたのだ。

「そのように悟ってから、ほんの一年足らずしかなかったんですがねえ」

「……門二郎さんが狭間村を離れるまで」

富次郎の目を真っ直ぐに見つめて、

「いんや。狭間村が失くなってしまうまで」と、門二郎は答えた。「終わりが始まったのは、あと半年でこれが十七に、ナナシは十三になる年の夏でございました」

＊

そのときまで、門二郎とナナシは針雨に遭うことはなかった。近くで雨雲を仰ぐことさえなかった。

「ぬしら、縁起のいい子だわ」

そう言い出したのはおすがだったが、ナナシの強運を知っている辰松もその意見に乗っかったものだから、たちまち村の衆がみんなで二人を「お守りあいたし」なんて呼ぶようになった。

御劔山と下界を行き来している増造爺さんは、山の上だけで雨が少ないわけではなく、ここ数年は豊ノ国でしばしば旱《ひでり》が起きていることを承知していたはずだが、それを口に出して村の衆の興を削ぐなんてことはしなかった。爺さんもまた門二郎とナナシを「お守り」扱いしてくれた。

そのころには、よちよち歩きだった春市もきかん坊に成長し、新たに千三が連れてきた一組の双子の赤子が村の女たちの心をとらえていた。裕福な商家に生まれたのに、珍しい男女の双子であったがために「心中した男女の生まれ変わりだ」と忌まれているのを、千三が引き受けてきたのだ。あともう二人、二歳の女の子と四歳の男の子が新しく加わっており、どっちが春市とあいたしになるか、みんなの注目を集めているところだった。

「迷子」たちのなかでは最年長になった門二郎は、いわば長兄だ。一つ下のお静はみんなの姉さん役で、四歳下のナナシも次兄らしい自覚を持ってきており、歳下の子らに「ナナシ兄ぃ」と呼ばれて得意がるようになっていた。

そんなある日、門二郎とナナシは村長の住まう小屋に呼ばれた。何も考えずに二人で顔を出すと、そこにお頭も千三も揃って待ち受けていたのでびっくりした。

とっさに門二郎は思った。自分の先行きのことで何か言い渡されるのだと。次の正月で十七になるのだから、おかしくはない。

「門二郎、そんな怖い顔をするな」と、村長が宥めるような口調で言った。千三も童子のような丸顔をほころばせている。

「まあ、二人ともそこに座れ。腹は減ってないか。饅頭があるぞ」

お頭が、みっしりと饅頭が詰め込まれた重箱を差し出してくれた。ナナシは大喜びで飛びついて、両手で饅頭をつかんで頬張り始める。村の女衆の手作りではなく、真っ白な饅頭の皮に菓子舗の屋号の焼き印が押してあるものだった。

「さっき増造さんがお戻りでしたもんね」と、門二郎は言った。「この暑いのに、いつも有り難ぇことです。これなんかより、増造さんの方がよっぽど足腰が強いや」

饅頭に夢中のナナシは気づかないようだが、門二郎の言に、村長・千三・お頭の三者のあいだに張り詰めている弦みたいなものが、ピンと鳴ったのがわかった。

そして、村長がゆっくりと言い出した。

「実は、その増造のことで相談があって、二人を呼んだのだ」

正しくは、増造の跡継ぎの話だった。

「門二郎、ぬしに頼みたいんじゃ」

言ったのは千三だ。お頭はその傍らで腕組みをして、眉根を寄せている。

「門二郎が荷車引きになると、ナナシのあいたしを選び直さねばならねぇが……」

自分の名が出たので、ナナシはやっと饅頭から気をそらした。「ぐぬ？」と喉に詰まったような声を出す。

「それはこれがきちんとする」と、お頭は言った。「ドダイの門二郎を失うのは痛いが、この村ぜんたいのことを思えば、増造爺さんの跡継ぎの方が大事だ」

「門二郎、ぬしは賢いし、気も利く。見た目も健やかで誰にも好かれよう。この村に来る前、城下の大きな商家にいたことも身になっとる」千三がたたみかけて言って、ナナシに向かって目を細めた。

「案じるな、ナナシ。兄ぃがいなくなるわけではない。むしろ、門二郎はこの村の衆の一人になるんじゃ」

門二郎は、すぐには返事ができなかった。喉元を塞《ふさ》いでしまうほどの喜びが、胸の底からこみ上げてきたからだ。

この村の衆の一人になれる。山を降りていかなくていい。心から故郷だと思えるこの村で、皆の暮らしを守り、皆と共にこの先の年月を送ってゆくことができる。

すると、口のまわりをあんこで汚して、

「ンなら、ナナシもずっと兄ぃと一緒にいていいんか？」

ぽかんとしてナナシが尋ねる。千三が身を乗り出して、優しい声で言った。「それは、ナナシが今の兄ぃと同じ歳になったら考えよう」

「ほ、本当に……？」

震える声でようやく問い返した門二郎の前で、村の要《かなめ》の三長老が言った。

「まことの真《まこと》じゃ」

「ぬしが承知してくれるのならば」

「頼まれてくれるか、門二郎」

門二郎は無言で、床板に額を打ち付けんばかりの勢いで平伏した。ナナシがしゃっくりしながら、「ナナシもたのまれる」と声をあげて、三長老が笑った。

話が決まると、門二郎は村長に伴われ、すぐと増造に会いに行った。深く腰の曲がった爺さまは話がまとまったことを大いに悦《よろこ》び、両手で門二郎の手を取ると、涙を落とした。聞けば、最初に門二郎を跡継ぎにと言い出したのは、増造だったのだという。

「これで、この爺も安堵《あんど》して死ねる」

こんなにも頼りにされ、認められているのだと思うと、門二郎はソラのように木のてっぺんまで舞い上がりそうだった。

それから十日ほどのあいだに、門二郎は増造の引く荷車の後ろを押し、城下町とのあいだを何度も行き来して、増造が売り買いで付き合いのある商家を回って歩いた。ヤマワタリガラスのお宝を買い取ってくれる問屋には、とりわけ念入りに挨拶をした。

どこへ行っても増造がぺこぺこ頭を下げるので、門二郎は居心地が悪かった。ずっと行動を共にしていると、爺さまが老い衰えていることが露《あら》わに見てとれて、いたたまれなかった。これまで、みんなして増造に頼りすぎていたのだと気がついた。

十日目の日暮れ時、訪ねるべき最後の一軒を回ったあと、増造はお城の不浄門の方へと足を向けた。荷車は空で、軽いから車輪ががたぴし跳ねる。

城の裏手、外堀にかかる石橋の手前で、増造は足を止めた。西日が強い。天守を飾る一対の鳳《ほう》凰《おう》像にも光が弾けている。

「今のぬしの振り出しの場所じゃの。ここでお別れじゃ。これは去《い》ぬ」

増造は、荷車の荷棒を門二郎に託してきた。藪から棒に過ぎて、門二郎が手を出せずに後ずさりすると、

「挨拶は済んだ。ぬしなら、どこの商家でも問屋でも、うまく付き合っていける」

そう言って、増造は荷車から離れてしまった。門二郎は汗だくなのに、増造の皺だらけの顔と首には、汗が一粒も浮いていない。ああ、汗も涸れてしまうほどに年老いているのだ。

「だ、だけど、増造さんはどうするのさ。どこへ行くんだい?」

「家に帰る」

あんまり驚き過ぎて、門二郎は声が出なかった。増造の家。狭間村じゃなくて?

「儂はもともと城下の生まれじゃ。生家は、今じゃ玄孫《やしやご》が後をとっとる」

そこで隠居させてもらう、と言った。

「狭間村に入るときに、約束しておいたからの。もっとも、儂はそう長くは保《も》たん。心の臓が弱り切って、寝てるあいだに息が止まってしまうじゃろう」

なんでそんなことを飄々《ひようひよう》と言うのだ。

「ぬしは、生家がないじゃろ。儂の後を継いだら、あちこちのお店と付き合いを重ねるなかで、年をとって村を離れたあとに身を寄せられるところを、心がけてつくっておけよ。村におると、

人の女の嫁はとれんからのう」

ん？　何だって？　爺さま、今おかしなことを言わなかったか？

何からどう問いかければいいか迷っているうちに、増造は門二郎の疑念を封じるように、続けて言った。

「狭間村には、儂やぬしのような者が要る。皆のために役立ってやってくれ。ぬしにとっても、幸いは多いはずじゃから」

「それ以上のことは何も教えてくれずに、増造さんは立ち去ってしまったんで」

門二郎が本気で追いかければ追いつけたろうが、空っぽとはいえ荷車を置き去りにするわけにはいかない。

「それに、こっちに向けた増造さんの背中には、何かこう……有無を言わせぬ厳しさがあったんでございます」

結局、門二郎は一人で狭間村へ帰った。

「この日を境に、いよいよ一人で村と下界を行き来することになりました」

若くて体力があるし、売り買いについては、増造が長い年月で築き上げていた伝手《つて》をたどるだけだ。万が一揉《も》めたら、一人で抱えずに村長に相談する。何も難しくはない。城下町へ行くようになると、懐かしい紙問屋へも立ち寄る機会ができて、

「あの女中頭のおばさんに、立派になったと褒めてもらえました」

――やっぱり、ぬしは狭間村に行ってよかったんだよ。

「おばさんの立場じゃ言えなかったんでしょうが、紙問屋はあれから旦那様が病で倒れたりして、だいぶ内証が苦しいようだと小耳に挟むこともありましてね」

もう「迷子」を引き取るほどのゆとりはなく、奉公人の数も減った、と。

「これも、もしも紙問屋に残っていたら、あたら働き口と衣食を失くす羽目になっただけだったかもしれねえ」

世の中は世知辛い。ヤマワタリのお宝さえあれば豊かに暮らしていける狭間村は、やっぱり極楽に近い特別な場所なのだ。

「そう思うと、ますます身の幸せを強く嚙みしめて、村から離れようなんぞ、夢にも思わなくなりました」

いつか増造のように、年老いてこの役割を果たせなくなったら、森で静かに死のう。誰かに頼んで埋めてもらおう。

「これというドダイがいきなり消えて、ナナシには悪いことをしてしまいましたが、新しいあい

たしが決まるまでは、お頭がドダイを務めてくださいましてね」

門二郎とお頭では年期が違う。ナナシは、空の彼方《かなた》まで飛んでいかれそうなソラになって、そっちはそっちでご満悦だった。

楽しく、忙しく過ごした夏の日のなかに、振り返ってみれば、後の惨事の凶兆のような出来事が、いくつかあった。

「森のなかの清水が湧き出る場所が変わったり、日によって、湧き水が妙に温く感じられたりしたこと。蚯蚓《みみず》の群れが地面に出て死んでいたこと……」

語りながら、門二郎は険しく目を細める。

「それと、お静がふっと寝言のようなことを言い出しましてね」

門二郎にとっては妹分、「迷子」たちには頼れる姉さんになっていた娘だ。

「流々亭に嫁いだお宮と同じで、山仕事はせずに、みんなの世話を焼いていました。毎日くるくるよく働いて、いい顔で笑ってると思ってたんですが」

——門兄ぃは、もう村を出ていかなくてよくなったんだよね。だけど、ホントにそれでいいの？

買い込んできた荷を仕分けしていて、ふと二人になったとき、声を潜めてそう問いかけてきたから驚いた。

「いいに決まってると答えたら、お静はひどくがっかりしたような顔をしました」

——先には、いつかは城下町に帰るって言ってたのに。だから、門兄ぃが山を降りるときがきたら、これも一緒についていって、門兄ぃのお嫁さんにしてもらおうと思ってたのに。

「これには、まさに寝言としか思えませんでした。お静のことをそんな目で見たことはありませんでしたからね」

当のお静も、門二郎にその気が全くないことを悟ったのだろう。毒づくような勢いでまくしたてた。

――みんなと揉めたくなかったから黙ってたけど、これはね、どこの馬の骨とも知れねえ迷子とは違う。城下の古い禰宜の家の血を引いてるんだ。父さんが跡目争いに負けちまって、家も財も失くしたもんだから、ちりぢりになっちまっただけで。

――だからこれは、ちっと知恵があってさ、薄々わかってる。この村は人の住まうところじゃねえよ。長居しちゃいけねえ。もらうものをもらったら、とっとと立ち退いて忘れちまった方がいいんだ。

いったい何をほざくのか。怒るより呆《あき》れてぽかんとしている門二郎に、お静は哀れむような眼差しをあてて、こう言い捨てた。

――これは月のものが始まって、とっくに穢れだからね。良い行き先を決めてもらったら、振り返りもしないで出ていく。門兄ぃも、いつかうんと後悔して、これにすがってくることがあるなら、そのときは話ぐらいは聞いてあげるよ。

「そうして、足元に唾《つば》を吐くようなふりをして行ってしまいました」

それきり、お静は二度と門二郎と二人きりになろうとせず、目を合わせることさえ避けるようになった。

「禰宜さんの家の知恵で、お静がどんなことを察しているのか。もちろん気になりましたから、きっと聞き出してやろうと、こっちは機会を窺っていたんですがね」

その機会を捉《とら》えるよりも早く、狭間村のしまいの日がやってきてしまった。

「何が起きたか、お察しになれますかね」

問われて、富次郎は考えた。胸の奥で心の臓が不穏に騒ぐ。

「ここまでのお話から推して……」

御劔山の、大きく削げた山体。

「恐れていた噴火が起きたんでしょうか」

門二郎は、ひたと富次郎を見据える。そして答えた。「噴火じゃございません」

大噴火だった。

最初は、夏の終わりの入道雲のように見えた。

朝からやけに立派な雲だねえ、と。

違っていた。御劔山の刀身の如き山体のてっぺんまで噴き上がる、真っ白な熱い蒸気。その内側に無数の火の粉が舞い、やがて裾の方から粉塵《ふんじん》の太い帯が立ち上がってきて、全体を濃い灰色に染めてゆく。

森が揺れた。最初の地鳴りは遠く、ほとんど空耳のようだった。次の地鳴りは地中を走る稲妻のようで、耳よりも先に足の裏に震えとして伝わってきた。

門二郎は城下へ行く支度をしており、荷車の手入れをしていた。車軸がかたかたと鳴る音にはっとして身を起こすと、皆の住まいの方から、驚きのどよめきと怯《おび》える子供らの泣き声が聞こえてきた。

じきにお山が火を噴く。ここにいては危ない。森のなかを通って、とにかく少しでも離れたところへ逃げなくては。

「溶岩がどっちへ流れるかわからんが、昔の噴火のときのように、あさっての方へ行ってくれればこっちは助かる」

村長は皆に言い含め、お頭は身支度の仕方を教える。袖のあるものを重ねて着ろ。草鞋に脚絆をつけ、股引をはけ。できるだけ肌を出すな。口元に手ぬぐいを巻け。鍋釜でも器でも何でもいいから、頭を守れるものをかぶれ。

「溶岩がこなくても、火山弾は飛んでくる。よくよく気をつけ」

その言葉が終わらぬうちに、耳を聾《ろう》するような轟《とどろ》きと共に、御劔山の刀身の根元から黒煙と溶岩が噴き上がった。

「こりゃいかん」もとから色白の千三の顔が、さらに白くなった。「みんな逃げよう。儂についてこい」

子供らを守りながら森を抜けてゆく村の衆の背中を見送って、門二郎はお頭と二人でその場に残った。この先の暮らしの足しになりそうなものを、できるだけ持ち出しておきたい。

お頭は門二郎の頭に、取っ手の欠けた土鍋をかぶせてくれた。「笑い事じゃねえぞ。死んでもこいつを落とすなよ」

二人で手分けして村のなかを巡り、当座の食いものや子供らの着替えなど、抱えてきては荷車に積んだ。そうしているあいだにも、御劔山から飛んでくる大小の岩の欠片《かけら》や、煙の尾を引く火山弾が村のそこここに落ちてくる。簡素な小屋の屋根には穴が空き、地面には土煙が立つ。

あれが当たったらおだぶつだ。門二郎は命からがら走り回った。思いつく限りのものをかき集めてから、水筒として使う竹筒が、沢の洗い場に置きっぱなしになっているのを思い出した。今朝、おすがとお静が村のみんなの人数分を洗っていたのだ。

門二郎は洗い場に走った。途中で大きな地震いを感じてしゃがみ込むと、村の反対側の出口に近いところで、ざあああああっとものが崩れる凄《すさ》まじい音がした。そこらの木立がへし折られながら流されてゆく。

地震いで、あのへんの地面が崩れてしまったのだ。あるいは深いところの岩盤が割れてずれたのかもしれない。ああ、これはちょっとのあいだ逃げて隠れていればやり過ごせるような災厄ではない。門二郎は恐怖に身を炙《あぶ》られ、総毛立った。

びゅん。大きなものが空をよぎって飛んできて、門二郎の行く手の右側にある小屋の屋根を突き抜けた。その小屋のなかには、瓶《かめ》がいくつも並んでいる。村の大人たちが宴《うたげ》のときに飲み交わす、あの白い濁り酒を醸しているのだ。

びゅうん。次に飛んできたものは、門二郎の視界をよぎるときに影を落とした。でかい！　とっさに横っ飛びに避けて身を伏せる。頭にかぶった土鍋のなかに、身体ごと入ってしまいたい——と念じる門二郎の目の前で、一抱えもありそうな大岩の欠片の一撃に、醸し小屋は半壊した。柱や板壁が折れて砕け、それに続いて瓶が割れる音が響いてきた。

つぶれかけた醸し小屋に、さらに火山弾が降ってくる。かろうじて立っていた最後の柱がへし折れ、乾ききった草葺きの屋根の残骸《ざんがい》から煙があがった。

火が出たらまずい。門二郎はもがいて起き上がり、そのとき、潰れた醸し小屋から、濁り酒が幾筋も流れ出してくるのを見た。まるで白い涙の筋のようだが——

この匂い。覚えがある。

のふを水に溶かした匂いだ。

紙問屋にいたころ、商いの知識の一つとして、番頭が教えてくれた。〈のふ〉は脆《もろ》くて水や湯に溶けやすい。安価なものだが、風舞さんに使われる縁起ものだから、大事にせにゃならん。くれぐれも水を近づけるな。雨にあてるな。たちまちこんなふうに溶けてしまうからな。

——酒じゃなかったのか。みんな、こんなもんを飲んでたのかよ。

いったい何故？　疑問に固まっていると、お頭が門二郎の名を呼ぶのが聞こえ、すぐと姿が見えてきた。古い綿入れを頭からかぶっているが、その端っこが焦げている。

「何してる。怪我はねえか」

「お頭、小屋から煙があがってて」

「今にほうぼうから火の手があがる。今は諦めて逃げるが勝ちだ」

「た、竹筒を積んでいこうと思って」

「そんなら洗い場か。いい。これが行こう。ぬしは先に荷車のところへ――」

びゅううぅん。災厄の放つ鏑矢《かぶらや》の音。今や灰色の噴煙に覆われた空のどこかから、まっしぐらに飛んでくる火山弾。

その一つがお頭のがっちりした右肩をかすめ、門二郎のすぐ脇を抜けてどこかに落ちた。その忌まわしくも煙臭い黒い尾。

お頭が、ぱっと燃え上がった。

言葉の通りだ。火山弾が触れたところに薄い煙がたち、焦げ目がついて、それが一瞬のうち

に広がって、お頭は消えた。あとには真っ黒に焦げた滓《かす》がひらひら、そして火の粉がまたたいて、それで終わり。

お頭がいたところに、お頭が身に着けていたものがそっくり落ちている。頭からかぶっていた古い綿入れがいちばん上だ。

まさか。そんな馬鹿な。こんなことがあるわけがない。人はこんなふうに燃えて失くなったりしねえ。髪と肌だけじゃなく、血も肉も骨もあるんだからさ。

だけど、人じゃなかったらこんなふうに燃えてもおかしくない。

たとえば、紙だったら。

その時点で、門二郎の頭のなかには、一つの答えが浮かんでいた。狭間村はどんな場所なのか。昔からそこに住んでいる大人たちは何者なのか。そういえば門二郎たちが見ているところで、村の大人たちは水浴びをしたことがない。飯もほとんど一緒に食ったことがない。子供らが先だ、大人たちはあとでいい、と。その優しさが嬉しくて、怪訝にも思わなかったけれど。

鼻の穴が熱い。火の手がいくつも上がっている。門二郎は沢へ走り、水の流れに飛び込んで、ざぶざぶとその中を走って村から逃げた。御劔山は怒り、空を覆う雲は黒みを帯びた灰色に変じてますます濃く、鼻を刺す異臭を帯びた熱風が山体のまわりを幾筋も飛び回って咆哮《ほうこう》をあげる。やがて、村の衆の住まいを守ってくれてきた這松の古木が次々と火に炙られ、真っ黒に焦げ落ちていって、狭間村は終わりを迎えた。

門二郎の語りもまた、淡々と終わりに近づいてゆく。

「……水から離れるのが怖くって、とにかく沢伝いに山を降りて、どうにも通れない場所にぶつかればまた森のなかに戻って、水のあるところを探してはそこに隠れて、これは一人で彷徨《さまよ》っておりましたんで」

　先に逃げたナナシたちとは、半日以上も合流することができなかったという。

「空は噴煙で塞がれて、お天道様は見えなくて昼も夜もねえ。ナナシが辛抱強くこれの名前を呼んでくれてなかったら、はぐれたっきりだったでしょう」

　先に脱出した村人たちは、御劔山の刀身の裾の森からは完全に離れて、石っこ原のような斜面を下り、その先の崖の岩場まで逃げ延びていた。折り重なった大岩が庇《ひさし》のように張り出していたり、狭い洞窟《どうくつ》をこしらえていたりする場所だ。灰を含んだ風はまだ吹き下ろしてくるが、さすがに火山弾や岩の破片はここまでは届かない。

身を寄せて慰め合い、励まし合っていた村人たちと子供らは、灰にまみれ傷だらけの門二郎を迎え取り、労ってくれた。村長に「お頭は」と短く問われ、

「はぐれちまって」と答えると、おすがが抱きしめてくれた。

千三と村長は、ずっと頭を寄せて話し合っていた。どこまで、どこへ逃げるか。どこに頼るか。その結論を待つ者たちは、みんな怯えて疲れていた。幼い「迷子」たちは腹を空《す》かせていた。双子は男の子の方が弱々しく泣き、女の子の方はぐったりと眠っていた。自身も軽い火傷《やけど》を負っていながら、お静が懸命に世話をやいていた。

この目で見たお頭の最期を、門二郎はまだ言葉にすることができなかった。胸の奥に宿った疑念とその答えであろう考えをまとめることもできなかった。

「この難を乗り切れたら、千三さんと村長を問い詰めてみよう。おすがさんでもいい。お静からも、もっと詳しいことを訊き出そう。ぐるぐる考えているうちに、これも気が遠くなってしまって」

次に目覚めたときには、災厄を締めるもっとも大きな難が空から降っていた。

「雨が降っていたんですよ」

噴火の噴煙と熱い噴気が雨雲を招いたのだろう。

「針どころじゃねえ、槍《やり》のような大雨だった。おまけに風が巻いて吹きすさんで、横から吹きつけてくるかと思えば、地べたすれすれのところから雨を吹き上げて運んできやがる」

岩場の地面は、岩盤の上に、昔の噴火の際の溶岩流と、おびただしく降り注いだ火山灰の層が

まだらになって載っている。つまり、雨に強いところと弱いところがある。弱いところは雨水でみるみるうちに細いせせらぎができて、降れば降るほどにそのせせらぎの数も増してくる。

「恐ろしくてたまらなかったけれど、これは村の衆の足元を見ました」

草鞋を二重にして履き、少しでも雨に濡れていないところへ移り、吹きつけてくる雨まじりの風を避け、しかしそれでも隠しようのないほどに、

「みんな、溶け始めていた」

肩を寄せ合って恐怖に耐える人びとのあいだならば、きっとするだろう汗の臭いではなく、門二郎が鼻先にとらえたのは、あの濁り酒と同じ匂い――溶けた〈のふ〉の匂いだった。

「千三さんの小さくて真っ白な丸顔が、これを見つめていた。村長の薄いくちびるが、いっそう薄くなって震えていた」

おすがは岩壁に張りついていた。言葉の本当の意味で、ぺったりと張りついていた。

――逃げなきゃ。

「皆を叱咤するような大声を張り上げたのは、お静でした」

――このままじゃ駄目だよ。みんな逃げなきゃ。下の森まで走って行こう！

もうわかったでしょ、門兄ぃ。お静は、棒立ちのまま動けぬ門二郎の腕をつかんで揺さぶりながら、叫んだ。

――狭間村の衆は、風舞さんの化身だ！

遠い昔、先の噴火でお山の形が変わるまでは、城下やそのまわりで風に放たれた風舞さんが、

山の神様のお膝元のあの森、這松の集まっているあたりまで、無事に飛ばされてくることがあったのだ。

それらの風舞さんには、放った人の念が込められている。厄を落とし、福を願う素朴で切なる想いが込められている。

その想いが、風舞さんにかりそめの人の姿を与えた。そうして生まれたのが千三さんや村長やお頭たち、御劔山の神様に選ばれた狭間村の大人たちだったのだ。

人ではないが人の心を持つこの化身たちは、人の血肉を備えていない。だからこそ、ほとんど不死身だ。病にもかからず、歳をとることさえない。それぞれの風貌は、その風舞さんを放った人のそれだろうが、もちろん当人はとうに死んでしまっている。

好くも悪くも狭間村については小さな噂の囁《ささや》きがあるし、増造の去就などから推すと、風舞さんの化身たちが狭間村の「村の衆」という身分を得て落ち着き、ヤマワタリが授けてくれるお宝から豊ノ国が富を得られるようになるまで——その仕組みができるまでには相応の年月があったのだろうし、それらは全て、然るべきところで掌握されているのだろう。お城の高いところか、城下の商家の寄り合いか。どこであれ、豊ノ国の富を生み出す秘事は厳しく封じられるわけではなく、穏やかに見守られてきた。

化身たちは人の穢れを嫌う。だが一方で、身に帯びた人気が失くなったら、かりそめの人の形を保てなくなってしまう。だから「迷子」たちを引き取った。いい物を食べさせ、役割を与えてきちんと躾け、成長してゆく子らから人気を吸いとるかわりに、いつかは財物を与えて巣立ちを見送る。

何も知らない「迷子」たちに、真実を悟られてはいけない。寝食を共にしつつも、化身たちが水に弱いと気取られることがないように、細やかに気を配ってきた。年長の子を村長の巡視に伴い、石っこ原の藪——野生の根細の枝や葉が針雨で傷めつけられている様を知らしめておくのも、ありもしない針雨をもっともらしく印象づけるためだった。もちろん、その藪は事前にしつらえた作り物にすぎない。

あのとき、ナナシが無心に、

——あの葉っぱも枝も、〈のふ〉でできてたよ。

と言ったのは、勘違いでも見間違いでもなく、見たとおりの真実を語っていたのだ。

嘘だ。偽りだ。だが悪意はない。

不思議ではあるけれど、誰にも害を与えない。何一つ悪いことはない。

そんな秘事が、噴火と大雨によって打ち砕かれてゆく。

「のっぽの村長の身体に雨が染みて、へらへら揺れてました」

門二郎は囁くように言い、目を伏せた。

「身体の小さな千三さんは、もう姿形を見てとれなくなっていた」

——門二郎、迷子の皆を連れて逃げろ。

「達者でな、と」門二郎は手で目元を覆った。「村長がそう言って、これに笑いかけてくれたとき、思い出したように大きな地震いがきて、足元が崩れました」

土砂に呑みこまれ、崖から押し流される。門二郎は必死に抗い、摑まれる出っ張りを探した。すぐそばをナナシが流されてゆく。足を出したら、しがみついてくれた。

「死んでも放すなよ！」

他の迷子たちの悲鳴や泣き声に、門二郎は歯を食いしばる。大人たちの声も切れ切れに聞こえた。狭間村の衆は、迷子たちを流れのなかから引っ張りだし、安全なところへ持ち上げて、自分たちは次々と流されてゆく——いや、雨と土石流に溶けて消えてゆくのだった。

門二郎とナナシの傍らを、おすがだったものの残骸がかすめていった。顔の四分の一と、片方の目。二人を慰めるように、かすかな笑みを浮かべたまま。

と、頭上からお静が流されてきた。双子の女の子を抱きしめている。

「お静、これ《い》の頭に乗れ！」

門二郎が土砂流のなかで叫んだら、お静が赤子ごとぐっと引っ張り上げられた。

辰松だ。お静と赤子を助けてくれた！　だがそのあいだにも、男前の顔に身体に、降りしきる雨が無数の穴を空けてゆく。

雨が針なのではなかった。

村の衆が紙なのだった。

辰松は穴だらけになって、へろりと真ん中で折れ、端から溶けて、着ていた野良着と股引だけが土石流に呑まれていった。

ナナシと二人、どうにか岩場に這い上がってみると、門二郎の右腕には、ざっくりとえぐれた

ような傷ができていた。やがて右腕を失う原因《もと》となる憎い傷だが、

「そのときは痛いとも感じませんでした」

門二郎はそこでつと言葉を切り、富次郎の方を覗き込んだ。

「――あの、大丈夫ですかい」

富次郎は手で顔を覆っていた。熱い涙に濡れる瞼《まぶた》の裏に、様々な情景が浮かんでくる。人ではないが人の心を持つ化身たち。その目に宿る笑みと涙。その尊さ、その優しさ。それは確かに「命」だったのだ。

――描きたい。

わたしはやっぱり、絵を描きたい。こういうものを描きたいのだ。富次郎は今、黒白の間に座しながら、滔々《とうとう》と溢れ出したその想いに呑まれている。

濡れ手ぬぐいが軽く顔に触れた刹那、手ぬぐいよりも頼りない正体を露わにしてしまったお

すが。親切で働き者で、子供らに好かれていた人形の化身。その笑顔の明るさを描きたい。〈のふ〉を溶かした白い濁り酒もどきを酌み交わし、ヤマワタリから得られるお宝のことを誇らしげに語り合い、あいたしと互いを労り合う山仕事の男たち。その楽しいひとときを描きたい。

わたしは描きたい。筆を捨てたくない。

「ええと、あの、三島屋の富次郎さん。そんなに泣かないでくださいよ」

門二郎の困り果てた声音に、富次郎はようやく顔を上げた。まだ涙は止まらない。だがこのとき、自分の背中に乗っかっていた目に見えぬ大きな重しを、うんとばかりに後ろへ放り投げたような気がした。それがどこかへ飛んでゆく滑稽で軽やかな音を、確かに耳にしたと思った。

初出　公明新聞にて二〇二一年八月二日～二〇二二年
七月三十日に連載されたものを加筆修正の上、
単行本化しました。

装画・本文挿絵　千海博美

装幀　大武尚貴

宮部みゆき（みやべ　みゆき）
1960年東京生まれ。87年「我らが隣人の犯罪」でオール讀物推理小説新人賞を受賞し、デビュー。92年『龍は眠る』で日本推理作家協会賞長編部門、同年『本所深川ふしぎ草紙』で吉川英治文学新人賞、93年『火車』で山本周五郎賞、97年『蒲生邸事件』で日本SF大賞、99年『理由』で直木賞、2001年『模倣犯』で毎日出版文化賞特別賞、02年に同書で司馬遼太郎賞、07年『名もなき毒』で吉川英治文学賞、08年英訳版『BRAVE STORY』でThe Batchelder Award、22年菊池寛賞を受賞。他の著書に「三島屋変調百物語」シリーズ、『今夜は眠れない』『夢にも思わない』『過ぎ去りし王国の城』『さよならの儀式』『この世の春』『きたきた捕物帖』などがある。

青瓜不動《あおうりふどう》　三島屋《みしまや》変調《へんちよう》百物語《ひやくものがたり》九之続《きゆうのつづき》

2023年7月28日　初版発行

著者／宮部《みやべ》みゆき

発行者／山下直久

発行／株式会社KADOKAWA
〒102-8177　東京都千代田区富士見2-13-3
電話 0570-002-301（ナビダイヤル）

印刷所／大日本印刷株式会社

製本所／本間製本株式会社

ISBN 978-4-04-112160-3　C0093